마이너리티 오케스트라

1

* 이 도서의 국립중앙도서관 출판예정도서목록(CIP)은 서지정보유통지원시스템
홈페이지(http://seoji.nl.go.kr)와 국가자료공동목록시스템(http://www.nl.go.kr/kolisnet)에서
이용하실 수 있습니다. (CIP제어번호: CIP2019040931)

마이너리티
오케스트라 1

치고지에 오비오마 장편소설 | 강동혁 옮김

은행나무

J.K.에게
우린 잊지 않았다

1권 차례

2권 차례

사냥감이 스스로 이야기를 만들어내지 않으면, 사냥 이야기의 주인 공은 언제나 포식자가 된다.

—이보* 속담

일반적으로, 어떤 사람의 '치'란 영적 세계의 또 다른 정체성으로 나타난다. 지상의 인간을 보완하는 영적인 존재로 말이다. 그 무엇도 혼자 존재할 수는 없기에, 곁에는 항상 다른 존재가 있어야만 한다.

—치누아 아체베, 〈이보 우주론에서의 치〉

우와 무 아사아, 우와 무 아사토!* 이런 태고의 요소가 갓난아기의 진정한 정체성을 결정하지. 인간은 육신을 갖고 지상에 존재하지만, 하나 곁에는 반드시 다른 하나가 있어야 한다며 만물의 이중성을 요구하는 온 우주의 법칙에 따라 '치'와 '오니에우와'를 품어야 해. 이보의 환생이라는 개념은 그 원칙이 기본이야. 갓 태어난 아기가 난생처음 보는 사람을 아무 이유 없이 증오하는 이유가 뭘까 궁금했던 적이 있나? (…) 아기가 그러는 건, 그 사람이 과거의 자신에게 적이었다는 걸 종종 알아보기 때문이야. 해묵은 원한을 갚으러 여섯 번, 일곱 번, 여덟 번째 세상에 돌아온 것일 수도 있고! 살다 보면 가끔은 사물이나 사건도 환생할 때가 있어. 뭔가를 가지고 있다가 잃어버린 사람이 몇 년 후 어쩌다가 비슷한 걸 갖게 되는 이유가 그거야.

—은크파의 디비아 은조쿠지, 녹취록

---

* 나이지리아의 동부 지역 부족.
** 일곱 번째 나의 세상, 여덟 번째 나의 세상! (이보어)

도표로 보는 이보 우주론

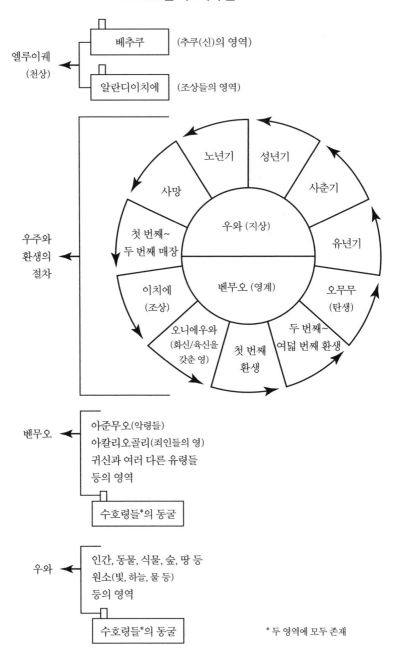

엘루이궤
(천상)

베추쿠   (추쿠(신)의 영역)

알란디이치에   (조상들의 영역)

우주와
환생의
절차

노년기

성년기

사춘기

사망

유년기

첫 번째~
두 번째 매장

우와 (지상)

이치에
(조상)

벤무오 (영계)

오무무
(탄생)

오니에우와
(화신/육신을
갖춘 영)

첫 번째
환생

두 번째~
여덟 번째 환생

벤무오

아준무오(악령들)
아칼리오골리(죄인들의 영)
귀신과 여러 다른 유령들
등의 영역

수호령들*의 동굴

우와

인간, 동물, 식물, 숲, 땅 등
원소(빛, 하늘, 물 등)
등의 영역

수호령들*의 동굴

* 두 영역에 모두 존재

이보 우주론에 따른 인간의 구성

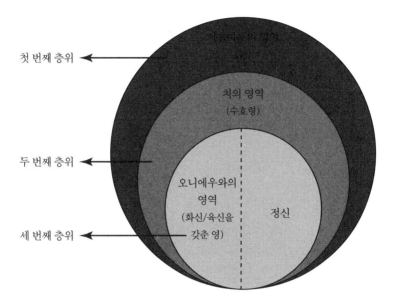

첫 번째 층위 ◄───

두 번째 층위 ◄───

세 번째 층위 ◄───

치의 영역
(수호령)

오니에우와의
영역
(화신/육신을
갖춘 영)

정신

1부

첫 번째 주문

오바시디넬루시여—

　저는 피리 소리가 끊임없이 울려 퍼지는 영원한 밝은 빛의 땅 엘루이궤의 웅장한 베추쿠 법정에 나아와 당신을 뵈옵니다—

　저 역시 다른 수호령들처럼 여러 차례 환생을 통해 우와로 가 새로 만들어진 육신에 깃들었나이다—

　그리고 이렇게 서둘러 왔나이다. 우주의 광활한 지역들을 가로지르는 창(槍)처럼 어떤 방해도 받지 않았사옵니다. 제가 아뢰려는 소식이 생사를 다투는 화급한 것이기 때문이옵니다—

　저는 치가 당신 앞에 나와 증언할 수 있는 것은 주인이 죽고 그의 영혼이 온갖 색깔과 크기의 육신 없는 존재들과 다른 영혼들로 붐비는 역공간(逆空間) 벤무오로 올라갔을 때뿐임을 알고 있나이다.

당신께서는 오직 그 순간에만 수호령들을 당신이 사시는 이 위엄 있는 천상의 법정에 들어오도록 하시고, 저희가 주인의 영혼을 조상들이 사는 알란디이치에로 안전하게 건네주도록 허락해주십사 부탁드리게 하시나이다—

저희가 주인을 위해 간청하는 까닭은 사람의 영혼이 오니에우와가 되어 세상에 돌아가는 것, 즉 다시 태어나는 것은 영혼이 조상들의 땅에 받아들여질 때에야 비로소 가능한 일임을 알기 때문이옵니다—

만물의 창조자이신 추쿠시여, 주인이 살아 있는데 이 법정에서 증언하는 것이 평범한 일이 아님은 저도 알고 있나이다—

하온데도 제가 여기에 온 까닭은, 옛 아버지들이 말하듯 장작을 벨 날카로운 칼이 있다면 숲으로 들어가야 마땅하기 때문이옵니다. 급히 손을 써야 하는 상황이 있다면, 그렇게 손을 써야만 하나이다—

흔히 흙먼지는 땅에, 별은 하늘에 머물며, 둘은 섞이지 않는다고들 하옵고—

그림자는 사람의 모습을 취하지만, 그림자가 도망친다고 하여 사람이 죽지는 않는다고들 하나이다—

제가 주인을 위해 간청하러 온 까닭은, 지상의 보호자이신 알라께서 그가 저지른 일에 보복하실 것이 틀림없기 때문이옵니다—

알라께서는 사람이든 짐승이든 임신하고 있으면 해치지 말라고 명하셨사옵고—

지상은 모두 그분의 것, 인류의 위대한 어머니이자 모든 생명체

가운데 가장 위대하신 분, 어떤 인간이나 영혼도 그 성별이나 종족을 모르는 오직 당신께만 버금가는 그분께 속해 있사오니—

제가 온 까닭은 그분이, 이번 생에 치논소 솔로몬 올리사라는 이름으로 불렸던 제 주인을 가리키며 불리한 증언을 할까 두렵기 때문이옵니다—

제가 목격한 모든 것을 증언하고, 제가 두려워하는 그 일이 실제로 벌어졌다 한들 주인은 실수로, 모르고서 그런 범죄를 저질렀음을 당신과 위대한 여신께 알려 두 분을 설득하고자 서둘러 왔나이다—

이 일은 거의 모두 제가 전하는 것이오나, 그와 제가 하나이기에 이 이야기는 진실하옵니다. 그의 목소리가 제 목소리이옵니다. 그와 제가 따로인 듯 말한다면, 제 말을 다른 이의 입에서 나오는 것으로 여기는 것이나 마찬가지이옵니다—

당신은 우주의 창조자이시며 이보의 네 요일, 에케, 오리에, 아포르, 은쿼의 수호자이시옵고—

옛 아버지들은 당신께 헤아릴 수 없이 많은 이름과 경칭을 바쳤나이다. 추쿠, 에그부누, 오세부루와, 에제우와, 에부베디케, 가가나오구, 아구지에그베, 오바시디넬루, 아그밧타-알루말루, 이장고-이장고, 오카아오메, 아쾌아쿠루, 그리고 다른 수많은 이름으로 불리는 분이시여—

저는 왕의 혀처럼 대담하게 주인을 위해 빌고자 당신 앞에 섰나이다. 당신께서 제 목소리에 귀 기울여주실 것을 믿나이다—

1장
다리의 여자

추쿠시여, 어느 수호령이 처음 파견되어 위대한 아버지들의 땅에
있는 마을 우무아히아의 세계로 가게 될 주인에게 깃든다면, 그 수
호령은 일단 그 땅의 광활함에 충격을 받기 마련입니다. 수호령이
새 주인의 환생한 몸과 함께 땅으로 내려갈 때, 그 땅이 드러내는 모
습은 놀랍습니다. 문득 태고의 장막이 벗겨진 듯 푸른 잎 식물들이
끝없이 펼쳐집니다. 우무아히아로 가까이 갈수록 아버지들의 땅의
주변 모습이 시선을 끕니다. 언덕들과 오그부티-우쿠의 울창하고
거대한 숲, 그곳에서 사냥했던 최초의 인간처럼 오래된 숲이 눈에
들어오는 것입니다. 초창기의 아버지들은 이곳에서 세상을 낳은 우
주의 폭발 흔적을 볼 수 있었다는 이야기와 세상이 하늘과 물과 숲
과 땅으로 나뉘어 있던 태초부터 오그부티 숲은 하나의 나라를 이

루고 있었다는 이야기, 그 나라가 그에 대한 어떤 시(詩)보다도 광활했다는 이야기를 들었습니다. 나뭇잎은 우주의 지역사를 담고 있사옵니다. 하오나 거대한 숲이 주는 환희 외에도, 우무아히아에서 가장 큰 수역인 이모강(江)과 그 수많은 지류를 비롯한 여러 물줄기에는 누구나 매혹되기 마련입니다.

이모강은 인간의 핏줄에나 비할 수 있을 복잡한 회로를 그리며 숲을 휘감습니다. 도시의 어느 지역에서는 강이 깊게 베인 상처처럼 뿜어져 나오고, 좀 더 가보면 언덕이나 어마어마한 큰 협곡 뒤에서 난데없이 나타나 계곡의 허벅다리 사이로 다시 흘러갑니다. 벤데를 지나 우무아히아를 향해 응과 마을들을 거쳐 가다 보면 처음에는 보지 못했던 작고 고요한 지류가 매혹적인 얼굴을 드러냅니다. 이 강은 사람들의 신화에 분명한 자리를 차지하고 있습니다. 사람들의 세계에서는 물이 가장 높은 자리를 차지하기 때문입니다. 사람들은 모든 강이 어머니와 같아서 무언가를 낳을 수 있다는 걸 알고 있사옵고, 이 강은 이모라는 도시를 낳았습니다. 이모 근처의 도시에서 좀 벗어난 곳에는 그 자체로 전설이 된 니제르강이 흐르고 있사온데, 가차 없이 여행하던 니제르강은 오래전 자신의 경계선을 넘어 베누에라는 다른 강을 만났고, 그 만남이 두 강 주변에 있는 사람과 문명의 역사를 영원히 바꾸어놓았나이다.

에그부누시여, 오늘 밤 제가 당신의 빛나는 법정에서 증언하려는 이야기는 거의 7년 전, 이모강에서 시작됐습니다. 그날 아침, 주인은 평소처럼 비품을 보충하러 에누구로 갔습니다. 에누구는 전날 밤 비가 내려 사방이 물이었습니다. 물은 건물 지붕에서 도로에 푹 팬 구멍으로, 나뭇잎으로 떨어졌고 둥근 거미줄에서도 떨어졌으며 사람들의 얼굴과 옷에도 약간씩 부슬비가 내렸습니다. 주인은 기분 좋게 시장을 돌아다녔습니다. 이 집에서 저 집으로, 이 가게에서 저 가게로 걸어 다니는 동안 바지 자락에 더러운 물이 튀어 얼룩이 지지 않도록 발목 위로 바지를 말아 올린 채였습니다. 시장은 사람들로 끓어넘쳤습니다. 시장이 모든 것의 중심이던 위대한 아버지들의 시절에도 그랬고, 언제나 그랬듯이 말입니다. 상품을 맞바꾸고 축제를 열고 마을들이 협상하는 곳이 바로 시장이었습니다. 아버지들의 모든 땅에서는 보통 위대한 어머니 알라의 사원을 시장 가까운 곳에 두었습니다. 아버지들은 시장을 아칼리오골리, 아모수, 장난꾸러기 정령, 형체 없는 다양한 유령을 비롯해 갈 곳 없는 영혼들을 끌어들이는 회합의 장소라고 상상하기도 했습니다. 주인 없는 영혼이란 지상에서 아무것도 아니기 때문입니다. 세상 사물에 영향을 끼치려면 영혼은 육신에 깃들어야 합니다. 하여 영혼들은 계속 차지할 그릇을 찾아다니며, 쉬지 않고 육신을 찾습니다. 이런 영혼은 어떻게든 피해야 합니다. 한번은 그런 영혼이 너무도 간절한 마음에 죽은 개의 몸에 깃드는 것을 본 적이 있사옵니다. 그 영혼은 어떤 신비로운 방법으로 그 썩은 고깃덩어리를 움찔거리며 몇 발짝 느릿느릿 걷도록 하다가 그 개를 떠났고, 그 개는 다시 풀밭에 죽어 자빠졌습니다. 두려운 광경이었습니다. 하여 시장에서는 치가 주인의 몸을 떠나는 일도, 잠들어 있거나 의식을 잃은 주인에게서 멀어지는 일도 현명하지 못한 것으로 여겨집니다. 육신이 없는 영혼 중 특히 사악한 것들은 때로 자리를 지키고 있는 치나 주인을 위해 조언을 얻으러 간 치를 몰아내려 듭니다. 그리하여 추쿠 당신께서 저희에게 그런 여행을 떠나지 말고 밤에는 특히 삼가라고 경고하시는 것입니다! 외부의 영혼이 누군가에게 깃들면 참으로 빼내기 어렵사옵니다! 그리하여 병든 자, 간질 환자, 가증스러운 욕망을 품은 자, 제 부모를 죽이고 다른 이들을 죽이는 자들이 생겨납니다! 이 중 많은 이들은 낯선 영혼에 씌어 있으므로, 원래의 치는 집을 잃은 채 주인을 따라다니며 침입자에게 애원하거나 그와 협상하려 노력하는 처지로 전락하나, 보통은 그리 애원해봐야 아무 소용이 없습니다. 저는 그런 일을 여러 번 보았습니다.

주인은 밴으로 돌아가 A4 용지 크기의 공책에 다 자란 닭 여덟 마리(수탉 두 마리, 암탉 여섯 마리)와 수수 한 자루, 사료 반 자루, 튀긴 흰개미가 가득 든 나일론 봉지 하나를 샀다고 적었습니다. 볏이 위로 갈수록 뾰족해지는 모양이고 털이 양털처럼 고급스러운 흰 수탉을 사는 바람에 평소의 두 배 값을 치렀습니다. 파는 이에게서 수탉을 건네받았을 때 주인은 눈물로 앞이 흐려졌습니다. 잠시 파는 사람과 그의 손에 들린 닭이 아른거리는 환영처럼 보였나이다. 파는 사람은 놀란 얼굴로 그를 지켜보았습니다. 아마 주인이 닭을 보고 그렇게까지 감동하는 이유를 몰랐기 때문이었겠지요. 그는 주인이 본능과 열정에 이끌리는 사람이라는 걸 몰랐습니다. 주인이 두 마리 값을 치르고 그 수탉을 산 이유가 오래전 그가 가지고 있었고, 사랑했으며, 그의 인생을 바꾸어놓은 새끼 거위와 불가사의할 만큼 닮았기 때문이라는 것도 몰랐습니다.

에부베디케시여, 그 출중한 흰 수탉을 산 주인은 기뻐하며 우무아히아로 돌아가는 길을 떠났습니다. 생각했던 것보다 에누구에 오래 머무는 바람에 기르는 새들을 거의 온종일 굶겼다는 생각이 들었을 때도 기분이 처지지 않았습니다. 그 새들이 배고플 때면 종종 그러듯, 멀리 사는 이웃들까지도 불평하게 만드는 꼬꼬댁 소리를 내며 반란을 일으키고 있을 거라는 생각조차 문제가 되지 않았습니다. 보통은 돈이 없다고 말다툼을 벌이곤 하지만 이날만큼은 검문소가 나올 때마다 쉽게 경찰에게 돈을 주었습니다. 통나무에 못을 잔뜩 박아놓고 길을 막은 그런 검문소에 도착하기 전에 미리 종이돈 다발을 창밖으로 내밀었습니다.

가가나오구시여, 하늘이 천천히 어두워지는 가운데 주인은 오랫동안 차를 몰았습니다. 여러 마을을 지나서 양옆에 풍요로운 농장과 무성한 덤불들이 있는 도로를 타고 옛 아버지들의 무덤과 묘지를 통과한 뒤 시골길을 달렸지요. 벌레들이 달려들어 초소형 과일 모형처럼 탁탁 터지는 바람에 앞 유리는 줄줄 흐르는 날벌레 거름으로 뒤덮였습니다. 두 번은 차를 세우고 그 지저분한 것을 걸레로 닦아내야 했습니다. 하지만 다시 출발하면, 얼마 지나지 않아 벌레들이 기운차게 창문에 또 덤벼들었습니다. 우무아히아 외곽에 이르렀을 때쯤에는 날이 거의 저물어 녹슬어가는 기둥에 붙은 팻말의 글자들이 거의 보이지 않았으나 그 내용은 신이 직접 다스리는 땅 아비아에 오신 것을 환영합니다였습니다. 온종일 굶은 주인은 배 속이 바싹 조여드는 기분이었습니다. 그는 거대한 이모강의 지류인 아마투강(江)을 가로지르는 다리에서 조금 떨어진 곳에 멈춰, 화물칸을 차양으로 덮은 트럭 뒤에 차를 댔습니다.

시동을 끄자 밴의 짐칸 바닥에서 타닥타닥하는 소리가 들렸습니다. 그는 차에서 내려서 도시를 휘감은 배수로를 건너 공터로 갔습니다. 노점상들이 작은 천막을 세우고 그 안에 등불이나 촛불로 탁자를 밝혀놓고 스툴에 앉아 있었습니다.

등 뒤로는 어둠이 내렸고 도로는 앞이나 뒤나 어스름이라는 조각보를 덮고 있었습니다. 그는 바나나 한 다발과 파파야와 귤이 가득 들어 있는 비닐봉지를 가지고 밴으로 돌아와 헤드라이트를 켜고 다시 고속도로로 차를 몰았습니다. 새로 산 닭들이 밴의 짐칸에서 꼬꼬댁거리며 울고 있었습니다. 그는 바나나를 먹다가 아마투강의 다리에 도착했습니다. 그는 멀지도 않은 지난주인 비옥하디비옥한 우기에 이 강이 범람했고 한 여자와 여자의 아이가 빠져 죽었다는 소식을 들었습니다. 보통 주인은 도시를 떠도는 불행한 소문을 함량을 속인 주화(鑄貨) 같다고 여겨 믿지 않습니다만, 이 이야기만큼은 그의 치인 저조차 모르는 어떤 이유로 그의 마음에 남았습니다. 그가 어머니와 아이에 대해 생각하다가 다리 한가운데에 이르렀을 때쯤 한쪽 문을 활짝 연 채 난간 옆에 주차해둔 자동차가 보였습니다. 처음에는 자동차만 보였습니다. 어두운 차 내부와 운전석 창문에 반사된 빛점뿐이었습니다. 그러나 눈을 돌리자 다리에서 뛰어내리려는 여자가 눈에 들어와 가슴이 철렁했습니다.

아구지에그베시여, 주인이 익사한 여자를 며칠이나 생각해오던 터에 난간에 올라 구부정하니 강에 몸을 던지려던 다른 여자와 마주치다니 얼마나 불가사의한 일이옵니까? 주인은 그 여자를 보자마자 마음이 흔들렸습니다. 그는 밴을 세우고 뛰어내려 어둠 속으로 달려가며 소리쳤습니다. "안 돼, 안 돼, 그러지 말아요. 제발, 그러지 말아요! 그러지 마세요, 비코, 에메 나!*"

여자는 누군가가 끼어들 거라고는 생각하지 못했는지 깜짝 놀랐습니다. 그녀는 허둥지둥 몸을 돌렸고, 누가 봐도 겁에 질린 채 뒤로 넘어져 땅에 떨어지며 가볍게 떨었습니다. 주인은 그녀를 일으켜주려고 달려갔습니다. "안 돼요, 마미, 그러지 말아요, 제발!" 그는 허리를 숙이며 말했습니다.

"내버려둬요!" 그가 다가오자 그녀가 말했습니다. "내버려두라고요. 가세요."

에그부누시여, 거절당한 주인은 황망한 마음으로 두 손을 들고 뒷걸음질 쳤습니다. 옛 아버지들의 아이들이 항복이나 패배를 나타낼 때 그러듯이 말입니다. "그만할게요. 안 할게요." 주인은 돌아섰지만 차마 떠날 수 없었습니다. 그가 떠나면 여자가 무슨 짓을 할지 몰라 두려웠습니다. 자신도 깊은 슬픔을 간직하고 있었기에, 절망은 영혼의 질병이고 이미 망가진 삶을 파괴할 수 있다는 걸 알았기 때문이옵니다. 하여 그는 그녀를 다시 마주 보고 두 손을 아까보다 낮게, 지팡이처럼 내밀었습니다. "그러지 말아요, 마미. 세상 그 어떤 일도 그렇게 죽을 이유는 못 돼요. 절대로요, 마미."

여자는 애써 천천히 몸을 일으켰습니다. 처음에는 무릎을 꿇었다가 이윽고 상체를 세웠는데, 그러는 내내 두 눈은 그에게 둔 채 이렇

---

* 제발, 그러지 말아요! (이보어)

게 말했습니다. "내버려둬요. 날 내버려둬요."

그의 밴이 비추는 눈동자 같은 빛 속에서 그녀의 얼굴이 언뜻 보였습니다. 두려움으로 가득한 얼굴이었습니다. 오래 울어서인지 두 눈이 약간 부은 듯했습니다. 주인은 그녀가 깊은 상처를 입은 사람이라는 걸 즉시 알아보았습니다. 직접 고난을 겪었거나 다른 이의 고난을 목격한 사람은 다른 이의 얼굴에 남은 고난의 흔적을 멀리서부터 알아볼 수 있기 때문이옵니다. 여자는 불빛 속에서 몸을 떨며 일어섰고 주인은 그녀가 누구를 잃었을지 생각했습니다. 부모님 중 한 분일까? 남편일까? 아이일까?

"이젠 내버려둘게요." 그가 다시 두 손을 들며 말했습니다. "내버려두고 갈게요. 나를 만드신 하느님께 맹세해요."

그는 밴 쪽으로 돌아섰습니다. 하지만 그녀의 안에서 본 묵직한 슬픔 탓인지 마지못해 그녀를 잠시 떠나는 머뭇거리는 발걸음조차 끔찍한 불친절처럼 느껴졌습니다. 그는 배 속 깊은 곳이 훅 꺼지는 것만 같은 느낌이 들고 불안하게 뛰는 심장 소리가 귀에 들리는 듯해 다시 멈춰 서서 그녀를 마주 보았습니다.

"하지만 마미." 그가 말했습니다. "뛰어내리지 말아요. 알았죠?"

그는 잠겨 있던 밴 짐칸을 급히 열고 새장의 빗장을 풀었습니다. 시선을 창밖에 둔 채 그녀를 떠나보내서는 안 된다고 혼잣말하며, 날개를 잡아 한 손에 한 마리씩 닭 두 마리를 꺼내고 서둘러 그녀에게 갔습니다.

여자는 그가 떠난 자리에서 움직이지 않고 최면에라도 걸린 듯 그의 차 쪽을 바라보고 있었습니다. 수호령은 미래를 볼 수 없기에 주인이 어떤 일을 할지 완전히 알 수는 없사오나—추쿠시여, 오직 당신과 위대한 신들만이 예지의 영을 가지고 계시며 디비아*들에게 이러한 재능을 전하실 수 있나이다—저는 느낄 수 있었습니다. 하오나 당신께서는 저희 수호령들에게 주인의 모든 일에 간여하지 말고 인간이 자신의 의지대로 하여 인간답게 존재하도록 하라고 경고하시므로, 저는 구태여 그를 막지 않았습니다. 다만 그가 새들을 사랑하며 날짐승들과의 관계를 통해 삶이 변화된 사람이라는 생각을 그의 정신에 집어넣었을 뿐이옵니다. 그 순간, 저는 그가 한때 소유했던 새끼 거위의 흥분되는 모습을 그의 정신에 비추었습니다. 별다른 효과는 없었습니다. 이때처럼 감정에 압도당하는 순간에 인간은 무슨 말을 하든 귀 기울여 듣지도 않고 이해하지도 못하는 고집 센 솔개 에그벤치가 되기 때문입니다. 에그벤치는 가고 싶은 곳이면 어디든 가고 열망하는 것이면 무엇이든 합니다.

"그 어떤 일이 있어도, 무슨 일이 있어도 저 강에 빠져 죽으면 안 돼요. 절대로요." 그는 닭들을 머리 위로 들어 올렸습니다. "누가 저 안에 떨어지면 이렇게 되는 거예요. 죽어서 아무도 다시 만날 수 없는 사람이 된다고요."

그는 두 손에 닭들을 묵직하게 들고 난간으로 달려갔습니다. 닭들은 소리 높여 꼬꼬댁거리며 그의 손아귀에서 불안한 듯 몸부림쳤습니다. "이런 닭들도 똑같아요." 그는 다시 말한 뒤 닭들을 다리 너머 어둠 속으로 내던졌습니다.

---

* 이보의 사제를 말한다.

그는 닭들이 뜨끈한 공기에 맞서 몸부림치고, 살려고 처절하게 버둥거리고, 실패하면서도 격하게 홰를 쳐대는 모습을 잠시 지켜보았습니다. 깃털 한 장이 그의 손에 내려앉았으나 그는 순간 고통이 느껴질 만큼 서둘러 격하게 그것을 쳐냈습니다. 그런 다음 그는 닭들이 물에 닿아 빨려 들어가는 소리를 들었고, 그다음에는 헛된 퐁당 소리와 철벅거리는 소리도 들었습니다. 여자도 귀를 기울이는 듯했습니다. 그는 함께 귀를 기울이면서 설명할 수 없는 연대감을 느꼈습니다. 평가조차 할 수 없는 비밀스러운 범죄를 단둘이 목격한 것 같았습니다. 그가 가만히 서 있는데, 마침내 여자가 헛숨을 들이켜는 소리가 들렸습니다. 그는 눈을 들어 그녀를 본 다음, 어둠 탓에 보이지 않는 물을 다시 내려다보고, 다시 그녀를 보았습니다.

"봤죠." 그가 강을 가리키며 말했습니다. 바람이 밤의 건조한 목구멍에 걸린 기침처럼 신음했습니다. "저기 빠지면 저렇게 되는 거예요."

주인의 자동차가 도착한 이후 처음으로 다른 자동차 한 대가 다리에 접근하더니 조심스럽게 움직였습니다. 그 차는 몇 걸음 떨어진 곳에 멈춰 경적을 울렸고, 이어 운전자가 백인의 언어로 말했습니다. 주인에게는 들리지 않지만 그의 치인 저에게는 들리는 말이었습니다. "너희, 나쁜 짓 하는 건 아니지?" 그러더니 자동차는 점점 속도를 높여 멀어져갔습니다.

"봤죠." 그가 다시 말했습니다.

주인은 일단 말을 내뱉고 나자 침착해졌습니다. 이건 사람이 평범하지 않은 일을 하고 내면으로 물러날 때면 자주 벌어지는 일입니다. 그는 이곳을 떠나야겠다는 생각밖에 나지 않았고, 그 생각은 압도적으로 격렬한 감정과 함께 밀려들었습니다. 그의 치인 저는 이만하면 됐으니 떠나는 게 최선이라는 생각을 그의 정신에 비추었습니다. 그래서 그는 서둘러 밴으로 돌아가 시동을 걸었습니다. 짐 칸에서 반란의 목소리들이 들려왔습니다. 백미러로 보이는 다리 위 여자의 모습은 빛의 장(場)으로 불러낸 영혼처럼 번쩍였습니다. 하지만 그는 멈추지 않았고 뒤를 돌아보지도 않았습니다.

2장
쓸쓸함

아구지에그베시여, 위대한 아버지들은 언덕 꼭대기에 오르려면 가장 낮은 곳에서부터 출발해야 한다고 말합니다. 저는 인간의 삶이란 이쪽 끝에서 저쪽 끝으로 달리는 경주라서, 뒤따라 벌어지는 일은 앞서 일어난 일의 필연적인 결과임을 알게 되었나이다. 혼란스러운 일이 벌어질 때마다 사람들이 "왜?"라는 질문을 던지는 이유가 바로 이것입니다. 인간의 마음속 깊은 곳의 비밀과 동기라 할지라도 더 깊은 곳을 살피면 드러나는 경우가 대부분입니다. 하오니 추쿠시여, 제 주인을 위해 간청드리오니, 모든 일의 시작은 다리에서의 그날 밤으로 이어지는 고된 시절까지 거슬러 올라가야만 한다는 것을 말씀드리옵니다.

주인의 아버지는 그로부터 겨우 아홉 달 전에 세상을 떠났고, 주인은 그때까지 느꼈던 모든 것을 넘어서는 격렬한 고통을 겪게 되었습니다. 어머니를 잃었을 때나 새끼 거위를 잃었을 때나 여동생이 집을 떠났을 때처럼 다른 사람이 함께 있었다면 조금은 달랐을지 모릅니다. 하지만 아버지가 세상을 떠났을 때, 그의 곁에는 아무도 없었습니다. 여동생 은키루는 밤을 틈타 나이 든 남자와 함께 도망쳤고, 아버지의 죽음에 양심의 가책을 느꼈는지 더욱 거리를 두었습니다. 아마 주인이 아버지가 돌아가신 건 그녀의 탓이라고 비난할지 몰라 두려웠기 때문이었을 것입니다. 아버지가 돌아가신 이후의 며칠은 극도로 어두웠습니다. 고통의 아구*가 밤낮으로 그를 괴롭히며, 잊을 수 없는 가족의 기억이 쥐처럼 도사리고 있는 빈집으로 만들었습니다. 아침이면 그는 보통 어머니의 요리 냄새를 맡으며 잠을 깼습니다. 낮에는 가끔 여동생이 장막 너머에 모습을 감추고 있었을 뿐이라는 듯 생생히 모습을 드러내곤 했습니다. 밤이면 아버지의 존재가 너무 강렬하게 느껴져, 가끔은 그가 와 있다는 확신이 들었습니다. "아빠! 아빠!" 그는 어둠 속을 향해 외치며, 미친 사람처럼 맴돌았습니다. 하지만 돌아오는 것은 너무 강해 현실 감각을 되돌려놓곤 하는 침묵뿐이었습니다.

그는 현기증을 느끼며 외줄 타기를 하듯 세상을 헤치고 나아갔습니다. 눈을 뜨고 있어도 아무것도 보이지 않았습니다. 그 무엇도 위로가 되지 않았습니다. 커다란 카세트 플레이어로 저녁마다 거의 틀어놓고 뜰에서 일할 때도 틀어놓는 올리버 드 코크의 음악도 마

---

* 영(靈). (이보어)

찬가지였습니다. 닭들도 슬픔을 덜어주지 못했습니다. 그는 닭들을 예전처럼 신경 써서 돌보지 못하게 되어 보통은 하루에 한 번만 먹이를 주었고 가끔은 아예 먹이 주는 것을 잊어버렸습니다. 그 시절에는 폭동이라도 일으킬 것처럼 항의하는 꼬꼬댁 소리만이 그의 마음을 움직여 어쩔 수 없이 먹이를 주게 했습니다. 그는 닭들을 지키는 데에도 집중하지 못해서 매와 솔개들이 여러 차례 닭들을 잡아먹었습니다.

그 시절에 끼니는 어떻게 때웠는지 물으시렵니까? 집 앞에서부터 자동차도로가 시작되는 곳까지 펼쳐진 작은 텃밭에서 토마토와 오크로, 후추를 따다 먹었을 뿐입니다. 아버지가 심은 옥수수는 시들어 죽게 놔두고, 다른 작물까지 결딴내지 않는 한 곤충들이 그걸 썩히도록 버려뒀습니다. 텃밭에 남은 것만으로는 버틸 수 없게 되자 로터리 시장에서 장을 봤고, 그때에도 필요한 말 외에는 한마디도 하지 않았습니다. 머잖아 그는 한마디 말도 없이 며칠씩 지내는 과묵한 남자가 되었습니다. 종종 동지라고 부르는 닭들에게도 말을 걸지 않았습니다. 그는 근처의 식료품 가게에서 양파와 우유를 샀고 가끔은 길 건너에 있는 마담 컴포트 식당이라는 간이식당에서 밥을 먹었습니다. 거기서도 말은 거의 하지 않은 채, 긴장한 모습으로 변덕스러운 감탄을 담아 주변 사람들을 관찰하기만 했습니다. 그는 그 사람들 모두가 겉보기에만 평화로워 보일 뿐, 뒷문으로 그의 세계에 몰래 들어온 변절자 영혼이라고 생각하는 듯했습니다.

오세부루와시여, 이런 상황에서는 흔히들 그러듯, 주인도 너무 심한 슬픔에 모든 도움을 거부하게 되었습니다. 학교를 떠난 뒤에도 계속 사귀어오던 유일한 친구인 엘로추쿠조차 그를 위로할 수 없었습니다. 주인은 엘로추쿠를 멀리했습니다. 언젠가는 엘로추쿠가 오토바이를 타고 그의 농장으로 와 문을 두드리며 안에 있느냐고 주인을 소리쳐 불렀습니다. 하지만 주인은 없는 척했습니다. 엘로추쿠는 친구가 안에 있다고 생각했는지 주인에게 전화를 걸었습니다. 주인은 핸드폰이 울리도록 그냥 내버려두었고, 엘로추쿠는 그가 정말로 집을 비웠다는 결론을 내리고 떠나고 말았습니다. 주인은 아버지의 형제 중 유일하게 살아 있는 삼촌이 아바로 와서 같이 살자고 해도 거절했습니다. 그래도 삼촌이 고집을 부리자 핸드폰을 꺼버리고 두 달 동안 켜지 않았습니다. 급기야 삼촌이 그의 농장으로 차를 몰고 오는 소리에 깨어나게 되었지요.

삼촌은 화가 나 있었으나, 조카가 그토록 망가지고 야위고 무력해진 모습을 보자 마음이 움직였습니다. 나이 든 그가 주인 앞에서 울었습니다. 그날, 몇 년 동안 본 적도 없는 사람이 그를 위해 흐느끼는 모습에 주인의 마음속에서 뭔가가 바뀌었습니다. 그는 자기 삶에 구멍이 뚫렸다는 것을 알게 되었습니다. 그리고 그날 저녁, 삼촌이 거실 소파에 드러누워 코를 골고 있을 때는 그 구멍이 어머니가 돌아가신 이후부터 눈에 띄기 시작했다는 생각이 문득 들었습니다. 가가나오구시여, 그건 정말이었습니다. 그의 어머니는 여동생을 낳고 얼마 지나지 않아 목숨을 잃었고, 사람들이 그녀를 병원에서 데리고 나오는 모습을 제 주인이 바라볼 때 그의 치인 저도 그 자리에 있었습니다. 백인이 1991년이라고 부르는 22년 전의 일이었습니다. 당시 주인은 겨우 아홉 살이었습니다. 우주가 준 것을 받아들이기에는 너무 어렸습니다. 그날 밤까지 알던 그의 세상에 갑자기 그물처럼 구멍이 숭숭 뚫려 다시는 바로잡을 수 없게 된 것입니다. 아버지의 노력, 라고스 여행, 이바단 동물원과 포트하코트 놀이공원으로의 외출, 비디오게임기…… 그 무엇도 효과가 없었습니다. 아버지가 무슨 일을 해도 그의 영혼에 생긴 틈은 메워지지 않았습니다.

엘루이퀘의 우주 거미가 열세 번째 무성한 그물을 짜 달에 드리우던 그해 말, 주인의 아버지는 아들에게 행복을 되찾아주려는 간절한 마음에 그를 마을로 데려갔습니다. 전쟁이 벌어지던 아버지의 소년 시절에, 그가 오그부티 숲에서 야생 거위를 사냥했다는 이야기를 듣고 주인이 흥미를 보였던 게 떠올랐기 때문입니다. 하여 그는 주인을 데리고 숲으로 거위 사냥을 하러 갔습니다. 그 이야기는 이후에 다시 전해드리겠나이다, 추쿠시여. 주인이 그의 인생을 바꾸어놓을 새끼 거위를 잡은 곳이 바로 그곳이옵니다.

주인의 상태를 본 삼촌은 계획했던 하루가 아닌 나흘을 그와 함께 머물렀습니다. 나이 든 그가 집을 청소하고 닭들을 돌보고 주인을 에누구까지 태워 가 사료와 물품들을 사 왔습니다. 보니 삼촌은 말더듬이였지만 그 며칠 동안 주인의 정신에 단어들을 채워 넣었습니다. 보통은 외로움이 얼마나 위험한지, 여자가 얼마나 필요한지에 관한 내용이었습니다. 그리고 그의 말은 사실이었습니다. 저는 사람들 사이에서 오랫동안 살아왔기에, 외로움이란 기나긴 슬픈 밤 내내 짖어대는 사나운 개라는 것을 알고 있습니다. 저는 그런 일을 여러 번 보았습니다.

보니 삼촌은 떠나는 날 아침에 이렇게 말했습니다. "논소, 마-만약에 네-네가 고-고-곧 아내를 어-얻지 못하면, 네 수-숙모랑 내-내-내가 지-직접 너한테 아-아내를 구해줄 거다." 삼촌은 고개를 저었습니다. "이런 식으로 살 수는 어-어-없어."

삼촌의 말은 아주 강력했고, 주인은 삼촌이 떠난 뒤부터 새로운 생각을 하기 시작했습니다. 치유의 달걀들이 비밀스러운 장소에서 부화하기라도 한 듯, 그는 어느새 오랫동안 갖지 못했던 무언가를 열망하게 되었습니다. 그건 바로 여인의 온기였습니다. 이 열망 때문에 그는 상실에서 관심을 돌리게 되었습니다. 외출이 잦아졌습니다. 국립 여자대학교 근처를 어슬렁거리기 위해서였습니다. 처음에는 잠깐씩 호기심을 느끼며 길가의 간이식당에서 여자들을 지켜볼 뿐이었습니다. 그들의 땋은 머리카락과 가슴, 외모에 관심이 갔습니다. 그렇게 관심이 깊어지면서 그들 중 한 명에게 손을 내밀었지만, 퇴짜를 맞았습니다. 주인은 상황이라는 틀에 갇혀 자신감을 잃었기에 두 번 도전하지는 않기로 마음먹었습니다. 저는 첫 도전으로 여자를 얻는다는 건 거의 불가능한 일이라는 생각을 그의 정신에 비추었습니다. 하오나 그는 제 목소리에 전혀 귀를 기울이지 않았습니다. 그로부터 며칠 뒤, 주인은 사창가를 찾았습니다.

추쿠시여, 제 주인을 받아들인 침대의 주인은 그보다 나이가 두 배는 많은 여자였습니다. 그녀는 위대한 어머니들 사이에 잘 알려진 방식대로 머리를 풀어 늘어뜨리고 있었고, 얼굴에는 남자들이 매력적이라고 여길 섬세함을 더해주는 가루를 발라 화장하고 있었습니다. 246년 전의 제 옛 주인 아린제 이혜메와 약혼했으나 와인

나르기 의식 전에 아로의 노예 사냥꾼들에게 납치당해 실종된 울로마 네제아냐라는 여자와 비슷한 얼굴이었습니다.

여자는 주인이 보는 가운데 옷을 벗고 풍만하고 매력적인 몸을 드러냈습니다. 하오나 주인은 그녀가 자기 위로 올라오라고 했을 때도 그러지 못했습니다. 에그부누시여, 저는 이처럼 평범하지 않은 경우를 그때 처음 보았습니다. 며칠째 엄청나게 발기해 있던 그의 물건이 욕구가 충족되기 직전에 수그러진 것입니다. 주인은 자신이 성교의 기술이 서툰 초심자라는 것을 문득 날카롭게 의식하고 그런 자의식에 사로잡히고 말았습니다. 그와 함께 여러 모습이 밀려들었습니다. 병원 침대에 누워 있는 어머니의 모습, 울타리에 위태롭게 걸터앉아 있는 새끼 거위의 모습, 사후경직으로 단단히 굳어 있는 아버지의 모습이 말입니다. 그는 몸을 떨며 천천히 침대에서 일어나 그만 가게 해달라고 말했습니다.

"뭐? 그냥 돈을 버리겠다는 거니?" 여자가 말했습니다.

그는 그렇다고 말하고, 일어나서 옷으로 손을 뻗었습니다.

"무슨 소리야? 거긴 아직 서 있는데."

"비코, 캄 라아." 그가 말했습니다.

"영어 못해? 피진 말로 해, 난 이보가 아니니까." 여자가 말했습니다.

"알았어요. 그만 가고 싶다고요."

"에, 나 와 오!* 이런 건 또 처음 봤네. 하지만 그냥 돈을 버리게 하

---

* 와! (나이지리아 피진 영어)

고 싶진 않은데."

여자는 침대에서 내려와 전깃불을 켰습니다. 그는 확연히 두드러지는 여자의 풍만함에 뒷걸음질 쳤습니다. "겁내지 마, 겁내지 마. 그냥 힘 빼. 응?"

그는 가만히 서 있었습니다. 여자는 그의 옷을 벗겨 의자에 올려놓았고, 그의 두 손은 겁에 질린 사람처럼 항복했습니다. 그녀는 바닥에 무릎을 꿇고서 한 손으로 그의 성기를 잡고 다른 손으로 그의 엉덩이를 쥐었습니다. 그 감각에 그는 움찔거리며 몸을 떨었습니다. 여자가 웃었습니다.

"몇 살?"

"서른, 아흑, 서른요."

"솔직히 말해, 몇 살이야?" 그녀가 그의 성기 끝부분을 꽉 쥐었습니다. 그는 입을 열려다가 헛숨을 들이켰습니다. 그녀가 성기를 입으로 감싸고 반쯤 삼켰습니다. 주인은 헐떡이며 서둘러 스물넷이라는 단어를 웅얼거렸습니다. 그는 빠져나가려 했지만, 여자는 다른 팔을 그의 허리에 두르고 그를 가만히 잡아두었습니다. 그녀가 쪽쪽 소리가 나도록 격하게 빨아대는 동안 주인은 비명을 지르고 이를 갈면서 아무 의미 없는 단어들을 내뱉었습니다. 어둠으로 물든 무지갯빛 불빛이 보이고 그 안의 한기가 느껴졌습니다. 몸 안에서 복잡한 화합이 계속 격렬하게 일어났습니다. 결국, 그가 소리를 질렀습니다. "싼다, 싸요!" 여자가 고개를 돌렸고, 정액은 간신히 그녀의 얼굴을 빗나갔습니다. 그는 다시 의자에 주저앉았습니다. 정신을 잃을 것만 같았습니다. 그는 이 경험을 옥수수 자루처럼 무겁게 젊어지고서, 충격에 휩싸이고 기진맥진한 채로 사창가를 떠났습니다. 다리에서 그 여자를 만난 것은 나흘 뒤였습니다.

에제우와시여, 그날 밤 다리를 떠날 때만 해도 그는 자기가 무슨 짓을 한 건지 잘 모르고 있었습니다. 그저 평범한 일이 아니라는 것만 알고 있었을 뿐입니다. 그는 보람을 느끼며 집으로 갔습니다. 오랫동안 경험하지 못한 보람이었습니다. 그는 평화로운 마음으로 여덟이 아니라 여섯 마리가 된 새 닭들을 짐칸에서 내리고, 핸드폰에 달린 플래시를 비춰가며 새장들을 뜰로 옮겼습니다. 그는 수수를 비롯해 에누구에서 산 물건들이 들어 있는 봉지를 풀었습니다. 그렇게 모든 짐을 내리고 나자 문득 어떤 생각이 들었습니다. "추쿠시여!" 그는 그렇게 말하며 거실로 뛰어들었습니다. 충전식 손전등을 들고 옆에 달린 스위치를 위로 젖히자 형광등 세 개에 희미한 흰색 불빛이 들어왔습니다. 스위치를 위로 더 올렸으나 더 밝아지지는 않았습니다. 그는 앞으로 걸어가며 손전등을 들여다보았습니다. 형광등 하나가 나가서, 위쪽 끝부분이 그을음에 덮여 있었습니다. 어쨌든 그는 손전등을 가지고 뜰로 달려갔고, 그 반쪽짜리 불빛으로 새장을 비추자마자 다시 비명을 질렀습니다. "추쿠시여, 오! 추쿠시여!" 그가 다리에서 던져버린 닭 중 한 마리가 양털처럼 흰 수탉이라는 걸 알게 된 것이옵니다.

아카타카시여, 지나간 일을 번복하고 이미 진행된 일을 돌이키려는 것은 인간들 사이에서 흔히 보이는 현상입니다. 하지만 그런 시도는 늘 실패합니다. 저는 그런 일을 여러 번 보았습니다. 동족의 다른 이들처럼 주인도 집에서 달려 나와 다시 밴으로 향했습니다. 검은 고양이 한 마리가 밴에 기어올라 경비병처럼 도끼눈을 뜨고 앉아 있었습니다. 그는 쉭 소리를 내며 고양이를 쫓았습니다. 고양이는 특유의 시끄러운 소리를 내며 울더니 곁의 덤불에 뛰어들었습니다. 그는 밴에 올라 밖으로 차를 몰았습니다. 바깥은 이미 밤이었습니다. 지나다니는 차도 별로 없어서, 주유소에 들어가려던 큰 트럭이 딱 한 차례 길을 막았을 뿐이었습니다. 다리에 도착해보니 조금 전에 보았던 여자가 사라지고 없었습니다. 그녀의 자동차도 마찬가지였습니다. 주인은 그녀가 강에 빠지지는 않았을 거라고 생각했습니다. 그랬으면 그녀의 자동차가 아직 남아 있었을 테니까요. 하지만 지금 그의 관심사는 여자가 아니었습니다. 그는 강변을 따라 달려 내려갔습니다. 야밤의 소음이 두 귀를 가득 채웠고, 손전등 불빛은 보아 뱀처럼 어둠을 삼켰습니다. 강변이 가까워지자 곤충들이 동심원을 그리며 주인의 얼굴에 그물을 치는 것만 같았습니다. 그는 벌레들을 쫓으려고 미친 사람처럼 손을 내저었습니다. 손전등 빛이 그의 손을 따라 움직이며 곧은 막대처럼 강물 위에 몇 번 흔들거리다가 강 건너 몇 미터를 길게 비추었습니다. 그는 눈으로 빛을 따라갔지만 보이는 건 텅 빈 강둑과 흩어진 넝마, 오물뿐이었습니다. 그는 곧장 다리 밑으로 걸어갔습니다. 소리가 들릴 때마다 뒤를 돌아보았습니다. 심장이 두근거렸습니다. 가까이 가자 웬 바구니가 비쳤습니다. 라피아야자 섬유를 꼬아 만든 그 바구니는 가운데 부분이 헐거워져 긴 끈을 이루고 있었습니다. 그는 그리로 달려갔습니다. 닭들 중 한 마리가 강물에서 빠져나오려고 바구니에 기어올랐을지 모른다는 기대감이 밀려왔습니다.

　하지만 그는 바구니 안에 아무것도 없다는 걸 알게 되었고, 다리 아래쪽 땅과 강 저 멀리까지 최대한 빛을 비추었으나 닭의 흔적은 전혀 보이지 않았습니다. 그는 닭들을 던졌던 순간을 떠올렸습니다. 녀석들이 날개를 파닥이던 일이 떠올랐습니다. 닭들은 다리 난간에 매달리려고 괴롭고 절박하게 애썼지만 그러지 못한 게 틀림없었습니다. 그는 집에서 날짐승을 기르기 시작한 순간부터 가금으로 기르는 새들은 모든 생명체 가운데에서도 가장 약하다는 걸 일찌감치 알게 되었습니다. 그 새들에게는 크든 작든 위험을 막거나 자신을 지킬 능력이 거의 없었습니다. 주인은 바로 그런 연약함 때문에 이 새들을 더욱 사랑스러워했습니다. 처음에는 새끼 거위 때문에 모든 새를 사랑했으나, 매가 잔인하게 암탉을 공격하는 걸 본 뒤부터는 연약한 가금만을 사랑하게 된 것입니다.

　주인은 숱 많은 동물의 살가죽에서 이를 잡듯 밤의 두꺼운 가죽을 샅샅이 훑은 뒤 괴로워하며 집으로 돌아갔습니다. 생각하면 할수록 아까 저지른 짓은 손이 정신과 어우러지지 못하고 멋대로 벌인 일 같았습니다. 그게 무엇보다 괴로웠습니다. 자기도 모르는 사이 해로운 일을 저질렀다는 사실을 알게 되면, 사람의 마음에는 문득 어둠이 내리기 때문이옵니다. 사람의 영혼은 그가 저지른 해악을 알아차리는 즉시 낙담하여 무릎을 꿇고 회한과 치욕의 알루시*

---

* 이보 종교에서 숭배하는 영혼. 알루시는 종류가 많으며, 저마다 특유의 목적과 기능이 있다.

에게 항복하며, 이런 굴종은 그에게 상처를 입힙니다. 그리고 상처를 입은 인간은 자신의 잘못을 보상하여 낫고자 합니다. 다른 이의 옷을 더럽혔다면 새 옷을 가지고 그 사람을 찾아가 여기 있네, 형제여, 내가 망쳐버린 옷 대신 이 새 옷을 받아주게, 하고 말할 수 있습니다. 뭔가 망가뜨렸다면 고쳐주거나 다른 것으로 바꿔주면 됩니다. 하지만 돌이킬 수 없는 짓을 저질렀거나 고칠 수 없는 무언가를 망가뜨렸다면 회한이라는 신비한 마취제에 항복하는 것 말고 할 수 있는 일이 없습니다. 참으로 이해하기 어려운 일이옵니다!

에제우와시여, 저는 주인이 자신의 이해력을 넘어서는 문제에 대한 답을 구할 때마다 위험을 무릅쓰고서라도 자주 그 답을 찾아주었나이다. 하여 저는 그날 밤 주인이 잠들기 전에 아침에 다시 강으로 가보자는 생각을 그의 마음에 심어두었습니다. 어쩌면 그때 닭들을 찾을 수 있을지 모른다고 말입니다. 하오나 그는 제 조언에 귀를 기울이지 않았습니다. 인간에게는 영혼이—자신의 치라 할지라도—불어넣어준 생각과 자신의 머릿속 목소리를 구분할 방법이 없으므로, 제 주인은 저의 조언을 자기 정신에서 비롯된 것으로만 여겼습니다.

저는 그날 여러 번 그의 정신에 같은 생각을 비추었으나, 그의 머릿속 목소리가 그때마다 이미 너무 늦었다고, 닭들은 물에 빠져 죽은 게 분명하다고 반대했습니다. 저는 그야 모를 일이라고 대답했으나, 그의 머릿속 목소리는 다 끝났어, 내가 할 수 있는 일은 아무것도 없어, 라고 말했습니다. 그렇게 저녁이 찾아왔고, 저는 그가 가지 않으리라는 걸 알게 되었습니다. 그때 저는 오세부루와 당신께서 특별한 상황이 아니면 피하라고 수호령들에게 경고하신 일을 하고 말았습니다. 주인에게 의식이 있는데도 그의 몸을 나선 것입니다. 저는 그의 수호령으로서 그의 안내자일 뿐 아니라 협조자이자 그의 손이 닿지 않는 것들에 대한 목격자이고, 영혼의 영역에서 그를 대변해야 하는 자라는 걸 알고 있었기 때문이옵니다. 저는 주인의 안에서 그의 손이 하는 모든 일과 그의 발이 내딛는 모든 걸음, 그의 몸이 취하는 모든 동작을 보나이다. 제게 주인의 몸이란 그의 인생 전부가 비치는 장막이옵니다. 주인 안에 머무는 한 저는 한 인간의 삶으로 가득 찬 빈 그릇, 그 생명으로 구체화되는 그릇일 뿐이옵니다. 그리하여 저는 목격자로서 주인의 삶을 관찰하고 증언하나이다. 하오나 주인의 몸속에 있을 때 치에게는 제약이 있습니다. 주인의 몸속에서는 초자연적 영역에 존재하는 것들과 그곳에서 이야기하는 것들을 보거나 듣기가 거의 불가능해집니다. 하지만 주인에게서 빠져나오면 인간의 영역 너머에 있는 것들에 접근할 수 있지요.

저는 주인에게서 나오자마자 영적 세계의 어마어마한 소란에 맞닥뜨렸습니다. 가장 용감한 인간조차 겁에 질리게 할 법한 소리가 귀가 먹먹해지는 교향곡을 울리고 있었습니다. 아주 많은 목소리─고함, 울부짖음, 외침, 소음, 온갖 종류의 소리였습니다. 인간과 영혼의 세상은 잎사귀 한 장 차이로 구분되어 있을 뿐인데, 주인의 몸을 떠나지 않으면 이처럼 큰 소리의 희미한 속삭임조차 들을 수 없다니 불가사의한 일입니다. 처음으로 창조되어 지상에 내려온 새로운 치는 곧바로 이 소음에 압도당하고, 너무 겁에 질려 주인이라는 침묵의 요새로 냉큼 돌아갈지 모릅니다. 오그부니케, 응고도, 에지─

오피의 안식처 동굴과 아바자의 거대한 흙더미에서 만났던 수많은 수호령처럼 저도 지상으로 처음 여행을 떠났을 때 이런 일을 겪었습니다. 이 소란은 영혼들의 시간인 밤에 특히 심합니다.

주인이 의식이 있을 때 그를 떠나고자 하면, 저는 제가 없는 동안 그에게 어떤 일도 벌어지지 않고, 제가 책임질 수 없는 일은 그가 저지르지 않도록 짧게만 밖에 머무르고 재빨리 돌아옵니다. 하지만 육신 없이 어디에든 가려면 인간이라는 그릇에 깃들어 있을 때와는 다른 길을 따라야 합니다. 그리하여 저는 온갖 영혼들이 눈에 보이지 않는 깡통 속 지렁이처럼 몸부림치는 벤무오의 붐비는 중앙 홀을 천천히 헤쳐나가야만 했습니다. 서두른 보람이 있었는지, 저는 눈을 일곱 번 깜빡일 사이에 강에 이르렀습니다. 하지만 아무것도 보이지 않았습니다. 저는 다음 날에도 강으로 돌아갔습니다. 세 번째 들렀을 때 주인이 다리에서 던져버린 갈색 수탉을 보았습니다. 수탉은 빵빵하게 부풀어 오른 채, 다리를 위로 하고 수면에 떠 있었습니다. 죽어서 뻣뻣해진 모습이었습니다. 물 때문에 수탉의 줄무늬에는 감지하기 어려운 회색빛이 감돌았고, 녀석의 배는 물속의 뭔가에 먹힌 듯 깃털이 전부 벗겨진 모습이었습니다. 목은 길게 늘어난 듯했고 주름은 깊어졌으며 몸은 부어 있었습니다. 독수리 한 마리가 수면 위로 납작하게 펼치고 있는 닭의 날개에 앉아, 녀석을 내려다보며 두리번거렸습니다. 양털처럼 흰 수탉의 흔적은 보이지 않았습니다.

에부베디케시여, 저는 여러 번 지상에 존재한 끝에, 사람에게 일어나는 모든 일은 보이지 않는 영역에서 이미 일어난 적이 있는 것이고, 이 우주에서 벌어지는 일 중 선례가 없는 건 하나도 없음을 이해하게 되었습니다. 세계는 아주 오래된, 인내심이라는 소리 없는 바퀴 위에서 돌아가며, 만물은 그 인내심을 따라 기다리고 바로 그 기다림을 통해 살아 있게 됩니다. 누군가에게 불운이 닥친다면, 그 불운은 오랫동안 그를 기다리며 길 한복판이나 고속도로, 전쟁터에서 시간을 벌어온 것입니다. 이럴 때 속아 넘어가 뜻한 당혹감을 느끼는 건, 이런 시점에 이르러서야 충격을 받는 사람뿐입니다. 그런 일이 벌어지면 그의 치를 비롯해 그에게 공감하는 모든 이들이 함께 놀라 무너지고 말지요. 하지만 사실 그 사람은 오래전에 죽은 것입니다. 그의 죽음이라는 진실은 그저 세태와 타협했을 뿐 결국 갈라져 열리며 그 죽음을 드러낼 장막으로 가려져 있었을 뿐입니다. 저는 그런 일을 여러 번 보았습니다.

그날 밤, 저는 주인이 잠들어 있을 때 종종 그러듯 그에게서 빠져나와 그를 지켜보았습니다. 벤무오의 거주자들은 지상에 밤이 찾아오고 사람들이 잠들어 있을 때 더욱 활발히 움직이는 경우가 많으니 말입니다. 그곳에서 저는 닭과 독수리의 모습을 그의 무의식에 비추었습니다. 그토록 이상한 사건을 주인에게 전하는 가장 쉬운 방법은 꿈의 영역을 통하는 것이기 때문입니다. 꿈의 영역은 어느 영혼이나 접근할 수 있는 개방형 극장이므로, 치는 이 취약한 영역에 접근할 때 항상 조심성을 가지고 아주 신중하게 들어가야 합니다. 치는 일단 주인에게서 나온 뒤에야 그의 꿈속 세계로 들어갈 수 있습니다. 이렇게 하면, 치 자신이 바깥의 영혼들에게 주인 없는 몸 주위를 맴도는 존재로 인식되는 일도 예방할 수 있습니다.

제가 여러 모습을 비춰주자 주인은 잠든 채 움찔거리며 한 손을 들더니, 그 손으로 힘없이 주먹을 쥐었습니다. 저는 그가 흰 수탉에게 무슨 일이 벌어졌는지 알아차렸다는 걸 알고 안도해 한숨을 내쉬었습니다.

가가나오구시여, 닭들을 물에 빠뜨려 죽인 그의 슬픔은 너무 커다리의 여인에 관한 생각을 모조리 눌렀습니다. 하지만 슬픔이 가시자 그녀에 관한 생각이 그의 마음속 경계선을 따라 늘어서다가 점점 밀려들기 시작했습니다. 그는 자기가 보았던 그 여자에 관한 생각에 점점 빠져들었습니다. 밤의 몽상에서 끌어모을 수 있었던 건 그녀가 보통 체격이고, 창녀인 미스 제이처럼 살집이 많지 않다는 것뿐이었습니다. 그녀는 밝은색 블라우스와 치마를 입고 있었습니다. 그녀의 자동차가 삼촌 것과 비슷한 파란색 도요타 캠리였다는 것도 기억났습니다. 그러다가 그의 생각은 그녀의 외모에서 메뚜기처럼 펄쩍 뛰어, 그가 다리를 떠난 뒤 그녀가 무엇을 했을지에 관한 호기심으로 향하곤 했습니다. 그는 성급하게 다리를 떠난 자신을 비난했습니다.

이후 며칠 동안, 그는 그녀를 골똘히 생각하며 솜씨 좋게 닭들과 정원을 돌보았고, 차를 몰고 도시를 돌아다닐 때는 파란 자동차를 찾았습니다. 몇 주가 지나면서 그는 다시 창녀를 그리워하기 시작했습니다. 욕망은 폭풍처럼 부풀어 올라 황량한 그의 영혼 풍경을 휩쓸었습니다. 어느 날 저녁에는 그 욕망이 그를 사창가로 몰아갔습니다. 하지만 미스 제이는 바빴습니다. 다른 여자들이 몰려오더니 그중 한 명이 그를 방으로 끌고 갔습니다. 이 여자는 허리가 날씬했고 배에 흉터가 있었습니다. 그녀와 함께 있을 때는 확신에 찬 느낌이 들었습니다. 불안과 순진함 따위는 지난번 만남에서 피 곤죽이 되도록 얻어맞아 죽은 듯했습니다. 그는 망설임 없이 그녀에게 항복했습니다. 성교는 두려울 만큼 죽음과 닮아 있기에 저는 보통 주인들이 성교하는 모습을 보지 않으려 합니다. 하지만 이번만큼은 그의 첫 성교였으므로 자리를 피하지 않았습니다. 그가 일을 마치자 그녀는 그의 등을 찰싹 때리며 매우 잘했다고 말했습니다.

하지만 이런 경험을 하고 나서도 그는 미스 제이에게, 그녀의 몸과 그녀의 한숨이라는 익숙한 소리에 이끌렸습니다. 다른 여자와 더욱 대단한 일을 했는데도 미스 제이의 두 손에서 느낀 기쁨이 더 크다니 놀라운 일이었습니다. 그는 사흘 후 사창가로 돌아갔고, 신나서 달려오는 다른 여자를 피했습니다. 이번에는 미스 제이가 바쁘지 않았습니다. 그녀는 어렴풋이 그를 알아보더니 조용히 그의 옷을 벗기기 시작했습니다. 그녀는 주인이 뭔가 시작하기도 전에 전화를 받아 전화 건 사람에게 두 시간 후에 오라고 말했고, 남자 목소리가 그 거래를 거절하는 듯하자 한 시간 반 후에 오는 것으로 합의를 봤습니다.

일을 시작한 뒤에야 그녀는 지난번 만남에 대해 말하며 웃었습니다. "저번에 빨아줬더니 이제 눈은 더 안 감나 봐?"

그는 영혼이 달아오르도록 활기차게 그녀와 사랑을 나누며 그 행위에 완전히 몰입했습니다. 하지만 그가 곁에 푹 쓰러지자마자 그녀는 그의 팔을 밀치고 일어났습니다.

"미스 제이." 그는 거의 눈물을 흘리며 외쳤습니다.

"응, 왜?" 여자가 말했습니다. 그녀는 브래지어를 차는 중이었습니다.

"사랑해요."

에그부누시여, 여자는 멈춰서 손뼉을 치더니 웃었습니다. 그녀는 불을 켜고 침대로 다시 기어들었습니다. 그녀는 손으로 그의 얼굴을 감싸고는, 그가 그 말을 했을 때의 계산된 엄숙함을 흉내 내더니 더 심하게 웃었습니다.

"아, 꼬마야. 넌 네가 무슨 말을 하는 건지도 모르고 있어." 그녀는 다시 손뼉을 쳤습니다. "이것 좀 봐, 나를 사랑한다니. 요즘엔 듣지도 못할 소리네. 궁둥이 한 번 보고 홀딱 반해서 날 사랑한다니. 네 엄마나 사랑한다고 해."

그녀는 다시 기분이 좋아졌는지 웃음을 터뜨리며 손가락을 꺾었습니다. 그 웃음소리가 며칠 동안이나 그의 텅 빈 부분마다 메아리쳤습니다. 지은 죄라고는 함께할 사람의 손길이 고팠던 것뿐인 작고 외로운 이를 세상 전체가 비웃는 것만 같았습니다. 그가 자신의 새들이나 가족들에 대해 느낀 것과는 구분되는 샛길로서 낭만적 사랑이라는 어리둥절한 감정을 처음 느낀 지점이 바로 여기였습니다. 고통스러웠습니다. 질투란 사랑과 광기 사이의 문에 서 있는 영혼이니까요. 그는 그녀를 차지하고 싶었고 자기 이후로 그녀를 가질 다른 모든 남자를 질투했습니다. 하지만 그는 그 누구도 뭔가를 진실로 차지할 수는 없다는 사실을 몰랐습니다. 그는 벌거벗은 채로 태어났으니 벌거벗은 채로 돌아갈 터였습니다. 사람이 무언가를 소유할 수 있는 건 그것이 그에게 남아 있는 동안일 뿐입니다. 그 무언가를 떠나면, 사람은 곧 그것을 잃어버릴지 모릅니다. 당시에 주인은 한 남자가 사랑하는 여자를 위해 자기가 가진 모든 것을 포기할 수 있다는 것도, 그가 돌아올 때쯤엔 그녀가 더는 그를 원하지 않을 수 있다는 것도 몰랐습니다. 저는 그런 일을 여러 번 보았습니다.

그렇게, 그는 아직 알지도 못하는 것들로 망가진 채 그 장소를 떠나 다시는 돌아오지 않기로 마음먹었습니다.

3장
각성

이장고-이장고시여, 저는 인간의 세상을 여러 차례 여행하면서 덕망 있는 아버지들이 변화무쌍하고도 심오한 지혜를 담아, 슬픔의 무게가 아무리 무거운들 눈에서 눈물 대신 피가 흐르게 할 수는 없다고 한 이야기를 들었습니다. 아무리 오래 울어도 눈물만이 계속 흐를 뿐입니다. 사람은 오래 슬퍼할지라도 결국 그 상태에서 벗어납니다. 시간이 지나면 그의 정신이 강한 팔다리를 얻어 벽을 무너뜨리고 구원받게 되지요. 아무리 어둡다 한들 밤은 밝아오기 마련이고, 다음 날이 되면 태양신 카마누가 그 장대한 상징을 세우게 됩니다. 저는 그런 일을 여러 번 보았습니다.

다리 위에서 그 여자를 만나고 넉 달이 흘렀을 무렵, 주인은 거의 애도를 멈추었습니다. 그렇다고 행복해진 것은 아니옵니다. 가장 기분 좋은 날에 걸친 옷의 둘레에도 슬픈 어둠의 실이 감춰 있었습니다. 다만, 그는 다시 살아나 행복의 가능성을 받아들였습니다. 그는 친구 엘로추쿠에게 의지했고, 엘로추쿠는 정기적으로 들러 주인에게 MASSOB*라는 단체에 가입하라고 설득했습니다. MASSOB는 이보 청년들을 낡은 빗자루로 쓸어 먼지 더미로 몰아넣는 단체입니다. 엘로추쿠는 주인의 친구였고 중학교 시절에는 모든 비밀을 이야기하는 단짝이었으며 항상 호리호리한 체격이었으나, 이제는 틈 날 때마다 민소매 셔츠나 러닝셔츠를 입고 이두박근을 과시하는 건장한 남자가 되었습니다. "나이지리아는 망했어." 그는 백인의 말로 주인에게 운을 뗀 다음, 대체로 아버지들의 언어로 주인과 대화를 이어나갔습니다. "이헤 에메 비 고. 아니이 초로 은조푸타!**" 엘로추쿠의 고집에 주인은 그와 함께하기로 했습니다. 그들은 저녁마다 검은 베레모를 쓰고 붉은 셔츠를 입고서, 반쯤 진 태양이 그려진 깃발들과 지도 여러 장, 비아프라를 위해 싸웠던 군인들의 그림들에 둘러싸인 채 커다란 자동차 판매장에 모였습니다. 주인은 이 단체와 함께 느릿느릿 걸어 다니며 있는 힘껏 구호를 외쳤습니다. 그는 그들과 함께 "비아프라는 다시 일어서야 한다!"라고 소리치며 마감 공사가 되지 않은 바닥을 쿵쿵 굴러대고 "MASSOB! MASSOB!" 하고 연호했습니다. 그들 사이에 앉아 자동차 딜러와 이 운동의 수장인 랄

---

* 비아프라 주권국가 실현 운동(Movement for the Actualization of the Sovereign State of Biafra). 나이지리아의 이보 민족주의 운동 단체.
** 할 일이 있어. 우리에겐 구원이 필요해! (이보어)

프 우와주루이케가 하는 말에 귀를 기울였습니다. 주인은 그곳에서 입을 열었고 즐거움을 되찾았으며, 활짝 미소를 짓는 모습이나 쉽사리 웃음을 터뜨리는 모습이 많은 사람의 눈에 띄었습니다. 그들은 주인이 어떤 처지였는지도, 어디에서 왔는지도 몰랐으나, 그가 치유되고 있다는 첫 징표들을 언뜻 보았습니다.

추쿠시여, 저는 비아프라 전쟁 당시에 어느 주인에게 깃들어 있었으므로 이 단체와 어울리는 일이 주인에게 해로운 결과를 가져올까 봐 두려웠습니다. 저는 주인의 머릿속에 이런 일에는 폭력이 뒤따를지 모른다는 생각을 집어넣었습니다. 하지만 그의 정신은 자신만만하게도 자기는 두렵지 않다고 대답했습니다. 하긴, 오랫동안 이 단체와 함께하긴 했어도 사실 그는 정체를 알 수 없는 분노를 따라 움직일 뿐이었습니다. 주인은 그들이 설명하는 고충을 직접 겪어본 적이 없었고 나이지리아 북부인에게 살해당한 사람을 한 명도 몰랐습니다. 이 단체가 하는 험악한 말들이 많은 부분 진실하게 느껴지기는 했어도—예컨대 그는 이보 사람이 나이지리아 대통령이 된 적은 단 한 번도 없으며 앞으로도 그럴 게 틀림없다고 생각했습니다—그런 말에 직접 영향을 받지는 않았습니다. 그는 전쟁에 참여했던 아버지에게서 여러 이야기를 전해 들었을 뿐 전쟁에 대해서는 아무것도 몰랐으니까요. 다만 이 사람들이 이야기하는 동안에는 아버지가 들려주었던 생생한 전쟁 이야기가 상처 입은 벌레들처럼 그의 기억 속 진창에서 허우적거렸습니다.

그러나 주인이 이 모임들에 참석한 이유는 대체로 엘로추쿠가 하나밖에 없는 친구였기 때문이었습니다. 이웃의 손길이 새끼 거위를 죽음으로 몰고 간 이래 그는 마음을 닫아걸고 우정을 쌓지 않았습니다. 그 사건 이후로 그는 인간이라는 회색 지대를 맴돌며, 인간 세계는 그가 좋아하기에는 너무 폭력적이라고 결론지었습니다. 대신 그는 깃털 달린 동물들에게서 위안을 찾았습니다. 그가 이런 모임에 갔던 또 다른 이유는 닭과 농장을 돌보는 것 말고도 할 일이 생겼기 때문이었습니다. 비아프라 주권국가 실현을 외치며 도시를 가로지르다가 다리에서 만났던 그 여자와 우연히 마주치게 될지도 모른다는 기대도 있었습니다. 아카타카시여, 주인의 마음속에서는 이 마지막 이유가 가장 중요했습니다. 행진이 점차 위험해질 때조차 주인이 계속 참여한 이유가 그것이었습니다. 하지만 한 달 동안 시위, 경찰과의 대치, 폭동, 폭력을 계속해서 겪고 제가 그만두라는 생각을 그의 정신에 끝없이 비추며 강하게 설득한 끝에 주인은 빠르게 움직이는 자동차에서 풀려 나온 바퀴처럼 그 단체를 이탈해 공허감 속으로 굴러 들어갔습니다.

그는 평소의 삶으로 돌아와, 새벽마다 아름답지만 혼란스러운 가금류의 음악을 들으며 잠에서 깼습니다. 꼬꼬, 꼬꼬댁거리며 지저귀는 소리는 함께 어우러져 아버지가 잘 조율된 노래라고 불렀던 교향곡이 되곤 했습니다. 그는 달걀을 거두어들이고 공책에 새로 태어난 병아리들을 적어 넣고 닭들에게 모이를 주고 녀석들을 지켜주기 위해 새총을 들고 닭들이 뜰을 쪼며 돌아다니는 모습을 지켜보았으며 아프거나 약한 녀석들을 돌보았습니다. 한눈팔지 않고 열심히 일했던 그달 어느 날에는 풀을 베어둔 땅에 토마토도 심었습니다. 오랫동안 텃밭을 돌보지 않은 주인은 그곳의 변화된 모습을 보고 깜짝 놀랐습니다. 잡초를 뽑을 때 보니 불개미들이 그냥 꼬여든 정도가 아니라 온 땅에 우글거렸습니다. 땅의 신경을 깊이 파고들어 나무마다 둥지를 틀고 있었습니다. 놈들은 오래된 죽은 카사바 나뭇잎들을 먹고 사는 듯했고, 나무는 그것 때문에 더 크지 못하는 모양이었습니다. 그는 주전자에 물을 팔팔 끓여다가 흙에 붓고 개미들을 모두 죽였습니다. 그런 다음 죽은 개미 덩어리를 쓸어내고 씨앗을 심었습니다.

그러고 나서 그는 뜰로 돌아와 손톱에 달라붙어 엄지손가락을 까맣게 물들이던 토마토 씨앗들을 씻어냈습니다. 그리고 안 쓰는 방에 쌓아둔 자루에서 수수 한 그릇을 퍼다가 멍석에 흩뿌렸습니다. 그가 닭 열두 마리가 모이를 쪼아대는 커다란 닭장 두 곳의 빗장을 풀자 닭들이 모이가 뿌려진 멍석으로 몰려나왔습니다. 닭장 안에는 작은 새장이 두 개 들어 있었고, 새장마다 병아리 딸린 암탉들과 자기가 낳은 알에 둘러싸인 덩치 큰 영계 세 마리가 각기 들어 있었습니다. 그는 닭들을 한 마리 한 마리 만져보며 건강한지 살폈습니다. 갈색 닭이 대략 마흔 마리, 흰 닭이 대충 열두 마리 있었습니다. 그는 모이를 준 다음 뜰에 서서 어느 닭이 똥을 누는지 지켜보았습니다. 막대기로 배설물을 찔러보며 벌레를 찾아볼 생각이었습니다. 어느 영계가 싸놓은 우물 옆의 찐득거리는 회색 배설물을 뒤적거리고 있는데, 땅콩을 팔러 다니는 여자의 목소리가 들렸습니다.

에그부누시여, 감히 아뢰건대 그가 모든 여자의 목소리에 이런 식으로 반응하는 건 아닙니다. 다만 이 여자의 목소리는 이상할 만큼 익숙하게 들렸습니다. 주인은 몰랐지만, 저는 그 목소리가 그에게 어머니를 떠올리게 한다는 걸 알고 있었습니다. 주인은 곧 그와 비슷한 또래의 통통하고 까무잡잡한 여자를 보았습니다. 그녀는 뙤약볕에서 땀을 흘리고 있었습니다. 그 땀이 그녀의 두 다리를 따라 아른거렸습니다. 그녀는 땅콩이 가득한 쟁반을 머리에 이고 있었으며, 가난한 사람이었습니다. 새로운 문명이 만들어낸 계급에 속해 있었던 것이지요. 옛 아버지들의 시대에는 오직 게으르고 태만하며 불안정한 자들이나 저주받은 이들만이 궁핍했으나 지금은 대부분의 사람이 그렇습니다. 알라이보 시장 중심부에 들어가면 어디서나 고생하는 사람들, 두 손은 돌처럼 단단하고 옷은 땀에 흠뻑 젖어 있는 사람들이 극도로 비참하고 가난하게 사는 것을 볼 수 있습니다. 백인은 이곳에 좋은 것들을 가져왔습니다. 아버지들의 아이들은 자동차를 보고 즐거워하며 소리쳤습니다. 다리는 또 어땠습니까? 그들은 "와, 멋지다!"라고 말했습니다. "이거야말로 세상의 기적 중 하나가 아닐까요?" 라디오에서는 그렇게 말했습니다. 그들은 축복받은 아버지들의 문명을 그냥 내버려두지 않고 아예 파괴했습니다. 그들은 도시로, 라고스, 포트하커트, 에누구, 카노로 몰려갔으나 좋은 물건이 부족하다는 것만 알게 되었습니다. "우리가 탈 자동차는 어디 있는 거야?" 그들은 도시 입구에서 물었습니다. "차를 가진 사람은 몇 없어요!" "긴 넥타이를 매고 에어컨 바람을 쐬며 앉아서 일하는 좋은 일자리는?" "아, 그런 일자리는 대학에서 여러 해 공부한 사람들만 가질 수 있습니다. 그렇게 공부해도 같은 자격을 갖춘 엄청나게 많은 사람과 경쟁해야 하고요." 그래서 실의에 빠진 아버지들의 아이들은 도시를 등지고 돌아갔습니다. 하지만 어디로 돌아가겠습니까? 그곳에는 그들이 이미 파괴한 구조의 폐허만 남아 있었습니다. 그렇게 그들은 최소한의 최소한에 맞춰 살게 되었습니다. 땅콩을 팔려고 도시 전체를 헤매는 이 여자 같은 사람이 보이게 된 것도 그래서입니다.

주인은 그녀를 소리쳐 불렀습니다.

여자는 머리에 얹은 쟁반을 떨어뜨리지 않으려고 한 손을 들며 그를 돌아보고, 자기를 가리키며 그에게는 들리지 않는 무슨 말을 했습니다.

"땅콩 사고 싶은데요." 그가 그녀에게 외쳤습니다.

여자는 휘어진 흙길을 따라 걸어오기 시작했습니다. 그 길에는 밴의 타이어 자국이 여러 군데 나 있었고, 최근에는 삼촌의 자동차가 남긴 네 바퀴 자국도 남아 있었습니다. 전날 비가 내리면서 붉은 흙이 뭉쳐 타이어에 달라붙는 작은 진흙 공으로 변해 있었는데, 날이 갠 지금까지도 그 불그레한 흙에서는 아주 오래된 냄새가 났고 지렁이들이 흙 전체에 흩뿌려져 여기저기 파고들며 흔적을 남기고 있었습니다. 어린 시절, 주인은 비가 한바탕 쏟아지고 나면 지렁이들을 밟아 죽이며 즐거워했습니다. 가끔은 친구들, 특히 새끼 거위를 훔쳐 간 에지케와 함께 그 지렁이들을 투명한 비닐봉지에 넣고, 공기가 없는 밀폐된 공간에서 그것들이 몸부림치는 모습을 지켜보기도 했습니다.

그녀는 발가락 부분이 트인 슬리퍼를 신고 있었는데, 두 발은 물론, 슬리퍼의 플라스틱 끈에도 먼지가 덕지덕지 앉아 있었습니다. 목에 두른 천 끈에 매달린 작은 가방이 그녀의 가슴팍에서 대롱거렸습니다. 그녀가 흙구덩이를 밟으며 다가오자 그는 문 옆의 벽에 손을 댔습니다. 그는 집 안으로 물러나 서둘러 주위를 둘러보았습니다. 거실 천장 전체에 뻗쳐 있는 커다란 거미줄이 그때에야 눈에 들어왔습니다. 그는 집 안을 아주 깨끗하게 관리하던 아버지가 돌아가신 이후로 무척이나 오랜 시간이 흘렀다는 사실이 문득 떠올랐습니다.

"안녕하세요." 여자가 약간 무릎을 굽히며 말했습니다.

"안녕하세요, 시스터."

여자는 땅콩 쟁반을 내려놓고 치마 옆 주머니에 손을 넣더니, 여러 색조의 갈색 먼지로 얼룩져 푹 젖은 손수건을 꺼냈습니다. 그녀는 그 손수건으로 이마를 닦았습니다.

"얼마예요? 그러니까 그……."

"땅콩요?"

주인은 여자의 목소리가 살짝 떨리는 걸 틀림없이 느꼈다고 생각했습니다. 사람들은 그런 식으로 자기 마음의 편견에 영향을 받아 다른 이들의 행동을 잘못 판단하곤 합니다. 저도 주인과 함께 귀를 기울였으나 제가 듣기에는 그녀의 목소리가 전혀 떨리지 않았습니다. 그녀는 침착하기만 했습니다.

"네, 땅콩요." 그가 고개를 끄덕이며 말했습니다. 액체 같은 것이 목구멍으로 솟구쳐 올라 입안에 후추 같은 맛을 남겼습니다. 이렇게 불안한 마음이 드는 까닭은 그녀의 목소리가 이상할 만큼 익숙했기 때문이었습니다. 그는 그 익숙함의 근원을 알지 못하면서도 그 목소리에 끌렸습니다.

여자는 땅콩이 든 작은 토마토 통조림 깡통을 가리키며 말했습니다. "작은 컵은 5나이라예요. 큰 컵은 10나이라고요."

"10나이라짜리로 주세요."

여자가 고개를 저었습니다. "그러니까, 오가*, 특별할 것도 없는 10나이라짜리 땅콩을 사겠다고 여기까지 절 부르신 거예요? 좀 더 쓰시지 그래요." 그러더니 그녀는 웃었습니다.

목구멍에 그 감각이 다시 느껴졌습니다. 처음 그런 느낌을 받았을 때 주인은 상중이었습니다. 그는 그 느낌이 가족을 잃거나 극도로 불안해하고 있는 사람의 배 속 깊은 곳에서 확 타오르는, 소화불량과 연관된 일종의 역한 느낌이라는 것을 몰랐습니다. 저는 그런 일을 여러 번 보았습니다. 가장 최근에는, 직전 주인인 에진케오니에 이시가디가 거의 40년 전 비아프라 전쟁에서 싸우던 당시, 그의 몸에서 보았나이다.

"알았어요, 큰 걸로 두 컵 주세요." 그가 말했습니다.

"고마워요, 오가."

여자는 허리를 숙여 큰 깡통에 땅콩을 퍼 넣더니, 그 깡통을 색깔 없는 작은 비닐봉지에 비웠습니다. 그녀가 두 번째로 땅콩을 퍼서 같은 비닐봉지에 붓고 있을 때 그가 말했습니다. "난 땅콩을 사고 싶은 게 아니에요."

"네?" 여자가 고개를 축 늘어뜨렸습니다.

그녀는 그를 똑바로 보지 않았으나 그는 그녀를 빤히 바라보았습

---

* 상사 혹은 주인. (나이지리아 피진 영어)

니다. 두 눈을 가난의 흔적이 가득한 그녀의 거친 얼굴에 두었습니다. 딱딱하게 굳은 먼지 막이 피부라도 되는 듯 얼굴을 여러 겹 덮으며 새로운 형태를 만들어내고 있었지만, 그 밑의 외모가 아찔할 만큼 아름다운 게 보였습니다. 그녀가 웃자 보조개가 깊어졌고 입술은 매력적으로 불룩해졌습니다. 그녀는 입 위쪽에 사마귀가 나 있었지만, 그의 눈에는 사마귀도, 반짝거리는 질감을 주려고 그녀가 계속 핥아대는 갈라진 입술도 별로 들어오지 않았습니다. 대신 그의 시선은 아래쪽 그녀의 가슴에 머물렀습니다. 충분한 공간을 두고 나뉘어 있는 듯한 묵직한 유방은 둥글고 가득했으며 그녀의 옷을 빵빵하게 채웠고, 그 가슴을 다스려보려던 흔적―브래지어 끈―은 그녀의 어깨 양옆으로 비어져 나와 있었습니다.

"이나 아누 콰 이보?*" 그가 말했습니다. 그녀가 고개를 끄덕이자 그는 말솜씨가 뛰어난 아버지들의 언어만을 쓰기 시작했습니다. "와서 나랑 같이 좀 있어줘요. 외롭네요."

"그럼 땅콩은 안 사실 거예요?"

그가 고개를 저었습니다. "아뇨, 땅콩만 사는 게 아니라 얘기도 하고 싶어서요."

그는 그녀가 허리를 펴도록 도와주고, 그녀가 일어서자 그녀의 입에 입을 맞추었습니다. 아그밧타-알루말루시여, 그는 그녀가 자신을 밀어낼까 봐 두려웠습니다. 하지만 충동이 너무 강해 이성적인 내면의 목소리를 눌렀습니다. 그는 뒷걸음질 쳤습니다. 놀라긴

---

* 이보 말을 할 줄 알아요? (이보어)

했으나 저항하지는 않는 그녀가 보였습니다. 심지어 그녀의 두 눈에는 반짝이는 기쁨까지 깃들어 있었습니다. 그는 더 밀어붙이기로 하고, 그녀에게 다가가 말했습니다. "같이 들어가요."

"이시 기 니?*" 그녀가 더 웃으며 말했습니다. "이상한 사람이네."

'이상하다'는 그녀의 말은 옛 아버지들의 언어였지만, 우무아이 하에서는 잘 쓰이지 않는 말이었습니다. 하지만 그는 에누구의 큰 시장에서 그 말을 쓰는 걸 여러 번 들어보았습니다.

"에누구에서 왔어요?"

"네! 어떻게 알았어요?"

"에누구 어디요?"

"오볼로-아포르."

그는 고개를 저었다.

그녀는 기분 좋게 그를 등지며 두 손을 맞잡았습니다. "정말 이상한 사람이네요." 그녀가 말했습니다. "나한테 남자 친구가 있으면 어쩌려고요?"

하지만 그는 아무 말 없이 그녀의 쟁반을 받아 가장자리에 마른 닭똥이 묻어 있는 식탁에 내려놓았습니다. 그가 그녀에게 두 손을 얹고 천천히 잡아당기자 그녀가 속삭였습니다. "정말 원했던 게 이 거예요?" 그가 그렇다고 말하자 그녀는 그의 손을 가볍게 치더니, 그가 블라우스를 벗기는 내내 웃었습니다.

추쿠시여, 당시 저는 주인을 여러 해 동안 알고 지냈습니다. 하지

---

* 미친 거 아니에요? (이보어)

만 그날만큼은 그를 알아볼 수 없었습니다. 그는 뭔가에 씐 듯 자신조차 알아보지 못할 사람처럼 굴었습니다. 바깥세상에 거의 아무것도 내보이지 않는 은둔자였던 주인이 대체 어디서 여자에게 같이 자자고 할 용기를 얻은 것일까요? 삼촌이 여자를 얻으라고 하기 전까지는 여자 생각을 해본 적도 없던 그가 방금 만난 여자의 옷을 벗길 용기를 어디서 얻은 걸까요? 저는 몰랐습니다. 제가 아는 것은 그가 평소답지 않은 이 허세를 동원해 여자의 가운을 벗겼다는 것뿐이옵니다.

그녀는 오랫동안 그의 손을 세게 쥔 채 다른 손으로는 자기 입을 가리고 혼자 조용히 웃었습니다. 그들은 그의 방으로 들어갔습니다. 그는 심장이 점점 빠르게 뛰는 가운데 문을 닫았고, 그녀가 말했습니다. "저기, 나 더러운데." 하지만 그는 이 말을 못 들은 체하고, 그녀의 팬티를 끌어 내리면서 조금씩 떨리는 자신의 두 손에 집중했습니다. 팬티를 다 벗기고 나서야 그가 말했습니다. "괜찮아, 마미." 그런 다음 그는 분노에 아주 가까운 열정에 사로잡힌 채 그녀를 아버지가 돌아가신 침대로 끌어당겼습니다. 그의 열정이 여자의 표정에 드러난 기이한 변화로 새겨졌습니다. 기쁨, 이를 악다무는 고통, 작은 웃음으로 막을 내린 황홀경, 놀라 동그랗게 벌어진 당황한 입, 기분 좋게 노곤히 잠들 때처럼 눈이 감기는 들뜬 평화. 이런 표정들이 연달아 그녀의 얼굴을 스친 끝에, 그는 갑자기 시들해졌습니다. 그는 그녀가 "빼, 부탁이야"라고 말하는 소리를 거의 듣지 못했고, 모든 것을 내쉰 뒤에야 그녀의 곁에 쓰러졌습니다.

그 행위 자체는 묘사하기가 힘듭니다. 그들은 아무 말도 하지 않은 채 애통해하고 숨을 헐떡이고 한숨을 쉬고 이를 악물었습니다. 방 안의 사물들이 그들 대신 말했습니다. 침대는 슬픔에 젖은 울음소리를 냈고 이불은 동요를 부르는 아이처럼 느리게, 뭔가 떠올리려 애쓰며 말하는 듯했습니다. 이 모든 일이 축제처럼 우아하게 벌어졌습니다. 너무 빠르고 갑작스럽고 힘차지만 아주 부드럽게 말입니다. 결국에는 그녀의 얼굴을 스쳐 간 모든 표정 중 기쁨만이 남았습니다. 그가 그녀의 곁에 누워 그녀의 입술을 만져보고 머리를 쓰다듬자 그녀는 웃었습니다. 그의 가슴에 도사리고 있던 공포는 이 순간 사라졌습니다. 그가 몸을 일으켜 앉자 땀방울이 천천히 등줄기를 따라 흘러내렸습니다. 그는 자기가 느끼는 것을 온전히 표현할 방법이 쉽게 떠오르지 않았습니다. 그녀의 마음속에서 고마워하는 듯한 기색이 보였습니다. 이제는 그녀가 그의 손을 꽉 잡았으니까요. 그가 조용히 움찔거릴 만큼 세게 말입니다. 그런 뒤에야 그녀가 입을 열었습니다. 오랫동안 그를 알았던 사람처럼 유달리 깊은 마음을 담아 그에 대해 말했습니다. 그가 이상하게 행동하기는 했지만 자기 영혼 속 무언가가 그는 '좋은' 사람이라고 말하며 자신을 안심시켜주었다고 했습니다. 좋은 사람이라는 말을 그녀는 강조하고 또 강조했습니다. "이제 세상엔 그런 사람이 많지 않아." 그녀가 말했습니다. 그는 기운이 빠지고 맥이 풀렸으며 반쯤 잠들어 있었지만, 그녀의 목소리에 담긴 체념은 느낄 수 있었습니다. 그때 그녀가 고개를 들어 그의 성기를 내려다보았습니다. 성기는 이불보에 모든 걸 쏟아낸 지 한참이 지난 지금까지도 여전히 단단했습니다. 그녀는 숨이 턱 막히는 모양이었습니다. "아직도 서 있어? 아누오 누무 오!*"

그는 뭐라 말하려 했지만, 알아들을 수 없는 소리밖에 내지 못했습니다.

"에헤, 너무 빨리 잠든다." 그녀가 말했습니다.

그는 갑작스럽고 예상치 못한 피로에 당황하며 고개를 끄덕였습니다.

"가볼게, 좀 자." 그녀가 브래지어를 집어 들고 차기 시작했습니다. 그건 덕망 있는 어머니들이라면 쓰지 않았을 물건이었습니다. 어머니들은 천을 등 뒤로 돌려 묶어 가슴을 가리거나, 가슴이 드러나도록 놔두거나, 가끔은 그냥 울리**로 가슴을 가렸습니다.

"알았어, 하지만 내일 다시 와줘." 그가 말했습니다.

그녀가 그를 돌아보았습니다. "왜? 넌 나한테 남자 친구가 있는지도 모르고 물어보지도 않았잖아."

이 생각에 그는 정신이 말똥말똥해졌으나 두 눈은 계속 감겨왔습니다. 그는 뭐라고 횡설수설했습니다. 그녀에게는 아예 들리지 않았고, 제가 들어봐도 뭐라고 하는 건지 알아들을 수 없는 말이었습니다. "왔으면 또 와."

"봐, 이젠 말도 제대로 못 하네. 갈게. 그래도 이름은 물어봐야겠지?"

"치논소." 그가 말했습니다.

---

*   대단하네! (이보어)
**   나이지리아의 전통 문양.

"치-논-소. 좋은 이름이네. 난 모투야, 알았지?" 그녀가 손뼉을 쳤습니다. "내가 네 새 여자 친구야. 내일 이 시간쯤에 돌아올게. 잘 자."

그는 정신은 깨어 있지만 몸은 늘어진 채로 그녀가 집을 나서며 문을 닫는 소리를 들었습니다. 그렇게 그녀는 독특한 냄새를 풍기며 떠났습니다. 그 냄새가 그의 두 손과 머리에 달라붙어 있었습니다.

아그밧타-알루말루시여, 옛 아버지들은 빛이 없으면 사람에겐 그림자도 없다고 합니다. 이 여인은 다른 모든 것에 그림자를 만드는 이상하고 갑작스러운 빛처럼 다가왔습니다. 주인은 그녀와 사랑에 빠졌습니다. 주인의 인생에 찾아온 이른 밤에 가차 없이 짖어대던 사나운 개를 그녀는 새총 한 발로 침묵시킨 듯했습니다. 그녀와의 유대가 너무도 강해 그는 고쳐졌습니다. 심지어 그와 저의 관계도 나아졌습니다. 사람은 편안할 때 자기 치와 진정으로 교감할 수 있기 때문입니다. 제가 말하면 그는 제 목소리를 들었고, 그의 의지 속에는 제 의지의 그림자가 숨어들기 시작했습니다. 그가 옛 아버지들의 시절에 살았다면 사람들은 그의 상태에 대해 그가 무언가를 확인했고 그의 치인 저도 그것을 확인했다고 말했을 것입니다. 오니에 퀘, 치 야 에 퀘*는 전적으로 진실이니까요.

그런 순간들을 경험한 사람은 절대 그런 순간이 끝나기를 바라지 않습니다. 하지만 슬프게도 우와에서는 일이 늘 사람의 기대에

---

* 사람이 무언가에 동의하면 그의 치도 동의한다. (이보어)

맞춰 일어나지 않습니다. 저는 그런 일을 여러 번 보았습니다. 하여, 다른 많은 날에도 그랬듯 축복 어린 네 번의 시장 주일(백인의 달력으로는 3주일)을 함께해온 그 여인을 생각하며 잠에서 깨어난 그날에 모든 것이 끝났어도 저는 놀라지 않았습니다. 그날 아침도 그에게는 모든 것이 지난 스무하루가 그랬듯 평범하게만 보였습니다. 인간에게는 선견지명이 없기 때문입니다. 저는 이것이야말로 인류의 가장 큰 약점이라고 믿게 되었나이다. 코앞에 있는 것을 보듯 멀리 떨어져 있는 것도 선명하게 보고, 드러난 것을 보듯 감춰진 것도 보며, 입 밖에 낸 말만이 아니라 꺼내지 않은 말도 들을 수 있었다면, 인간은 엄청나게 많은 재앙을 겪지 않았어도 될 것입니다. 과연 무엇이 그를 파멸시킬 수 있었겠나이까?

주인은 연인이 오기를 기다리며 그 주 토요일을 보냈습니다. 그날은 누구도 주요 도로까지 거의 2킬로미터나 이어지는, 줄지어 늘어선 농장 두 곳 사이로 난 오솔길을 건너오지 않으리라는 걸 몰랐습니다. 그는 이른 아침부터 현관에 앉아 그 오솔길을 바라보았지만, 날이 저물기 시작하자 한 번도 생각해보지 않았던 일들이 심연으로부터 떠올라 그에게 말을 걸었습니다. 그는 모투에게 주소를 받아야겠다는 생각을 해본 적이 없었습니다. 그녀가 어디에 사는지 몰랐습니다. 한번은 집까지 꼭 태워다 주고 싶다고 부탁한 적이 있었지만, 모투는 자기가 남자 친구를 사귄다는 걸 알면 아주머니가 심한 벌을 줄 거라고 했습니다. 주인이 아는 것은 그게 전부였습니다. 그녀가 오볼로-아포르 마을 출신의 아가씨로서 '아주머니'와, 그러니까 혈연관계가 아닌 어떤 지인과 함께 도시에 산다는 것 말입니다. 모투는 전화도 없었습니다. 주인은 달리 아는 바가 전혀 없었습니다.

그날은 저물었고, 다른 날이 위풍당당하게 내달리는, 엄청나게 크고 당혹스러운 마차처럼 시끄럽게 경적을 울리며 달려왔습니다. 주인은 그날을 맞이하려고 서둘러 뛰쳐나갔습니다. 묵직한 기대감에 몸이 떨리는 듯했습니다. 하지만 빗장을 풀어보니 현관은 비어 있었습니다. 오래된 마차의 녹과 메마른 금속에서 나는 비웃는 듯한 소리뿐이었습니다. 다음 날은 익숙한 하늘의 색깔을 걸치고 찾아왔습니다. 모투와 그가 부엌에서 사랑을 나누고 그가 질에서 공기가 나오는 소리를 처음으로 들었던 그날을 떠올리게 만드는 색깔이었습니다. 그날은 그녀가 그의 집에서 처음으로 목욕을 하고 그가 사준 드레스를 입어본 날이기도 했습니다. 그 드레스는 반짝이는 파란색 앙카라 소재로 만든 가운이었는데, 그때 그녀는 그 드레스를 그의 화장실에 있는 양동이에 넣고 빤 다음 구아버 나무와 울타리에 반쯤 파묻혀 있는 막대 사이에 묶어놓은 뒤뜰 빨랫줄에 걸어놓았습니다. 그런 다음 그들은 성교했고, 그녀는 닭들에 대해 물었습니다. 어쩌다 보니 그는 자신에 관한 이야기를 너무 많이 털어놓게 되었고, 돌연 통찰력이라도 생긴 것처럼 그의 역사가 얼마나 무거워졌는지 의식하게 되었습니다. 해 질 녘에 그는 그녀가 오지 않으리라는 걸 깨달았습니다. 그는 온종일 충격에 빠진 채 공허하게 혼자 누워 빗방울들이 양동이에 떨어지고 북소리를 내며 땅에 부딪치는 소리에 귀를 기울였습니다.

오세부루와시여, 저도 걱정이 되었습니다. 주인이 행복을 찾았다가 다시 잃는 모습을 지켜본다는 건 치에게 힘든 일입니다. 저는 그 여자의 소리에 예민하게 귀를 기울였고, 가끔은 주인이 농장에서 일하거나 닭을 돌보고 있을 때 그의 몸에서 나와 현관에 서서 농장을 지나가는 그녀가 보이는지 살폈습니다. 그의 머릿속에 그 모습을 비춰줄 수 있도록 말입니다. 하지만 제게도 그녀의 흔적은 전혀 보이지 않았습니다. 그날 밤에는 허망한 영혼들이 꿈에 나와 그를 조롱했고, 그는 다음 날 심란한 마음으로 깨어났습니다. 꿈속에서 두 사람은 무슨 사원인지 오래된 교회인지에서 성인(聖人)을 그린 벽화와 그림들을 보고 있었습니다. 그는 나무 위의 한 남자 그림을 뚫어지게, 자세히 살펴보고 있었는데 고개를 돌리자 그녀가 보이지 않았습니다. 그녀가 있던 곳에는 대신 송골매 한 마리가 있었습니다. 송골매는 부리를 반쯤 벌린 채 커다란 발톱들로 어느 의자 모서리를 꽉 쥐고서 노란 눈으로 그를 응시했습니다. 그는 송골매가 그녀라는 것을 알고 있었고, 그래서 처음에 입을 열지 않았습니다. 에그부누시여, 당신께서도 꿈의 세계에서는 굳이 지식을 구할 필요가 없다는 걸 알고 계십니다. 꿈속에서는 그냥 알게 되니 말입니다. 하여, 그는 자신이 기다리던 여자가 새가 되었다는 걸 알았습니다. 그 새를 잡으려다가 그는 잠에서 깼습니다.

두 번째 주가 끝날 무렵이었습니다. 오래된 입이 계속해서 머릿속에 침을 뱉어대듯 여러 생각이 마음속으로 떨어지는 가운데, 그는 뭔가 일이 일어났고 다시는 모투를 볼 수 없을지도 모른다는 걸 깨달았습니다. 그것은, 가가나오구시여, 각성이었습니다. 남자는 그를 받아들이고 사랑해줄 여자를 찾을 수 있지만, 그녀가 어느 날 아무 이유 없이 사라질 수 있다는 것을 깨달은 것입니다. 그날 우주의 도움이 없었더라면 그는 이 깨달음의 무게에 주저앉았을 것입니다. 사람이 고통을 누그러뜨릴 수 있는 한 가지 방법은 평범하지 않아 언제까지고 기억할 일을 하는 것으로서, 그 행동은 상처를 억지로 지혈하여 병자가 회복하도록 도와줍니다.

그날, 주인은 부엌 바닥에 주저앉아 갈색 닭들을 지켜보고 있었습니다. 그것들은 모두 수탉들로, 갈색 암탉들과 병아리들 옆을 쪼아대며 뜰을 걸어 다니다가 습지의 흙무더기를 쪼거나 그가 마대에 뿌려놓은 밀기울과 옥수수를 먹고 있었습니다. 창문에서 보니 닭들 위를 맴돌며 기회를 노리는 매 한 마리가 보였습니다. 그는 재빨리 벽의 못에 걸려 있던 새총을 집어 들고 창문 옆의 작은 라피아 바구니에서 돌멩이 몇 개를 꺼냈습니다. 그는 불개미들을 떨어내고 돌멩이를 입으로 불었습니다. 그런 다음, 문 뒤로 조금 물러나 몸을 숨긴 채 새총의 고무주머니에 돌멩이를 집어넣고 한쪽 눈을 감고 매를 바라보며 가만히 서 있었습니다. 어느 순간, 매가 허공에서 멈추더니 닭들에게 보이지 않도록 위로 더 멀리 날아올랐습니다. 이어 매의 날개폭이 활짝 넓어지더니, 놈이 아연실색할 만큼 빠른 속도로 농장을 향해 곤두박질쳤습니다. 그는 눈으로 매를 좇다가 놈이 울타리 옆에서 모이를 먹고 있던 수평아리를 낚아채려 할 때 새총을 쐈습니다.

그가 이런 식의 돌 던지기에 능하다는 것도, 어린 시절부터 새총을 쏘아왔다는 것도 사실이긴 하지만 어떻게 매의 이마를 맞힐 수 있었는지 이해하기는 어렵습니다. 거기에는 뭔가 본능적이고 원초

적으로 신적인 부분이 있었습니다. 추쿠시여, 마치 이 행위 자체가 여러 해 전, 그가 태어나고 당신께서 저를 그의 수호령으로 지정하시기도 전에 예비된 것처럼 느껴졌습니다. 그가 새로이 치유되기 시작한 건 바로 이 행위 덕분이었습니다. 고려할 수밖에 없는 근원적인 힘, 그가 가진 것은 무엇이든 빼앗아버리는 보이지 않는 손을 상대로 복수한 것만 같은 기분이 들었던 것입니다. "이런, 저자가 너무 오래 행복하게 지낸 것 같으니 이제는 주제에 맞게 어두운 곳으로 돌려보낼 때가 됐구나"라고 말하는 듯한 그 목소리를 상대로 말입니다. 그렇게 두 번째 주가 끝난 이후 그는 다시 살아가기 시작했습니다.

이어지는 며칠 동안은 비가 가차 없이 쏟아져, 주인의 어머니가 아직 살아 있던 시절, 비 때문에 이웃집이 무너지고 그 집 식구들이 주인의 가족에게 몸을 피했던 어린 시절의 어느 한 해를 떠올리게 했습니다. 이토록 습한 날에는 닭들이 닭장에서 뜰로 나오는 걸 힘들어했습니다. 닭들처럼 그도 거의 모든 것과 거리를 두고 익숙해져버린 외로운 세계 속으로 움츠러들었습니다. 추쿠시여, 모투가 사라진 이후 석 달 동안 그는 이런 식으로, 엘로추쿠마저 최대한 피하며 살아가게 되었나이다.

이장고-이장고시여, 위대한 아버지들은 어머니의 젖이 비었다는 이유만으로 아이가 죽지는 않는다는 말을 자주 하나이다. 이 말은 주인에게도 진실이 되었습니다. 그는 머잖아 모투를 잃은 것에 익숙해졌고, 다시 밖에 나가 일상적인 일을 처리하기 시작했습니다.

그렇게 석 달이 지나고 밴에 기름을 넣으려고 집 근처 주유소로 나갔을 때도 그는 별다른 기대를 품지 않았습니다. 떠났을 때와 같은 모습으로 집에 돌아오게 되리라 예상했을 뿐이옵니다. 그는 주유소에 길게 늘어선 줄에 합류했고, 마침내 주유기가 있는 곳까지 가 직원에게 연료탱크를 열어주려고 차에서 내렸습니다. 그때 뒤쪽 자동차 줄에서 그에게 손짓하는 누군가의 손이 보였습니다. 처음에는 주유기를 연료탱크에 넣은 직원에게 600나이라어치 휘발유를 사고 싶다고 말해야 했으므로 손짓하는 사람이 누군지 보이지 않았습니다.

"그럼 8리터예요. 거스름돈 없이. 75, 75나이라죠."

"알았어요."

여자가 주유기에 뭔가를 입력하고 숫자들이 돌아가기 시작했을 때, 그는 뒤를 돌아보았다가 손짓하는 사람이 다리 위의 여자라는 걸 알아보았습니다. 추쿠시여, 이토록 불운하고도 하찮은 날에 그가 오래도록 찾고 있던 것이 문득 다시 나타나 그에게 모습을 드러낼 줄을 그가 어찌 상상이라도 했겠나이까? 그는 사람들이 주유기를 조작한다는 이야기를 들었기에 속임수를 당할세라 한 눈으로 주유기를 자세히 살피고 있었지만, 마음 한쪽 나뭇가지는 이 만남의 충격이라는 독사에게 꽉 감겨 있었습니다. 주인은 서두르는 마음과 불안이 뒤섞인 채로 주유소 한쪽 구석, 거리로 내려가는 지하 배수로 근처에 차를 댔습니다. 4일이 1주일이 되고 28일이 1개월이 되며 13개월이 1년이 되는 아버지들의 체계로든, 이제는 위대한 아버지들의 아이들이 흔하게 사용하는 백인의 체계로든 그녀를 겁주어 다시 살아가도록 만들고자 닭 두 마리를 희생시킨 그날 밤 이후로 아홉 달이 흘렀습니다. 주인은 그녀를 기다리며, 그 만남 이후로 그에게 일어났던 모든 것들을 되돌아보았습니다. 그녀가 그의 자동차 뒤에 차를 세우고 차에서 내려 그를 만나러 걸어오자, 주인은 오래전에 사라진 것만 같았던 열망이 내내 그의 마음속 뒷주머니에 오래된 동전처럼 숨겨져 있었을 뿐이라는 듯 솟아나는 것을 느꼈습니다.

4장
새끼 거위

아눙가링가오비알릴리시여, 사람은 과거의 불쾌한 일을 떠올리게 하는 무언가와 마주치면 새로운 경험의 문 앞에 잠깐 멈추어 서서 그 안에 들어갈지 말지 신중하게 생각하기 마련입니다. 이미 들어 갔다면 발걸음을 되짚어 나온 뒤 다시 들어가야 할지 한 번 더 생각 해보게 됩니다. 제 주인이 그렇듯, 모든 사람은 자신의 과거에 매여 탈출할 수 없으며 과거가 스스로 되풀이될까 봐 언제나 두려워합니 다. 그리하여 모투가 아직 마음속에 생생히 살아 있는 주인은 이 여 인에 대한 열망을 조심스럽게 다루었습니다. 그는 이 여자가 아주 많이 바뀌었다는 걸 알아차렸습니다. 다리에서 처음 만났던 날 밤 슬픔 속에 뒹굴고 있던 그 여자와는 다른 사람인 것만 같았습니다. 그녀는 그가 짧은 만남에서 기억하는 것보다 키가 컸습니다. 두 눈은 섬세한 호선을 그리고 있었으며 머리카락을 파마해서 뒤로 당겼기에 이마가 빛나는 듯했습니다.

그녀는 아주 오랫동안 그가 머릿속에 간직했던 모습보다도 더 아름다운 모습으로 다시 나타났습니다. 그녀는 자기 자동차에 기름을 넣은 뒤 그에게 다가와 악수하고, 다리에서 그랬듯 백인의 언어로 자기는 은달리 오비알로르라고 소개했습니다. 그도 그녀에게 자기 이름을 말해주었습니다. 그는 그녀가 위압적이라고 생각했습니다. 그녀의 존재뿐만 아니라 그가 별로 쓰지 않는 이 언어를 유창하게 쓰는 것도 그랬습니다. 그는 그녀가 어떻게 자기를 알아보았는지 궁금했습니다.

"당신 자동차에 표시가 있잖아요, 올리사 농업이라고." 그녀가 웃으며 말했습니다. "기억나요. 한 달 전쯤, 오비 교차로에서 당신을 봤어요. 근데 당신이 아주 빠르게 차를 몰고 있더라고요. 그냥, 당신을 다시 보게 될 거라는 생각이 들었어요." 자동차 한 대가 그녀에게 길을 비키라고 경적을 울렸습니다. 그 차가 지나가자 그녀가 말했습니다. "당신을 찾고 있었어요. 그날 밤 일이 고마워서요. 고마워요, 정말로."

"고마워요, 나도." 그가 말했습니다.

그녀는 말하는 동안 눈을 감고 있다가 떴습니다. "전 지금 학교에 가는 길이에요. 빅스 씨네 식당으로 오실 수 있나요?"

그녀는 길 건너편의 음식점을 가리켰습니다. "오늘 6시 정각쯤에 저기로 오실 수 있어요?"

그는 고개를 끄덕였습니다.

"알았어요, 치논소. 안녕. 다시 만나서 반가워요."

그는 그녀가 왔던 걸음을 되밟아 자기 자동차로 돌아가는 것을 지켜보며, 그녀를 찾아다니던 시간 내내 그녀를 보고도 몰랐던 것인지 의아한 마음이 들었습니다.

그는 여자의 눈에서 뭔가를 보았습니다. 정의할 수 없는 어떤 것이었습니다. 때로 사람은 자신의 감정을 완전히 이해할 수 없고, 그건 그의 치도 마찬가지입니다. 제 주인의 치인 저는 그 시절 종종 어찌할 바를 몰랐습니다. 그래서 그날 오후 그녀와 만날 준비를 하고자 집으로 돌아가는 내내 그의 머리 위에는 이 수수께끼가 작은 구름처럼 맴돌았습니다. 제게도, 그에게도 분명했던 건 그녀가 여태껏 만났던 그 누구와도 다르다는 점이었습니다. 그녀가 쓰는 억양은 외국, 백인들의 나라에서 살았던 사람이 쓰는 것이었습니다. 또 그녀의 자세와 외모에는 모투의 건들거리는 태도나 미스 제이의 냉정함과 거침없음이 뒤섞인 태도와는 전혀 다른 호스스러움이 있었습니다. 에그부누시여, 남자들은 자기보다 높이 평가할 사람을 만나면 행동이 신중해지고 자신을 살피게 되며 그들 앞에서 품위 있어 보일 법한 방식으로 자신을 선보이고자 합니다. 저는 그런 일을 여러 번 보았습니다.

하여, 그는 집으로 돌아왔을 때 땅바닥에 마대 자루 두 개를 펼쳐 놓고 수수와 옥수수를 그 위에 부은 뒤 다 자란 닭들의 닭장을 열었습니다. 닭들은 몰려나와 마대 자루를 뒤덮었습니다. 그는 서둘러 물통을 채우고 닭들을 새장에 각기 다시 넣었습니다. 그는 아버지에게서 물려받은 정장 중 한 벌을 꺼내 며칠 전 곡식 자루에서 잘라낸 스펀지로 얼룩을 닦았습니다. 그런 다음 뜰에 있는 나무의 가지에 정장을 걸어 말렸습니다. 몸을 씻고 정장을 들여오려는데 머리카락이 덥수룩하다는 생각이 문득 들었습니다. 그는 거의 석 달 동안 머리를 자른 적이 없었습니다. 모투가 자기가 할 수 있다고 우기며 가위로 그의 머리카락을 잘라주고, 닭이 그 머리털을 먹을까 봐 그가 미친 듯 뜰을 쓸어댔던 날이 마지막이었습니다. 그는 차를 타고 어린 시절부터 다녔던 니제르 대로의 미용실로 서둘러 갔습니다. 원래 그의 머리를 깎아주던 이발사 이콘네 씨가 뇌졸중에 걸리는 바람에 지금은 그의 맏아들인 선데이가 일을 맡고 있었습니다. 주인의 차례가 와 선데이가 그의 머리를 자르는데 이발기가 갑자기 조용해졌습니다. 선데이는 전기가 나갔다는 걸 알고 발전기를 켜려고 가게 뒤쪽으로 서둘러 달려갔지만, 발전기가 켜지지 않았습니다. 주인은 거울 속 자기 모습을 힐끗 보았습니다. 머리 절반은 깔끔하게 다듬어져 있었고 다른 반쪽에는 잔뜩 꼬여 덥수룩한 머리카락이 한가득이었습니다. 그는 주위를 둘러보고 회전의자에서 일어났다가 다시 앉았습니다. 움직이는 시계—오늘날 아버지들의 아이들이 시간을 잴 때 쓰는 이상하고 신기한 물건—를 보니 여자를 만나야 할 시간이 가까워져 있었으므로 그는 불안해서 계속 꼼지락거렸습니다.

잠시 후, 선데이가 발전기를 만지느라 두 손이 까매지고 셔츠는 땀으로 흠뻑 젖은 데다 바지에는 검은 먼지가 잔뜩 문대진 채로 들어왔습니다. "미안." 그가 말했습니다. "발전기에 문제가 생겼어."

주인은 가슴이 철렁했습니다. "기름 문제야?"

선데이는 기름 문제는 아니라고 말했습니다. "시동이 문제야. 시동이. 가져가서 전선을 갈아야 해. 정말정말 미안해, 논소. NEPA에서 전기를 복구하는 대로 이발을 마치자. 아니면 내일, 내가 발전기를 고친 다음에 자르든지. 비코 에웰리웨, 은완넴, 오.*"

주인은 고개를 끄덕이며 백인의 언어로 말했습니다. "알았어." 그는 어두워져가는 거울로 고개를 돌리고 반만 다듬어진 자기 머리를 응시했습니다. 선데이는 벽에 걸린 모자 여러 개 중 하나를 집어 건넸습니다. 그는 모자를 쓰고 식당으로 향했습니다.

에그부누시여, 위대한 아버지들과 그 아이들의 방식에서 가장 충격적인 차이점 중 하나는 아이들이 시간에 관한 백인의 생각을 도입했다는 것입니다. 백인은 오래전에 시간을 신적인 것이라고 생각했습니다. 인간은 시간이라는 존재의 의지에 굴복해야만 한다고 말입니다. 그들은 미리 정해진 째깍째깍 소리에 따라 정해진 사건이 정해진 시간에 시작될 거라고 확신하며 정해진 장소에 도착합니다. 그들은 "형제, 신적인 바늘이 우리 가운데에 있고 그 바늘이 12시 40분에 무언가 하기로 정했으니 우리는 그 바늘이 지시하는 것에 따라야 하네"라고 말하는 듯합니다. 무슨 일이 일어나면, 백인은 그 일을 시간 탓으로 돌리는 걸 자기 의무처럼 여깁니다. "이날, 1985년 7월 20일에 이러저러한 일이 일어났다"라고 말입니다. 반면 위엄 있는 아버지들에게 시간은 영적이고도 인간적인 것이었사옵니다. 시간은 부

---

* 일단 짐 챙겨. 형제여. (이보어)

분적으로 그들의 통제를 벗어나 있었으며 우주를 존재하게 하는 것과 같은 힘으로 정돈되었습니다. 아버지들은 계절의 시작을 포착하거나 하루의 나이를 분석하거나 여러 해의 길이를 측정하고 싶을 때 자연을 살폈습니다. 해가 떴나? 해가 떴다면 낮이 틀림없겠군. 보름달이 떴나? 그렇다면 가장 좋은 옷을 챙기고 헛간을 비우고 새해를 축하할 준비를 해야겠군! 정말이지, 우리 귀에 들리는 소리가 천둥소리라면 가뭄이 끝나고 우기가 곧 닥쳐올 게 틀림없지요. 하지만 동시에, 현명한 아버지들은 시간에 인간이 통제할 수 있는 부분도 있다고 믿었습니다. 그들은 시간을 자신의 뜻에 따르도록 할 방법이 인간에게 있다고 생각했습니다. 아버지들에게 시간은 신적이지 않았습니다. 시간은 공기처럼 사용할 수 있는 원소였습니다. 아버지들은 불을 끄고 사람들의 눈에서 벌레를 불어 날려 보낼 때, 혹은 심지어 피리로 음악을 만들어낼 때도 공기를 쓸 줄 알았습니다. 시간이 인간의 의지에 따르게 되는 것도 바로 이런 방식입니다. 예를 들어, 아버지들 가운데 한 무리가 "아마오크푸의 장로들인 우리는 해 질 녘에 모인다"라고 말할 때가 있습니다. 이런 식의 시간은 폭이 넓습니다. 일몰의 시작이거나 중간이거나 끝일 수도 있겠지요. 하지만 그건 큰 문제가 되지는 않습니다. 중요한 건 아버지들이 모임에 오는 사람들의 숫자를 알고 있다는 것입니다. 다른 사람들보다 먼저 도착한 이들은 기다리며 이야기하고 웃고, 그러다가 모두가 오면 그때 모임이 시작됩니다.

그녀가 주인보다 먼저 그곳에 도착한 건 미리 정해진 시계의 째깍거림에 따랐기 때문이었습니다. 그녀는 먼젓번보다도 더 나은 모습으로 나타났습니다. 미스 제이를 떠올리게 하는 짙은 빨간색 립스틱을 바르고 표범 무늬가 찍힌 드레스를 입고 있었지요.

주인이 자리에 앉아 머리 전체가 가려지도록 모자를 매만지자 그녀가 말했습니다. "논소, 물어보고 싶은 게 있어요. 왜 하필 그 순간에 그 다리에 가서 멈춘 거예요?" 그가 대답하려는데 그녀가 눈을 감은 채 손을 들었습니다. "정말로 알고 싶어요, 정말로. 왜 하필 그 시간에 거기에 간 거예요?"

그는 그녀의 시선을 피하려고 고개를 들어 그녀의 위쪽, 천장을 보았습니다.

"모르겠어요, 마미." 그가 말했습니다. 그는 백인의 언어로 말해야만 했던 적이 별로 없었으므로 조심스럽게 단어를 골랐습니다. "뭔가가 저를 그쪽으로 떠밀었어요. 에누구에서 오는 길이었는데, 그때 당신을 봤죠. 그냥 멈춰야겠다 싶었어요."

그는 창밖을 힐끗 내다보았습니다. 한 아이가 도로를 따라 달리며 막대기로 오토바이 타이어를 굴리고 있고, 다른 아이들이 그 뒤를 쫓고 있었습니다. 주인은 그 아이들에게 눈길을 두었습니다.

"그날 당신이 날 구해줬어요. 당신은 절대로……."

핸드폰이 울리자 그녀는 잠시 말을 멈추었습니다. 그녀는 핸드백속 손수건을 풀어 핸드폰을 꺼내더니 화면을 보고 말했습니다. "아! 지금 부모님이랑 어딜 좀 가기로 했어요. 아까는 잠깐 잊어버리는 바람에. 정말 미안하지만 이제 가봐야 해요."

"네, 그래요……."

"양계장은 어디 있어요? 보고 싶은데. 어느 거리예요?"

"아마우준쿠가(街) 12번지요. 니제르 대로에서 빠져나오면 있어요."

"알았어요, 전화번호 좀 주세요." 그는 그녀 쪽으로 몸을 숙이고 숫자들을 순서대로 늘어놓았습니다. "조만간 그리로 갈게요. 나중에 다시 만나요. 전화할게요."

저는 주인의 내면에서 위대한 씨앗이 자라기 시작하는 것을 보았습니다. 인간의 영혼 속 깊은 곳으로 힘센 뿌리를 뻗고 위쪽으로는 자라나 사랑이 되는, 애정이라는 열매를 맺는 씨앗이었죠. 그래서 저는 주인을 떠나 여자를 따라갔습니다. 저는 그녀가 무엇을 할지 알고 싶었습니다. 먼젓번 여자와는 달리 사라지지 않고 주인의 곁에 남을 것인지 궁금했습니다. 여자가 차에 오르기에 저는 그녀의 뒤를 쫓아 차에 탔습니다. 그녀의 얼굴에서 즐거워하는 표정이 보였습니다. 그녀가 "치논소, 재미있는 사람이네"라고 말하며 웃는 소리가 들렸습니다. 제가 호기심을 품고 지켜보고 있는데, 짙은 증기가 솟아오르듯 그녀의 내면에서 뭔가가 둥실둥실 떠올랐습니다. 눈한 번 깜짝할 틈도 없이, 그 존재가 제 앞에 서 있었습니다. 울리 문자들로 뒤덮인 몸이 반짝거리고 손발은 구슬과 조개껍데기 장신구로 꾸몄지만, 그 점을 빼면 얼굴과 모습이 여자와 완전히 똑같은 영혼이었습니다. 그녀의 치였사옵니다. 저는 영혼들의 동굴에서 여자의 수호령들은 감수성이라는 힘을 더 많이 갖추고 있다는 말을 여러 번 들었지만, 주인의 몸 안에 머물면서도 저를 볼 수 있는 그 영혼의 능력에 매우 놀랐습니다.

─영혼들의 아들이여, 내 주인에게 무엇을 바라는가? 치는 알란디

이치에로 가는 길에 사는 아가씨들처럼 가는 목소리로 말했습니다.

─알라의 딸이여, 나는 싸우려고 온 것이 아니다. 말썽을 일으키러 온 것이 아니다. 제가 말했습니다.

추쿠시여, 저는 그녀의 치가 당신께서 인간의 딸들의 수호령에게 드리워주시는 청동빛 피부를 걸치고 순수한 불길처럼 색이 짙은 두 눈으로 저를 살피는 것을 보았습니다. 그녀가 막 입을 열려는데 그녀의 주인이 경적을 울리며 갑자기 멈춰서 소리쳤습니다. "세상에! 뭐 하는 거야, 오가. 운전할 줄 몰라요?" 그녀 앞에 끼어들었던 자동차가 다른 거리로 방향을 틀었고, 그녀는 큰 소리로 한숨을 쉬며 계속 운전했습니다. 그제야 자기 주인이 괜찮다는 확신이 드는지 치는 다시 제게 눈을 돌려 벤무오의 비밀 언어로 말했습니다.

─내 주인은 마음속 사원에 작은 조각상을 세웠다. 그녀의 의도는 오시미리의 일곱 강물처럼 순수하고, 그녀의 욕망은 이이-오차의 물 아래 깨끗한 소금처럼 진실하다.

─나는 그대를 믿는다, 은와이부이페여, 새벽빛의 수호령이자 오구구와 알라와 코모수의 딸이여. 내가 온 것은 단지 그녀도 그를 원하는지 확인하고 싶어서였다. 나는 그대의 말을 가지고 돌아가 내 주인을 위로하겠노라. 둘의 결합이 각자에게 이번과 일곱 번째와 여덟 번째 생애에서 충족감을 주기를─우와 하 아사아, 우와 하 아사토!*

─알겠다! 그녀가 말하더니, 한순간도 기다리지 않고 자기 주인

---

* 일곱 번째 그들의 세상, 여덟 번째 그들의 세상! (이보어)

에게 돌아갔습니다.

오세부루와시여, 저는 이 대화로 기분이 무척 좋아졌나이다. 저는 자신감을 품고 주인에게로 돌아가, 여인이 그를 사랑한다는 생각을 비추어주었나이다.

아콰아쿠루시여, 제가 머릿속에 여인이 그를 사랑한다는 생각을 심어주었는데도 그는 계속 두려워했습니다. 하오나 저는 제가 한 일을 전할 수 없었습니다. 치는 주인과 그렇게 직접 소통할 수가 없사옵고, 저희가 그렇게 한들 인간이 이해하지 못할 것이옵니다. 저희는 그저 그들의 정신에 생각을 비추어줄 수 있을 따름이며, 주인이 그 생각을 합리적이라고 여긴다면 그것을 믿을 수도 있겠지요. 하여, 저는 그가 더욱 두근거리는 심장으로, 모투처럼 그녀도 다시 사라질까 봐 두려워하며 돌아다니는 모습을 무력하게 지켜보았습니다. 주인은 여러 날 동안 핸드폰에 이상하리만큼 관심을 보이면서 그녀에게 먼저 전화를 걸고 싶은 충동을 참았습니다. 그러다가 넷째 날, 그가 거실 소파에서 잠을 자고 있는데 자동차가 농장에 들어와 그의 집으로 다가오는 소리가 들렸습니다. 해가 진 뒤였습니다. 낮이 한창일 때 싹을 틔웠던 그림자들은 이미 늙어버린 다음이었습니다. 창 너머를 보니 은달리의 자동차가 멈춰 서는 게 보였습니다. 그는 "추쿠시여!"라고 소리쳤습니다. 그는 조금 전에야 점심을 먹은 터였습니다. 옆자리 스툴에 놓여 있는 플라스틱 그릇에는 여전히 물이 담겨 있었고, 그 물에는 땅콩을 담았던 빈 봉투와 카우벨 분말 우유 비닐 주머니가 떠 있었습니다. 그는 그릇을 싱크대에 집어넣었습니다. 방으로 달려가 침대에 놓여 있던 바지를 입었습니다. 방의 벽에 걸어둔 거울을 힐끗 보며, 이틀 전 선데이가 결국 머리카락을 잘라주었다는 걸 감사하게 여겼습니다. 다시 거실로 달려간 그의 두 눈이 방 한가운데 탁자에 반쯤 닫힌 채 놓여 있는 파란색 설탕 상자에 닿았습니다. 그 옆에는 공 모양 얼룩이 져 있었습니다. 탁자 밑에는 비닐봉지도 보였습니다. 못이 든 작은 주머니와 실과 바늘이 들어 있는 봉지였습니다. 주인이 이것들을 치우는 내내 그녀는 문을 두드렸습니다. 그는 잠깐 거실로 돌아가 청소할 만한 것이 있는지 집을 둘러보았고, 아주 빠르게 고칠 수 있는 게 아무것도 보이지 않자 문으로 달려갔습니다. 뛰는 심장을 가라앉히느라고 가슴을 부여잡은 채였습니다. 그는 문을 열었습니다.

"날 어떻게 찾았어요?" 그녀가 들어오자마자 그가 말했습니다.

"달에라도 사시나 봐요, 도련님?"

"그건 아니지만, 마미, 도대체 어떻게? 여긴 숨겨져 있고, 번호도 확실하지 않은데요."

그녀는 부드러운 미소를 지으며 고개를 저었습니다. 그러더니 그의 이름을 천천히 또박또박, 말을 배우는 아이처럼 말했습니다. 노-온-소.

"앉을 자리 좀 내주실래요?"

그는 다시 방을 훑어보며 고개를 끄덕였습니다. 그는 최면에라도 걸린 듯 문간에 서 있었고 그녀는 창문 근처의 커다란 소파에 앉았습니다. 그때, 그녀가 갑자기 일어나서 거실을 돌아다니기 시작했습니다. 그는 그녀가 공기 중에 감도는 냄새를 맡은 게 아닌지 걱정됐습니다. 그는 오므리거나 가리는 기색이 있는지 보려고 그녀의 코를 관찰했습니다. 더 당황스럽게도 그때 벽에 선명히 알아볼 수 있는 얼룩이 보였습니다. 그게 닭똥일까 봐 두려웠습니다. 그는 얼룩 앞으로 가서, 괴로운 마음을 미소로 감추며 서 있었습니다.

"혼자 살아요, 논소?"

"네, 혼자 살아요. 저만요. 누이는 안 와요, 가끔 삼촌만 오죠." 그가 서둘러 말했습니다.

그녀는 고개를 끄덕였지만, 그가 말을 하고 있을 때 부엌으로 들어간 걸 보면 딱히 관심을 두지는 않는 듯했습니다. 그는 부엌의 상태가 걸려 가슴이 철렁했습니다. 천장 사면을 둘러싼 아치에 그을음으로 검어진 거미줄이 있어서, 마치 거미들이 둥지를 튼 것처럼 보였습니다. 싱크대는 더러운 접시로 가득했고 그중 한 접시에는 올이 굵은 자루에서 잘라낸 스펀지가 있었습니다. 쪼그라든 녹색 비누 조각이 그 그물에 걸려 있었습니다. 더욱 치욕스러웠던 건 싱크대의 수도꼭지였습니다. 딱히 그의 직접적인 책임이라고 할 수는 없었지만, 오랫동안 쓰지 않아 퇴화된 그 수도꼭지는 머리 부분을 빼서 검은 비닐봉지로 덮어놓은 모습이었습니다. 검어진 나무 널빤지 위에 놓인 석유난로도 더러웠습니다. 맨 위의 막대 부분에는 구운 닭의 그을린 껍질이 묻어 있었고, 둥근 부분 주변에는 마른 쌀알과 말라비틀어진 토마토 껍질 같은 것이 있었습니다. 더 나빴던 건 한쪽 구석, 뜰로 이어지는 문 뒤에 쓰레기가 넘쳐 고약한 냄새를 풍기는 쓰레기통이 있었다는 것입니다.

에그부누시여, 그녀가 불을 켜서 설거지하지 않고 쌓아놓은 접시들 주변에 꼬여 든 파리들을 자극한 뒤 한순간이라도 더 부엌에 머물렀다면 그는 차라리 죽었을 것입니다. 그는 스프링이 풀리면서 그물 문이 삐걱거리며 뒤뜰 쪽으로 열리는 걸 보고서야 마음을 놓았습니다.

"닭이 많네요!" 그녀가 말했습니다.

그는 그녀에게 다가갔습니다. 그녀는 한쪽 다리를 문지방에 걸치고 다른 다리는 뜰에 두고 있다가 그가 있는 부엌 안쪽으로 몸을 기울였습니다.

"닭이 많아요." 그녀는 놀란 듯 되풀이했습니다.

"네, 저는 양계장을 하니까요."

"와." 그녀가 말했습니다. 그녀는 휘둥그레진 눈으로 닭장들을 살피며 뒤뜰로 나갔다가 한마디 말도 없이 거실로 돌아와, 핸드백을 놓아둔 소파에 다시 앉았습니다. 그는 그녀를 따라다니다가 그녀가 자리에 앉으며 잠깐 다리를 벌렸을 때 언뜻 그녀의 속옷을 보았습니다. 그는 그녀가 자기 집을 어떻게 보았을지 걱정하면서 그녀와 함께 앉았습니다. 그녀는 잠시 아무 말도 하지 않고 계속 그를 바라보았습니다. 마음이 불편해진 그는 집 상태 때문에 그를 경멸하게 되었느냐고 묻고 싶어졌으나, 그런 단어들은 쓰고 버리는 대포알처럼 그의 입속에 채워진 채 발사 신호만 기다리고 있었습니다. 그녀가 다시 집을 둘러보는 사태를 미리 막으려고 그는 그녀에게 말을 걸었습니다.

"그날 밤에는 무슨 일이었어요?" 그가 말했습니다.

"죽으려고 했어요." 그녀는 그렇게 말하며 바닥으로 시선을 떨어뜨렸습니다.

그녀의 말이 그의 굴욕감을 누그러뜨렸습니다.

"왜요?"

그녀는 그날 아침, 잠에서 깨어보니 자기가 그토록 조심스럽게 세웠던 세상이 무너져 내려 흙먼지 날리는 폐허가 되어 있더라는 말을 머뭇거리지도 않고 해주었습니다. 그녀는 약혼자가 보내온 이메일 때문에 이틀 내내 만신창이로 지냈다고 했습니다. 이메일에는 약혼자가 어떤 영국 여자와 결혼했다는 소식이 담겨 있었던 것입니다. 그녀는 자기 인생의 5년을 그 남자에게 바쳤고, 저금했던 돈을 모조리 끌어모았을 뿐 아니라 아버지에게서까지 돈을 훔쳐 런던에서 영화 연출 학위를 받겠다던 그의 꿈을 이룰 수 있도록 도와주었던 만큼 충격을 감당할 수 없었다고 했습니다. 그렇게 영국으로 떠난 지 겨우 다섯 달 만에 그가 결혼한 것입니다. 그녀는 주인도 느낄 수 있을 만큼 심한 고통이 가득한 목소리로 자신이 느낀 것 같은 충격에는 무엇으로도 대비할 수 없었다고 설명했습니다.

"기댈 만한 것이 아무것도 없었어요, 기대기는커녕…… 아무것도요. 다리에서 논소 씨를 만나기 전까지, 저는 그날 온종일 지쳐 있었어요. 그 사람한테 연락을 해보고, 해보고, 또 해봤지만, 전혀 연락이 닿지 않았어요, 논소."

그녀가 강으로 갔던 건 자살할 힘이나 의지가 있었기 때문이 아니라 이메일을 무수히 여러 번 읽어본 이후에 생각나는 게 강밖에 없었기 때문이었습니다. 그녀는 논소가 오지 않았더라도 그 다리에서 뛰어내렸을지는 잘 모르겠다고 했습니다.

주인은 그녀의 이야기에 열심히 귀를 기울이다가 오직 한 번만 입을 열었습니다. 구슬프게 꼬꼬댁거리기 시작한 닭들을 무시하라는 말을 하려고 말입니다.

"아주 괴로운 일을 당했네요." 그는 그렇게 말했지만, 그녀의 이야기를 전부 이해한 건 아니었습니다. 백인의 언어를 구사하는 그녀의 능력에는 그가 이해할 수 있는 것 이상의 단어들이 포함되어 있었습니다. 예를 들어, 상황 같은 단어가 나오면 그의 생각은 뭘 어떻게 공격해야 할지 모르고 모여 있는 암탉과 병아리 위쪽을 맴도는 솔개처럼 떠돌았습니다. 하지만 저는 그녀가 한 말을 모두 이해했습니다. 치에게 있어 존재한다는 건 매번 주인들의 정신과 지혜를 얻는 교육과정이고, 그런 생각과 지혜들이 치의 일부가 되기 때문입니다. 예를 들어 수백 년 전 사냥꾼이었던 주인에게 깃들었던 치는 사냥이라는 복잡하고도 미묘한 기술을 습득할 수 있습니다. 저는 지난번에 책을 여러 권 읽고 이야기를 쓰는, 비범한 재능이 있는 남자이자 현재 주인의 어머니의 오빠인 에지케 은케오예를 안내했습니다. 에지케 은케오예는 지금 주인과 비슷한 나이였을 때 백인의 언어에 있는 거의 모든 단어에 익숙해졌습니다. 제가 지금 아는 것 중 상당 부분은 그에게서 습득한 것입니다. 현재 주인을 위해 증언하는 지금 이 순간에도 저는 제 것뿐 아니라 그의 언어를 쓰고 제 눈뿐 아니라 그의 눈을 통해 봅니다. 가끔 이 두 가지는 구분할 수 없는 하나의 총체로 섞여 들어가지요.

"아주 괴로운 일을 당했네요. 나도 너무 심하게 괴로워했던 적이 있어서 하는 말이에요. 나는 아버지 어머니가 없어요. 실은, 가족이 없어요.”

“아! 정말 슬픈 일이네요.” 그녀는 딱 벌어진 입을 손으로 가리며 말했습니다. “미안해요. 정말 유감이에요.”

“아니, 아니, 아니, 이제는 괜찮아요. 나는 괜찮아요.” 그가 말했습니다. 양심의 목소리가 여동생 은키루를 빼놓았다며 그를 쿡쿡 찔러대고 있었지만 말입니다. 그는 은달리가 한쪽 허벅지에 몸무게를 싣고 둘 사이 가운데에 놓여 있는 작은 탁자 쪽으로 몸을 기울이는 것을 지켜보았습니다. 그녀가 두 눈을 감고 있어서 주인은 그녀가 자신을 깊이 동정하고 있다고 생각했으며, 그녀가 자기 때문에 울지도 모른다는 생각에 두려워졌습니다.

“이제는 괜찮아요, 마미.” 그가 더욱 단호하게 말했습니다. “여자 형제는 한 명 있어요. 라고스에 살죠.”

“아, 동생이에요, 누나예요?”

“동생이에요.” 그가 말했습니다.

“그렇군요. 제가 온 건 고맙다는 인사를 전하고 싶어서예요.” 그녀가 바닥에서 가방을 집어 들었습니다. 미소가 눈물 어린 그녀의 얼굴 전체를 닦아냈습니다.

“저는 하느님이 논소 씨를 보내준 거라고 믿어요.”

“네, 마미.” 그가 말했습니다.

“계속 ‘마미’라고 하는 건 뭐예요? 왜 그렇게 말해요?”

그녀가 웃자 그도 따라 웃었습니다. 난처해지는 상황을 피하려고 그때까지 참아왔던 자신의 음산한 웃음소리가 신경에 거슬렸습니다.

“정말, 이상한 말이에요!”

"나는 어머니가 없으니까요. 좋은 여자는 모두 나한테 엄마, 마미예요."

"아, 너무 안됐네요!"

"잠시만요." 그는 그렇게 말하고 소변을 보러 화장실에 갔습니다. 그가 돌아오자 그녀가 말했습니다. "논소 씨 웃음소리가 참 마음에 든다는 얘기, 했었나요?"

그는 그녀를 보았습니다.

"마음에 들어요. 진심으로요. 당신은 멋있는 남자예요."

그녀가 떠나려고 일어서자 그는 서둘러 고개를 끄덕였습니다. 재앙이 될 것이라 확신했던 일이 전혀 예상하지 못한 결과를 거두자, 잠시나마 마음이 들떴습니다.

"드실 것도 안 드렸네요."

"아뇨, 아뇨, 괜찮아요." 그녀가 말했습니다. "다음에요. 시험이 있어서요."

그는 악수하려고 손을 내밀었고 그녀는 활짝 미소 짓는 얼굴로 그 손을 맞잡았습니다.

"고마워요."

인간의 수호령들이여, 우리는 과연 열정이 인간의 내면에 만들어내는 힘에 대해 생각해본 적이 있는 걸까요? 사랑하는 여자를 차지하기 위해서라면, 남자들이 불타오르는 들판도 달려서 가로지를 수 있는 이유를 생각해보았습니까? 연인들의 몸에 성교가 미치는 영향에 대해서는요? 그 힘의 대칭성에 대해서 우리는 과연 고려했을까요? 어떤 시가 그들의 영혼을 뒤흔들어놓는지, 여린 마음에 새겨지는 애정 어린 표현의 효과는 어떤지에 대해서는요? 우리는 과연 사랑의 생김새를 숙고했습니까? 어째서 어떤 관계는 사산되고, 어떤 관계는 지체되어 자라지 못하며, 어떤 관계는 깃털이 다 난 성체가 되어 연인들이 살아가는 내내 지속되는지 말입니다.

저는 이런 일에 대해 많이 생각했기에, 남자가 여자를 사랑하게 되면 그 사랑에 의해 변한다는 것을 알고 있습니다. 여자가 기꺼이 자신을 남자에게 내어준다 해도 일단 남자가 그녀와 결혼하면 그녀는 그의 것이 됩니다. 여자는 그의 소유물이 되고, 그는 그녀의 소유물이 되는 것이지요. 남자는 그녀를 은우엠이라고 부르고, 여자는 그를 딤이라고 부릅니다. 다른 사람들은 그녀를 그의 아내라고 말하고, 그는 그녀의 남편이라고 말합니다. 이것은 이상한 일입니다, 에그부누시여! 저는 사랑하는 이가 떠난 뒤에 사람들이 도둑맞은 재산을 되찾으려 할 때처럼 그들을 되찾으려 애쓰는 모습을 여러 번 보았기 때문입니다. 130년 전, 자신에게서 아내를 빼앗아 간 남자를 죽인 에메주이웨의 경우가 바로 이런 것 아니었나이까? 추쿠시여, 이곳 베이궤에서 제가 지금처럼 에메주이웨를 위해 증언하고 당신께서 심판을 내리셨던 그때, 그 판결은 슬펐으나 공정했나이다. 백년도 더 지난 지금 제 현재 주인의 마음에 비슷한 불이 붙는 것을 본 저는 두려웠사옵니다. 그 불의 힘을 알고 있었으니까요. 그 불길이 강력하여, 너무도 강력하여 머잖아 무엇으로도 잠재울 수 없게 될지 모른다는 것을 알고 있었으니 말입니다. 그가 그녀를 자동차까지 데려다줄 때도 저는 불길이 그를 떠밀어, 저로서는 막을 힘이 없는 방향으로 그를 보내버릴지 몰라 두려웠습니다. 저는 마음속에 사랑이 완전히 형태를 갖추면 그 사랑이 그의 눈을 멀게 하고 제 조언은 듣지 못하게 할까 봐 두려웠사옵니다. 그때부터 불길이 그를 사로잡기 시작한 것이 보였나이다.

오바시디넬루시여, 아, 여자는 대체 남자의 삶에 어떤 의미인지요! 아버지들의 아이들이 받아들인 새로운 종교는 두 사람이 한 몸이 된다는 교리를 가르칩니다. 얼마나 진실한 이야기입니까, 에그부누시여! 하지만 현명한 아버지들의 시대를 함께 살펴주소서. 당시에는 위대한 어머니들이 없어서는 안 될 존재였나이다. 그들은 사회를 인도하는 법률들을 만들지는 않았으나 사회의 치와도 같아서, 질서가 깨지면 그 질서와 균형을 복원했사옵니다. 한 마을의 구성원이 영적인 범죄를 저질러 알라를 괴롭게 하고 그 자비로운 여신께서 정당한 의분을 느끼며 질병이나 가뭄이나 참혹한 죽음이라는 형태로 격노를 쏟아부으실 때마다 디비아를 찾아가 사회를 대신해 조언을 청한 것도 옛 어머니들이었습니다. 알라께서는 다른 누구의 목소리보다 그들의 목소리에 귀를 기울이시기 때문입니다. 전쟁이 났을 때 행진하며 평화를 복원하고 알라를 진정시킨 것도 양측의 어머니들이었습니다. 저는 우주아콜리와 은크파의 싸움으로 머리 없는 남자 열일곱이 숲에 눕게 된 172년 전에도 그런 모습을 보았습니다. 옛 어머니들이 오도지오보도라고 불리는 이유가 바로 이것입니다. 여자 몇몇이 재난을 목전에 둔 공동체에 균형을 되찾아줄 수 있다면, 한 여자가 한 남자의 삶에 해줄 수 있는 일은 얼마나 많겠나이까! 위대한 아버지들이 자주 말하듯, 사랑은 남자의 삶의 온도를 바꾸어놓습니다. 평소에 차가웠던 남자가 따뜻해지고, 그 온기가 특유의 강렬함으로 그 사람을 변화시킵니다. 그의 삶에서 작았던 것들을 자라게 하고 그의 인생이라는 천에 난 구멍에 빛을 드리웁니다. 그는 매일 했던 일을 더욱 활기차게 합니다. 그가 살면서 만나는 사람 대부분은 그의 내면에서 무언가가 바뀌었다는 것을 알게 됩니다. 누구한테든 굳이 이야기할 필요는 없을지 모릅니다. 인간의 모습 중 가장 많은 것이 드러나는 부분인 얼굴에 색조가 돌기 시작하기 때문입니다. 관심이 있는 사람이라면 누구나 곧 그런 변화를 눈치챕니다. 이를테면, 그가 다른 사람들과 함께 일을 하고 있을 때 동료 한 명이 그를 한구석으로 데려가 "기분이 좋아 보이네"라든가 "무슨 일이야?"라고 물을지 모르지요. 애정이 클수록 티는 더 많이 납니다. 다만, 은달리에 대한 주인의 애정은 자신이 그녀에게 어울리지 않는다는 두려움 탓에 누그러졌습니다. 그는 혹시라도 그녀가 넘어오면 자신의 심장을 온전히 그녀에게 내주기로 마음먹었습니다.

　이번에는 인간 동료가 아닌 닭들이 주인의 변신을 목격했습니다. 그날, 그녀가 집을 나선 뒤로 주인은 황홀해하며 닭에게 먹이를 주었습니다. 그는 꼬리가 뒤틀린 수탉을 발견하고 녀석을 농장 가장자리, 다른 닭들에게는 보이지 않는 집 앞으로 데려가 도살했습니다. 그는 수탉의 피가 땅에 난 작은 구멍으로 빨려 들어가게 내버려두고, 수탉은 그릇에 넣어 냉장고에 보관했습니다. 그는 화장실에서 두 손을 씻은 다음 나무 벽으로 나뉘어 있는 커다란 닭장을 비질했습니다. 그는 닭들이 싫어하는 초록 머리 도마뱀을 쫓아 천장 구멍으로 몰아넣었습니다. 그런 다음 사다리를 올라 야자수 기름이 얼룩진 둘둘 말린 걸레 조각을 그 구멍에 쑤셔 넣었습니다. 이 일을 마치고 나자 마시라고 준 물이 담긴 대야를 닭들이 엎은 게 보였습니다. 대야는 억새로 엮은 벽에 기대어 있었고, 그 안에 눈알 크기의 물웅덩이가 고여 있었습니다. 물웅덩이 안에는 눈동자처럼 그를 마주 보는 침전물이 조각보처럼 놓여 있었습니다. 그는 대야 쪽으로 걸어가다가 무언가를 밟았습니다. 깃털처럼 생긴 갈비뼈였습니다. 그 뼈는 진창이 된 땅을 쭉 미끄러지며 그를 자빠뜨렸습니다. 그는 넘어지면서 다른 텅 빈 대야에 부딪혔고, 대야는 엉망진창이 되어 허공으로 날아오르며 엄청난 흙과 깃털, 먼지를 그의 얼굴에 비워 냈습니다.

추쿠시여, 닭들이 인간이었다면 그의 얼굴을 보고 웃었을 것입니다. 주인의 이마와 코에는 흙과 먼지가 두껍게 엉겨 있었습니다. 직접 보지 못했다면, 저는 그날 주인 안에서 보인 그것을 의심했을 것입니다. 주인은 아파서 머리 한 부분을 손가락으로 계속 만져보며 상처에서 피가 나는지 살피면서도 행복해했습니다. 그는 자리에서 일어나 스스로를 보고 웃으며, 전날 은달리가 소파에 앉아 그를 멋있는 남자라고 불렀던 일을 생각했습니다. 넘어진 자리를 내려다보니 바닥의 벗겨진 부분이 보였습니다. 벗겨진 페인트가 신발에 껍질처럼 덮여 있었습니다. 닭장 반대편에는 그가 깔아뭉갤 뻔했던 암탉 한 마리가 서 있었습니다. 그가 넘어질 때 암탉은 그의 손이 닿지 않는 곳으로 신경질적으로 펄쩍 뛰면서 격하게 날개를 퍼덕이느라 먼지를 일으키고 닭털을 날려댔습니다. 그는 그 닭이 회색 달걀을 낳는 암탉 두 마리 중 한 마리라는 걸 알아보았습니다. 암탉은 항의하듯 꼬꼬댁거렸고 다른 닭들도 녀석에게 합류했습니다. 그는 닭장을 나와서 몸의 흙을 씻어냈습니다. 그러는 내내, 나중에 그가 침대에 누울 때까지도 은달리는 그의 머릿속에 남아 있었습니다.

그가 잠들자 제게서는 그의 몸이라는 장벽이 벗겨졌습니다. 그가 수면이라는 무의식 상태에 들어갈 때면 종종 벌어지는 일입니다. 이럴 때면, 저는 굳이 걸어 나가지 않더라도 주인이 깨어 있을 때 볼 수 없는 것들을 볼 수 있습니다. 아시다시피, 당신께서는 저희를 잠이 없는 피조물로 만드셨나이다. 저희는 산 자들의 언어로 말하는 그림자로서 존재합니다. 저희 주인들이 자고 있을 때조차 저희는 깨어 있습니다. 저희는 밤에 호흡하는 세력들에 맞서 주인들을 지킵니다. 사람이 자고 있을 때는 천상의 세계가 불면의 소음과 죽음의 속삭임으로 가득합니다. 지상에 잠깐 들른 아구, 유령, 아칼리오골리, 영혼, 은디이치에*가 모두 멀어버린 밤의 눈 밖으로 기어 나와 개미들처럼 자유롭게 이 땅을 돌아다닙니다. 벽과 울타리 같은 인간의 경계선은 염두에 두지 않지요. 말다툼을 하는 두 영혼이 격투를 벌이다가 어느 가족의 집 안으로 굴러 들어가 그들에게 씌고, 그들을 통해 몸싸움을 이어갈 수도 있습니다.

다른 밤이 대체로 그렇듯 그날 밤도 영혼들의 소란과 달 아래 세상의 나팔 소리, 북소리, 엄청나게 많은 울부짖음, 고함, 목소리, 우짖는 소리, 소음이 가득했습니다. 세계와 벤무오와 벤무오의 통로

* 조상들. (이보어)

인 에진무오는 그 소리들로 흠뻑 젖어 있었습니다. 저 멀리서는 매혹적인 피리 소리가 공기를 타고 물결치며 살아 움직이듯 맥동했습니다. 그렇게 한참이 지나 자정 즈음에는 뭔가가 불가사의할 정도로 빠르게 벽을 뚫고 쏟아져 나왔습니다. 그것은 즉시 회색빛을 띤, 육안으로는 거의 보이지 않는 밝은 똬리를 틀었습니다. 처음에는 지붕 쪽으로 솟아오르는 것 같았으나 천천히 흐트러지더니 그림자 뱀처럼 길어졌고, 이어 대단히 무서운 아구―바퀴벌레 같은 머리통에 뚱뚱한 사람 몸을 가진―로 변신했습니다. 저는 즉시 놈에게 덤벼들어 떠나라고 명령했습니다. 하지만 그것은 증오로 가득한 두 눈으로 저를 빤히 바라보더니, 그다음에는 의식이 없는 주인의 몸을 주로 응시했습니다. 놈의 입은 끈적끈적했습니다. 무슨 끈끈한 고름 같은 분비물로 붙여놓은 것 같았습니다. 그것은 계속 주인을 가리켰지만 저는 떠나라고 요구했습니다. 그것이 꼼짝도 하지 않자, 저는 이 사악한 피조물이 주인을 해칠지 몰라 두려워졌습니다. 저는 말을 흐리다가 주문을 외어, 당신께서 개입해주시기를 빌며 저 자신을 강화했습니다. 그러자 그 존재가 멈추는 듯했습니다. 그것은 물러나 으르렁거리는 소리를 내더니 사라졌습니다.

저는 지상에서 여러 주기를 보내며 이런 영혼들을 만나보았습니다. 에진케오니에에게 깃들어 있던 당시 전쟁에서 보았던 광경은 지금도 생생하게 기억납니다. 그때 에진케오니에는 우무아히아의 반쯤 무너진 폐가에서 잠들었는데, 그가 자고 있을 때 어떤 영혼이 너무도 빠르게 모습을 드러냈고 저는 깜짝 놀랐지요. 아무리 살펴봐도 그 영혼에게는 머리가 없었습니다. 그 영혼은 두 팔을 휘젓고 발을 굴러대며 머리가 있었던 뭉툭한 자리를 가리켰습니다. 에그부누시여, 아무리 끔찍한 모습의 아칼리오골리라도 저처럼 살아 있는 영혼에 그때와 같은 공포를 불어넣은 적은 없었나이다. 그때, 어떤 변화의 힘이 작용했는지 놈의 머리가 불쑥 솟아나더니, 주위를 힐끔거리며 허공에 떠 있었습니다. 머리 없는 피조물은 두 팔을 마구 휘두르며 그 머리를 잡으려 했지만, 머리는 이쪽저쪽으로 방향을 틀다가 마침내 왔던 쪽으로 둥실둥실 떠가버렸고 영혼이 그 뒤를 따랐습니다. 다음 날, 저는 제 주인의 눈을 통해 그 남자가 임신한 여자를 강간하다 참수당해 아칼리오골리가 된 적병이라는 걸 알게 되었습니다. 제 주인인 에진케오니에는 전날 밤 무슨 일이 일어났는지는 의식하지 못한 채 다음 날 아침 그 남자의 몸이 불태워지는 것을 보게 되었나이다.

저는 영혼을 따라잡으려고 얼른 몸을 일으켰습니다. 놈이 주인을 표적으로 삼은 이유를 알고 싶었습니다. 하지만 그것이 어느 쪽으로 갔는지 알 수 없었습니다. 밤의 평원에는 놈의 흔적이 전혀 없었고 공기에는 발자국 하나 없었으며 땅의 어두운 굴속에서는 발소리가 전혀 들리지 않았습니다. 밤하늘은 대부분 밝은 별로 채워져 있었으며, 수많은 영혼이 제 주인의 농장 인근에서 각자의 일을 보고 있었습니다. 인간은 근처에 없었습니다. 얼마나 떨어져 있는지 모를 도로를 빠르게 지나가는 자동차 소리가 났을 뿐 흔적조차 없었지요. 저는 잠깐 돌아다녀볼까 하는 충동을 느꼈습니다. 하지만 제가 본 아구가 인간 육신을 찾아 씌려는 유령일지도 모르고, 돌아와 주인에게 깃들 수도 있다는 생각이 들었습니다. 그래서 저는 최대한 빨리 농장으로 돌아가 뒤뜰 울타리를 가로지른 다음 주인이 깊이 잠들어 있는 방의 벽을 뚫고 들어갔습니다.

아콰아쿠루시여, 주인은 다음 날 아침 닭 떼가 내는 성난 소리에 잠을 깼습니다. 닭 한 마리가 끊임없이 꼬꼬댁거리며, 가끔 목소리가 잦아들게 두었다가 전보다도 높은 소리로 울부짖었습니다. 주인은 몸을 감쌌던 숄을 치우고 문을 나서려다가 자기가 옷을 다 벗고 있다는 걸 깨달았습니다. 그는 반바지와 구겨진 셔츠를 걸치고 뒤뜰로 가서 자루에 남아 있던 마지막 밀기울을 그릇에 쏟아붓고 그 그릇을 뜰 한가운데의 낡은 신문지 위에 올려놓았습니다. 닭장을 열자 닭들이 즉시 그에게 덤벼들었습니다. 그릇은 눈 깜짝할 사이에 깃털 달린 존재들로 끈적끈적하게 뒤덮였습니다.

그는 뒤로 물러나면서, 평상시와 다른 게 있는지 살피며 닭들을 훑어보았습니다. 특히, 닭장에서 엉뚱하게 튀어나온 못에 날개가 걸렸던 암탉 한 마리를 유심히 지켜보았지요. 그 닭은 못에서 몸을 떼어내려고 발버둥을 치다가 하마터면 제 날개를 찢어낼 뻔했습니다. 그가 지난주에 실로 날개를 꿰매주었는데, 지금은 그 새가 조심스러운 걸음걸이로 밀기울을 먹으려는 아귀다툼에 참여하고 있었습니다. 날개 밑으로 그때 꿰맨 붉은 실이 보였습니다. 그는 두 다리를 잡아 암탉을 들어 올렸습니다. 끝부분의 핏줄 주변을 손가락으로 더듬어보며 날개를 확인했습니다. 닭을 내려놓으려는데 핸드폰이 울렸습니다. 그는 전화를 받으려고 집으로 달려갔습니다. 하지만 거실에 이르렀을 때쯤에는 벨이 멈춘 다음이었습니다. 은달리가 방금 그에게 전화를 걸고 문자메시지를 보낸 것이 보였습니다. 처음에 그는 메시지를 읽어야 할지 말지 망설였습니다. 글자로 된 뭔가를 읽으면 그것이 영원토록 지울 수 없는 존재로 변해버릴까 봐 두려워하는 사람처럼 말입니다. 그는 핸드폰을 다시 식탁에 올려놓고 손바닥으로 이마를 짚으며 이를 악물었습니다. 저는 그가 전날 머리에 입은 상처 때문에 아프다는 걸 알 수 있었습니다. 그는 냉장고 맨 위에서 파라세타몰* 봉지를 꺼내 남아 있는 알약 두 개 중 하나를 손바닥에 쏟았습니다. 그는 약을 혀에 올려놓고 부엌으로 간 다음 플라스틱 주전자에 담겨 있던 물과 함께 삼켰습니다.

그는 다시 핸드폰을 집어 들고 메시지를 읽었습니다. 논소, 오늘 저녁에 만나러 갈까요? 추쿠시여, 그는 홀로 미소를 지으며 주먹으로 허공을 치고 "좋아요!" 하고 소리쳤습니다. 핸드폰을 주머니에 넣고 뒤뜰로 돌아갔을 때쯤에야 그는 그녀가 곁에 있는 것처럼 말로만 대답했다는 걸 떠올렸습니다. 그는 뒤뜰로 가는 그물 문 옆에 서서 핸드폰에 "좋아요"라고 입력했습니다.

은달리를 만난다는 생각에 기분이 좋아진 그는 달걀 몇 개를 모아 플라스틱 통의 달걀 모양 구멍들에 집어넣었습니다. 그런 다음 다친 닭을 한 번 더 잡았습니다. 닭은 두려워 눈을 깜빡였고, 그가 녀석의 머리를 문지르며 녀석이 날갯짓을 할 수 있는지 살피자 부리를 열었다 닫았다 했습니다. 그는 쟁반을 씻어 그 위에 밀기울을 좀 올려놓았습니다. 반 토막 난 이쑤시개 같은 것이 사료에서 튀어

---

* 두통 진정제. 해열제의 일종.

나왔습니다. 그는 그걸 집어 뒤로 던졌습니다. 그런 다음, 닭들이 그걸 찾아 삼킬지도 모른다는 생각에 마음을 고쳐먹고 자리에서 일어나 그 조각을 찾기 시작했습니다. 작은 병아리들이 들어 있는 닭장에서 멀지 않은 곳에 조각이 떨어져 있는 게 보였습니다. 조각은 닭장을 놓아둔 널빤지의 축축한 가장자리에 놓여 있었습니다. 그는 조각을 집어 울타리 너머 농장 바깥의 쓰레기더미로 던졌습니다. 그런 다음 밀기울 쟁반을 두 닭장 중 한 곳의 아랫부분에 밀어 넣었습니다.

닭들에게 먹이 주는 일을 마쳤을 때쯤 그의 두 손은 흙과 때로 새까매지다시피 했습니다. 검은 때가 손톱에 끼었고, 오른손 엄지의 살은 가시가 돋친 것처럼 보였으며 채찍 자국 같은 것으로 주름져 있었습니다. 그가 거둔 달걀 중 하나는 딱딱하게 굳은 배설물이 껍데기처럼 뒤덮여 있었는데, 주인은 그걸 손가락으로 긁어내다가 이제는 손톱에 그 배설물 껍데기까지 끼게 되었습니다. 그는 화장실에서 손을 씻으며 자기 일이 얼마나 별난 것인지, 이 일을 새로 접하는 사람한테는 얼마나 비천하게 보일 것인지 생각했습니다. 그는 은달리가 그런 일을 좋아하지 않을지도 모르며, 그가 하는 일의 속성을 제대로 이해하면 불쾌해할지도 모른다는 걱정이 생겼습니다.

추쿠시여, 앞서도 말씀드렸다시피 두려움에서 시작되는 이런 깊은 생각은 사람들이 자기가 높이 평가하는 다른 이들과 함께 있다는 사실을 의식할 때 종종 벌어지는 일입니다. 그들은 다른 이의 시선에 초점을 맞추어 자신을 평가합니다. 그런 상황에서는 사람의 마음속에 자기 파괴적 생각들이 끝 간 데 모르고 만들어질 수 있습

니다. 그런 생각은, 아무리 근거 없는 생각일지라도 결국 그들을 잠
식해버릴 수 있지요. 하오나 주인은 이런 생각을 너무 오랫동안 곱
씹지는 않았습니다. 대신 그는 서둘러 은달리를 맞이할 준비를 했
습니다. 집과 발코니를 깨끗이 쓸고 쿠션과 소파의 먼지를 털어냈
으며 변기를 닦고 그 안에 이잘*을 뿌렸고 물탱크 뒤의 쥐똥도 치웠
습니다. 플라스틱 양동이도 하나 버렸습니다. 몇 군데가 깨진 페인
트 통이었습니다. 그런 다음에는 집 전체에 방향제를 뿌렸습니다.
막 목욕을 마치고 로션을 바르고 있을 때 창문 너머로 그녀의 자동
차가 농장 사이에 있는 그의 집을 향해 다가오는 것이 보였습니다.

이장고-이장고시여, 주인은 그날 저녁 그녀의 외모에 감탄하며
몸이 달아오르는 것을 느꼈습니다. 그녀의 머리카락은 위대한 어머
니들이라면 이상하다고 생각했겠으나 주인에게는 빛나는 매력을
발휘하는 방식으로 매만진 모습이었습니다. 그는 깔끔하게 파마한
그녀의 머리카락, 손목시계, 손목에 두른 팔찌, 초록색 구슬 목걸이
를 자세히 살폈습니다. 특히 그 목걸이를 보고 있으니 라고스에 살
고 있으며 오래전 연락이 끊긴 어머니의 여동생 이페미아가 생각났
습니다. 그는 안 그래도 이런저런 경험이 적은 자신이 은달리에게
딸린다고 생각하고 있었지만(그는 클럽에도, 극장에도 가본 적이
없었습니다), 그날 저녁 그녀를 보자 자신에 대한 평가가 더욱 처참
하게 무너져 내렸습니다. 그녀는 크나큰 친절과 애정을 실어 그에
게 말을 걸었지만, 그는 자신이 그녀에게 어울리지 않는다는 느낌

---

* 소독제.

만 강하게 받으며 그 자리에 서 있었습니다. 그는 마지못해 그곳에 있는 사람처럼 꼭 필요할 때만, 상대가 유도하는 대답만 했습니다.

"양계장은 전부터 하고 싶었던 거예요?" 은달리는 그가 예상했던 것보다 조금 늦게 그렇게 물었습니다. 그녀가 결국 넘어오지 않을 거라는 주인의 두려움은 깊어졌습니다.

그는 고개를 끄덕인 다음에야 그게 거짓말일지 모른다는 생각이 들어 덧붙였습니다. "어쩌면 아닐지도 몰라요, 마미. 처음 생각한 건 아버지예요, 내가 아니라."

"양계장을요?"

"네."

그녀는 그를 빤히 바라보았습니다. 얼굴에는 눌러 참은 미소가 어려 있었습니다.

"어떻게요? 어쩌다가요?" 그녀가 말했습니다.

"얘기가 길어요, 마미."

"세상에! 아, 듣고 싶어요. 말해주세요."

그는 그녀를 올려다보며 말했습니다. "알았어요, 마미."

에부베디케시여, 그는 그녀에게 새끼 거위 이야기를 해주었습니다. 그가 겨우 아홉 살일 때 새끼 거위가 잡히면서 시작되는 이야기였습니다. 그 만남이 주인의 인생을 바꾸어놓았지요. 이제부터 당신께 그 이야기를 전해드리려 합니다. 주인의 아버지는 어느 날 주인을 자신의 고향으로 데려가더니, 한숨 자라고 말했습니다. 아침이 되면 양털처럼 하얀 거위들이 살고 있는, 오그부티 숲 한가운데의 숨겨진 연못으로 데려가겠다고 말이지요. 그곳은 대부분의 사냥꾼이 치명적인 뱀과 맹수가 두려워서 피하는 구역으로, 연못은 원래 이모강의 지류였습니다. 저는 그 연못을 여러 번 보았습니다. 오래전, 아로의 노예 사냥꾼들이 알라이보의 이 지역을 휩쓸기 전에는 강이 흐르고 있었지요. 하지만 지진이 나서 지류와 나머지 강의 연결이 끊어지자 물이 고여 흰 거위들의 집이 된 것입니다. 그 거위들은 숲 주변 아홉 마을에 사는 사람들의 기억이 닿는 한 아주 오래전부터 그곳에서 살았습니다.

주인은 기다란 데인 건*을 든 아버지와 함께 연못에 이르렀고, 풀과 야생 버섯으로 덮인 채 썩어가는 쓰러진 나무 둥치 뒤에 멈춰 섰습니다. 나무에서 돌을 두 번 던지면 닿을 거리에 반쯤 낙엽에 덮여 있는 죽은 연못이 있었고, 그 옆으로 펼쳐진 축축한 물가에는 나무 쪼가리들이 흩어져 있고 흙덩이가 엉겨 있었습니다. 하얀 거위들이 모여 풀을 먹는 곳이었습니다. 거위 떼는 인간의 존재를 경계하는 듯 날개를 퍼덕이며 울창한 숲속으로 더 깊숙이 날아갔고, 어미 거위 한 마리와 새끼, 다른 큰 거위 한 마리만 남았습니다. 세 번째 거위는 몇 번 펄쩍 뛰더니 멀리 떨어진 물을 가로질러 둥둥 떠가다가 바위에 이르러 녹색 나뭇잎 속으로 사라졌습니다. 주인은 매료된 채 어미 거위를 바라보았습니다. 거위는 깃털이 풍성했고 아래를 향해 내려간 꼬리는 톱니 모양이었습니다. 두 눈은 커다랬고 콧구멍이 있는 부리는 갈색이었습니다. 녀석은 움직이면서 과시하듯

---

* 19세기 중반 이전부터 덴마크·노르웨이의 무역상들이 서아프리카로 수입해 온 장총. 현재는 서아프리카 지역에서 사용되는 장총 대부분을 데인 건이라고 부른다.

두 날개를 계속 펼쳐댔습니다. 그 곁의 새끼 거위는 달랐습니다. 녀석은 목이 더 길고 맨 윗부분이 털이 뽑히기라도 한 것처럼 맨송맨송했습니다. 어미 거위가 둥지에서 멀어지기 시작하자 새끼 거위는 작은 발을 놀려 어미를 따라 앞으로 아장아장 걸었습니다. 주인의 아버지는 총을 가지고 온 터였습니다. 당혹스러운 광경이 갑작스레 펼쳐지지 않았더라면 아마 그 총을 쏘았을 것입니다. 두 발을 진흙에 푹 담그고 부드러운 흙에 멈춰 섰던 어미 거위가 이제는 입을 크게 벌린 채 기다리고 있었습니다. 새끼 거위는 타닥타닥 다가가더니, 기다리던 어미의 입속으로 목 일부가 보이지 않을 때까지 자기 머리를 파묻었습니다.

주인과 그의 아버지는 새끼 거위의 머리와 목이 어미의 입속을 살피는 모습을 놀라워하며 지켜보았습니다. 새끼가 먹이를 먹는 동안 어미는 균형을 잡으려고 애를 썼습니다. 어미는 격하게 두 날개를 퍼덕이며, 안정적이지만 서두르는 걸음걸이로 물러났습니다. 발톱을 쥐었다 폈다 하며 두 발을 진흙더미 속으로 더 깊게 파묻었습니다. 잠깐 동안 주인은 작은 새가 탐욕스럽게 폭식을 해대느라 큰 거위의 목구멍이 찢어질지 모른다고 생각했습니다. 새끼 거위의 부리 움직임이 어미 목구멍의 얇은 피부 너머로 힐끗 보였습니다. 새끼 거위는 어미에게서 몸을 떼어내고, 두 날개를 퍼덕이며 다시 태어난 듯 활기차게 전속력으로 멀어지기 시작했습니다. 주인에게 그 모습은 거의 경이롭게 느껴졌습니다. 어미는 고개를 돌리고 한 차례 뭐라 외치더니 다리를 비틀거리며 주저앉는 듯했습니다. 그 거위는 반쯤 진흙이 엉겨 붙은 채로 일어서 주인과 아버지가 웅크리고 있는 방향으로 달려오기 시작했습니다.

아버지가 총을 겨누었을 때는 새가 가까이에 있었습니다. 총알은 시끄러운 소리를 내며 거위를 뒤로 날려 보냈고, 그것이 지나간 자리에는 깃털 구름만이 남았습니다. 숲에서는 달아나는 생명체들과 퍼덕이는 날개들의 합창이 신경증에 걸린 듯 터져 나왔습니다. 깃털들이 가라앉자, 새끼 거위가 어미의 주검을 향해 서둘러 오는 것이 주인에게 보였습니다.

"해냈어, 드디어 오그부티 거위를 잡았다고." 아버지는 일어나 죽은 거위를 향해 달리며 말했습니다. 주인은 말을 잃은 채 신중한 걸음걸이로 뒤따랐습니다. 아버지는 잔뜩 들떠서 죽은 거위를 집어 들고 왔던 방향으로 돌아가기 시작했습니다. 죽은 거위의 피가 흔적을 남겼습니다. 아버지는 새끼 거위가 허둥지둥 그를 따라 달려오는 것을 눈치채지 못했습니다. 거위는 새된 소리를 내지르고 있었는데, 몇 해가 흐른 뒤 주인은 그것이 새가 흐느끼는 울음소리라는 걸 알게 되었습니다. 주인은 가만히 서서, 몇 년 동안이나 오그부티 숲의 거위를 잡고 싶어 했는지 이야기하는 아버지에게 귀를 기울였습니다. "다들 이 녀석들이 어디 사는지 모른다고 했지. 누가 어떻게 알았겠니? 오그부티 숲속 이렇게 깊은 곳까지 감히 들어올 사람은 몇 안 된단다. 사람들은 이 거위들이 하늘을 나는 모습만 보았을 뿐이야. 그리고 말이지, 하늘에 있는 걸 쏜다는 건 아주 어려운 일이야. 이건……." 그때 아버지는 문득 고개를 돌려, 뒤쪽에 멀찍이 떨어져 있는 주인을 보았습니다.

"치논소?" 아버지가 말했습니다.

그는 입을 삐죽 내민 채 거의 눈물을 흘릴 듯한 눈으로 고개를 들었습니다. "아버지." 그는 백인의 언어로 말했습니다.

"뭐냐? 왜 그래?"

그는 새끼 거위를 가리켰습니다. 아버지는 새끼 거위가 두 인간에게 시선을 둔 채 늪 속에서 두 다리를 움직이며 죽은 어미를 위해 흐느끼는 모습을 보았습니다.

"이런, 네가 잡아서 집으로 데려가지 그러냐?"

주인은 아버지에게로 걸어가 그 새 뒤에 멈춰 섰습니다.

"네가 키우지 그래?" 아버지가 다시 말했습니다.

그는 새를 보고 아버지를 보았습니다. 뭔가가 마음속에서 반짝였습니다.

"우무아히아로 데려가도 돼요?"

"그럼." 아버지가 말하더니, 죽은 거위를 들고 오솔길로 다시 돌아섰습니다. 이제 그의 손에 들린 거위의 사체는 반쯤 선홍색으로 뒤덮여 있었습니다. "지금 잡아, 가자."

그는 머뭇머뭇 발을 끌다가 몸을 날려 새끼 거위의 가느다란 두 다리를 잡았습니다. 새는 애원하듯 구슬피 울며 자기를 잡은 부드러운 두 손을 날개로 쳐댔습니다. 하지만 그는 땅에서 거위를 들어 올리며 그 다리를 잡은 손아귀에 더욱 힘을 주었습니다. 그는 아버지를 올려다보았습니다. 그를 기다리는 아버지의 손에서는 죽은 거위가 피를 뚝뚝 흘리고 있었습니다.

"이제 그 녀석은 네 거야." 아버지가 말했습니다. "네가 그 녀석을 구했어. 네가 가지려무나. 가자." 이어 아버지는 발길을 돌려 마을로 향했고, 그는 뒤따랐습니다.

　이어서 주인은 자기가 그 새를 얼마나 사랑했는지 말했습니다. 그 새는 종종 갑작스레 분노를 터뜨렸다가 진정하고 기분이 나아졌습니다. 가끔은 딱히 어디랄 것도 없는 곳으로 미친 듯 내달리곤 했습니다. 자기가 온 숲으로 돌아가려는 것만 같았습니다. 그러다가 탈출할 기회가 보이지 않으면, 새끼 거위는 낙담해 되돌아오곤 했습니다. 그는 불안한 마음으로 녀석을 가까이에서 지켜보았습니다. 그는 그 새에게 무슨 나쁜 일이 일어나거나 언젠가는 녀석이 자기에게서 도망칠지 모른다는 두려움을 끊임없이 느꼈습니다. 새끼 거위가 화난 듯 집 안을 돌며 이 벽에서 저 벽으로, 그 벽을 뚫고 도망치려는 듯 마구 달리기 시작할 때면 두려움은 더욱 심해졌습니다. 거위는 그렇게 몸부림을 치고 나면 늘 탈진한 듯 머리를 숙인 채 의자나 식탁으로 돌아왔습니다. 격분해서인지 좌절해서인지 꽥꽥거리며 두 날개를 축 늘어뜨리고 있었습니다.

　"네." 그는 새끼 거위가 진정되어 있을 때도 있었느냐는 그녀의 질문에 대답했습니다. 그는 아무리 큰 상처를 입어도 잡혀 있으면 가끔 온순해지는 본성이 지상의 생명체들에게 있다는 걸 그때 알게 되었습니다. 당시에 새끼 거위는 그의 침대에서, 그의 곁에서, 마치 인간 반려자처럼 잠을 잤습니다. 그가 새끼 거위를 데리고 우무아히아로 처음 돌아왔을 때는 이웃 아이들이 거위를 보려고 몰려들었습니다. 처음에 그는 누가 거위를 빼앗아 갈까 봐 두려워하는 사람처럼 녀석을 지켰고, 그 누구도 거위를 넣어둔 라피아 나무 새장을 건드리지 못하게 했습니다. 함께 축구를 하는 이웃 친구라도 허락 없이 새장을 건드리려 하면 싸웠습니다. 그런 친구 중 주인과 가장 친했던 아이가 에지케인데, 에지케는 유난히 그 새에게 마음을 빼앗겼습니다. 에지케는 다른 아이들보다 더 그 새를 찾았고, 시간이 지나면서 주인은 에지케가 그 새와 놀 수 있도록 자주 허락해주었습니다. 그러던 어느 날, 에지케는 새끼 거위를 집에 데려가 할머니에게 보여주게 해달라고 부탁했습니다. "5분, 딱 5분만." 오세부루와시여, 저는 이 아이의 눈빛을 보았습니다. 그 깊은 곳에 작은 시기의 불꽃이 타오르는 것이 보여 두려웠나이다. 저는 인간의 아이들에게서 그 불꽃을 여러 번 보았기 때문입니다. 수많은 살인과 음흉한 음모를 낳은, 동경의 부정적인 측면을 말입니다. 저는 주인의 마음속에 새끼 거위를 내주면 안 된다는 생각을 비추었습니다. 하지만 그는 제 말을 듣지 않았습니다. 그는 친구에게 새를 내주며, 새가 해를 입을 일은 없을 거라고 자신했습니다.

에지케는 새끼 거위를 데려갔습니다. 해 질 녘에도 에지케가 거위를 돌려주지 않자 주인은 불안해졌습니다. 그는 에지케와 그의 어머니가 사는 집으로 가 문을 노크했습니다. 하지만 아무 소리도 들리지 않았습니다. 그는 에지케를 여러 차례 불렀으나 대답을 듣지 못했습니다. 문은 안쪽에서 빗장이 걸려 있었습니다. 그러나 밖에서는 거위가 꽥꽥거리는 소리와 녀석이 다리에 노끈이 감긴 채 사방을 미끄러지듯 다니는 날갯소리가 들렸습니다. 그는 집으로 달려가 아버지를 찾았습니다. 그들은 함께 에지케의 집으로 갔지만, 이번에는 에지케의 어머니가 문을 열고 새끼 거위는 없다고 했습니다.

남편과 사별한 이 여자는 한때 주인의 아버지를 집으로 꾀어 들여 성교했습니다. 하지만 주인의 아버지는 여생 동안 애도하게 될 사랑하는 아내의 자리를 채우고 싶지 않았기에 관계를 계속하지는 않았습니다. 그리고 이것이 그와 그 여자의 사이가 벌어지는 계기가 되었습니다. 주인은 이 사실을 몰랐지만, 저는 주인이 잠들어 있는 동안 그의 아버지가 혼잣말로 이 이야기를 하는 걸 들어 알고 있었습니다. 어느 날 밤에는 그의 아버지의 치를 만나기도 했습니다. 그는 집 안을 돌아다닐 때면 아주 가볍고 대담하게 둥둥 떠다니는 태평한 치였지요. 그는 주인이 이웃과 성교를 하려 들기에 그의 몸을 떠나왔다며, 주인의 아버지와 그 여자가 집 뒤쪽 뜰에서 애무하고 있다고 말했습니다. 저는 이 수호령과 잘 아는 사이가 되었습니다. 한집안 식구들의 수호령은 서로를 잘 알게 되기 때문입니다. 자정에 어느 집을 들여다보면 수호령들이—보통은 남자의 수호령입니다—대화를 나누거나 그냥 집 안을 돌아다니며, 주인들이 살아가는 내내 서로 친목을 쌓아가는 모습을 보게 되실 겁니다. 저는 바로 그런 방법으로 인간 남녀의 수호령들을 아주 많이 알게 되었습니다.

그날, 그 여자가 아버지의 면전에서 문을 닫았던 건 아마 그때까지도 간직하고 있던 상처 때문이었을 것입니다.

주인이 에지케와 그의 어머니에게 할 수 있는 일은 아무것도 없었습니다. 그는 며칠 동안 충격에 빠져 있었고 가끔은 통제할 수 없는 분노에 사로잡혀 이웃집으로 쏜살같이 내달렸지만, 아버지가 그를 불러들여 그 집에 가면 채찍질을 하겠다고 위협했습니다. 그는 매 순간 새끼 거위에게 귀를 기울이며 먹지도 않고 밤에는 거의 잠들지 못했습니다. 그의 수호령인 저는 그가 괴로워하는 모습을 보기가 힘겨웠습니다. 하지만 저희는 한계가 있는 존재이고, 이런 상황에서 치가 인간을 도울 방법은 전혀 없습니다. 옛 아버지들은 지혜롭게도 오니에 카 은마두 카 치 야*라고 말하였는데, 그 말이 맞습니다. 다른 사람보다 위대한 사람은 자신의 치보다도 위대합니다. 그러므로 영혼이 깨져버린 사람에게 치가 해줄 수 있는 일은 거의 없습니다.

에그부누시여, 은달리는 그의 이야기 중에서도 이 부분에 감동했습니다. 그가 말하는 내내 그녀는 입을 열어 질문을 던졌지만("그 사람이 그렇게 말했어요?" "그래서 어떻게 됐는데요?" "직접 본 거예요?") 저는 주인이 한때 마음을 주었던 생명체에 관한 이야기에 집중해야 하기에 그 말은 전달하지 않았사옵니다. 하오나 이제는 그녀가 이 시점에 했던 말을 감히 전달하고자 합니다. 이미 벌어진 일이자 제가 주인에 관하여 당신 앞에 나아와 증언하고자 하는 이유에 비추어 볼 때 마땅히 해야 하는 이야기이기 때문입니다. 자신의 것을 되찾고자 하는 주인의 욕망이 그를 광기의 언저리까지 이끌었다는 이야기가 나온 시점에 그녀는 지친 듯 고개를 저으며 이렇게 말했습니다. "정말 슬펐겠네요. 논소 씨 것이고, 논소 씨가 괴로워했던 이유인 새를 그런 식으로 빼앗기다니요. 분명 고통스러웠을 거예요." 그는 고개만 끄덕이고 말을 이었습니다. 그는 그녀에게 닷새째에는 절망감을 느꼈다고 말했습니다. 그는 뒤뜰의 나무에 기

---

* 사람은 누구나 자신의 치보다 대단하다. (이보어)

어 올라가 이웃 농장을 들여다보았습니다. 에지케가 울타리가 쳐진 집 뒤쪽에 있는 스툴에 앉아 새끼 거위를 쓰다듬고 있는 게 보였습니다. 처음에는 거위가 죽은 것처럼 보였지만, 그다음에는 거위가 포획자로부터 도망치려고 날개를 퍼덕이는 것이 보였습니다. 그럴 때마다 에지케는 거위의 다리에 묶인 빨간 끈을 재빨리 밟았습니다. 새끼 거위는 몸부림치며 다시, 또다시 다리를 들고 날개를 퍼덕였으나 노끈 때문에 벗어나지 못했습니다. 주인의 마음속에 잔인한 생각이 떠오른 것은 이 모습을 보고 있을 때였나이다.

추쿠시여, 그의 마음속 계획을 엿보자마자 저는 반대했사옵니다. 저는 그대로 진행하면 찾아올 비탄과 고통을 그의 마음속에 비추었습니다. 그는 잠시 생각에 잠겼습니다. 머리에 돌을 맞아 생긴 깊은 상처에서 피를 흘리고 있는 새를 생각하자 겁이 났습니다. 그런데도 그는 그 생각을 일축했습니다. 당신께서도 아시다시피, 치는 주인의 의지를 거역할 수도 없고 그의 의지와 반대되는 일을 강요할 수도 없사옵니다. 옛 아버지들이 사람이 침묵하면 치도 침묵한다고 말하는 이유입니다. 사람이 원하는 대로만 행동할 수 있다는 것이 수호령들의 보편 법칙입니다. 하여, 저는 그가 결과적으로 괴로움을 안겨줄 일을 하는데도 무력하게 지켜보기만 하는 어려운 상황에 내몰렸습니다. 그는 새총을 가지고 돌아와, 구부러진 나뭇가지에 앉아서 나뭇잎 사이에 몸을 숨겼습니다. 에지케가 집 안으로 들어가기 바로 전까지 앉아 있던 스툴의 다리에 묶여 있는 거위가 보였습니다.

이 부분에 이르자, 주인은 은달리에게 자신이 심각한 폭력을 저지를 수 있는 사람이라는 이야기를 할 수밖에 없었습니다. 하여 그는 잠시 말을 멈추고, 거위가 더는 그의 것이 아니었으므로 더는 녀석을 사랑하지 않았다고 거짓말했습니다. 거위가 에지케에게 연결되어 있었으므로 거위를 죽이는 건 새 주인에게 복수하는 셈이라고 생각했다고 했지요. 그녀가 고개를 끄덕이며 "이해해요, 계속 얘기해봐요"라고 말하자, 그는 거위에게 돌을 쏘아 명중시켰다는 이야기를 해주었습니다. 돌멩이는 거위의 정강이에 맞았고, 거위는 쓰러지며 틀림없는 고통의 비명을 내질렀습니다. 그는 서둘러 나무를 내려왔습니다. 심장이 북처럼 고동쳤습니다. 그는 자기 방으로 달려 들어갔고, 얼마 후 에지케가 피 흘리는 새를 데리고 뛰어와 치료받지 못하면 거위가 죽게 될 거라고 울부짖었습니다. 실제로 며칠후, 주인이 그 새를 되찾아 자기 집으로 다시 데려온 뒤 잠에서 깨어보니 거위가 방 한가운데에 누워 있었습니다. 작은 두 날개는 몸에 딱 붙이고 머리는 한쪽으로 수그린 채였죠. 두 다리는 딱딱하고 생기가 없었으며, 발톱은 사후경직의 초기에 그렇듯 아래쪽으로 구부러져 있었습니다.

가가나오구시여, 그 새의 죽음은 주인을 아주 심란하게 만들었습니다. 그는 은달리에게 자기가 그 상실을 무척 슬퍼했고, 너무 혹독하게 자책한 나머지 아버지가 어쩔 수 없이 그를 벌주어야 했다고 이야기했습니다. 하지만 체벌은 아무 효과가 없었습니다. 학교에서는 그가 집중하지 못하고 계속 무단결석한다는 연락을 쏟아내기 시작했습니다. 그는 그런 식으로 반항하면서 일부러 벌 받을 일을 만들었고, 선생들을 놀라게 할 만큼 피학적이고 냉담한 태도로 그 처벌—특히 매질—을 받았습니다. 선생들은 아버지에게 연락을 취했지만, 당시 아버지는 통통하던 주인이 호리호리한 소년으로 변했기에 그를 체벌하는 것에도 지쳐 있었습니다. 어느 날, 아버지는 아들을 구하려는 간절한 마음에 그를 도시 바깥의 양계장으로 데려갔습니다. 주인은 그 커다란 양계장을 은달리에게 자세히 묘사해주었습니다. 눈앞에 있던 수백 마리의 새들, 다양한 종류의 길든 새들을 말입니다. 그곳에서, 수천 개의 깃털 냄새와 수백 가지 꼬꼬댁거리는 소리 가운데에서, 그는 마침내 기분이 나아지고 생기를 되찾았습니다. 아버지와 그는 닭들과 칠면조 두 마리로 가득 찬 새장을 하나 가지고 돌아왔고, 양계장 사업이 시작됐습니다.

에부베디케시여, 그가 이야기를 마친 뒤 둘은 잠시 아무 말도 하지 않았습니다. 그는 자신이 했던 말 전체를 조용히 되돌아보며, 그를 나쁘게 보이게 할 만한 내용이 있었는지 살폈습니다. 그리고 그녀는 깊은 생각에 잠겨 그 자리에 앉아 있었습니다. 아마 그의 말을 판단해보고 있었을 것입니다. 신중함은 그의 자존감의 핵심이었습니다. 그 신중함이 살아 있어야만 주인은 버틸 수 있었습니다. 하여, 그에게는 과거에 관한 자세한 이야기를 대부분 숨기고 압박을 받더라도 혀에 너무 많은 말을 싣지 않는 것이 아주 중요했습니다. 그녀에게 너무 많은 것을 말했다는 생각에 신경이 곤두선 그는 지난주에 심어 아직 물을 주지 않은 토마토로 생각이 옮겨 가도록 두었는데, 그때 그녀가 불쑥 입을 열었습니다.

"좋은 직업이네요." 은달리는 오래도록 생각하는 듯하더니 말했습니다.

그가 고개를 끄덕였습니다. "마음에 들어요, 마미?"

"네, 마음에 들어요." 그녀가 말했습니다. "가족이 그리운가요? 아니 실은, 여동생 말이에요."

이 질문은 아주 간단했지만, 그가 답을 하기까지는 오랜 시간이 걸렸습니다. 저는 사람들 사이에서 충분히 오래 살았기에, 인간은 자신이 다른 이들에게 상처를 주듯 그에게 상처를 주는 사람들에 대한 정보는 보관하지 않는다는 사실을 깨달았나이다. 이런 정보는, 떠올리자면 뚜껑을 열어야 하는 단단히 봉인된 유리병 속에 보관됩니다. 전쟁 중 적군에게 할머니가 강간당한 기억처럼 최악의 경우에는 그 병을 아예 깨뜨려야 합니다. 그래서 그가 한 말은 이것뿐이었습니다. "여동생은, 음, 라고스에 살고 있어요. 저랑 여동생은, 사실은, 우리는 말을 안 해요. 여동생 이름은 은키루예요."

"왜요?"

"마미, 여동생은 아빠가 돌아가시기 전에 집을 떠났어요. 그 애는, 뭐랄까, 여동생은 ─ 뭐라고 말해야 할까요? ─ 우릴 버렸어요." 그는 눈을 들어, 움직이지 않는 그녀의 시선을 마주했습니다. "여동생은 너무 늙어서 아버지뻘은 되는 남자 때문에 우리를 떠났어요. 아무도 그 애가 그 사람과 결혼하기를 바라지 않았거든요. 남자가 여동생보다 열다섯 살이나 많았죠."

"아하! 왜 그랬대요?"

"모르겠네요, 시스터." 그는 자기가 방금 그녀를 부를 때 쓴 말에 반응이 있는지 보려고 그녀에게 날카로운 눈길을 던졌다가 말했습니다. "모르겠어요, 마미."

에그부누시여, 당분간 그가 여동생에 대해 한 이야기는 이게 전부였습니다. 하지만 그런 뚜껑을 열면 책임질 수 있는 것 이상이 보이기 마련입니다. 보통은 그걸 멈출 방법이 없지요. "자식이 부모를 보지 않겠다니, 어째서?" 아버지는 그에게 묻곤 했고, 그러면 그는 모르겠다고 대답하곤 했습니다. 그 말에 아버지는 눈을 깜빡여 천천히 흐르는 눈물을 떨어뜨리곤 했습니다. 아버지는 고개를 저으며 손가락을 튕기곤 했습니다. 그런 다음에는 이를 악다물고 쯧쯧쯧쯧 쯧 하는 소리를 냈습니다. "내가 어쩔 수 있는 일이 아니야." 아버지는 전보다도 더 씁쓸하게 말하곤 했습니다. "그 누구도 어쩔 수 없는 일이야. 산 사람이든, 죽은 사람이든. 아, 은키루, 아다 무 오!*"

그 기억이 무겁게 내려앉았기에 그는 대화의 줄기를 바꾸고 싶었습니다. "마실 걸 가져다줄게요." 그가 말하며 일어섰습니다.

"뭐뭐 있어요?" 그녀도 함께 일어섰습니다.

"아니, 마미는 앉아요. 마미는 손님이니까. 가만히 앉아 있으면 내가 먹을 걸 가져다줄게요. 그러게 해줘요."

그녀가 웃자 치아가 보였습니다. 어린아이의 치아처럼 늘어서 있는 모습이 얼마나 여리게 보였는지요.

"알았어요, 근데 서 있고 싶어서요." 그녀가 말했습니다.

그는 그녀를 힐끗 보며 재미있다는 듯 눈썹을 모았습니다. "피진 영어를 쓸 줄 아는지 몰랐네요." 그가 말하고 웃었습니다.

---

* 내 딸아! (이보어)

그녀는 눈을 굴리더니, 위대한 어머니들에게서 물려받은 태도로 한숨을 쉬었습니다.

그는 환타 두 병을 꺼내 한 병을 그녀에게 건네주었습니다. 그에게는 손님이 오는 경우가 거의 없었지만, 그는 아버지가 그랬듯 사람들이 환타와 콜라라고 부르는 음료들을 여러 상자씩 사두었습니다. 그중 몇 병은 냉장고에 보관하고 빈 병은 상자에 돌려놓았지요.

그는 의자 네 개가 주위에 놓여 있는 식탁을 가리켰습니다. 반쯤 타버린 양초가 쓰고 남은 본비타* 깡통 뚜껑에 놓여 있었습니다. 깡통을 따라 밀랍 폭포가 흘러내려, 오래된 나무의 옹이투성이 뿌리처럼 그 아랫부분을 덮어씌우고 있었지요. 그는 이 깡통을 식탁 가장자리, 벽 쪽으로 밀어놓고 그녀에게 의자를 꺼내주었습니다. 그녀가 백인의 알루시인 지조스 크라이스트**가 머리에 가시관을 쓰고 있는 그림이 그려진, 벽의 달력을 바라보는 게 보였습니다. 지조스가 들고 있는 손가락 옆의 글자가 그녀의 입술에 빠르게 스쳤지만 그의 귀에 들리지는 않았습니다. 그녀가 앉았을 때쯤에는 그가 이미 음료를 딴 뒤였습니다. 그가 병따개를 제자리에 돌려놓으려는데 그녀가 그의 손을 잡았습니다.

이장고-이장고시여, 이렇게 여러 해가 지난 뒤에도 저는 여전히 그 순간 벌어진 일 전부를 이해하지 못하나이다. 그녀는 마치 어떤 불가사의한 방법을 통해 그의 마음속 의도를 읽어낸 것만 같았습니

---

* 초콜릿 맥아 음료.
** 예수 그리스도(Jesus Christ)가 아닌 Jisos Kraist로 표기되어 있다.

다. 그동안 그의 얼굴에 독립된 존재라도 되는 것처럼 스스로 드리워졌던 의도를 말입니다. 그리고 그녀는 어떤 신비한 힘을 통해, 그가 내내 짓고 있던 미소가, 사납게 저항하는 화산 같은 욕망을 다스리려고 고군분투하면서 그의 몸에 남은 흔적이라는 걸 이해하게 되었습니다. 그들은 너무도 활기차고 아름답게, 보기 드문 에너지를 쏟아 거의 한 시간 동안 사랑을 나누었습니다. 그는 기이하게 뒤섞인 믿을 수 없다는 마음과 안도감에, 그녀는 제가 설명할 수 없는 어떤 느낌에 이끌렸습니다. 추쿠시여, 아시다시피 당신께서는 저를 사람들 안에 살고, 그들을 통해 살고, 그들이 되도록 여러 차례 파견하셨나이다. 당신께서는 제가 옷을 벗은 수많은 사람들을 보았다는 걸 알고 계시지요. 하오나 그들의 만남에 깃든 격렬함은 제게 놀라움을 안겼습니다. 그 만남이 둘 모두에게 처음이었기 때문일지 모릅니다. 둘은—진정으로 그는 이렇게 생각하였사오니—자신들 사이에 말로 표현할 수 없이 깊은 무언가가 있다는 것을 알 수 있었으며 저는 그녀의 치가 했던 말이 진정으로 떠올랐나이다. "내 주인은 마음속 사원에 작은 조각상을 세웠다." 그 만남의 끝에는 둘 다 땀에 젖었고 그가 그녀의 두 눈 속에서 눈물을 보았습니다. 그때 그녀의 곁에 누워 있던 그가—그녀와 그, 저만이 들을 수 있었던 소리지만—인간과 영혼, 산 자와 죽은 자의 귀를 울리는 우레 같은 박수갈채처럼 그 순간과 영원까지 인간의 영역 너머에서 들리는 한마디를 한 것도 틀림없이 그래서일 것입니다. "내가 찾아냈어! 내가 찾아냈어! 내가 찾아냈어!"

5장
마이너리티 오케스트라

가가나오구시여, 연인들의 일상은 점점 비슷해지는 경우가 많이 있습니다. 머잖아 하루는 그 전날과 구분할 수 없게 되지요. 연인들은 떨어져 있을 때나 함께 있을 때나 서로의 말을 각자의 가슴속에 담고, 웃고 말하고 사랑을 나누고 다투고 먹고 함께 닭들을 돌보고 텔레비전을 보며 함께 미래를 꿈꿉니다. 이런 식으로 시간은 쏜살같이 지나가고 기억은 쌓여갑니다. 그러다가 마침내 그들의 결합은 서로 나누었던 모든 말, 웃음, 사랑, 다툼, 음식, 닭 돌보기, 그들이 함께했던 모든 일의 총합이 됩니다. 서로와 함께하지 않는 밤은 바람직하지 않은 존재가 됩니다. 그들은 태양이 가려짐에 절망하며 밤이, 사랑하는 이와 자신을 갈라놓는 우주의 천이 부리나케 서둘러 지나가기를 고대합니다.

세 번째 달 즈음에, 주인은 은달리와 함께 닭을 돌보는 시간을 그 무엇보다 가치 있는 순간으로 여기게 되었습니다. 닭 돌보기는 여러 가지 면에서—닭장의 냄새, 거의 모든 곳에 배설을 하는 닭들, 몇 마리를 죽여 식당에 고기로 파는 일—여전히 그녀의 신경에 거슬렸지만, 그녀는 그 일을 즐겼습니다. 은달리는 아무 불평을 하지 않고 주인과 함께 일했으나 주인은 그녀가 이 일을 어떻게 생각할지 계속 걱정했습니다. 그는 닭을 잡을 때 날개를 잡는 양계장 농부들의 습관을 잔인하고 둔감한 것이라고 부르며 쓰디쓰게 불평하던, 에누구의 가금류 시장에서 만난 대학교 과학 강사가 종종 생각났습니다. 은달리는 약사가 되기 위한 교육을 받고 있었고 그에게 보여준 사진에서 가끔 실험실 가운을 입고 있었으나 그 과학 강사 같은 예민함은 보여주지 않았습니다. 그녀는 닭들의 웃자란 깃털을 쉬이 뽑았습니다. 이른 아침에 들르거나 그의 집에서 밤을 날 때마다 달걀을 거두어들였습니다. 게다가 그녀는 새들뿐만 아니라 그와 그의 집도 돌보아주었습니다. 그녀는 주인의 인생에 있는 어둡고 비밀스러운 공간에 손을 집어넣어 그 안의 모든 것을 어루만졌습니다. 그리고 머잖아 그녀는 그의 영혼이 눈물을 머금고 몇 년 동안이나 열망해오던 바로 그 존재가 되었습니다.

주인이 우연히 다리 위에서 만난 여자, 오늘 밤 제가 때 이른 증언을 하게 된 이유인 이 여자는 그 석 달 동안 주인의 인생을 바꾸었습니다. 어느 날 오후, 은달리는 미리 알리지도 않고 새 14인치 텔레비전과 다리미를 가지고 왔습니다. 몇 주 전에 자기가 아는 사람 중 텔레비전을 보지 않는 유일한 사람이라며 주인을 놀린 터였습니다.

주인은 최근까지도 부모님 시절에 보던 텔레비전을 가지고 있었으며, 그녀를 다시 만나기 겨우 몇 주 전에 모투가 사라진 것에 화가 나 텔레비전을 박살 낸 것이지만 굳이 그 이야기를 하지는 않았습니다. 당시 주인은 자기가 저지른 일이 무엇인지 깨닫고 이웃의 전기 수리공에게 텔레비전을 가져갔습니다. 수리공은 텔레비전을 만지작거리더니 무겁게 고개를 내저으며 새것을 사야 한다고 말했습니다. 교체가 필요한 부품이 새 텔레비전만큼 비싸다고 했습니다. 주인은 붐비는 고속도로 옆, 온갖 고장이 난 전자제품 피라미드로 둘러싸인 수리공의 가게에 그 텔레비전을 두고 오기로 했습니다.

은달리는 새 물건을 가져왔을 뿐 아니라 그의 집이 깨끗한 상태를 유지하도록 도와주기도 했습니다. 그녀는 계속해서 화장실 바닥을 걸레질했고, 심한 폭우가 쏟아진 뒤 개구리 한 마리가 하수관을 폴짝 넘어 들어왔을 때는 배관공을 데려와 하수관 입구를 그물로 막게 했습니다. 그녀는 주인이 여러 달 동안 닦지 않았던 화장실 벽의 흰 타일도 문질러 닦았습니다. 그녀는 그에게 새 수건들을 사주고, 그 수건들을 문 위쪽—거긴 분명 먼지가 많을 테니까!—이나 문 안쪽의 구부러진 못—못이 녹슬어서 수건에 얼룩이 생길 테니까—이 아니라 플라스틱 옷걸이에 걸었습니다. 그녀는 매일매일 시간이 갈수록 주인의 삶 속 무언가를 개선하는 것처럼 보였습니다. 주인이 더는 별로 관심을 기울이지 않게 된 엘로추쿠조차도 그의 인생에 벌어진 어마어마한 변화에 대해 계속 말했습니다.

주인은 이런 일들을 고맙게 여기긴 했으나, 석 달 후 은달리가 부모와 함께 백인의 땅인 영국으로 여행을 가기 전까지는 이 점에 대해 깊이 생각해보지 않았습니다. 한발 떨어져서 보기 전까지 사람은 눈앞에 놓인 것을 똑똑히 보지 못하기 때문이옵니다. 사람은 불쾌한 어떤 행동을 당하면 다른 사람을 미워할 수 있으나 상당한 시간이 흐르고 나면 그 사람을 향한 마음도 따뜻해지게 됩니다. 현명한 아버지들이 우두 북소리가 전하는 뜻은 멀리서 들을 때 더 잘 들린다고 말하는 이유가 이것입니다. 저는 그런 일을 여러 번 보았습니다. 주인이 은달리가 해준 모든 일을 더욱 선명하게 본 건 그녀가 없을 때였습니다. 그녀가 했던 모든 말이 더 잘 들리게 된 것 또한 그때였습니다. 그는 자신의 인생에서 변화한 모든 것을 깨달았고, 그녀가 오기 전의 과거가 이제 지금과는 다른 시대처럼 보인다는 것을 알게 되었습니다. 그때가 되어서야, 그런 생각이 들고 나서야 은달리와 결혼하고 싶다는 욕망이 비로소 엄청난 설득력을 갖추고 다가왔습니다. 그는 자리에서 일어나 소리쳤습니다. "너랑 결혼하고 싶어, 은달리!"

　이장고—이장고시여, 저는 그날 저녁 주인의 마음속에서 본 기쁨을 설명할 수 없나이다. 아무리 애를 써도, 어떤 말로도 그것을 완전히 묘사할 수 없습니다. 저는 삼촌이 찾아와 주인에게 아내를 찾으라고 말하기 한참 전부터, 어머니가 죽은 날 이래로 그가 추구해온 것이 바로 이것이라는 점을 알고 있었습니다. 그의 치인 저는 그를 전적으로 지지했습니다. 저는 이 여인을 보았고, 그를 돌보아주는 그녀가 마음에 들었으며, 그녀의 치에게서 그녀가 그를 사랑한다는 증언까지도 받았습니다. 게다가 옛 아버지들이 가장 훌륭한 지혜를 담아 남자가 집을 짓고 농장을 지은 뒤에는 영혼들까지도 그가 아내를 얻으리라 기대한다고 말씀하셨듯, 아내라면 그가 어머니의 죽음 이후로 잃어버린 평화를 돌려줄 거라는 확신도 품었습니다.

주인이 이런 결정을 내리고 이틀이 지났을 때 은달리가 나이지리아로 돌아왔습니다. 그녀는 가족과 함께 아부자로 돌아오자마자 그에게 전화를 걸어 귓속말하듯 말했습니다. 그때 그녀가 있는 집 어딘가에서 문이 열리는 소리가 들렸고 통화는 그 순간 끊겼습니다. 그녀가 전화를 걸었을 때 그는 달걀을 주우며 제일 큰 닭장 바닥의 톱밥을 갈아주고 있었습니다. 그녀가 그날 늦게 우무아히아에 도착했을 때도 같은 일이 벌어졌습니다. 이번에 주인은 그가 달걀과 닭고기를 대주며 이따금 밥도 먹는 식당에서 식사를 마친 참이었습니다. 둘이 막 이야기를 시작했는데 문 열리는 소리가 들리고 그녀가 갑자기 전화를 끊었습니다.

주인은 핸드폰을 내려놓고, 에구시 수프와 함께 나온 봉가 생선 뼈로 가득한 플라스틱 접시에 손을 씻었습니다. 그는 식당 주인의 딸에게 돈을 냈습니다. 스카프를 새의 꼬리 모양으로 접어 두르는 습관 때문에 모투를 떠올리게 하는 여자였습니다. 주인은 플라스틱 화병에 꽂아둔 이쑤시개를 뽑아 들고 햇빛 속으로 걸어 들어갔습니다. 그는 작은 밀폐 봉투에 물을 담아 가지고 다니며 "생수 사세요! 생수 사세요!" 하고 물건을 파는 도붓장수를 손짓해 불렀습니다. 아구지에그베시어, 이런 식으로 물을 사고파는 일은 언제나 놀라웠습니다. 옛 아버지들이라면 아무리 가문 시기라 한들 물―위대한 땅의 여신이 주시는 가장 풍부한 자원―이 사냥꾼들이 호저를 파는 것과 같은 방식으로 팔릴 수 있다고는 절대 상상하지도 못했을 것이옵니다! 주인이 생수를 한 봉 산 뒤 10나이라짜리 거스름돈을 주머니에 집어넣고 있는데 핸드폰이 다시 울리기 시작했습니다. 그는 핸드폰을 주머니에서 꺼내 덮개를 열고 전화를 받을까 생각했지만, 다시 집어넣었습니다. 그는 이쑤시개를 뱉어버리고 물을 다 마신 다음 봉투를 근처 덤불에 버렸습니다.

주인은 화가 나 있었습니다. 이런 상황에서의 분노는 새끼를 여럿 낳는 고양이와도 같아, 이미 그의 마음속에 질투와 의심을 낳은 뒤였지요. 그는 밴으로 걸어가면서 이미 자신을 신경 쓰지도 않는 듯한 여성에게 자기 자신을 내주어야 할 이유가 무엇인지 계속해서 생각했습니다. 저는 그의 마음속에 그녀에게 짜증을 낼 필요는 없다는 생각을 비추어주고 그녀의 설명과 사정 전부를 들을 때까지 기다리라고 제안했습니다.

그는 제 제안에 반응하지 않고 그냥 밴에 탄 다음 커다란 기둥을 지나 벤데 대로를 따라 달렸습니다. 그 길은 지금까지도 맹렬한 싸움이 벌어지고 있는 마을의 이름을 딴 것입니다. 울퉁불퉁한 교차로에 이르렀을 때 바퀴 세 개짜리 탈것이 그의 자동차와 다른 자동차 사이에 끼어들었습니다. 브레이크를 당기지 않았더라면 그 탈것을 들이박을 뻔했지요. 작은 탈것의 운전자가 갓길에 차를 대며 주인에게 욕을 했습니다.

"악마 같은 놈!" 주인이 그 남자에게 소리쳤습니다. "너 같은 놈들이 이러다 죽는 거야. 케케 나펩*이나 몰면서 트럭이라도 모는 줄 알

---

* 오토바이처럼 생겼으나 바퀴가 세 개이고, 위에 뚜껑을 덮어씌운 나이지리아의 탈것.

아?"

핸드폰이 울리기 시작했지만 그는 핸드폰 쪽으로 손을 뻗지 않았습니다. 그는 차를 몰고 오랫동안 들른 적이 없는 성모 성당을 지난 다음 작은 길을 가로질러 농장에 도착했습니다. 그는 시동을 끄고 전화를 꺼내 그녀의 번호를 눌렀습니다.

"뭐 하는 거야?" 그녀가 핸드폰에 대고 소리쳤습니다. "뭐냐고?"

"난……." 그는 핸드폰에 대고 거칠게 숨을 몰아쉬었습니다. "난 전화로는 얘기하기 싫어."

"아니, 해야 돼. 내가 너한테 뭘 어쨌다고 이래?"

그는 이마에서 땀을 훔치고 차 창문을 내렸습니다.

"네가 또 그런 짓을 해서 짜증이 났어."

"내가 또 무슨 짓을 했는데, 논소?"

"넌 내가 부끄러운 거야. 다른 사람이 방에 들어오니까 전화를 끊었잖아." 주인은 자기도 모르게 목소리가 높아지고 커지고 격해졌습니다. 그녀가 거칠다고 불평했던 말투로 변해가고 있었습니다. 하지만 자제할 수 없었습니다. "말해봐, 응? 누가 문을 열었길래 전화를 끊은 거냐고?"

"논소……."

"대답해."

"알았어. 엄마야."

"그것 봐. 내 말이 맞지? 넌 가족한테 나를 알리기 싫은 거야. 내가 네 남자라는 걸 가족들이 모르길 바란다고. 봐, 너는 식구들 앞에서 나를 모르는 척하고 있어, 은달리."

그녀가 뭔가 말하려 했지만, 그는 그녀가 침묵할 수밖에 없도록 밀어붙였습니다. 그런 다음에야 그녀가 다시 입을 열기를 기다렸습니다. 말투도 말투지만 그녀를 이름으로 부르는, 그녀에게 화가 났을 때만 하는 일을 했기 때문에 더욱 걱정됐습니다.

"듣고 있어?" 그가 말했습니다.

"응." 그녀가 잠시 후에 말했습니다.

"그럼, 말해봐."

"너 지금 어디야?" 그녀가 말했습니다.

"집."

"내가 지금 그리로 갈게."

그는 주머니에 핸드폰을 툭 떨어뜨렸습니다. 조용한 기쁨이 마음속에 솟아올랐습니다. 그녀는 원래 며칠 뒤에야 그를 만나러 올 생각이었던 게 분명했지만, 그는 그녀가 가능한 한 빨리 오기를 바랐습니다. 그녀가 그리웠기 때문입니다. 부분적으로는 그것이 그의 분노를 북돋운 이유였습니다. 그녀와 떨어져 있는 동안 그의 내면에 뿌리를 내리고 그녀와 결혼하겠다는 생각을 품으면서부터 더욱 끈질겨진 불안 때문에도 짜증이 났습니다. 그에게도, 대부분의 사람들에게도 자주 일어나는 일이지만, 그때만 해도 수상쩍은 생각은 그의 마음속에 설득력 있게 자리 잡았습니다. 처음에 사람들은 그런 생각을 믿지만, 조금만 시간이 지나면 시선이 날카로워지고 통찰력이 생겨 자기 계획의 모든 결점을 보기 시작합니다. 그래서 그는 몇 시간 뒤—지금껏 누가 이런 사실을 숨겨온 양—자기가 부자도 아니고, 딱히 잘생긴 것도 아니며, 중학교 이상의 교육을 받은 적도 없다는 것을 의식하게 되었습니다. 반면 그녀는 대학교를 졸업하고 의사가(에그부누시여, 그녀는 자신이 의사가 아닌 약사가 될 거라고 여러 번 말했습니다) 될 참이었습니다. 주인은 그녀가 자신을 찾아와 이런 생각이 틀렸다고, 자기가 그녀보다 못한 사람이 아닌 동등한 사람이라고 어떤 식으로든 재확인해주기를 바랐습니다. 그녀가 그를 사랑한다는 것도요. 그녀는 몰랐지만, 그에게 오겠다는 말을 함으로써 은달리는 바로 이런 일을 해준 것이었습니다.

그는 밴에서 내려 작은 농장으로 들어가며, 줄지어 자라나는 토마토들 사이를 반쯤 걸어가다가 멈춰 서서 반대편의 옥수수 이삭을 살폈습니다. 그를 본 듯 토끼 한 마리가 나타나 꼬리를 흔들며 빠르게, 놀랍도록 높이 깡충깡충 뛰면서 옥수수밭 멀리까지 달려갔습니다. 녀석은 몇 발짝을 가다가는 멈춰서 고개를 들고 주위를 돌아보더니 다시 달려갔습니다. 그는 러닝셔츠 한 벌이—아마 어느 주택에서 바람을 타고 그곳까지 날려 온 것이었겠지요—옥수수 위에 놓여 옥수수를 구부러뜨리고 있는 것을 보았습니다. 그는 러닝셔츠를 집어 들었습니다. 옷은 먼지로 덮여 있고 그물 무늬가 들어간 검은색 지네가 붙어 있었습니다. 그가 옷을 흔들어 지네를 떼어내고 벽돌담 뒤쪽 쓰레기더미에 그 러닝셔츠를 버리러 가던 중에 은달리가 도착했습니다.

에제우와시여, 현명한 아버지들은 춤꾼이 어떤 자세를 취하든 피리 소리가 그를 따라갈 것이라고 현명하게 경고합니다. 그날 저녁 주인은 자기가 원하던 것을 얻었습니다. 그녀가 그에게 왔으니까요. 하오나 주인은 항의를 하여 이런 일을 성취한 것이옵니다. 그는 피리 부는 사람에게 무조건 곡조를 강요했습니다. 하여, 그가 집으로 들어갔을 때 그녀는 손을 쫙 펴 지친 얼굴을 가리고 서 있었습니다. 그녀는 그가 들어가는 순간 고개를 돌렸고, 아래쪽으로 눈길을 떨어뜨린 채 말했습니다. "싸우러 온 게 아니라 침착하게 이야기하러 온 거야, 논소."

그녀의 말을 들으니 오랫동안 그녀에게 집중해야 할지도 모른다는 생각이 들어서, 그는 먼저 닭들에게 모이를 주겠다고 했습니다. 그는 빨리 그녀에게 돌아가고 싶다는 생각을 하며 서둘러 뜰로 나갔습니다. 그는 나무와 그물로 만들어진 닭장 문을 열었습니다. 닭들이 열광하듯 꼬꼬댁거리며 쏟아져 나왔습니다. 녀석들은 기대감에 차서 구아버 나무 아래쪽으로 달려갔습니다. 그가 마대는 펼쳐놓았지만 사료는 뿌려두지 않은 곳이었습니다. 닭들이 꼬꼬거리며 마대를 쪼아대기 시작하자 그는 집으로 돌아가, 그물 문만 닫히도록 큰 문을 쐐기에 걸쳐놓았습니다. 그는 새들이 먹어치우지 못하도록 부엌 찬장 중 한 곳에 보관하던 거의 비어 있는 자루에서 마지막 남은 밀기울을 큰 컵으로 푼 다음 자루를 묶었습니다. 그는 뜰로 돌아가 나무 밑 마대에 사료를 부었습니다. 굶주린 새들이 몰려와 즉시 마대를 뒤덮었습니다.

그가 거실로 돌아왔을 때 은달리는 자리에 앉아 백인의 나라에서 산, 그녀가 '폴라로이드 카메라'라고 부르는 카메라를 보고 있었습니다. 그녀는 핸드백을 옆에 둔 채, 그녀가 그냥 '힐'이라고만 부르는 신발을 아직 신은 채였습니다. 금방이라도 떠날 듯했습니다. 에그부누시여, 표정으로 사람의 마음 상태를 알 수 있는 경우는 많지만 오늘날 위대한 어머니들의 딸들에 대해서는 그러기가 어렵습니다. 이제는 그들이 어머니들과 다른 방식으로 몸을 꾸미기 때문입니다. 그들은 울리를, 정교하게 땋은 머리를 피하고 구슬과 조가비도 차지 않습니다. 게다가 요즘에는 그림 붓 하나만 있으면 여자들이 온갖 색깔로 얼굴을 가릴 수 있습니다. 마음이 비참한 사람도 얼굴에 많은 색깔을 칠해 행복하게까지 보일 수 있지요. 그날 은달리의 모습이 그랬사옵니다.

"말해봐." 주인이 자리에 앉자마자 그녀가 말했습니다. "우리 가족을 만나고 싶어?"

그는 가장 무른 소파에 자리를 잡았습니다. 그 소파에 앉으면 몸이 낮게 가라앉아 그녀를 마주 보고 앉더라도 그녀의 얼굴은 간신히만 보였습니다.

주인은 그녀의 목소리에 깃든 분노를 의식하며 말했습니다. "맞아, 결혼하려면⋯⋯."

"나랑 결혼하고 싶은 거야, 논소?"

"그래, 마미."

그가 말을 하는 내내 눈을 감고 있던 그녀가 눈을 떴습니다. 눈이 붉어 보였습니다. 그녀는 그가 있는 앞쪽으로 두 다리를 뻗으며 소파에서 자세를 바로잡았습니다. "진심이야?"

그는 그녀를 올려다보았습니다. "그래."

"그럼 우리 가족을 만나야지. 나랑 결혼하고 싶다면."

에그부누시여, 그녀는 말하기 고통스럽다는 듯 그렇게 말했습니다. 그때만큼은 예언자의 눈이 없는 사람이라도 그녀의 가슴속에 무언가 묵직한 것이 도사리고 있다는 것을, 그녀가 마음속 장막으로 뭔가를 감추고 드러내지 않으려 한다는 것을 알 수 있었습니다. 주인도 마찬가지였지요. 하여, 그는 그녀를 끌어당겨 자기 옆 큰 소파에 앉힌 뒤, 왜 자기가 식구들을 만나는 걸 바라지 않는지 물었습니다. 이 질문에 그녀는 그에게서 몸을 빼 얼굴을 돌렸고, 그는 그녀가 두려워한다는 것을 알아차렸습니다. 그녀는 그에게서 얼굴을 돌리고 있었고, 그에게 보이는 것은 그녀의 어깨까지 늘어지는, 손가락을 두 개까지 넣을 수 있을 만큼 커다란 귀걸이뿐이었지만 말입니다. 두려움은 사람의 얼굴이라는 원시적 나체가 걸치는 감정 중 하나이고, 두려움이 모습을 드러낼 때면 아무리 얼굴을 꾸며도 지각력 있는 모든 눈이 그것을 알아볼 수 있으니까요.

"그게 왜 슬픈 거야, 마미?"

"슬픈 게 아니야." 그녀는 그가 말을 마치기도 전에 말했습니다.

"그럼 왜 두려운 거야?"

"좋지 않을 테니까."

"왜? 왜 내가 여자 친구 가족도 못 만난다는 거야?"

그녀는 그를 보았습니다. 그의 눈에 맞서는 두 눈은 단호했고 깜빡거리지도 않았습니다. 그러다가 그녀는 다시 눈을 돌렸습니다. "만나게 될 거야. 그건 약속할게. 하지만 우리 부모님은 내가 알아. 우리 오빠도. 내가 그 사람들을 알아." 그녀는 다시 고개를 저었습니다. "오만한 사람들이야. 좋지 않을 거야. 하지만 만나게는 되겠지."

주인은 들은 말을 제대로 이해하지 못해 입을 다물었습니다. 그는 더 많은 걸 알고 싶었지만, 너무 많은 질문을 던지는 사람은 아니었습니다.

"집에 가서 가족들한테 네 얘기를 할게." 그녀는 두 발을 탁탁 굴렀습니다. 해석할 수 없는 불안한 행동이었습니다. "오늘 밤에, 바로 오늘 밤에 말할게. 그다음에, 언제쯤 널 집으로 데려갈 수 있을지 보자."

그녀는 이 말을 하자마자 엄청난 부담을 내려놓기라도 한 듯 그가 있는 쪽으로, 소파 깊이 몸을 기울이고 심호흡을 했습니다. 하지만 그녀의 말은 그의 머릿속에 남았습니다. 그녀가 한 말처럼 강한 말들—"좋지 않을 테니까" "나랑 결혼하고 싶은 거야?" "만나게 될 거야. 그건 약속할게" "그다음에, 언제쯤 널 집으로 데려갈 수 있을지 보자"—은 마음속에서 쉽게 떨칠 수 없기 때문입니다. 이런 말들은 천천히, 시간이 지나면서 분해되나이다. 그가 이 말을 소화하고 있을 때 뒤뜰에서 어떤 분명한 소리가 들려와 그를 놀라게 했습니다.

그는 벌떡 일어나 눈 깜짝할 새에 부엌으로 갔습니다. 그는 창틀에서 새총을 집어 들고 그물 문을 열었습니다. 하지만 너무 늦었습니다. 그가 뜰에 도착했을 때는 매가 이미 상승기류를 타고 사납게 날개를 퍼덕이며 노란색과 흰색이 섞인 병아리 중 한 마리를 발톱에 쥐고 있었습니다. 놈이 날아오르면서 날개가 빨랫줄을 치는 바람에 그가 걸어두었던 옷가지 두어 점이 땅에 떨어졌습니다. 그는 놈에게 돌멩이를 쏘았지만, 돌은 새에게서 멀리 떨어진 곳에 내려 앉았습니다. 그는 다른 돌을 새총에 넣은 뒤에야 아무 소용이 없다는 걸 알아차렸습니다. 매는 새총이 닿지 않는 상승기류 속으로 미끄러지듯 들어가 추진력을 받기 시작했고, 놈의 두 눈은 더 이상 아래쪽을 힐끗거리는 것이 아니라 하늘이라는 아무 색깔 없는 광막함을, 앞쪽을 바라보고 있었습니다.

추쿠시여, 매는 위험한 새이옵니다. 표범만큼이나 치명적입니다. 놈은 살코기만을 탐하며 오직 그것만을 좇아 생을 보냅니다. 하늘을 나는 새들 중에서도 말없는 수수께끼지요. 사나운 날개와 무자비한 발톱을 타고난 날아오르는 신입니다. 위대한 아버지들은 매와 매의 가까운 동기인 솔개를 탐구하고 그 본성을 설명하는 속담을 여러 개 만들었는데, 그중 하나는 방금 주인의 병아리에게 일어난 일을 담아냈습니다. 매는 공격하기 전이면 늘 암탉에게 "병아리들을 가슴 가까이 두어라, 내 발톱은 피에 젖어 있으니"라고 말한다는 것입니다.

주인이 분노에 가득 차서 달아나는 매를 바라보고 있을 때 은달리가 그물 문을 열고 뒤뜰에 들어왔습니다.

"무슨 일이야? 왜 그렇게 빨리 뛰어나간 거야?"

"매." 그는 돌아보지도 않고 말했습니다. 그는 먼 곳을 가리키며 태양 때문에 어쩔 수 없이 눈을 가늘게 떴습니다. 그는 손을 들어 눈을 가리고 매가 날아간 방향을 응시했습니다. 공격 장면이 마음속에 아주 선명히, 생생하게 남아 있어 모두 끝났다는 게 믿기 힘들었습니다. 찢기고 잡아먹히지 않도록 그가 새 떼에게 할 수 있는 일이 이제는 아무것도 없었습니다. 그가 두 손과 땀으로 키워낸 병아리들을, 그중 한 마리를 다시 빼앗긴 것입니다. 한번 싸워보지도 못하고서 말이지요.

주인이 뒤를 돌아보니, 병아리를 도둑맞은 한 마리를 제외한 다른 새들이 모두 안전한 닭장 안에 움츠리고 있는 게 보였습니다. 병아리를 잃은 암탉은 비틀거리는 걸음걸이로 껑충껑충 돌아다니며 꼬꼬댁거리는 소리를 내고 있었습니다. 주인은 그 소리가 고통을 뜻하는 새들만의 언어라는 걸 알고 있었습니다. 주인은 아무 말 없이 텅 빈 하늘을 가리켰습니다.

"난 아무것도 안 보여." 그녀가 눈에 손 그늘을 드리우고 다시 그를 보았습니다. "병아리를 훔쳐 간 거야?"

그가 고개를 끄덕였습니다.

"세상에!"

그는 눈을 돌려 공격의 증거를 보았습니다. 땅에는 피가 얼룩져 있고 깃털이 흩뿌려져 있었습니다.

"몇 마리나 데려갔어? 어떻게……."

"오푸." 그는 무심결에 말한 뒤에야, 상대가 이보어로 말하는 것을 별로 좋아하지 않는 사람이라는 걸 떠올리고 덧붙였습니다. "한 마리뿐이야."

그는 새총을 벤치에 올려놓고 울부짖는 암탉을 따라 뜰을 돌며 녀석을 잡으려고 했습니다. 처음에는 암탉이 그의 손에서 빠져나갔습니다. 그러나 그는 두 손을 앞으로 내밀고 달려가 암탉의 왼쪽 어깨와 가장 가까운 날개를 꽉 잡은 뒤, 암탉을 울타리 쪽으로 몰아 가두었습니다. 그런 다음 그는 한쪽 다리를 잡아 닭을 들어 올리며 부드럽게 그 새의 며느리발톱을 만져보았습니다. 암탉은 꼬리를 위로 든 채 조용해졌습니다.

"어쩌다가 그런 거야?" 은달리는 떨어진 옷가지를 주우며 말했습니다.

"그냥 온 거야⋯⋯." 그는 잠시 멈추어 닭의 귀 근처를 쓸어주었습니다. "그냥 와서 닭들을 덮치고 이 어미 닭 아다의 새끼를 잡아갔어. 이 녀석이 새로 깐 병아리를 말이야."

그는 암탉 아다를 다시 닭장에 넣고 천천히 문을 닫았습니다.

"정말 안됐어, 오빔.*"

그는 손뼉을 쳐 손의 먼지를 털어내고 집으로 들어갔습니다.

"항상 일어나는 일이야?" 그가 화장실에서 손을 씻고 거실로 들어오자 그녀가 말했습니다.

"아니, 아니야. 항상 그렇진 않아."

추쿠시여, 그는 거기까지만 대답하고 싶어 했사오나, 제가 그의 마음속에 품고 있는 것들을 털어놓도록 넌지시 유도했습니다. 저는 그를 잘 아나이다. 패배한 남자의 마음을 치유해줄 수 있는 것 중 한 가지가 과거의 승리를 이야기하는 것이라는 점을 잘 알고 있지요. 그런 이야기는 패배로 입은 상처를 가라앉히고 그의 마음을 미래의 승리에 대한 가능성으로 채워주나이다. 하여, 저는 매들이 보통은 이곳에 오지 않는다는 생각을 그의 마음속에 비추어주었습니다. 그녀에게 이런 일이 항상 일어나는 건 아니라는 얘기를 하라고 제안했습니다. 그리고 드물게도 협조적인 태도로, 그는 제 말을 들었습니다.

---

* 심장이라는 뜻. 연인 등을 부르는 이보어.

"매번 그러지는 않아." 그가 말했습니다. "늘 이럴 수는 없지. 음바누!*"

"그래." 그녀가 말했습니다.

"내가 그렇게 안 놔둬. 사실 얼마 전에 어떤 매가 내 닭들을 공격하려 했어." 그는 그렇게 입을 열었다가, 자기가 어느새 왜곡된 형태의 백인 언어를 쓴 것을 알고 놀랐습니다. 어쨌든 그가 최근의 승리에 대해 이야기하고 그녀가 최면에라도 걸린 것처럼 귀를 기울인 것은 백인의 언어를 통해서였습니다. 그는 "사실 얼마 전에"라고 운을 떼며 이야기를 시작했습니다. 그는 어린 닭들이 들어 있는 닭장만 빼고 모든 닭장을 열어 닭들을 내보낸 뒤, 부엌에서 이따금씩 밖을 내다보며 얌 껍질을 벗겨 싱크대에 넣는 중이었습니다. 그때 매한 마리가 저 위쪽에서 닭들을 노리고 맴도는 것을 눈치챘습니다. 그는 미늘 창을 열고 새총을 집어 든 다음 창틀에서 돌멩이 하나를 집었습니다. 그는 입김을 불어 돌멩이에 붙은 불개미들을 떨어냈습니다. 그런 다음 손이 충분히 움직일 수 있는 공간을 마련하려고 미늘 창을 더 열어, 유리 미늘 판자들이 서로 곧은 수평 층을 그리도록 손잡이를 감았습니다. 그러고는 매가 공격하기를 기다렸습니다.

주인은 은달리에게 매란 새들 중에서도 경계심이 많은 놈이어서, 표적을 골라 최대한 정확하게 공격하려고 몇 시간이고 공중을 맴돌 수 있다고 알려주었습니다. 단 한 번의 공격만으로도 충분하도록 말입니다. 하여, 이 사실을 알고 있었던 자신도 그 순간만을 기다렸

---

* 절대 안 되지! (이보어)

다고 말이지요. 그는 놈이 맴돌고 있는 곳에서 한순간도 눈을 떼지 않았습니다. 덕분에 놈이 뜰로 곤두박질쳐 작은 수탉을 낚아챈 다음 상승기류를 타려 했을 때 그 순간을 포착할 수 있었습니다. 발사된 돌이 사나운 새를 울타리 벽에 메다꽂았습니다. 놈은 어쩔 수 없이 닭을 떨어뜨렸지요. 매는 쿵 소리를 내며 벽 아래쪽으로 미끄러져 내렸습니다. 놈은 몸을 일으켰으나 쫙 펼친 두 날개 사이에 머리가 잠시 묻혀 있었습니다. 뇌진탕에 걸린 것입니다.

그는 매가 똑바로 서려고 애쓰는 틈을 타서 서둘러 뜰로 나갔습니다. 격렬하게 퍼덕이는 날개와 폭동이라도 일으킬 것처럼 깩깩대는 소리에도 동요하지 않고 놈을 벽에 메다꽂았지요. 주인은 매의 날개를 잡고 농장 끄트머리, 쓰레기통 옆에 있는 캐슈 나무로 끌고 갔습니다. 그는 자기가 느낀 분노를 설명할 수 없었다고 강조했습니다. 바로 그런 분노에 사로잡힌 채 놈의 날개를 묶었다고 말이지요. 매의 머리에서 나온 피가 노끈의 억센 섬유를 적셨습니다. 그는 새를 나무에 묶음으로써 놈과 놈의 동족 모두에게, 그와 같은 사람들이 땀과 시간과 돈을 들여 키우는 것을 훔치는 모든 이들에게 말한 것입니다. 그는 집으로 들어갔다가, 등과 목에 땀을 피처럼 흘리며 못 몇 개를 가지고 돌아왔습니다. 그가 뜰로 돌아오자 매는 기이한 분노를 담아 외쳤습니다. 귀청을 찢을 듯 듣기 싫은 목소리였습니다. 그는 나무 뒤에서 커다란 돌을 집어 들고 새의 목을 나무에 대고 눌렀습니다. 그런 다음 돌로 못을 박았습니다. 못이 반대쪽 끝으로 튀어나오며 나무 파편을 뱉어내고 나무를 덮은 오래된 껍질을 벗겨버릴 때까지 말입니다. 그는 손과 돌이 피로 물든 채로 매의 한쪽 날개를 펼쳐 그것도 나무의 살 깊숙한 곳에 박아 넣었습니다. 그는 자기가 극도로 폭력적이고 평범하지 않은 일을 했다는 걸 알고 있었지만 분노가 북받친 나머지 그 새가 받아 마땅한 벌이라고 생각한 것을, 십자가형을 완수하기로 마음먹었습니다. 그렇게 그는 죽은 새의 깃털 달린 다리들을 한데 모아 그것도 나무에 못 박았습니다. 일은 그렇게 마무리되었습니다.

그는 이야기를 마친 뒤 의자에 깊숙이 앉아, 자신의 환각에 취해 있었습니다. 이야기를 하는 동안에도 줄곧 그녀를 보고 있었지만, 이제야 처음으로 그녀를 본 것만 같았습니다. 그는 자기가 한 말의 무게를 의식하게 되었습니다. 그리고 이제는 그녀가 그를 폭력적인 사람으로 생각할 게 틀림없어 두려워졌습니다. 그는 서둘러 눈을 들어 그녀를 보았지만 그녀가 무슨 생각을 하는지 알 수 없었습니다.

"놀랐어, 논소." 그녀가 불쑥 말했습니다.

"뭐 때문에?" 그는 심장이 빨라졌습니다.

"그 이야기 때문에."

그게 다일까? 하는 생각이 들었습니다. 이제부터는 나를 그런 식으로 보게 될까? 새들을 십자가에 못 박는, 구제불능의 폭력적인 남자로? "왜?" 대신 그는 이렇게 말했습니다.

"모르겠어. 하지만…… 사실…… 모르겠어. 어쩌면 네가 나한테 말한 방식 때문일지도 몰라. 하지만…… 난 그냥 네가 보여, 그냥 자기 새들을 너무, 너무너무 많이 사랑하는 한 남자가 말이야."

에부베디케시여, 주인의 생각은 이 말에 소용돌이쳤습니다. **사랑**, 그는 그렇게 생각했습니다. 그 자신이 그토록 무분별하고 잔혹한 행위를 저지를 수 있는 사람이라는 걸 드러낸 직후에 그녀가 생각한 것이 어떻게 사랑일 수 있을까요?

"넌 새들을 사랑하는 거야." 그녀는 이제 두 눈을 감고 다시 말했습니다. "새들을 사랑하지 않았다면 네가 방금 해준 이야기에서처럼 행동하진 않았겠지. 오늘도 그렇고. 넌 새들을 정말로 사랑해, 논소."

그는 이유도 모르고 고개를 끄덕였습니다.

"난 네가 정말 좋은 목자라고 생각해."

그는 그녀를 올려다보며 말했습니다. "뭐?"

"목자 말이야."

"그게 뭐야?"

"양을 돌보는 사람. 성경 얘기 기억하지?"

그는 그녀가 한 말에 좀 당황했습니다. 사람들이 보통 매일 하는 일상적인 일을 별로 깊이 생각하지 않듯 그도 이 점에 대해 별로 생각해보지 않았기 때문이었습니다. 그는 이제껏 자신이 이 세상 때문에 망가졌다는 생각은 한 적이 없었습니다. 새들은 그의 심장을 태운 난로이자 나무가 다 타고 남은 뒤 모아들인 재였습니다. 그는 단순한 사람일 뿐이었고 새들은 다양했지만, 그는 새들을 사랑했습니다. 그렇긴 해도, 사랑을 하는 사람이면 누구나 그러듯, 그는 사랑에 보답이 있기를 바랐습니다. 그리고 그 특별한 새끼 거위조차 그를 사랑했는지, 사랑하지 않았는지 알 수 없었기에, 머잖아 그의 사랑은 기형적인 것으로 변했습니다. 그도, 그의 치인 저도 이해할 수 없는 무엇이 되고 말았지요.

"하지만 내가 키우는 건 닭이지, 양이 아니야." 그가 말했습니다.

"상관없어, 네가 새를 키우기만 한다면."

그는 고개를 저었습니다.

"정말이야." 그녀는 그에게 가까이 다가와 말했습니다. "너는 새들의 목자이고, 너의 새들을 사랑해. 너는 예수님이 깊은 사랑으로 양 떼를 돌보시듯 새 떼를 돌보는 거야."

알쏭달쏭한 말이었지만 그는 이렇게 말했습니다. "맞아, 마미."

아그밧타-알루말루시여, 주인은 은달리가 그날 한 말 때문에 너무 혼란스러워, 둘이서 사랑을 나누고 밥과 스튜를 먹고 다시 사랑을 나누고 한참이 지나 은달리가 잠든 뒤까지 농장과 마당에서 들려오는 귀뚜라미 소리에 귀를 기울이며 침대에 앉아 있었습니다. 그의 마음은 그녀가 가족에 대해 한 수수께끼 같은 말에 단단히 붙들렸습니다. 새가 새잡이 끈끈이에 달라붙듯이 말입니다. 그는 맞은편 벽을 빤히 바라보면서도 딱히 뭔가를 보지는 않고 있었는데, 그때 그녀의 목소리에 깜짝 놀랐습니다.

"왜 안 자, 논소?"

그는 그녀를 마주 보고 침대 속으로 미끄러지듯 몸을 눕혔습니다.

"잘 거야, 마미. 왜 깼어?"

그녀가 몸을 움직이자 어둠 속에서 그녀 가슴의 윤곽선이 보였습니다.

"모르겠어, 그냥 깼어. 별로 깊이 잠들지도 않았고." 그녀가 똑같이 힘없는 목소리로 말했습니다. "있잖아, 논소. 하루 종일 궁금했어. 매가 새끼를 채 간 다음에 닭들이 낸 소리는 뭐였을까? 꼭 닭들

이 전부…… 함께 모여 있는 것 같았어." 그녀가 기침을 하자 목에서
가래 끓는 소리가 났습니다. "모두가 같은 걸 말하는 것 같았어. 같
은 소리를 내는 것 같았어." 그는 입을 열려 했지만 그녀가 말을 이
었습니다. "이상하더라. 너도 들었어, 오빔?"

"응, 마미." 그가 말했습니다.

"말해줘, 그게 뭐야? 우는 소리야? 그들이 우는 거야?"

주인은 숨을 들이쉬었습니다. 이 현상은 종종 그를 동요시켰으므
로, 이 현상에 대해 이야기하는 것은 주인에게 힘든 일이었습니다.
이 노래는 그가 가금들에 관해 특히 소중하게 여기는 것들 중 하나
였기 때문입니다. 그들의 취약함, 보호와 생명 유지와 모든 것에서
주로 그에게 의존한다는 점이 그렇듯 말입니다. 이런 면에서 그들
은 야생 조류와는 달랐습니다.

"맞아, 마미. 그들이 우는 거야." 주인이 말했습니다.

"정말?"

"그래, 마미."

"아, 세상에, 논소! 놀랄 것도 없지! 그럼 그 이유는 작은 닭
이……."

"맞아."

"그 닭이 매한테 채여 가서 그런 거야?"

"그래, 마미."

"너무 슬픈 일이야, 논소." 그녀는 잠시 침묵하더니 말했습니다.
"하지만 저게 우는 소리라는 걸 넌 어떻게 알았어?"

"아버지는 늘 저게 사라진 닭을 기리는 장례식 노래 같은 거라고

하셨어. 에구 우무-오베레-이헤라고 부르셨지. 무슨 뜻인지 알아? 영어로 우무-오베레-이헤를 뭐라고 해야 할지 모르겠네."

"작은 것들." 그녀가 말했습니다. "아냐, 소수자, 마이너리티."

"그래, 그래, 맞아. 우리 아버지도 그렇게 옮겨야 한다고 했어. 영어로 그렇게 말하셨어, 마이너리티라고. 아버지는 항상 그걸 마이너리티 '오카스토라'라고 하셨어."

"오케스트라야." 그녀가 말했습니다. "오-케-스-트-라."

"맞아, 그렇게 발음하셨어, 마미. 아버지가 늘 말씀하시기로는, 닭들은 자기들이 할 수 있는 게 그것뿐이라는 걸 알고 있대. 울면서 꼬꼬댁! 꼬꼬댁! 소리를 내는 것 말이야."

시간이 지나 그녀가 다시 잠들자 그는 그녀의 곁에 누워 매의 공격과 닭들에 대한 그녀의 의견에 대해 생각했습니다. 그러다가 밤이 깊어지고 그녀가 자기 가족에 대해 했던 말로 생각이 되돌아가자 다시 한번 두려움이 스멀스멀 기어들었습니다. 이번에 그 두려움은 불길한 영혼의 가면을 쓰고 있었습니다.

이장고-이장고시여, 은디이치에는 말씀하시길 벽에 구멍이 없으면 도마뱀들이 들어올 수 없다고 합니다. 고민거리가 있다 한들 무너지지만 않는다면 사람은 자신을 유지할 수 있습니다. 평정심을 흘어놓는 일이 벌어지기는 했지만, 주인은 침착하게 일을 계속했습니다. 그는 길 저 아래의 식당으로 달걀 스물아홉 개를 배달했고, 에누구로 차를 몰고 가 병아리 일곱 마리를 팔았으며, 갈색 암탉을 몇 마리 더 사고 사료 여섯 자루를 샀습니다. 삶은 곡물 사료를 겨우 한 자루 샀을 때, 그는 영혼들의 피리인 우자를 연주하는 남자와 마주쳤습니다. 피리 부는 사람은, 은주와 울리와 캠우드*로 윗몸을 칠하고 이 사이로 어린 야자수 잎을 꽉 물고 있는 다른 남자의 뒤를 따르고 있었습니다. 그 두 남자의 뒤로는 행렬이 이어졌습니다. 한 무리의 사람들이 쭉 찢어진 눈의 이치에가 난자된 모습의 뿔 난 가면을 쓰고서 이루–은무오로서 모여, 시끄러운 쌍둥이 징 소리가 반주로 들어가는 아주 오래된 피리 음악에 맞춰 춤을 추었습니다. 에그부누시여, 당신께서도 아시다시피 조상의 영혼을 만나면―육체로 현신한 위대한 아버지를 한 명 이상 만나면―저항할 수가 없나이다. 가가나오구시여, 저는 참을 수 없었나이다! 저는 이 행렬 같은 장관이 자주 보이던 위대한 아버지들의 시대에 산 적이 있으니까요. 저는 우자라는, 지상에 사는 가장 뛰어난 사람들에 의해 만들어진 피리가 내는 신비로운 곡을 듣고 싶다는 유혹을 참을 수 없었습니다. 저는 주인에게서 뛰쳐나가, 근처에 모여 귀가 먹을 듯한 소리를 내고 에진무오의 부드러운 땅에 발을 굴러대는 온갖 종족, 온갖 출신의 광기 어린 영혼들에게 합류했습니다. 하오나 더욱 놀라웠던 건, 북적거리는 시장 다른 구역의 허공에서 보인 모습이었습니다. 인간 형상을 한 영혼들의 무리가, 낳자마자 살해당하거나 태중에서 살해당한 아이들, 또 오래전에 살해당한 쌍둥이들의 영혼이 대략 400미터 공중에서 놀고 있었습니다. 그 정도 높이라면 별들의 투사와 새들의 비행이라는 신비로운 운송 체계인 에킬리가 가능해지는 높이

---

* 서아프리카에서 자라는 콩과(科)의 단단한 나무로, 붉은 물감을 채취한다.

이지요. 이 영혼들은 (디비아들과 최초의 사람들을 제외한) 인간의 지식을 넘어서는 어떤 힘에 붙들려 사람들 위에 떠 있었기에 마치 땅에 서 있는 것처럼 보였습니다. 그들은 오쿼-알라라는 아주 오래된 게임을 하며 발을 구르고 뛰어오르고 손가락을 꺾어댔습니다. 그들의 웃음소리는 시끄럽고 쾌활했으며 인간들 사이에서는 오래전에 잊힌 고대 언어의 공허한 현(絃)으로 울렸습니다. 추쿠시여, 저는 예전에도 이런 일을 본 적이 있사옵니다. 하오나 열둘가량의 어린 영혼들이 놀고 있는 아래에서 사람들이 아랑곳없이 장을 열었다는 사실에는 다시 한번 어리둥절했습니다. 시장은 흥정하는 여인들과 자동차를 타고 온 사람들, 우자 음악과 에퀘* 소리에 맞춰 그곳 전체를 흔들흔들 지나다니는 행렬로 계속 가득 차 있었습니다. 그중 누구도 자기들 위에 떠 있는 것을 의식하지 못했으며, 그 위에 있는 자들 역시 아래쪽에 있는 사람들에게 아무 관심을 기울이지 않았습니다.

저는 흥겨운 영혼들에게 너무 정신이 팔렸기에, 주인에게 돌아갔을 때쯤에는 행렬과 그 추종자들이 사라지고 없었습니다. 영혼 세계의 시간은 유동적이기 때문에 인간에게 길게만 보이는 시간도 사실은 손가락 한 번 튕길 사이에 벌어집니다. 제가 돌아갔을 때쯤 주인이 이미 우무아히아로 밴을 몰아가고 있었던 이유가 그것입니다. 오바시디넬루시여, 이렇게 주의가 흩어졌기에 저는 주인이 시장에서 했던 모든 일을 증언할 수 없사오며, 이 점에 대하여 당신의 용서

* 북. (이보어)

를 간청하나이다.

주인은 우무아히아에서 조금 떨어진 곳에 이르렀을 때 다음 날 시험이 있어 공부하고 있으니 밤에 잠깐만 들르겠다는 은달리의 메시지를 받았습니다. 그날 밤 그녀가 실험실 가운 차림으로 왔을 때, 그는 〈누가 백만장자가 되고 싶은가?〉라는 텔레비전 프로그램을 보고 있었습니다. 그녀가 아주 좋아해서 그에게도 소개해준 프로그램이었습니다.

그녀가 가운을 벗자 십대들이나 입을 것 같은 녹색 셔츠와 청바지가 보였습니다.

"방금 실험실에서 오는 길이야." 그녀가 말했습니다. "TV 좀 꺼줘, 내일 우리 집에 가는 일로 얘기를 좀 해야 해."

"TV?" 그가 말했습니다.

"응, *끄라고!*"

"아? 알겠어, 마미."

그는 천천히 일어나 TV를 끄려 했지만, 특이한 소리가 더 크게 나는 걸 듣고 멈춰서 다시 TV를 보았습니다.

"차라리 뒤뜰로 나가자. 여긴 답답해." 그녀가 말했습니다.

그는 그녀를 따라 뒤뜰로 갔습니다. 공기가 닭 냄새로 탁했습니다. 그들은 벤치에 앉았습니다. 입을 열려던 은달리는 풀로 붙여놓은 것처럼 벽에서 튀어나와 있는 검은 깃털 조각을 보았습니다. "봐, 논소!" 그녀의 말에 주인도 그것을 보았습니다. 그는 벽에서 깃털을 떼어내 냄새를 맡았습니다.

"그 멍청한 매한테서 나온 거야." 그가 고개를 저으며 말했습니다.

"아, 어떻게 그렇게 매달려 있었지?"

"몰라." 그는 깃털을 구겨 울타리 너머로 내던졌습니다. 전날의 기억에 화가 치밀었습니다.

그녀는 깊이 숨을 들이쉬고 몸을 앞으로 내밀며, 모든 단어를 미리 생각해보았고 그 말 한마디 한마디가 아주 오랫동안 살펴보고 계획한 것이라도 되는 듯 입을 열었습니다.

"치논소 솔로몬 올리사, 당신은 훌륭한 사람이야. 하느님께서 내게 보내준 사람이라고. 날 봐. 나는 지옥을 경험했어. 당신은 최악의 상태에 있던 나를 만났어. 당신이 날 만났을 때 나는 다리 위에 있었어. 내가 그 다리 위에 있었던 건―왜일까?―그건 내가 형편없는 대우에 싫증이 났기 때문이었어. 기만당하고 거짓말을 듣는 데 지쳐서. 하지만 세상에! 주님께서는 바로 그 시간에 당신을 내 삶으로 보내주셨어. 이제 날 봐." 그녀는 그가 볼 수 있도록 두 손을 활짝 폈습니다. "날 봐, 내가 어떻게 바뀌었는지 보라고. 누가 나한테나 우리 엄마한테, 그분 딸이 닭들을 만지며 양계장 일을 하게 될 거라고 했다면 누가 믿었을까? 아무도 믿지 않았을 거야. 논소, 당신은 내가 누군지, 어디에서 왔는지조차 몰라."

그녀는 미소 짓는 듯했지만 그는 그게 미소가 아니라는 걸 알 수 있었습니다. 그것은 그녀의 마음속에서 차오르는 까다로운 감정을 감추는 데 도움을 주려고 그녀의 얼굴이 해낸 어떤 일이었습니다.

"무슨 말이냐고? 왜 이런 식으로 말하느냐고? 나는 우리 가족이―우리 어머니랑 아버지, 오빠까지도―당신을 받아들이지 않을지 모른다는 말을 하는 거야. 이해하기 어렵다는 건 알지만, 논소,

있잖아, 우리 아빠는 족장이야. 오니에 은제. 그 사람들은 내가 농부랑은 어울리지 않는다고 할 거야. 그냥 그런 식이야. 그렇게 말할 거야……."

에그부누여, 주인은 그녀가 자기가 한 말의 여파를 가라앉히느라 같은 말을 하고 또 하는 동안 귀를 기울였습니다. 그는 은달리의 말에 마음이 흔들렸습니다. 그는 바로 이런 일을 두려워해왔으니 말입니다. 징조가 있었습니다. 핀바가(街)의 시계 가게에 간 날, 그녀는 자기가 해외에서, "UK에서" 태어났다고 말했습니다. 그녀의 부모와 오빠는 그곳에서 학교를 다녔고 나이지리아에서 학교를 다니기로 선택한 사람은 그녀뿐이라고 말이지요. 당시에 그녀는 이렇게 덧붙였습니다. "하지만 석사과정은 해외에서 밟을 거야." 다른 때도 기억났습니다. 그들은 묵직하게 부딪혀오는 폭풍을 가르며 차를 타고 도시의 오래된 구역을 지나고 있었습니다. 그때 그녀가 그에게 대학에 다녔느냐고 물어보았습니다. 그는 이 말에 깜짝 놀랐고 심장이 빠르게 뛰기 시작했습니다. "아니." 그는 죽은 혓바닥으로 말하듯 말했습니다. 하지만 은달리는 그냥 "아, 그렇구나"라고만 말했습니다. 조금 지나서 그녀가 "우린 저 건물 어딘가에 살아"라고 말했던 것도 기억났습니다. 그녀는 아구이 시(市) 이론시 지구(地區) 주변의 길가에 어깨를 맞대고 늘어선 다층 건물들 너머 어딘가를 가리키고 있었습니다. 그 건물들 중 한 곳에는 새로 세운 높다란 태양열 가로등이 우뚝 솟아 있었지요.

"걱정시키려는 건 아니야." 그녀가 즉시 말했습니다. "내가 결혼할 사람은 아무도 정해줄 수 없어. 내가 직접 결정하는 거야. 내가 어린애도 아니고."

그는 고개를 끄덕였습니다.

"오빔, 이그호 타 고?*" 그녀가 옆으로 고개를 기울이며 말했습니다. 그녀의 표정은 미소와 울음 사이의 계곡에 걸려 있었지요.

"이해해, 마미." 그는 그녀가 옛 아버지들의 언어로 말을 바꾼 것에 놀라 백인의 언어로 말했습니다. 주인은 그녀가 부모님과 옛 아버지들의 언어로 이야기하는 걸 전화로 들은 적이 있었지만, 그녀가 주인과 이야기하면서 그 언어를 쓰는 일은 거의 없었습니다. 그녀는 몇 년 동안 해외에서 생활한 다음부터 자기가 그 언어를 유창하게 쓰지 못한다는 생각이 들어서 부모님 아닌 사람과는 그 말로 이야기하는 걸 좋아하지 않는다고 말했었습니다.

"다알루.**" 그녀가 말하더니 그의 뺨에 입을 맞추었습니다. 그녀는 일어나 부엌으로 갔습니다.

시간이 조금 흘러 밥을 먹을 때 그녀가 말했습니다. "논소, 너 정말 날 사랑해?" 그가 대답하려는데 그녀가 말했습니다. "그래서 나랑 결혼하고 싶은 거 맞지?" 그가 무슨 말을 중얼거렸지만, 그녀가 재빨리 말을 잇는 바람에 그의 말은 순식간에 녹아 사라졌습니다. "분명히 네가 나를 사랑하기 때문일 거야."

그는 잠시 기다린 뒤에 말했습니다. "맞아." 그는 그녀가 더 많은 말을 할 거라고 예상했지만, 그녀는 집에 하나밖에 없는 등유 램프

---

*   이해해? (이보어)

** 좋아. (이보어)

를 들고 부엌으로 가 설거지를 했습니다. 그는 충전식 손전등을 켜야 한다는 생각이 문득 들었지만, 그녀가 거실로 돌아왔을 때에도 자리에 앉아 그녀가 한 말을 깊이 생각하고 있었습니다.

"논소, 다시 물어볼게. 날 사랑해?"

사방이 깜깜했고 그녀를 보고 있지도 않았지만, 그는 그녀가 자기 대답을 기다리며 눈을 감고 있다는 걸 알 수 있었습니다. 그녀는 질문에 대한 답을 기다릴 때마다, 마치 그가 하는 말에 상처를 입을지도 몰라 걱정하듯 자주 눈을 감았습니다. 그러다가 그가 대답을 한 뒤에야 그의 말을 받아들이려고 애쓰곤 했지요.

"말은 그렇다고 하지만, 논소, 진심이야?"

"응, 마미."

그녀는 손전등을 가지고 방으로 돌아가 옆의 스툴에 올려놓고 조도를 낮추었습니다. 이제 막 시작된 어둠에 대강 그려놓은 그들의 그림자가 부풀어 올랐습니다.

"날 진심으로 사랑한다는 거지?"

"그래, 마미."

"치논소, 넌 항상 날 사랑한다고 해. 하지만 어떤 사람하고 결혼하려면 먼저 그 사람을 진심으로 사랑해야 한다는 거, 알고 있어? 사랑의 의미를 알아?" 그는 입을 열려고 했습니다. "아니, 이것부터 말해줘. 사랑이 뭔지 알아?"

"응, 마미."

"정말이야? 정말, 진짜 정말이야?"

"정말이야, 마미."

"그럼, 논소, 사랑이 뭐야?"

"알아. 느껴져." 그가 말했습니다. 그는 말을 이으려고 입을 열었으나 "에휴"라고 말한 다음 다시 조용해졌습니다. 그녀에게 맞는 답을 내놓을 수 없을까 봐 두려웠기 때문입니다.

"논소? 내 말 들려?"

"응, 사랑이 느껴지긴 하지만 사랑에 대해 모든 걸, 하나도 빠짐없이 다 안다는 거짓말은 못 하겠어."

"아니, 아냐, 논소. 날 사랑한다고 했으니까 사랑이 뭔지 틀림없이 알 거야. 알아야만 해." 그녀는 한숨을 쉬고 혀를 찼습니다. "알아야지, 논소."

가가나오구시여, 주인은 이 말에 난처해졌습니다. 좋은 치라면 모두 그렇게 하듯, 저는 보통 주인의 의사결정에 최소한으로만 개입함으로써 제가 재능의 전당에서 그에게 골라준 재능을 직접 사용하도록 하지만, 이때만큼은 끼어들고 싶었습니다. 하오나 그가 다시 침묵이라는 효과적인 도구에 기대는 바람에 그러지 못했습니다. 저는 인간의 마음이 평온을 잃으면, 터무니없이 놀라 충격이 흩어지기만 기다리는 것처럼 일단 온화한 침묵으로 대꾸하고 본다는 것을 익히 알고 있었으니 말입니다. 그런 흩어짐이 모두 이루어지고 나자 주인이 웅얼거렸습니다. "그렇지."

그는 의자에 다시 기대어 그녀가 해준 이야기를 떠올렸습니다. 은달리의 친구가 어떤 남자를 만났는데, 그 남자가 만나자마자 사랑한다고 했다며 그를 비웃었다는 이야기였습니다. 그 이야기를 들었을 때, 주인은 은달리와 그녀의 친구 리디아가 왜 남자의 말을 완전히 터무니없고 비웃어 마땅한 일이라고 생각했는지 몰랐습니다. 미스 제이가 사랑한다는 말에 그를 비웃었던 일도 떠올랐습니다. 그는 당시에도 놀랐고, 지금도 마찬가지였습니다. 그는 그녀의 실루엣을 올려다보았고, 처음으로 결혼의 무게를 제대로 헤아려보지 않았다는 생각이 문득 들었습니다. 그녀가 그의 농장으로 이사를 와야 하겠지요. 그와 함께 그의 밴에 타고 그가 종종 살아 있는 닭들을 배달하곤 하는 핀바가의 빵 가게로 달걀을, 식당으로 고기를 배달하게 될 것입니다. 그에게 속한 모든 것이 이제는 그녀에게도 속하게 될 터였습니다. 모든 것이. 그 자신의 말이긴 하지만, 제대로 들은 것일까요? 모든 것이라니! 시간이 지나 그가 그녀에게 자신의 씨앗을 심으면 태어날 아이까지도, 그 아이마저도 둘 모두에게 속하게 될 것이었습니다! 그녀의 재산도, 그녀의 자동차도……. 그는 그녀의 대학 공부, 가족, 마음, 그녀 자신이자 그녀의 것인 모든 것, 그녀의 것이 될 모든 것과 그에게도 속할 모든 것의 혜택을 누리게 될 터였습니다. 그것이 결혼이었습니다.

이런 새로운 이해에 비추어 그가 말했습니다. "사실은, 몰라. 내가 말할 수 있는 건……."

그녀는 눈을 뜨고 나서, 분명히 "그래"라고 말했습니다. "하지만 넌……." 그녀는 뭔가 말하려다가 조용해졌습니다.

"뭐? 뭔데?" 그는 그녀가 내뱉으려던 말을 삼키지 못하게 하려고 허둥지둥 입을 열었습니다. 그녀는 종종 뭔가 말하려다 말고 그 말을 다시 생각의 유리병 속에 넣어 봉인하곤 했으니까요. 그녀는 그런 말들을 나중에 풀어주거나, 가끔은 영영 풀어주지 않았습니다.

"걱정 마." 그녀가 거의 속삭이듯 말했습니다. "그럼 다음 주 일요일에 우리 집에 오게 될 거야. 우리 가족을 만나게 될 거고."

오세부루와시여, 당신께서는 치가 기억의 원천임을 알고 계시나이다. 치란 여러 주기에 걸쳐 존재하는, 움직이는 축적물이지요. 모든 사건과 모든 세세한 내용들이 그 영원성의 눈부신 어둠 속에 말뚝 박힌 나무처럼 서 있나이다. 하오나 치라도 모든 사건을 기억하는 것은 아니옵니다. 치는 오직 주인에게 기억에 남을 만한 방식으로 영향을 주는 것만을 기억하지요. 그날 밤, 주인의 결정은 제가 언제까지고 기억할 만한 것이었음을 말씀드려야겠사옵니다. 처음에 주인은 자신이 끔찍이 두려워하는 말들을, "좋지 않을 거야"라는 말을 그녀가 하기만 기다렸습니다. 하지만 그녀는 입을 열지 않았습니다. 그래서 그가 더듬거리며 말했습니다. "그래, 마미. 난 다음 주 일요일에 너희 가족을 만날 거야."

6장
'중요한 손님'

오바시디넬루시여, 당신께서 저를 여러 번 파견하시어 인간들과 함께 지상에 살도록 하셨기에 저는 수많은 것들을 보고 인간에 관한 지혜를 얻었나이다. 하오나 인간의 마음만큼은 완전히 이해하지 못합니다. 모든 사람은 그 어느 쪽에도 단단히 발을 딛지 못하고 두 영역 사이에서 흔들리는 것처럼 살아갑니다. 이것은 이상한 일입니다. 이를테면 두려움과 불안 사이의 상호작용을 생각해보소서. 두려움은 불안이 존재하기에 존재하고, 불안은 인간들이 미래를 볼 수 없기에 존재하나이다. 미래를 볼 수만 있다면 인간은 더 많은 평화를 누릴 것입니다. 이튿날 여행을 떠나기로 계획하는 사람은 동료에게 "내일 아바로 가면 고속도로에서 강도들을 만나 이 자동차와 우리가 가진 모든 것을 도둑맞을 거야"라고 말할 수 있을 테고,

상대방이 "절대 내일 아바로 가면 안 되겠군" 하고 대답할 수 있을 테니 말입니다.

아니면 결혼을 앞둔 젊은 여인이 있다고 생각해보십시오. 그녀가 미래를 볼 수 있다면, 결혼식 전날 밤 아버지에게 "아버지, 우리 부족 전체를 실망시키고 우리의 이름을 더럽히려는 생각은 없지만, 이 사람과 결혼하면 그가 저를 매일 때리고 저를 개만도 못하게 취급하리라는 걸 알게 되었어요"라고 말할 수 있을 것입니다. 그녀의 생각이 사실이라는 걸 안다면, 이 말이 사랑하는 아버지의 마음속에 어떤 두려움을 일으킬지 상상이 되시나이까? 아버지는 머리 위에서 손가락을 꺾어대며 소리칠 것입니다. "투피아! 야 부루 오구 예 에레 콰 라!* 그런 때를 마련한 자가 누구이든, 그 일은 무(無)로 돌아갈지어다! 너는 즉시 그자를 떠나야 한다, 딸아. 그자가 치른 신붓값은 어디 있느냐? 어린 염소는 어디 있느냐? 얌 줄기 세 덩이는 어디 있느냐? 슈납스 술병과 광물 상자는 어디 있느냐? 그 모든 것을 즉시 돌려주어라! 내 딸이 그런 자와 결혼하다니, 신께서 금하실지어다!" 하지만 추쿠시여, 사람은 누구도 미래를 보지 못하기에 그렇게 하지 않사옵니다. 하여, 무역하는 자들은 알지도 못하는 채로 계획한 날에 여행을 떠나 강도를 당하고 살해당합니다. 젊은 여인은 그녀를 노예만도 못하게 대할 남자와 결혼하나이다.

저는 그런 일을 여러 번 보았습니다.

주인이 자기를 기다리고 있는 일이 무엇인지도 모른 채 그 주 일

---

* '투피아!'는 욕설. 그다음은 '이것은 가시이니 거래할 수 없다!'라는 뜻의 이보어.

148

요일, 밴을 타고 은달리의 집으로 갔던 것도 바로 그래서였습니다. 주인은 그날이 더 일찍 오도록 만들 수도 없었고 그날이 오지 않도록 막을 수도 없었기에 불안하게 기다리기만 했나이다. 시간은 애원에 귀를 기울일 수 있는 생물이 아니고 꾸물거릴 수 있는 사람도 아니옵니다. 정해진 날은 태초부터 정해진 대로 다가올 것이며 사람이 할 수 있는 일은 기다리는 것뿐입니다. 그리고 그토록 불안해하며 기다리는 일은 힘겹나이다. 기다리는 동안 평온을 느낄 수 있다 한들 그 평온은 휘몰아치는 물을 잔잔하다고 생각하게 하는 기만적인 평온일 뿐이옵니다.

그날이 오기 전, 주인은 이틀 동안 은달리를 만나지 못했기에 그녀가 무척 그리웠습니다. 그는 그녀의 가족이 어떤 모습일지, 집은 어떻게 생겼을지 상상하려 애쓰며 그녀가 사는 거리에 접어들었습니다. 거리 주변의 전신주는 우무아히아의 대부분 지역보다 낮았으며 빨랫줄처럼 서로 가깝게 늘어서 있는 듯 보였습니다. 작은 참새들이 모두 전선에 머물기로 뜻을 모은 듯, 길 반대편 송신기에서 솟아 있는 전신주에 앉아 있었습니다. 주인은 문득 목자라는 말을 떠올렸습니다. 새들의 목자라고 말하는 편이 더 귀하게 느껴질까? 은달리의 가족을 만나면, 나를 그렇게 불러야 하나? 그러면 일이 더 나아지고 잘 풀릴까?

도착해보니, 은달리 가족의 집은 눈에 띄게 웅장한 모습으로 우뚝 솟아 길을 내려다보고 있었습니다. 그는 '지구'라고 불리는, 그 거리의 외진 구역에 운 좋게 접근할 수 있었습니다. 길은 잘 포장되어 있었고 양옆에 주거용 건물들이 있는 인도가 있었습니다. 그가 찾는 집인 71호는 지구의 맨 끝에 자리 잡고 막다른 길을 이루고 있었습니다. 그 집 담은 노란색이었고 다른 집 담벼락처럼 높지는 않았으나 꼭대기 주변에 고리 모양의 가느다란 철조망이 얹혀 있었습니다. 침입을 시도할 만큼 자신감 넘치는 강도에게 무슨 일이 벌어질지 보여주려는 듯 검은색 비닐봉지가 고리 철조망 가시에 걸려 있었습니다. 아침 바람이 그 봉지를 끊임없이 밀어대는 바람에 봉지는 한쪽 손잡이가 철조망에 매달린 채 부풀어 오른 몸뚱어리로 계속 헐떡였습니다.

오세부루와시여, 주인은 이유도 모른 채 오래도록 비닐봉지를 지켜보았습니다. 아무리 열심히 노력한들 벗어날 수 없는 무언가에 잡혀버린 그 물체를 말입니다. 비닐봉지가 그의 호기심을 끌었습니다. 그는 거대한 정문 앞에 차를 세우고 시동을 껐습니다. 그는 백미러에 자신을 비춰 보았습니다. 전날 오후에야 머리를 자른 그는 거울을 보며 넥타이를 고쳐 맸습니다. 셔츠와 색깔을 맞춘 넥타이였습니다. 그는 은달리가 가져다준 다리미로 그 셔츠를 다렸습니다. 다리미질이란 뜨거운 물체의 표면을 천에 대고 누르는 이상한 기술입니다. 그는 정장 재킷의 냄새를 맡아보고 그걸 입어야 할지 고민했습니다. 전날에 그는 정장을 세탁해 빨랫줄에 널어놓고 잠깐만 있다가 걷을 생각이었으나 잠들고 말았습니다. 저는 비가 오는 소리가 들리자마자 뜰로 달려 나갔지만 할 수 있는 일이 아무것도 없었습니다. 의식이 없는 상태의 주인에게는 치가 영향을 미칠 수 없나이다. 하여, 저는 그의 빨랫감에 비가 쏟아붓는 모습을 무력하게 지켜보았습니다. 주인은 석면 지붕 두드려대는 소리를 듣고서야 깨어났지요. 저는 즉시 정장 재킷 생각을 그의 마음속에 비추어주었고, 그는 달려 나갔으나 이미 젖어 있는 정장을 보게 되었습니다. 그는 집으로 정장을 가지고 들어와 거실 의자에 널어놓았습니다. 입을 때쯤에는 정장이 말라 있었으나 퀴퀴한 냄새가 배고 말았습니다. 그는 정장 재킷을 벗은 다음, 은달리가 왜 재킷을 입지 않았느냐고 걱정할 경우에 대비해 손에 들었습니다.

다시 시동을 켜기 전에 그는 정문에 부착된 금속 구조물을 보았습니다. 두 팔을 활짝 펴고 나뭇조각을 지고 있는 지조스 크라이스트였습니다. 그가 이 모습을 뚫어져라 보고 있을 때, 큰 문에 붙어 있는 작은 문이 열렸습니다. 한 남자가 엷은 푸른빛 제복에 검은 베레모를 쓴 차림으로 나왔습니다. 남자의 바지는 고르지 않게 말려 올라가 있었습니다. 한쪽은 무릎까지, 한쪽은 무릎 아래까지 말입니다.

"오가, 무슨 용건이십니까?" 남자가 말했습니다.

"은달리의 손님인데요."

"손님이라, 음." 남자는 얼굴을 살짝 찌푸리며 말했습니다. 그는 손님이 맞다는 주인의 대답을 못 들은 체하고 두 눈으로 그의 밴을 훑었습니다. "아가씨와는 어떻게 아는 사이시죠, 오가?" 남자는 백인의 언어로 말했습니다.

"네?"

"우리 아가씨랑 어떻게 아는 사이시냐고요?" 남자는 밴으로 다가와 두 손으로 차를 짚고, 머리를 숙여 차에 타고 있는 유일한 승객을 들여다보았습니다.

"남자 친구인데요. 치논소라고 합니다."

"그렇군요." 남자가 말했습니다. 그는 밴에서 물러났습니다. "안에서 다들 기다리시는 분이 오가이신가요?"

"네, 접니다."

"아, 어서 오세요. 어서 오십시오."

남자는 정문의 작은 틈으로 서둘러 들어갔고, 금속과 막대들이 덜컥거리는 소리가 들렸습니다. 커다란 두 정문 중 한 곳이 끽 소리를 내며 휙 열렸습니다. 은달리의 아버지가 작위까지 있는 족장이고 부자라는 것은 주인도 알고 있었지만, 그들의 부가 이 정도 규모일 거라고는 예상하지 못했습니다. 한 발은 허공에 들고 다른 발로는 분수 바닥을 딛고 있는 실물 크기의 위협적인 사자 조각상이 보일 거라고는 전혀 생각하지 못했지요. 사자의 큰 눈과 입에서 우묵한 콘크리트 수반으로 끊임없이 물이 흘러내렸습니다. 주인은 시간이 좀 지난 뒤에야 프랑스 여행을 떠났던 아버지가 어떤 동상을 보고 우무아히아 저택에 복제해놓겠다며 사진을 찍어 왔다던 은달리의 말을 떠올렸습니다. 그는 농구 골대 얘기도 들은 적이 있는지 머릿속을 조심스럽게 뒤졌습니다. 은달리가 자동차가 몇 대인지, 혹은 아연으로 지붕을 얹은 구조물 아래 그 차들이 주차되어 있는지도 얘기했던가요? 기억나지 않았습니다. 그는 자동차들을 세어보았습니다. 검은색 지프 한 대. 흰색 지프까지 두 대. 주인이 제조사를 모르는 자동차까지 세 대. 은달리의 아우디 세단까지 네 대, 다섯 대, 여섯 대. 아, 커다란 자동차들에 가려 보이지 않던 자동차가 한 대 더 있었습니다, 일곱 대! 게다가 그가 자동차를 댄 곳 옆에는 메르세데스 벤츠가 한 대 있었습니다, 여덟 대. 천천히 살펴보니 그게 전부였습니다. 자동차는 여덟 대였습니다.

그는 차에서 내린 뒤에야 정문 경비원이 자기를 따라왔고, 그의 자동차 옆에 서서 그가 내리기를 기다리고 있었다는 걸 알아차렸습니다.

"가져오신 물건은 전부 안으로 들여가실 수 있도록 도와드겠습니다, 오가."

그제야 그는 가져왔던 선물을 잊었다는 생각이 들었습니다. 그는 멈춰서 자동차로 다시 달려갔습니다. 뒤뜰 벤치에 와인이 담긴 가방을 놔두고 왔다는 사실이 현수막처럼 머릿속에 나부꼈지만, 그는 밴의 뒷자리와 앞자리를 미친 사람처럼 뒤졌습니다.

에그부누시여, 감히 말씀드리건대 저는 당시에도 그에게 선물을 잊어버렸다는 사실을 떠올리게 만들어주고 싶었나이다. 하지만 인간이 인간이게 하라는 당신의 조언에 따라 저는 그렇게 하지 않았습니다. 치의 역할은 규모가 크거나 주인에게 의미심장한 영향을 미칠 수 있는 더 높은 문제들을 돌보는 것입니다. 치는 또한 인간이 그 한계 때문에 다루지 못하는 초자연적 문제들을 돌봅니다. 하오나, 이때의 방문에서 기인한 일들을 돌아보면 저의 태만이 고통스러운 후회로 느껴지고, 제가 그에게 기억을 떠올려주었더라면 좋았을 것이라는 생각이 드나이다.

"오가, 오가, 아무 문제 없으신 거지요?" 정문 경비원이 거듭 말했습니다.

"네, 문제없습니다." 그는 목소리를 약간 떨며 말했습니다.

그는 잠시 집으로 돌아가야 할지 생각했으나 그녀가 늦게 오지 말라고 부탁했던 게 떠올랐습니다. 그때의 단어가, 시간 엄수라는 말이 머릿속에 번뜩였습니다. 그는 그녀가 이렇게 말했던 게 기억났습니다. "우리 아빠는 시간 엄수를 중요하게 생각해." 추쿠시여, 그가 저택 건물로 서둘러 가는 것을 보며 저는 마음을 놓았습니다.

에체타오비에시케시여, 그가 조롱박에 담긴 달걀처럼 품고 갔던 자신감은 은달리의 가족과 함께 식탁에 앉았을 때쯤 이미 깨져 있었습니다. 은달리가 문간에서 그를 허둥지둥 마중하면서 그에게 늦게 왔다고 속삭였습니다. "15분이나!" 그러더니 그녀는 그의 등으로 손을 뻗어, 그로서는 거기 있으리라고 생각지도 못한 것을 떼어 냈습니다. 깃털이었습니다. 저조차도 그건 보지 못했습니다. 그녀가 흰 깃털을 손바닥으로 구기며 그에게 응접실을 가리켰을 때 그는 하마터면 울 뻔했습니다. "다른 건 없어?" 그가 말했습니다. 그녀는 목소리를 낮추어 정장은 왜 들고 있느냐고 물었고, 그는 냄새를 맡아보라고 손짓하며 그녀의 얼굴 쪽으로 재킷을 들어 올렸습니다.

"세상에!" 그녀가 말했습니다. "그 고약한 건 입지 마. 은얌마!* 나 줘." 그녀는 그에게서 옷을 받아 개킨 다음 그에게 돌려주었습니다. "계속 손에 들고 있어, 알았어?"

거실의 웅장함이 그의 기를 죽였습니다. 그는 그런 식의 조명이 존재할 수 있을 거라고는 꿈조차 꿔본 적이 없었습니다. 성모 조각

* 세상에! (이보어)

상을 집 안에 둘 수 있는 사람이 있다는 것도 몰랐습니다. 바닥의 대리석과 천장의 디자인은 말로 표현할 수 없을 만큼 아름다웠습니다. 이전 주인 야가지에가 금수와도 같은 백인들의 땅인 버지니아에 있을 때 제가 여러 집에서 보았던 샹들리에와 벽난로 선반 같은 물건들도 있었습니다. 그 집은 주인에게 경이감을 주었고, 그 집을 소유한 사람들은 그의 평정심에 더 큰 타격을 입혔습니다. 하여, 주인은 은달리의 아버지를 보았을 때 그를 거대하게 느꼈습니다. 그 남자의 흰 얼굴은 불그레하게 여기저기 얼룩져 있어 브라이트 치메지에라는 음악가를 떠올리게 했습니다. 은달리의 어머니를 보자 조금 마음이 놓였습니다. 은달리의 얼굴과 판박이였기 때문입니다. 하지만 은달리의 오빠가 계단을 내려오자, 오지 말걸 하는 생각이 들었습니다. 은달리의 오빠는 미국의 흑인 음악가들처럼 보였습니다. 얼굴 한쪽으로는 멋지게 다듬은 머리카락을 아래턱까지 늘어뜨렸고, 짙은 콧수염과 턱수염 사이에는 널찍한 분홍색 입술이 있었습니다. "안녕하세요, 형님"이라는 그의 말에 남자는 대답 대신 씩 웃기만 했습니다.

그들은 가정부들이 쟁반에 담아 다양한 음식을 내오는 동안 식탁에 앉아 있었습니다. 순간순간이 지날 때마다 주인은 자신감에 타격을 입힐 만한 것들을 하나씩 더 발견했습니다. 하여, 모든 음식이 나오고 다들 식사를 하려고 자리에 앉았을 때 그는 이미 항복한 상태였습니다. 첫 번째 질문이 나왔을 때는 그가 아무 말도 하지 못하고 너무 오랫동안 애쓰자 은달리가 대신 대답했습니다.

"논소는 이 집 전체를 합친 것만 한 양계장을 혼자서 운영해요."

그녀가 말했습니다. "닭이 아주 많아요. 가금류가요. 논소는 시장에서 그 닭들을 판매해요."

"미안하네만, 자네." 그녀의 아버지는 은달리가 아예 입을 열지 않은 것처럼 다시 말했습니다. "뭘 한다고 했나?"

그는 입을 열려고 했으나 진정으로 두려워하고 있었기에 목소리가 떨리기 시작했고, 결국 입을 다물었습니다. 그는 은달리를 보았고 그녀는 그와 눈을 마주쳤습니다.

"아빠……."

"저 친구가 대답하게 놔두거라." 그녀의 아버지는 분노를 감추지도 않고 딸을 돌아보며 말했습니다. "네가 아니라 저 사람한테 물은 거다. 저 친구도 입은 있는 것 같은데, 아니냐?"

그는 은달리가 아버지와 부딪치는 것이 걱정스러웠고, 그녀를 제지하느라 식탁 밑에서 그녀의 다리를 건드렸지만 그녀는 다리를 치웠습니다. 작은 침묵이 내려앉았고, 그 속에서 그의 목소리가 터져 나왔습니다.

"저는 농부, 닭을 키우는 농부입니다. 땅도 조금 있어서 옥수수, 후추, 토마토, 오크로를 키우고요." 그는 그녀를 올려다보며—그녀가 건네준 도구를 사용할 준비가 되어 있었으니 말입니다—말했습니다. "저는 새들의 목자입니다, 어르신."

그녀의 아버지가 자기 아내를 바라보는 알쏭달쏭한 눈빛에 주인은 말실수를 했을지 모른다는 두려움으로 가득 찼습니다. 그 순간, 주인은 손발이 묶인 채, 몸을 가릴 만한 것은 아무것도 걸치지 않은 벌거벗은 몸으로 마을 한가운데의 격투장에 떠밀려 나온 듯한 기분이었습니다. 주인은 본의 아니게 은달리의 오빠에게로 눈을 돌렸습니다. 그의 얼굴에는 웃음을 눌러 참는 기색이 보였습니다. 주인은 당황해 제정신이 아니게 되었습니다. 은달리가 해준 말이 어떻게 잘못될 수 있는 건지요? 그녀는 세련되게 들리도록 그 말을 했고, 실제로 그렇게 들렸습니다. 최소한 그의 귀에는 말입니다.

"알겠네." 아버지가 말했습니다. "그럼, 새들의 목자로서 자네는 어떤 교육을 받았는가?"

"아빠……."

"아니, 은디. 하지 마라!" 그녀의 아버지가 목소리를 높였습니다. 그의 목 옆면에 팽팽해진 핏줄이 맞아서 부은 것처럼 불거졌습니다. "저 사람이 말하도록 놔두지 않으면 이 만남은 끝이다. 알았니?"

"네, 아빠."

"좋아. 자, 신사 양반. 이나 아누 오쿠 이보?*"

그는 고개를 끄덕였습니다.

"그럼 그 말로 하는 게 좋겠나?" 아버지가 말했습니다. 잘게 썬 채소 조각이 그의 아랫입술에 대롱대롱 매달려 있었습니다.

"그럴 필요 없습니다, 어르신. 영어로 하십시오."

"좋네." 아버지가 말했습니다. "교육은 어디까지 받았나?"

"중학교까지 마쳤습니다, 어르신."

"그러면,"―아버지는 포크 가지로 닭고기 조각을 모으며 말했습니다―"중졸이로군."

* 자네, 이보 말을 할 줄 아나? (이보어)

"그렇습니다. 네, 어르신."

남자는 아내에게 다시 눈길을 주었습니다. "자네에게 창피를 주려는 건 아닐세." 아버지는 높아졌던 목소리를 다시 낮추며 말했습니다. "우리는 사람들에게 창피를 주는 일을 하진 않거든. 우린 기독교를 믿는 집안이니까." 그는 방 한쪽, 유리로 덮인 책장 위에 놓인 장식 선반을 가리켰습니다. 거기에는 지조스 크라이스트와 그의 제자들을 그린 다양한 그림이 놓여 있었습니다.

주인은 선반을 올려다보고 고개를 끄덕이며 말했습니다. "네, 어르신……."

"하지만 이 질문은 해야겠군."—"네, 어르신."—"여기 내 딸이 곧 약사가 될 거라는 생각은 해봤는가?"—"네, 어르신."—"지금 저 애가 약대 학사 과정 졸업반이고, UK에서 석사학위를 딸 거라는 것도 생각해보았나?"—"네, 어르신."—"그러면, 젊은 친구, 학교도 다니지 않은 농부인 자네가 저 애와 무슨 미래가 있겠나?"

"아빠!"

"은달리, 조용히 해라!" 그녀의 아버지가 말했습니다. "메치에 기 오누! 이나 눔? 아 심 기 미치에 오누!*"

"은디, 이게 무슨 일이니?" 그녀의 어머니가 말했습니다. "이가 에 퀘 카 대디 기 쿠 오쿠?**"

"아버지가 말씀하시게 가만히 있었잖아요, 엄마. 아빠가 무슨 말

---

* 입 다물어라! 내 말 안 들리니? 입 다물어! (이보어)
** 아빠가 말씀하시게 해야지? (이보어)

을 하는지는 안 들리세요?" 은달리가 말했습니다.

"그래, 하지만 조용히 해라. 알았니?"

"알았어요." 은달리는 한숨을 섞어 말했습니다.

그녀의 아버지가 다시 말하기 시작하자 그 말들이 다시 주인에게 몰려들었습니다. 단어들이 다른 단어와, 또 다른 단어와 부딪치듯 쇄도했습니다.

"젊은 친구, 이 문제를 철저하게 생각해본 건가?"—"네, 어르신."—"자네가 저 애와 어떤 삶을 살게 될지에 대해서, 깊이?"—"네, 어르신."—"해봤다라, 알겠네."—"네, 어르신."—"그런데 저 애의 남편이 되고 싶다면서, 자네보다 훨씬 높은 위치에 있는 여자와 결혼하겠다는 게 올바른 결정이라고 생각하나?"—"저도 압니다, 어르신."—"그렇다면 가서 다시 생각해봐야겠군. 가서 자네가 정말 내 딸의 남편이 될 자격이 있는 사람인지 살펴보게."—"네, 어르신."—"내가 자네에게 할 말은 그것뿐이네."

"네, 어르신."

그녀의 아버지는 천천히 무게감 있는 태도로, 몸을 식탁에 부딪치며 일어나 떠났습니다. 잠시 후에는 그녀의 어머니가 고개를 저으며 뒤따랐습니다. 나중에 주인은 그녀의 표정이 그를 향한 동정심을 담고 있던 것이라고 생각하게 되었지요. 그녀는 한데 쌓아놓은 빈 접시들을 들고 일단 부엌으로 향했습니다. 아무 말도 하지 않았으나 주인이 내놓은 모든 답변에 웃음으로써 분노를 드러내던 은달리의 오빠도 잠시 후 어머니를 따라 일어났습니다. 그는 통에서 이쑤시개를 꺼내더니 웃음을 눌러 참으며 잠시 남아 있었습니다.

"오빠도야, 추카?" 은달리는 흐느낌이 방울방울 깃들어 있는 목소리로 말했습니다.

"뭐라고?" 추카가 말했습니다. "야, 야, 이러지 마. 내 이름도 부르지 말라고. 나한테 한마디도 걸지 마! 누가 너더러 가난한 농부를 집에 데려오래?" 그는 갑작스럽게 웃음을 터뜨렸습니다. "다시는 내 이름을 입에 담지 마."

그 말을 남긴 추카도 악다문 이 사이에 이쑤시개를 끼운 채 아버지를 따라 계단을 올라가며 휘파람을 불었습니다.

이장고-이장고시여, 주인은 수치심으로 무력해져 그 자리에 앉아 있었습니다. 그는 앞에 놓인, 대부분은 거의 건드리지도 않은 음식 접시에 시선을 고정했습니다. 위층에서는 은달리의 어머니가 걸출한 아버지들의 언어로 남편에게 말하는 소리가 들렸습니다. "딤, 그 젊은이한테 너무 심하셨어요. 그렇게까지 가혹하게 말씀하실 필요는 없었잖아요."

그는 연인을 올려다보았습니다. 그녀는 제자리에 남아 오른손으로 왼손을 문지르고 있었습니다. 그는 그녀가 자기만큼 깊은 고통을 느끼고 있다는 걸 알아차렸습니다. 그는 그녀를 위로하고 싶었지만 자기 몸도 일으킬 수 없었습니다. 그것이야말로, 부작위와 무감각이야말로, 모욕을 당했을 때 인간이 빠져드는 상태이기 때문입니다. 마치 진정제를 투여받은 것처럼 말이지요. 저는 그런 일을 여러 번 보았습니다.

주인의 눈은 어느 커다란 그림에 머물렀습니다. 그림 속에서는 한 남자가 마을 같은 곳 위로 온화하게 올라가고 있었고, 마을의 나머지 사람들이 그를 올려다보며 손가락으로 가리키고 있었습니다. 주인은 마음속에 가끔 이상한 확신이 들곤 합니다. 그래서인지, 이유를 모르면서도 하늘로 떠오르는 그 사람이 자신이라고 생각했습니다.

주인이 자리에서 일어나 은달리의 어깨를 건드리고 그녀의 귀에 그만 울라고 속삭이는 데에는 엄청난 노력이 필요했습니다. 그는 부드럽게 그녀를 일으켜 세웠지만 그녀는 저항했습니다. 그녀의 눈물이 천천히 침과 뒤섞여 그녀의 드레스로 흘러내렸습니다.

"놔, 그냥 내버려둬." 그녀가 말했습니다. "혼자 놔두라고. 무슨 가족이 이래? 응?"

"괜찮아, 마미." 입술을 움직이지 않고 말했기에 그는 이 단어들이 어떻게 나왔는지 궁금했습니다.

그는 두 손을 그녀의 머리에 얹고 부드럽게 손가락으로 그녀의 목을 훑었습니다. 그런 다음 그는 앞으로 몸을 숙이고, 고개를 숙여 그녀에게 입을 맞추었습니다. 둘이 함께 그 집에서 걸어 나오기 전, 그는 마지막으로 한 번 더 그 그림에 시선을 던지고는 그때까지 모르던 한 가지 사실을 처음으로 눈치챘습니다. 그림 아래쪽 끝에 있는 사람들은 하늘로 올라가는 그 남자에게 환호하고 있었습니다.

추쿠시여, 저는 치욕이 사람에게 어떤 짓을 저지를 수 있는지 직접 보았습니다. 종종 그러듯, 치욕은 주인을 가혹한 공포로 가득 채웠습니다. 한때 그의 차지였던 것들이 대부분 그랬듯 은달리도 잃게 되리라는 두려움이었지요. 이어지는 며칠 동안 그 두려움은 점점 자라났습니다. 그 기간 동안 그녀는 가족들의 생각을 억지로라도 바꾸려고 노력했으나 실패했지요. 그 며칠은 몇 주로 이어졌고, 셋째 주에는 그 무엇도 그들의 생각을 바꾸지 못하리라는 게 분명해졌습니다. 은달리가 부모와 말다툼을 하고 돌아왔을 때, 그는 직접 뭔가를 해서 변화를 일으키기로 마음먹었습니다. 아침 내내 비가 내린 터였으나 정오에는 해가 떴습니다. 그녀는 잔뜩 반감을 품은 채 우투루의 학교에서 곧장 돌아왔습니다. 그가 작은 농장 바깥에 있을 때 그녀가 농장 사이 오솔길로 차를 몰고 들어왔습니다. 그는 농장에서 가장 먼 쪽 끝에 있었습니다. 아버지가 세웠던 울타리가 백인이 2003년이라고 부르는 해의 심한 폭우로 일부 무너져 내린 곳이었습니다. 울타리에서 60센티미터 정도 떨어진 곳에는 거리를 가로질러 흐르는 긴 도랑이 있었고, 그 뒤로는 긴 간선도로가 있었습니다. 그녀가 차에서 내려 집을 향해 오는 걸 지켜보고 있는데, 그녀가 자기를 보지 못했다는 생각이 들었습니다. 그는 구멍을 파심으려던 얌 줄기와 괭이를 떨어뜨리고 집으로 달려갔습니다.

그는 더러운 햇빛 가리개와 흙 묻은 셔츠, 바지, 진흙과 땅에서 쳐낸 여타 잡초들로 뒤덮인 농장 작업화 차림으로 집에 들어갔습니다.

그녀가 팔뚝에 얼굴을 묻은 채 벽을 마주 보고 있었습니다.

"마미, 케디 이헤 메레 누?*" 그가 말했습니다. 긴장하자 익숙한 언어로 손을 뻗었던 것입니다. "왜 울고 있어, 왜 울어, 마미? 응? 무슨일이야?"

* 무슨 일이야? (이보어)

162

그녀는 돌아서서 그를 끌어안았지만, 그는 작업복이 마음에 걸려 그녀에게서 물러섰습니다. 그녀는 그와 한 뼘 떨어진 곳에, 두 눈이 심하게 붉어진 채로 멈춰 섰습니다.

"왜 다들 나한테 이러는 걸까, 응? 오빔. 왜?"

"무슨 일인데? 무슨 일인지 말해줘."

그녀는 아버지가 아직도 그를 만나느냐고 묻더니 그녀를 협박했다고 말했습니다. 어머니가 끼어들어 아버지가 너무 심하다고 말했지만, 아버지는 아랑곳하지 않고 계속 말했다고요.

"괜찮아." 그가 말했습니다. "다 지나면 괜찮을 거야."

"아냐, 논소. 아니야!" 그녀는 손바닥으로 벽을 탁 치며 다시 말했습니다. "괜찮지 않을 거야. 어떻게 괜찮을 수가 있어? 다신 그 집에 돌아가지 않을 거야. 안 돌아가. 내 눈에 흙이 들어가더라도. 무슨 가족이 이래?"

그녀의 분노에 그의 심장이 요동쳤습니다. 그는 무얼 해야 할지 몰랐습니다. 옛 아버지들은 너그러운 지혜를 담아 말합니다. 사람은 다른 이들을 구하는 과정에서 자신을 구하게 된다고요. 보이지 않는 목줄처럼 그들을 죄어오는 이 상황에서 그녀가 구원받을 수 없다면 그 역시 구원받을 수 없었습니다. 그리고 정말이지, 괜찮지 않을 것입니다. 그는 그녀가 문으로 몇 발짝 걸어갔다가 멈춰 서서 자기 가슴에 한 손을 얹는 걸 지켜보았습니다. 그러더니 그녀는 몸을 돌려 그를 마주 보았습니다. "난…… 내 물건을 몇 가지 가져왔어. 여기에서 지낼 거야. 난 여기서 지낼 거야."

그녀는 문을 열고 집을 나섰습니다. 그는 그녀를 따라 현관으로 나갔고, 그녀가 자동차 트렁크를 열어 반짝이는 '가나 머스트 고' 가방을 가지고 돌아오는 것을 가만히 바라보았습니다. 그런 다음, 그녀는 뒷좌석에서 신발 한 켤레와 나일론 가방을 꺼냈습니다. 그는 어떤 기쁨을 품고, 마침내 동반자가 생긴 것을 내심 기뻐하며 그녀를 지켜보았습니다.

하지만 그 주에는 그녀의 핸드폰이 거의 항상 울리고 또 울렸습니다. 가끔씩은 오랫동안 길게 울리기도 했습니다. 그럴 때마다 은달리는 핸드폰 화면을 보지도 않고 주인에게 "아빠야"라거나 "엄마야"라고 말하곤 했지요. 그는 매번 그녀에게 전화를 받으라고 간청했으나 그녀가 받지 않으려 들었습니다. 그녀는 위대한 어머니들이 대부분 그랬듯 의지가 강했으니까요. 그녀는 주인의 애원에 거의 콧방귀도 뀌지 않고 다른 무언가로 관심을 돌렸습니다. 꾸지람을 넘어선 사람처럼, 아니 꾸지람에 대한 두려움을 넘어선 사람처럼 말입니다. 주인은 그녀의 이런 점에 감탄했습니다. 그녀가 이런 행동을 할 때마다 그는 어머니에게 있던 비슷한 특징을 생각했습니다.

두 번째 주 중간 즈음에 그녀의 부모가 학교로 그녀를 찾으러 와서 강의실 밖에서 기다렸지만, 그녀는 그들을 모른 체하고 친구 리디아와 함께 떠났습니다. 그녀가 이 이야기를 해준 뒤부터 주인은 그녀가 자기 때문에 가족들의 노여움을 사기 시작했다는 두려움이 들기 시작했습니다. 여러 날이 지나면서 그는 이 상황을 돌이키려고 점점 더 많은 노력을 기울였으나, 자신에 대한 그녀의 사랑이 오히려 더 강해지는 것처럼 보인다는 점을 부정할 수는 없었습니다. 그녀는 만인에게서 자신의 사랑을 거두어들여 그에게 전부 쏟는 것

164

처럼 느껴졌습니다. 그녀가 사랑을 나누며 두 차례 흐느꼈던 것이 바로 이 시기입니다. 그녀가 그에게 케이크를 구워주고, 시를 써주고, 그를 위해 노래를 불러주었던 것도 이때입니다. 그리고 한번은, 그가 잠들어 있을 때 그녀가 벽에서 새총을 내리더니 그걸 들고 뒤뜰로 달려 나가 배회하는 솔개를 겁주어 쫓아냈습니다. 주인은 마음 한편에서 그 나날을 더욱 늘이고자 했습니다. 실제로는 아직 아니었지만, 마치 그녀와 이미 결혼한 것처럼 느껴졌기 때문입니다. 그는 그녀의 삶에서 중심을 차지하고, 그 경계선 주변에 머물며, 그 한계를 봉인하고 싶었습니다. 이 여인, 절대 가질 수 없을 것 같아서 늘 두려웠지만 이제는 그의 것이 된 이 여인을 그는 도저히 잃을 수 없었습니다. 하오나 그녀에 대한 애정이 점점 꽃을 피우고 자라날수록 그녀가 하고 있는 일도 더욱 두려워졌습니다.

그녀가 그와 함께 에누구로 여행을 떠났던 것이 이 시기입니다. 평생 간직할 기억으로 남은 그날 아침 일찍 잠에서 깨어보니, 그녀가 앙카라 날염 가운과 캘리코 두건을 걸치고, 컵에 담긴 차를 저으며 탁자에 놓인 양계장 기록부를 훑어보고 있었습니다.

"어디 가, 마미?"

"좋은 아침이야, 자기."

"안녕." 그가 말했습니다.

"아니, 나도 에누구에 가려고."

"뭐? 마미……"

"나도 가고 싶어, 논소. 난 여기서 하는 일이 아무것도 없잖아. 너랑 새들에 대해 모든 걸 알고 싶어. 그게 좋아."

그는 너무 놀라 할 말을 찾을 수 없었습니다. 식탁을 보니 플라스틱 통의 달걀 넣는 구멍 열두 개가 거의 모두 달걀로 차 있는 게 보였습니다.

"영계한테서 난 거야?"

그녀는 고개를 끄덕였습니다. "6시 정각쯤에 꺼내 왔어. 지금도 더 낳고 있어."

그는 미소를 지었습니다. 그녀가 닭을 돌보는 일 중에서 가장 좋아하는 것이 달걀을 모으는 일이었으니까요. 그녀는 알 낳기라는 현상에, 그 일이 닭들에게는 아주 빠르게 일어난다는 사실에 매료되었습니다.

"마미, 알겠어, 하지만 오그베테 시장은……."

"괜찮아, 논소. 괜찮아. 나는 달걀이 아니야. 말했잖아, 난 네가 나를 달걀이라도 되는 것처럼 대하는 게 싫어. 나도 너랑 같아. 나도 가고 싶어."

그의 두 눈이 그녀의 얼굴을 뚫어지게 바라보았고, 그녀의 두 눈을 통해 그 말이 진심이라는 걸 알아차렸습니다. 그가 고개를 끄덕였습니다. "좋아, 그럼 좀 씻을게." 그가 그렇게 말하고 목욕을 하러 달려갔습니다.

나중에 그들은 길을 따라가면 있는 식당에 달걀을 가져다주었고, 그는 에누구에서 돌아오는 길에 들러 돈을 받아 가기로 했습니다. 그녀와 함께 고속도로를 타고 가면서, 그는 전에는 한 번도 여행을 하면서 이런 기쁨을 느껴본 적이 없다는 걸 깨달았습니다. 아마투 강을 건너는 다리에 이르자 은달리는 그가 다리에 있던 그녀를 처음으로 발견한 밤 이후로도 계속 크게 상심해 있었다고 고백했습니다. 그녀는 라고스로 가 두 달 동안 삼촌과 함께 지내며 자주 그를 생각했으며, 그럴 때마다 그가 얼마나 이상한 사람인지 생각나 웃곤 했다고 했습니다. 주인은 닭들을 찾으러 강에 돌아왔지만 찾을 수 없었다는 이야기, 그 자신에게 화가 났었다는 이야기를 보답으로 해주었습니다.

"그런 생각이 들더라." 그녀가 말했습니다. "그렇게 닭들을 사랑하는 사람이 어떻게 그런 일을 할 수 있었을까. 왜 그랬어?"

그는 그녀를 보았습니다. "나도 몰라, 마미."

이 말을 하고 나자, 주인은 그녀가 자기를 좋아하는 이유를 알지도 모르겠다는 생각이 문득 들었습니다. 그건 그가 그녀를 구했기 때문이었고, 새끼 거위가 그랬듯 그의 보호 아래 들어왔기 때문이었습니다. 이 생각이 마음속에서 너무 크게 울려 퍼졌기에 그는 이 말이 그녀에게는 들리지 않았다는 걸 확인하려고 그녀를 바라보았습니다. 하지만 그녀는 창밖, 빽빽한 숲이 마을의 듬성듬성한 집에 자리를 내주고 있는 길 건너편에 시선을 두고 있었습니다. 주인은 에누구의 시장에서 그녀를 자기 약혼자라고 소개했고, 지인들은 신나서 이 소식을 환영했습니다. 사료 판매상인 에제코비아는 신들의 음료인 야자 와인을 주었습니다. 몇 사람은 그와 악수하고 그녀를 끌어안았습니다. 그러는 내내 주인의 얼굴은 타는 듯한 미소로 환했습니다. 미래라는 텅 빈 벽이 갑자기 따뜻한 색깔로 선명히 장식되었기 때문입니다. 물건을 사서 시장을 떠날 때쯤에는 거의 해가 중천에 떠 있었습니다.

그와 은달리는 차를 세워두었던 차고 근처의 노점상에게서 우그바를 샀습니다. 땀에 흠뻑 젖어 있던 은달리는 라 카세라 한 병을 사서 그에게 마셔보라고 했습니다. 맛이 달콤하기는 했지만, 그는 그게 어떤 맛이라고 설명할 수가 없었습니다. 그녀는 그를 놀렸습니다.

"부시맨이네. 그건 사과 맛이야. 사과를 한 번도 안 먹어봤구나?"

그는 고개를 저었습니다. 그들은 새 닭장 하나, 삶은 사료 두 자루, 밀기울 반 자루를 실은 뒤 우무아히아로 돌아가려고 밴에 올랐습니다.

"나는 오이보*가 아니야. 진짜 아프리카 사나이답게 우그바를 먹을 거라고."

그는 포장을 풀고 음식을 한 움큼씩을 입에 넣으며, 그녀를 웃게 하는 방식으로 씹기 시작했습니다.

"염소처럼 씹지 좀 말랬잖아. 늄-윰-윰. 투피아!" 그녀가 허공에서 손가락을 탁 튕기며 웃으면서 말했습니다.

하지만 그는 계속 먹으며 머리를 까닥거리면서 입속에서 혀를 마구 돌렸습니다.

"언젠가는 우리가 함께 해외에 가게 될지도 몰라."

"해외에? 왜?"

"너한테 이것저것 구경하게 해주려고. 이렇게 부시맨처럼 구는 걸 그만두게 말이야."

"하, 알았어, 마미."

---

* 나이지리아에서 백인을 이르는 말.

168

그는 시동을 걸었습니다. 그들은 도로에 접어들었습니다. 밴이 막 도시를 벗어났을 때쯤 그는 불편해지기 시작했습니다. 배가 불편한 느낌에 항복하고 말았고, 그는 방귀를 뀌었습니다.

"세상에! 은얌마!" 그녀가 소리쳤습니다. "논소?"

"마미, 미안. 하지만……."

그는 또 한 번 방귀를 뀌느라 조용해졌습니다. 그는 서둘러 길가에 차를 세웠습니다.

"마미, 배 때문에." 그가 헛숨을 들이켰습니다.

"뭐?"

"휴지, 휴지 있어?"

"응, 있어." 그녀는 핸드백으로 손을 뻗었지만, 그녀가 휴지를 꺼낼 겨를도 없이 그는 밴의 자기 쪽 문손잡이 밑에서 손수건을 뽑아 들고 덤불 쪽으로 달려갔습니다. 추쿠시여, 그는 숲에 들어가서 모습을 감출 수 있을 만큼 멀어지자마자 바지를 찢어버리다시피 했습니다. 일단 바지를 벗자 대변이 범상치 않은 강한 힘으로 풀밭에 철 퍽철퍽 떨어졌습니다. 저는 주인이 어린아이였던 시절 이래로 이런 일이 일어나는 걸 한 번도 본 적이 없었기에 놀랐습니다.

그는 자리에서 일어나며 어느 정도 안심했습니다. 비를 맞은 것처럼 이마가 젖어 있었습니다. 은달리가 밴에서 내려 덤불이 시작되는 곳에, 반쯤 쓴 두루마리 휴지를 들고 서 있었습니다.

"어떻게 된 거야?"

"똥이 엄청 마려웠어." 그가 말했습니다.

"세상에! 논소?"

그녀는 다시 웃음을 터뜨렸습니다.

"왜 웃어?"

그녀가 애써 입을 열었습니다. "네 얼굴 좀 봐……. 땀을 흘리고 있잖아."

겨우 15분쯤 차를 몰고 갔는데 그가 다시 서둘러 내렸습니다. 이번에는 휴지를 가지고 있었지만, 너무 세게 배설을 하는 바람에 힘이 완전히 빠졌습니다. 일을 다 본 뒤 그는 무릎을 꿇은 채 나무를 붙들고 있었습니다. 저는 그에게 이런 일이 일어나는 걸 한 번도 본 적이 없었습니다. 그의 내장을 들여다보는 방법은 알고 있었으나 정확히 뭐가 문제인지는 알아낼 수 없었지요. 그는 설사가 난 거라고 확신했지만 말입니다.

"진짜 설사야." 그가 밴으로 돌아와 은달리에게 말했습니다.

은달리는 더 심하게 웃었고 그도 함께 웃었습니다.

"그 우그바 때문일 거야. 안에 뭘 넣었는지 모르겠네."

"그러게, 모를 일이야." 그녀가 더욱 웃었습니다. "난 그래서 절대, 어디 가서도 그건 안 먹어. 너 정말 아프리카 사나이같이 구는구나."

"피곤하다."

"그래, 물이랑 내 라 카세라를 마시고 쉬어. 내가 운전할게."

"네가 밴을 운전하겠다고?"

"응, 안 될 건 뭐야?"

그는 매우 놀랐지만 그녀에게 차를 몰도록 해주었고, 다시 여행길에 오른 뒤로 오랫동안 문제의 충동을 느끼지 않았습니다. 그러나 충동은 결국 다시 찾아왔습니다. 그는 두 손으로 대시보드를 내리쳤고, 그녀가 차를 세우자마자 문밖으로 몸을 던지고 덩굴식물 속으로 넘어졌습니다. 이어 그는 몸을 일으켜 세우고, 미친 사람처럼 덤불로 달려 들어갔습니다. 그는 땀에 절어 밴으로 돌아왔고, 그녀는 웃음을 참느라 애썼습니다. 그는 커다란 라골리스 물병을 입에 털어 넣고 빈 물병을 쥐고 있었습니다. 그는 그녀에게 언젠가 아버지가 해주었던 이야기를 해주었습니다. 그처럼 고속도로를 타고 가던 중 야생 덤불에 똥을 누려고 멈추었다가 일을 보는 와중에 비단뱀에게 잡아먹힌 사람 이야기였지요. 그의 아버지는 누군가가 그 일에 관해 부른 노래 '에케 아 투와 람 우조*'를 연주하곤 했습니다.

"나도 그 노래 들어본 것 같아. 난 뱀은 다 무서워…… . 비단뱀, 코브라, 방울뱀, 뱀이면 전부."

"맞아, 마미."

"지금은 좀 어때?"

"괜찮아." 그가 말했습니다. 콜라 열매를 네 조각으로 가르는 데 걸리는 시간이 거의 흐르는 동안 그는 한 번도 똥이 마렵지 않았고, 그들은 어느새 우무아히아에 도착했습니다. "이제 화장실 안 간 지 거의 30분이네. 멈췄나 봐."

"그래, 그런가 보다. 근데 난 웃느라 힘이 다 빠졌어."

그들은 한동안 평온하게 빽빽한 숲 사잇길을 따라 달렸습니다. 그러는 내내 그의 마음은 여러 생각들로 나뉘어 있었지요. 그때, 갑자기 그 충동이 세찬 돌풍처럼 거세게 밀려왔고 그는 덤불로 달려

---

* 위험한 일. (이보어)

갔습니다.

　오세부루와시여, 은달리는 주인이 다시 온전해질 때까지 그를 돌
봐주고 다음 날 대학으로 갔습니다. 학교에서 돌아온 그녀는 뒤뜰
에 그와 함께 앉아 병든 닭이 바람을 쐴 수 있도록 맨손으로 털을 뽑
아주었습니다. 깃털로 가득한 낡은 쟁반이 둘 사이에 놓였습니다.
그는 닭의 다리 한쪽을 잡고 있었지요. 그녀는 살면서 해본 가장 이
상한 임무인 이 일을 침착함과 웃음이 묘하게 섞인 태도로 해냈습
니다. 함께 일을 하면서 그는 힘들게 자기 가족 이야기를 꺼냈습니
다. 그들이 그립다고 했지요. 그녀도 가족과 화해해야 한다고 말입
니다. 그는 자신의 혀가 입이라는 성소에 깃든 축축한 사제라도 되
는 것처럼 아주 주의 깊게 말했습니다. 그러자 그녀는 부모님이 그
날도 학교에 찾아왔었다는 이야기를 했습니다.

　"논소, 난 그 사람들을 보고 싶지 않아. 그냥 싫어."

　"정말 잘 생각한 거야? 그것 때문에 지금 상황이 최악으로 변해간
다는 것도 알고?"

　그가 이 말을 한 건 그녀가 새의 다리에서 깃털을 비틀기 시작했
을 때였습니다. 그녀는 물러나더니 땅바닥에 펼쳐놓았던 라피아 멍
석에 주저앉았습니다.

　"어떻게?"

　"그야, 마미, 내가 문제니까 그렇지. 이런 일이 일어나는 건 나 때
문이야."

　암탉은 풀려난 다리를 높이 들고 멍석에 배설물을 한 방울 떨어

172

뜨렸습니다.

"이런, 세상에!"

그들은 웃고 또 웃었습니다. 마침내 그가 암탉을 놓아주었고 암탉은 애원하듯 꼬꼬댁거리며 폴짝폴짝 뛰어 새장으로 갔습니다. 에 그부누시여, 그녀의 마음을 누그러뜨린 것은 그 웃음이었을지도 모릅니다. 나중에, 그가 이런 사태의 원인이 자기인 만큼 은달리의 행동 때문에 그녀의 가족이 자기를 더욱 경멸하게 될지 모른다고 설명했을 때는 그녀가 조용히 앉아 있었으니까요. 그리고 시간이 더 흘러 잠자리에 들었을 때는, 그녀가 덜컥거리는 천장 선풍기 소리를 누르고 불쑥 그의 말이 사실이라고 말했습니다. 집으로 돌아가야겠다고요.

그녀는 다음 날 집으로 갔습니다. 갈 때는 잔뜩 약이 오른 적들의 땅에 사절단을 보낼 때 딸려 보내는, 물이 가득 찬 조롱박처럼 갔으나, 사흘 뒤 돌아올 때는 검게 그을린 조롱박 같은 모습으로 돌아왔습니다. 그녀의 아버지가 다가오는 환갑잔치 초대장을 사방에 보내면서 그를 초대하지 않았던 것입니다. 그녀의 아버지는 주인에게 참석할 자격이 없다고 말했습니다. 그녀는 돌아가지 않겠다고 굳게 결심하고 집을 떠나왔습니다. 그녀는 위태로울 만큼 화를 내면서, 두 발을 구르고 고함을 치며 이렇게 말했습니다. "어떻게, 도대체 어떻게 이런 짓을 할 수가 있어? 어떻게? 그 사람들이 널 초대하지 않겠다면, 나를 만드신 주님께 맹세하는데,"—그녀는 검지로 혀끝을 톡톡 두드렸습니다—"나를 만드신 주님께 맹세하는데, 나도 안 갈 거야. 안 가."

그는 아무 말도 하지 않았습니다. 그녀가 그에게 내려놓은 은근한 짐 때문에 심경이 복잡했습니다. 그는 식탁에 앉아 흰콩이 담긴 그릇에서 흙과 자갈을 골라내는 중이었습니다. 콩 바구미들이 포장을 뜯은 콩에서 기어 나와 식탁에 웅크리거나 인접한 벽에 달라붙었습니다. 콩을 다 고르고 난 그는 냄비에 콩을 부은 다음 풍로에 올려놓았습니다. 그는 그녀가 초대장을 놓아둔 의자에서 그 호화로운 카드를 집어 들고 직접 내용을 읽기 시작했습니다.

___씨 부부와 그 가족을 나이지리아 아비아주 우무아히아 – 이베쿠 왕국의 은말리테 1세 루크 오콜리 오비알로르 박사의 환갑연에 초대합니다. 행사는 7월 14일, 아구이 시 이론시 지구 오비알로르 저택에서 열릴 예정이며……

은달리는 주인이 쓰던 침실로 가버리고 없었습니다. 그 침실 벽은 대부분 백인의 신과 그의 천사들, 주인이 어린 시절에 여동생과 새끼 거위를 그린 낙서로 뒤덮여 있었습니다. 그녀는 이 방을 그의 집에 머무는 동안 책을 읽을 서재로 골랐고, 잠을 잘 때는 그의 부모님의 것이었던 침실에서 그와 함께 잤습니다. 그는 그녀에게 들리도록 거실에서 큰 소리로 초대장을 읽었습니다.

"2007년 7월 14일, 라고스가 14번지에서 열립니다. 음식은 모자라지 않을 것이며, 오게네 음악의 왕인 올리버 드 코크의 음악도 들으실 수 있습니다. 연회는 오후 4시 정각부터 오후 9시 정각까지입니다."

"이젠 내 차례야. 나도 신경 안 쓸 거라고."

"행사 진행은 이루 말할 수 없이 훌륭한 진행자 은켐 오워, 오수오피아가 직접 맡을 예정입니다."

"상관없어. 안 가."

"여러분 모두를 초대합니다."

이장고-이장고시여, 사람의 길을 잘 알았던 옛 아버지들은 인생이란 회전 고리에 걸려 있는 것이라고 말합니다. 그 고리는 이쪽으로든 저쪽으로든 돌 수 있고, 인생은 그때마다 심하게 변화합니다. 눈 한 번 깜짝일 사이에 서 있던 세상이 엎어질 수도 있고, 조금 전까지 땅바닥에 납작하게 누워 있던 세상이 갑자기 벌떡 일어설 수도 있습니다. 저는 그런 일을 여러 번 보았습니다. 며칠 뒤 어느 오후, 주인이 허드렛일을 마치고 돌아왔을 때도 그런 일이 있었습니다. 점심을 먹고 나서 얼마 지나지 않았을 때였습니다. 은달리가 공부하고 있는 동안 주인은 도시 한복판에 있는 식당에 커다란 수탉네 마리를 대러 갔습니다. 그는 몰려오는 인생의 폭풍들 때문에 점점 더 골치가 아팠고 무언가가 자기를 지켜보고 있다는 두려움을 느끼고 있었습니다. 뭔가가 그가 충분히 행복해지기를 기다렸다가, 그를 덮쳐 기쁨을 훔쳐 가고 슬픔으로 바꿔놓으려 든다는 두려움이었지요. 새끼 거위가 죽었을 때부터 주인의 마음속에 자리 잡은 두려움이었습니다. 그리고 그 두려움은 사람의 마음을 차지할 때면 으레 그러듯 은달리가 압박에 못 이겨 그를 떠나고 말 거라고 아주 강하게 말했습니다. 저는 그 두려움에 맞설 생각들을 주인의 마음속에 비추려고 계속 최선을 다했으나 두려움은 흔들리지 않았습니다. 머잖아 주인은 그녀가 가족을 잃으니 그를 포기할 거라는 두려움에 사로잡혔습니다. 이 두려움이 너무도 심하게 그를 물어뜯었기에, 주인은 허드렛일을 마치고 농장으로 다시 차를 몰아가면서 밴의 카세트 플레이어로 올리버 드 코크의 음악을 틀었습니다. 자기도 모르는 사이 절망에 젖지 않으려면 어쩔 수 없었지요. 스피커는 한쪽만 작동했고, 가끔은 거리의 시끄러운 소음에 눌려 음악이 끊겼습니다. 마음이 묵직하게 내려앉은 건 바로 그런 때, 올리버의 바리톤 목소리가 움츠러들 때였습니다.

집에 도착해보니 은달리가 뒤뜰에 앉아 있었습니다. 마대에 옥수수를 뿌려놓고는 닭들이 그걸 쪼아 먹는 걸 지켜보며, 나무 밑 벤치에 앉아 충전식 손전등 불빛으로 교재를 읽고 있었지요. 옷은 블라우스와 엉덩이가 두드러지는 반바지로 갈아입은 채였고, 머리카락에는 매끄럽게 기름을 발랐으며, 반다나*를 쓰고 있었습니다. 그녀는 그물 문이 열리는 소리를 듣자마자 일어섰습니다.

"있잖아, 있잖아, 그거 알아, 오빔?" 그녀가 말했습니다.

그녀는 손으로 그를 꽉 잡다가 하마터면 닭 한 마리를 밟을 뻔했습니다. 닭이 날개를 쫙 펼치고 꼬꼬댁거리며 허둥지둥 달아났습니다.

"뭘?" 주인은 제가 그랬듯 놀라서 말했습니다.

"너도 와도 된대." 그녀가 그의 목을 두 손으로 꽉 끌어안았습니다. "아빠가. 다들 너도 와도 된대."

---

* 목이나 머리에 두르는 화려한 색상의 스카프.

그는 이런 일을 전혀 예상하지 못했으므로, "와, 잘됐다!"라고 외치면서도 안심되는 한편으로 조금은 이해하기 어렵다는 생각이 들었습니다.

"갈 거지, 오빔?"

그는 그녀를 볼 수 없었으므로 그녀를 보지 않았습니다. 하지만 그녀는 느린 걸음으로 천천히 다가오더니, 그의 아래턱을 잡고 들어 올려 그가 자기 얼굴을 보게 했습니다. "논소, 논소."

"응, 마미?"

"우리 가족이 너한테 몹쓸 짓을 한 건 알아. 다들 널 모욕했어. 하지만, 있잖아, 그럴 수도 있긴 해. 여긴 나이지리아니까. 알라이보니까. 가난한 사람은 가난한 사람이니까. 오니에 오그베니에*는 사회에서 존중받지 못해. 거기다 우리 아빠랑 오빠? 오만한 사람들이야. 우리 엄마도 그렇고. 이번 일에서는 별로 아빠 편을 들지 않으시지만 말이야."

그는 입을 열지 않았습니다.

"그 사람들은 너를 부끄러워할지 모르지만 난 아냐. 나는 아……." 그녀는 주인의 아래턱을 잡고 그의 얼굴을 들여다보았습니다. "논소, 왜 그래? 왜 아무 말도 안 해?"

"아무것도 아냐, 마미. 갈게."

그녀는 그를 끌어안았습니다. 침묵이 흐르는 가운데, 그는 야행성 곤충들이 밤의 귀에 비워내는 소리를 들었습니다.

---

* 가난한 사람. (이보어)

"너랑 같이 환갑연에 갈게, 널 위해서야." 그가 다시 말했습니다. 그는 그녀가 두 눈을 감고 있는 것을 보았으며, 자기가 말을 마칠 때까지 그녀가 눈을 뜨지 않으리라는 걸 알았습니다.

7장

모욕당한 자

에그부누시여, 옛 아버지들은 도저히 거부할 수 없는 무언가에 이끌리지 않고서야 쥐가 백주에 텅 빈 쥐덫으로 달려 들어가는 일은 없다고 합니다. 에그부누시여, 물고기가 수면 아래에 삐죽 튀어나온 텅 빈 낚싯바늘을 보고 달려들겠나이까? 그 바늘에 걸려 있는 무언가에 유혹당한 것이 아니라면 말입니다. 사람이 처하기 싫은 상황에 꾀어 들어가는 것도 이와 비슷한 일이 아니겠나이까? 예를 들어 그자들이 뉘우치는 기색을 보이지 않았거나 은달리의 아버지가 '치논소 올리사 군'이라는 이름이 적힌 초대장에 서명을 하지 않았다면 은달리 아버지의 환갑연에 가지 않았을 것입니다. 물론, 주인이 어떻게든 은달리를 행복하게 만들어주고 싶은 마음과 올리버 드코크의 공연을 실황으로 볼 수 있다는 꾐에 빠졌다는 점은 저 역시

인정하나이다. 하오나 그는 마지막까지도 신중했습니다. 잔치에 참석하기로 했을 때조차 그의 마음은 한편으로만 그런 결정에 적응해 있었고, 협조적이지 않은 나머지 반쪽 마음은 그냥 질질 끌려가는 상태였습니다. 또한 그의 치인 저는 그가 가야 할지 말아야 할지 결정할 수 없었나이다. 제가 인간에 대해 알고 있는 게 맞다면, 그자들이 주인에게 보여준 것과 같은 감정—역겨움—은 쉽게 가시지 않으므로 저는 걱정됐습니다. 하오나 저는 은달리라는 여인이 주인의 삶을 치유하고 그 균형을 되찾아준 것을 보았으며, 그런 일이 계속되기를 열망했나이다. 치가 제 주인의 길을 가로막는 것은 가증스러운 일이옵니다. 사람이 긍정하는 어떤 일을 치가 원하지 않는다면, 치가 할 수 있는 일은 주인을 설득하는 것뿐입니다. 그런데도 주인이 설득되지 않는다면, 치는 주인의 뜻을 거역해서는 안 됩니다. 치 역시 그 일을 긍정해야 하지요. 이 또한 현명한 아버지들이 사람이 무언가에 동의한다면 치 역시 동의해야 한다고 자주 말하는 이유입니다. 제가 상반된 감정을 느낀 두 번째 이유는 주인에 대한 은달리의 사랑에 강한 신뢰를 품게 되었기 때문입니다. 대체로는 그녀의 치를 만난 이후의 일이었지요. 또한 저는 옛 아버지들이 자주 말하듯 남자란 여자와 결혼하기 전까지는 완전하지 않은 존재이고, 은달리와 결혼한다면 주인이 완전해질 것이라고 믿었사옵니다.

잔치 전날, 주인과 은달리는 오안도 주유소 근처에 있는 커다란 슈퍼마켓으로 갔습니다. 은달리의 아버지에게 쓸 카드를 사러 간 것이지요. 주인은 크라우더가(街)의 길거리 옷 가게에서 이시아구 튜닉을 샀습니다. 은달리는 사자 머리가 프린트된 검은 옷이 더 나아 보인다고 했지만, 그는 알 수 없는 어떤 이유로 빨간 옷에 끌렸습니다. 그들은 가게에서 나와 쇼핑몰로 갔습니다. 교회 스피커가 쇼핑몰 위층 블록에서 터질 듯 울리고 있었지요. 그때 주인은 자동차 정비소의 열린 문 앞에서 모투를 보았습니다. 그녀는 타이어 더미 사이에 서 있었습니다. 정비공은 푸른 작업복 차림에 색이 짙은 커다란 고글을 쓰고서, 막대 같은 것으로 아주 밝게 반짝이는 붉은 불똥을 쏘아내고 있었고요. 모투는 초록색 바탕에 빨간색 나뭇잎 무늬가 들어간 하늘하늘한 드레스 차림이었습니다. 주인이 그녀와 사랑을 나누기 전 몇 차례 벗겨본 옷이었지요. 그녀는 정비소의 한 남자에게 땅콩을 팔고 나서, 천 조각을 구겨 머리 위에 놓을 아주를 만들고 있었습니다. 그래야 쟁반을 얹어 균형을 잡을 수 있으니까요. 에그부누시여, 그 순간 주인은 미끄러운 물고기가 되어 현재 세상의 손아귀에서 빠져나온 것만 같은 기분이 들었습니다. 그는 무얼 해야 할지 결정을 내리지 못하고 가만히 서서, 그녀가 왜 자기를 떠났는지 생각했습니다. 하지만 모투는 뒤도 돌아보지 않고, 머리에 쟁반을 얹더니 그냥 돌아서서 붐비는 시장 쪽으로 걸어갔습니다. 그는 그녀를 소리쳐 부를까도 생각했지만 용접기의 엄청난 소리 때문에 그녀가 자기 목소리를 듣지 못할까 봐 걱정됐습니다. 그는 두근거리는 가슴을 안고 은달리를 돌아보았습니다. 은달리는 그가 함께 있지 않다는 것도 모른 채 걸어가버린 뒤였습니다. 그는 모투를 보느라 정비공의 용접기 불빛에도 초점을 맞추고 있었다는 걸 그때에야 알아차렸습니다. 움찔하며 시선을 돌리자 시야가 흐려졌습니다. 잠깐 동안은 세상과 그 속의 모든 것이 비단처럼 두꺼운 노란색 장막에 뒤덮이는 것 같았습니다.

　추쿠시여, 은달리는 그날 그와 함께 그의 집으로 돌아가지 않았습니다. 이튿날로 다가온 중대사를 준비하는 부모님을 도우러 갔지요. 주인은 부리 양옆에 진주 진액 비슷한 것이 생기기 시작한 병든 암탉을 따뜻한 물로 적신 깨끗한 수건으로 닦아주며 돌보는 한편, 모투를 생각하며 남은 하루를 보냈습니다. 무슨 일이 있었던 건지 궁금했습니다. 팔을 뻗어 그의 손아귀에서 모투를 낚아채 간 자가 누구인지, 그녀를 훔쳐 가버린 손이 누구의 것이었을지 알고 싶었습니다. 혼자 있었다면, 주인은 아마 그녀에게 말을 걸었을 것입니다. 그녀는 그를 사랑하고 그는 그녀의 마음속에 단단히 뿌리를 내린 것처럼 보이던 그때, 모투가 화난 이유를 말해주지도 않고 아무 경고도 하지 않은 채 그를 떠난 이유를 그는 오랫동안 생각했습니다. 인간의 아이들이여, 조심하십시오. 다른 인간에게 신뢰를 두어서는 안 됩니다. 사람은 바람이 불 때마다 이리저리 흔들릴 뿐이며, 그 누구도 고정되어 있지는 않습니다. 그 누구도 말입니다! 저는 그런 일을 여러 번 보았습니다. 주인이 아직 깊은 생각에 잠겨 있을 때 핸드폰 진동이 울렸습니다. 그는 전화기를 들어 메시지 박스를 터치했습니다. 다들 진심으로 네가 오길 바라고 있어, 오빔!!! 우리 오빠까지 그런다니까. 사랑해, 잘 자.

　이튿날, 은달리의 가족들이 사는 집에 도착하고 보니 주인이 첫 손님이었습니다. 은달리가 마중을 나오더니, 자기와 같이 집으로 들어가자고 했습니다. 하지만 주인은 그 말을 아예 듣지 않았습니다. 그는 손님들을 위해 쳐둔 방수포 차양 천막 두 곳 중 한 곳의 플라스틱 의자에 앉았습니다. 손님용 천막들과 조금 떨어진 곳에는 바닥이 빨간 깔개로 덮여 있는 높은 무대 옆에 또 다른 임시 천막이 설치되어 있었습니다. 그곳이 연회를 주최한 사람들을 비롯한 고위직 인물들이 앉는 상석이었습니다. 상석에는 무대와 가깝게 놓인 긴 탁자 뒤로 좌석들이 배치되어 있었고, 탁자는 수놓은 천으로 덮여 있었습니다. 남자 여럿이 땀에 전 채로 탁자 옆에 스피커를 설치하고 있었고, 똑같은 블라우스와 치마를 입은 여자들이 지팡이를 든 은달리 아버지의 모형으로 커다란 케이크를 장식하고 있었습니다.

주인이 자리에 놓여 있던 행사 프로그램을 읽어보려는데, 뒤쪽에서 의자 달각거리는 소리가 났습니다. 무슨 소리인지 알아차리거나 돌아볼 겨를도 없이, 웬 손이 그의 어깨를 톡톡 두드렸습니다. 누군가가 고개를 숙여 그의 옆얼굴을 들여다보았습니다.

"왔군그래." 그 머리가 말했습니다.

난데없이 벌어진 일에 주인은 문득 두려움을 느끼고 오싹한 전율에 무력해지고 말았습니다.

"오고야 말았어." 그 남자가 다시 말했습니다. 추카였습니다. 추카가 은달리처럼 외국 억양이 깃든 백인의 언어로 말했습니다. "있지, 세상에는 말이야. 염치라는 게 없는 사람들이 있어. 대체 부끄러운 줄을 모른다니까. 그날 그렇게 개쪽을 당했는데, 도대체 여길 어떻게 오지?"

추카는 주인의 어깨에 팔을 얹고 그를 잡아당겼습니다. 저는 주인의 머리가 아까도 충분히 가깝지 않았어?라고 소리 지르는 것을 들었습니다. 위쪽 멀리서 들리는 어떤 목소리 때문에 그는 고개를 들었고, 자기 방 발코니가 틀림없는 곳에 서 있는 은달리를 보았습니다.

"손 흔들어줘, 괜찮다고 말해." 추카가 말했습니다. "손 흔들어!"

은달리는 뭐라고 말하고 있었습니다. 주인에게는 들리지 않았으나 저는 은달리가 그에게 괜찮은지 묻고 있다는 걸 알 수 있었습니다. 그는 받은 명령에 따랐고, 그녀도 마주 손을 흔들며 키스를 보냈습니다. 그는 은달리의 오빠가 자기 뒤에 몸을 감추고 있다고 생각했지만, 이제는 추카가 소리를 질렀습니다. "네 애인이랑 즐겁게 이야기하는 중이야!"

그 말에 주인은 연인의 얼굴에서 일순간 미소 비슷한 무언가가 반짝이는 것을 본 듯했습니다. 그녀가 자기 오빠의 말을 믿는다는, 오인할 수 없는 신호였습니다.

"좋네. 고마워, 추카." 그녀가 마주 소리쳤습니다.

여동생에게 백인의 언어를 썼던 추카가 이제는 아버지들의 언어로 맹공격을 계속했습니다. "이부 오토보, 오토보 키 이부.* 진짜, 진짜 오토보. 어떤 식으로 손을 쓰고 입 모양을 만들어야 너 같은 오토보의 머릿속에 뜻을 전할 수 있는 거지? 어떻게? 당황스러운데." 그는 주인이 움찔거릴 정도로 그의 어깨를 꽉 잡았습니다.

"이봐, 잘 들어. 교회 쥐새끼야, 아버지가 나더러 너한테 가서 '윽' 소리든 무슨 소리든 들리면 심각한 문제가 생길 거라고 전해주라고 하셨어. 네가 지금 불장난을 하고 있다는 건 알지? 넌 모든 걸 불태

---

* 넌 오토보(하마)야. 그것도 엄청난 오토보. (이보어)

워버리는 불덩이를 끌어안고 있는 거야. 호랑이 새끼와, 은와-아구와 사랑을 나누고 있는 거라고." 추카는 깊이 숨을 들이쉬었다가 그의 목덜미에 뿜어냈습니다.

"아, 훌륭한 옷을 입었네, 교회 쥐새끼가." 이제 추카는 주인이 걸치고 있던 이시아구의 어깨 부분을 잡아 들어 올렸습니다. "아주 멋진데요, 선생님. 오토보. 이봐, 내가 해줄 말이 있어. 말도 하지 말고, 아무것도 하지 마. '윽' 소리도 내지 마. 댄스플로어로 나와서 우리 가족들에게 끼거나, 뭐든 그 비슷한 일을 하는 실수는 저지르지 말라고. 내 동생이 뭐라고 하든 간에. 다시 말한다. 내 동생이 뭐라고 말하든 상관없어. 알았나?"

가가나오구시여, 당시 저는 주인을 25년 3개월간 알고 지낸 터였으나 그가 그렇게까지 당황하는 모습은 한 번도 보지 못했습니다. 그는 추카가 말을 건넸다기보다는 채찍으로 후려치기라도 한 것처럼 상처를 입었습니다. 가장 괴로웠던 건 복수를 할 수 없다는 점이었습니다. 소년 시절에 그는 싸움을 두려워하지 않았습니다. 사실, 그는 일부러 말썽을 일으키지는 않아도 누가 시비를 걸면 돌주먹으로 맞서 싸웠기에 다른 아이들의 두려움을 사는 편이었습니다. 하지만 이 상황에서 그는 무력했습니다. 두 손이 묶여 있는 것이나 다름없었습니다. 그랬기에 멍이 들었는데도 대답 대신 고개만 끄덕였습니다.

"좋아, 교회 쥐새끼야. 환영한다."

특별한 이유는 없었지만, 그는 언제까지고 아버지들의 언어와 백인의 언어가 뒤섞인 그 마지막 말을 기억할 터였습니다. "교회 쥐새끼야, 오딘마, 이비아 워.*"

옛 아버지들은 계획된 전쟁은 절름발이조차도 놀라게 할 수 없다는 말을 종종 합니다. 하지만 계획되지 않은 전쟁, 예상치 못한 전쟁은 가장 강한 군대도 무찌를 수 있지요. 아버지들이 경계하며 지혜를 담아 말하듯, 어느 날 아침에 깨어나보니 암탉처럼 무해한 무언가가 자신을 쫓고 있다면, 밤사이 그 암탉에게 이빨이나 발톱이 자라났을지 모르니 도망쳐야 하는 것도 그래서입니다. 바로 그렇게 패배당한 주인은 남은 연회 내내 얼떨떨한 채 앉아 있었습니다.

추카가 그를 떠나고 나서 얼마 지나지 않아 손님들이 쏟아져 들어오기 시작했습니다. 초대장에는 행사가 오후 4시부터 9시까지 열릴 거라고 적혀 있었으나 첫 손님이 5시 15분쯤에 도착했습니다. 은달리가 아마 그럴 거라고 탄식했었습니다. "보면 알겠지만 다들 나이지리아 시간에 맞출 거야. 내가 이런 행사에 가기 싫어하는 이유가 그거야. 분명히 말하는데, 아버지 때문에 열리는 행사만 아니었으면 난 빠졌을 거야." 그는 다양한 옷을 입고 온 손님들이 주변 사방의 좌석들을 채우는 모습을 지켜보았습니다. 남자는 보통 미끈하게 늘어진 전통 복장을 입었고, 그의 아내도 남편처럼 반짝거리는 블라우스를 입었으되 허리에는 몸에 감는 옷가지를 두르고 손에는 화려한 지갑이나 핸드백을 들고 있었습니다. 아이들은 맨 뒤에 두 줄로 놓여 있는, 팔걸이가 높은 플라스틱 의자에 앉았습니다. 좌석 대부분이 찼을 때쯤에는 공기가 체취와 뒤섞인 향수 냄새로 가득했

---

* 좋아. 어서 와. (이보어)

186

습니다.

그의 왼쪽에 앉아 있던 남자가 말을 걸어왔습니다. 묻지도 않았는데, 그 남자는 자기 아내가 "저 위 궁전에서" 요리를 하는 사람 중한 명이라며 오비알로르 저택을 가리켰습니다. 그는 남자를 조용히시키려고 제 아내도요, 라고 말했습니다. 하지만 남자는 수많은 손님들에 대해서, 그다음에는 더운 날씨에 대해서 계속 이야기했습니다. 주인은 안색도 변하지 않고 무관심하게 그 말을 들었는데, 머잖아 남자도 그런 기색을 눈치챘습니다. 그리고 옆자리가 어느 부부로 채워지자 그들에게로 얼굴을 돌렸습니다.

그제야 혼자가 된 주인은 다행스럽다고 느끼며 무슨 일이 일어난건지 헤아려보았습니다. 웬 손이 나타나, 의자에서 떨어뜨릴 기세로 그를 끌어당겼습니다. 그런 다음에는 웬 입이 왜 왔느냐고 묻고, 그를 바보 같다고 했으며, 그를 하마라고 불렀고, 그의 옷을 비웃었고, 은달리에 대한 그의 사랑을 조롱했으며, 치명타를 가했습니다. 그를 교회 쥐새끼라고 불렀던 거죠. 지금처럼 자리가 모두 차 있었다면 아마 그런 일은 하나도 일어나지 않았을 것입니다. 사람들이모두 너무 늦게 왔습니다. 주인이 가장 좋아하는 음악가이자 이보랜드의 위대한 노래하는 새 오쿠-나-아차-나-아발리, 이보 상류사회 음악의 거장인 올리버 드 코크의 기념할 만한 입장에도 아무 의미가 없을 만큼 늦었습니다. 손님들이 올리버 드 코크에게 환호하려고 일어났을 때에도 그는 감각을 잃은 사람처럼 앉아 있었습니다. 행사의 진행자이자 유명한 홈비디오 배우인 오수오피아가 올리버 드 코크를 소개했을 때는 그의 피가 끓어올랐을지도 모르는 순간이었습니다. 하지만 정작 그 말은 횡설수설하는 헛소리처럼 들렸습니다. 오수오피아가 자신이 출연한 유명한 영화 〈런던의 오수오피아〉에서 끌어다 썼듯 백인들이 그를 오소-파이어라는 엉터리 이름으로 불렀던 일을 농담처럼 이야기했을 때는 웃었을지도 모릅니다. 하지만 그 농담은 어린애의 헛소리처럼 들렸고, 사람들이 웃었다는 게 놀랍기까지 했습니다. 저 뚱뚱하고 덩치 큰 남자는 어떻게 저런 식으로 웃을 수가 있는 걸까요? 그 남자 옆의 여자는 어째서 의자에 앉아 저렇게 몸을 흔들어대는 걸까요? 그는 오수오피아가 계속 "퀘누!*"라고 소리쳐대고 사람들이 "야아!" 하고 응답하는데도 아무 반응을 보이지 않았습니다. 몇몇 사람들이 소개되고 상석으로 초대받은 지 얼마 지나지 않아, 올리버 드 코크가 '사람들의 클럽'이라는 노래에 맞춰 무대에 올랐을 때도 통나무처럼 죽은 듯 앉아 있었습니다. 드 코크까지도 너무 늦게 오다니.

무척 짜증스럽게도, 그의 왼쪽 옆의 남자가 의자에 앉은 채 춤추 듯 몸을 흔들어대다가 다시 주인을 떠올렸습니다. 남자는 시시때때로 몸을 숙여가며 손님들과 음악, 올리버 드 코크의 천재적 재능, 그 외 온갖 것들에 대해 말을 덧붙였습니다. 하지만 이 통나무는 그냥 고개만 끄덕이며 낮은 목소리로 뭔가를 웅얼거릴 뿐이었습니다. 그 웅얼거리는 말조차도 무척 탐탁지 못하게 나왔습니다. 그 남자는 주인이 아주 작은 소리조차, '윽' 소리조차 내지 말라는 요구를 받았다는 걸 몰랐습니다. 생각해보니, 그 명령이 다른 사람도 아니고 이

* 그만! (이보어)

188

연회의 주최자인 은달리의 아버지에게서 나왔다는 사실이 새삼 놀라웠습니다. 이런 생각을 하던 그는 무언가가 자기 의자 등받이를 두드리는 소리를 들었습니다. 심장이 튀어 나갈 뻔했습니다. 돌아보니, 용의자는 뒷자리에 앉은 소년이었습니다. 아이의 발이 그의 의자를 찬 것입니다.

에제우와시여, 가끔은 우주가 무뚝뚝한 사람의 얼굴을 하고서 인간을 비웃는 것처럼 느껴질 때가 있습니다. 인간이 우주의 변덕에 내맡겨진 놀잇감이라도 되는 것처럼 말입니다. 어느 순간에는 우주가 "앉아!"라고 말하는 것 같습니다. 그리고 그 사람이 앉으면, 우주는 다시 그에게 일어나라고 명령합니다. 우주는 한 손으로는 인간에게 먹을 것을 주고 다른 손으로는 그가 어쩔 수 없이 그걸 뱉어내게 만듭니다. 저는 여러 차례 이 세상에서 살면서 이런 불가해한 현상을 여러 번 보았습니다. 이를테면 주인이 이 소년(그저 소년일 뿐이었는데 말입니다!)에게 깜짝 놀란 직후, 위대한 음악가에게로 시선을 돌렸을 때, 뒤에서 다시 어떤 손이 그를 톡톡 두드리고, 그가 움찔거릴 사이도 없이 "오빔, 오빔, 좀 있으면 우릴 부를 거야. 일어나. 일어나서 가자"라고 말한 일을 누가 어떻게 설명할 수 있겠습니까? 글쎄요, 이 행동은 그가 철저히 생각할 사이도 없이, 너무도 빨리 닥친 것만 같았습니다. 게다가 사람들이 있는데도 그녀가 자신을 "자기"라고 부름으로써 그를 존중해주었기에, 그는 순간적인 영광에 취해 일어나서 그녀를 따라갔습니다. 실은 현혹당하고 싶은 마음도 있었습니다. 그녀가 아주 아름다운 옷을 입고 있었기 때문입니다. 긴 지기다 목걸이가 그녀의 목에서 흘러내렸고, 양쪽 손목에도 구슬 장식이 걸려 있었습니다. 주변 사람 모두가 높으신 분의 딸이라고, 아다에고와 아다오라*라고 부르는 이 여인. 이 모든 사람들 가운데 가만히 앉아 있다면 그것이야말로 최악의 모욕이 아닐까요? 하여, 주인은 세찬 환성 속에 그녀를 따라갔습니다.

그녀와 함께 걸어갈 때 들려온 사람들의 말은 운명의 짓궂은 농담인 것만 같았습니다. "저 사람 좀 봐, 얼마나 훌륭한 사람이길래 저런 여자를 차지한 거야?" 한 남자가 말했습니다. "은워케오마!**" 다른 사람은 찬사를 보냈습니다. "에니-쿼-은와!***" 어떤 여자가 외쳤습니다. 의자 두 줄마다 놓여 있는 커다란 선풍기 옆에 선, 민무늬 옷을 입은 사람이 손을 뻗어 그의 손에 댔습니다. 족장들만의 인사였습니다. 내키지 않는 마음만큼이나 충격에 빠진 채 그는 자기 손등을 그 남자의 손등에 세 차례 부딪쳤습니다. "축하해요!" 그 남자가 속삭였습니다. 그는 고개를 끄덕였고, 그의 손은 갑자기 혼자만의 마음이라도 생긴 듯 남자의 어깨를 툭툭 두드렸습니다. 그때, 일이 너무 빠르게 일어난다는 생각이 문득 들었습니다. 그의 신체 부위들이 반란을 일으키고, 그의 통제력이 닿지 않는 반항적인 연맹이라도 결성한 것 같았습니다.

은달리는 한 걸음 내디딜 때마다 그의 손을 꽉 잡으며 그를 더 심

---

*　존경과 아름다움. (이보어)

**　남자가 멋지네! (이보어)

***　남편인가 봐! (이보어)

각한 불경죄로 이끌었습니다. 하지만 그는 아무것도 할 수 없었습니다. 저택의 넓은 앞뜰 전체에 흩어져 있던 연회장의 모든 손님이 그들을 보고 있는 데다, 다른 사람도 아닌 올리버 드 코크가 잠시 음악을 멈추고 짧게 인사를 건넸던 것입니다. "미래의 오리아쿠*가 연인과 함께 행진하고 있습니다." 이 말에 은달리는 고관대작들과 부유한 남녀들, 족장들, 의사들, 변호사들, 독일과 미국이라는 백인 나라에서 온 세 남자(그중 한 남자는 머리가 노란 백인 여자와 함께였습니다), 추우에메카 이케**, 아부자의 상원의원, 주지사 오르지 칼루의 대변인에게 손을 흔들었고, 제 주인도 손을 흔들었습니다. 그가, 가금류를 돌보는 것이 직업이고 토마토, 옥수수, 카사바, 후추를 재배하며 불개미들을 죽이고 뜰의 닭똥에 막대를 찔러 넣어 벌레가 있는지 찾아보는 것이 일인 교회 쥐새끼가 그 높은 사람들에게 손을 흔들었습니다.

그들은 집으로 들어가는 길에 너무 많은 사람을 지나쳤습니다. 그중에는 거울을 보며 분을 바르는 여자 두 명도 있었고, (해외에서 온 사람 중 한 명으로) 눈이 부실 정도로 하얀 바리가와 빨간 오조 모자를 쓰고 파이프를 피우고 있는 남자 한 명, AK-47을 위쪽으로 향하게 들고 서 있는 경찰관 한 명, 하늘하늘한 가운을 걸치고 로마식 기둥이 있는 커다란 베란다의 은신처에서 핸드폰을 들여다보는 사춘기 소녀 두 명, 셔츠가 환타로 젖어 있는 나비넥타이 소년 한 명도

---

*   공주님. (이보어)
**   나이지리아의 작가.

있었습니다.

일단 집에 들어가자 은달리는 땀이 흐르는 그의 한쪽 뺨에 입술을 가져다 댔습니다. 원래 그녀는 짙은 계열의 핑크색이나 빨간색으로 입술을 칠할 때마다 그와 입을 맞추었는데, 이번 입맞춤은 그 대신이었습니다.

"즐거운 시간 보내고 있어?" 그녀는 주인이 입을 열 틈도 주지 않고 다시 말했습니다. "또 땀을 흘리네! 손수건은 가져왔어?"

그는 아니라고 말했습니다. 그는 더 많은 말을 하고 싶었지만, 그녀가 집 안쪽으로 돌아서기에 그녀를 따라갔습니다. 일단 들어가자 추카가 계단을 반쯤 올라간 곳에 서 있는 게 보였습니다. 집 안에서 주인을 보고 놀란 표정이 역력했습니다. 그들이 추카를 지나갈 때는 미처 하지 못한 말이 그의 입술에서 얼떨떨하게 대롱거렸습니다.

"왜 그래, 오빔? 논소?" 추카를 지나친 그녀가 다시 걸음을 멈추고 말했습니다. 그들은 책장이 줄지어 놓여서 네 부분으로 나뉜 작은 방에 와 있었습니다.

"아무것도 아냐." 그가 말했습니다. "물, 물 좀 줄래?"

"물? 알았어, 가져다줄게." 그녀가 문턱에서 말했습니다. "우리 오빠 말인데, 혹시 너한테 무슨 짓 했어?"

"나한테? 아니, 아냐, 안 그랬어."

그녀는 믿지 못하겠다는 듯 잠시 그에게 시선을 두더니 방을 나섰습니다. 그녀가 떠나자마자 그는 울음을 터뜨릴 뻔했습니다. 그는 자기도 모르게 등받이가 젖혀지는 작은 소파에 앉았습니다. 소파는 휙 돌아가 창문을 마주 보았습니다. 여기서는 상승기류를 타고 가다가 잠시 멈춘 매처럼 연회장을 내려다볼 수 있었습니다. 오수오피아가 춤을 추며 이따금씩 올리버 드 코크를 방해하고 있었습니다. 추쿠시여, 인간에게는 가끔 이런 일이 벌어집니다. 인간은 지금처럼 공개적인 망신을 두려워하며, 그 두려움이 바로 그의 파멸이 되지요. 불안은 씨앗을 품고 있으니 말입니다. 모든 상황이 그 씨앗에 꽃가루를 뿌리고, 그 행동 하나하나가 씨앗을 잉태시킵니다. 망신스러운 반응을 이끌어낼지도 모르는 말이 나올 때마다 사람은 평정심을 잃고 팔다리까지 떨게 됩니다. 다른 사람들이 있을 때는 더욱 그렇지요. 하여, 사람은 약하디약한 마음에 떠밀려 한 뼘씩 나아갈 때마다 상황을 개선하기보다 악화시키는 행동을 하게 됩니다. 그는 의도치 않게 자신을 계속 채찍질하고, 자신에게 처벌당합니다. 저는 그런 일을 여러 번 보았습니다.

그런 불안한 상황에 꼼짝없이 사로잡힌 주인은 너무 깊은 생각에 잠겨 있었기에 은달리의 발소리를 듣고 깜짝 놀랐습니다. 그는 컵을 받아 들고 물을 전부 마셨습니다.

"좋아, 오빔. 이제 나가자. 조금 있으면 우릴 부를 거야."

"은달리, 은달리!" 그녀의 어머니가 거실에서 타닥타닥 발소리를 내며 외쳤습니다.

그는 가슴이 철렁했습니다. 저는 뭐라도 해야 한다는 압박을 느꼈기에 그의 마음속에 두려워하지 말라는 생각을 비추었습니다. 최선을 다해서 이 사람들에게 맞서. 그는 이 말을 듣더니 바닥을 발로 두드렸습니다. 그의 머릿속 목소리가 말했습니다. 난 두려워하지 않을 거야.

제가 주인과 대화하고 있을 때 은달리가 어머니에게 말했습니다. "엄마, 엄마! 지금 나가요." 여인이 대답했습니다. "응과, 응과,* 서둘러." 집 밖 스피커에서 나오는 오수오피아의 목소리 때문에 거의 들리지도 않는 목소리였습니다.

"가자." 은달리가 말하더니 그의 손을 잡았습니다. "우리가 상석에 앉을 차례야."

그는 뭔가 말하고 싶었지만, 용기를 내서 할 수 있었던 말은 목 막힌 "아" 소리가 전부였습니다. 뭔가에 떠밀린 듯, 그는 어느새 거실에 들어가 오비알로르 족장을 마주 보게 되었습니다. 그는 훌륭한 예복―길게 늘어뜨린 빨간색 이시아구―을 입고 있었으며 상아를 과시하듯 들고 있었습니다. 족장의 빨간 모자 양옆에는 솔개의 깃털이 두 개 꽂혀 있었습니다. 옛 아버지들의 복장 그대로였습니다. 옛 아버지들은 새가 생명의 상징이라고 믿었으며 이 세상에서 성공을 거둔 사람은 깃털을 얻은 것이나 다름없다고, 속담의 표현대로라면 새가 된 것이라고 믿었으니까요. 족장의 곁에 있던 그의 아내는 비슷한 무늬가 들어간 옷을 걸치고 목에는 구슬 장식을 두르고 있었습니다. 위대한 어머니들과 똑같은 방식이었지요. 그녀는 부채를 들고 있었으며, 손목에 걸친 팔찌는 셀 수도 없었습니다.

은달리와 주인은 그녀의 부모에게로 다가갔습니다. 은달리는 한쪽 무릎을 꿇었고 그는 두 사람 앞에 허리를 숙여 인사했습니다. 부모는 마주 미소를 지었습니다. 아버지는 지팡이를 휘저었고 어머니

* 빨리, 빨리. (이보어)

194

는 부채를 내저었지요. 추쿠시여, 이후의 모든 일을 겪고 난 주인은 당시에 은달리의 부모가 그를 보고도 불쾌한 기색을 전혀 드러내지 않았다는 점을 늘 생각하게 되었습니다.

주인은 당황한 상태에서 행차라고 할 만한 것에 휩쓸렸고, 투명한 밧줄에 매여 끌려가는 사람처럼 저택 입구를 향해 천천히 발걸음을 떼었습니다. 그는 백인들의 나라인 독일에서 온 남자와 위대한 어머니들의 딸들처럼 옷을 차려입은 그의 백인 아내와 함께 걸었습니다. 옆에서는 비아프라 전쟁에서 떨어져 나간 팔다리를 봉합해 유명해진, 은달리의 의사 삼촌이 꼭대기에 코끼리 모형이 달린 지팡이를 흔들고 있었습니다. 바깥에서는 마이크에 대고 고함 치는 오수오피아의 목소리가 스피커를 통해 울려퍼졌습니다. "이제 나옵니다, 이제 나오고 계십니다. 오늘 행사의 주인공과 그 가족 여러분입니다!" 주인은 잡고 있는 은달리의 손 때문에 간신히 살아 있는, 걸어 다니는 고름 주머니라도 된 것처럼 자기 몸을 끌고 약하디약한 발걸음으로 그들을 따라간 끝에, 군중의 시끄러운 환성과 갈채를 받으며 무대에 올랐습니다. 그는 그들과 함께 힘없이 춤을 추었습니다. 얼굴에 비웃음을 띤 추카가 겨우 한 뼘 정도 떨어진 곳으로 계속 다가왔습니다. 두려움이 점점 깊어졌습니다. 주인은 이런 일을 계속하고 싶지 않았습니다. 그래서 일행이 천막의 맨 앞줄, 고위급 인물들이 앉아 있는 상석 뒤 좌석을 채우기 시작하자 손을 빼고 은달리의 귀에 "아니, 못 해. 못 해, 안 돼"라고 속삭였습니다. 그녀는 손을 놓지 않으려 했지만, 오수오피아가 자기 이름을 부르자 그를 떠나 가족들과 다른 거물급 손님들과 함께 맨 앞줄에 앉았습니다.

그는 서둘러 그 사람들 바로 뒤의 빈자리에 앉았습니다.

에그부누시여, 모욕을 당한다는 건 다른 사람이 자신을 아래로 보고 무시하는 듯한 기분을 느끼는 것입니다. 이렇게 모욕당한 이는 약간의 운이나 노력, 치의 강력한 교섭 능력을 통해 상당한 재산이나 영향력을 얻을 수 있지요. 그런 다음, 그는 자신의 부와 영향력을 다른 이들과 견주어보고 자기보다 못한 계급에 속한 사람이 손을 드는 걸 볼 때마다 그걸 처리해야 할 모욕으로 여깁니다. 운이 자기만큼 따라주지 않은 사람에게 도전을 받으면 마음속 균형이 흐트러지고 정신이 오염되기 때문이지요. 그는 한시라도 빨리 원래의 상태로 돌아가야 하는 것입니다! 그는 그런 변화를 일으킨 존재를 공격하고야 맙니다. 그렇게밖에 대응하지 못합니다. 아버지들의 시대에는 그런 사람이 몇 없었으나―대체로는 그들이 알라의 격노를 두려워했기 때문이었습니다―저는 아버지들의 아이들 사이에서 그런 일을 여러 번 보았습니다. 저는 추카에게서도 이런 마음 상태의 징조를 보았으므로, 주인이 자리에 앉자마자 촬영기사 한 명이 다가와 귓속말을 했을 때에도 놀라지 않았습니다. "형씨, 추카 오가가 날 따라오라신다."

촬영기사는 주인이 그 말을 알아듣기도 전에 그가 당연히 지시에 따를 거라고 생각하는 듯 멀어져갔습니다. 그 사실이 주인의 등을 두려움의 채찍으로 후려쳤습니다. 심부름꾼조차 상대가 자기 명령에 복종하리라는 걸 조금도 의심하지 않고 이처럼 자신감 있게 말을 전한다면 그 주인은 얼마나 큰 힘을 가지고 있겠습니까? 그의 분노는 얼마나 강력하겠습니까? 주인은 자리에서 일어나 최대한 빨리 그 남자를 따라가면서, 자신이 뻔뻔스러운 불경에 대해 이제야 죗값을 치르는, 상석에 어울리지 않는 사람이라는 사실을 모두가 알아차렸을 게 뻔하다고 생각했습니다. 촬영기사는 여자들이 모여서 스튜를 끓이고 엄청나게 큰 냄비에 밥을 짓고 있는 곳을 지나 집을 빙 돌았습니다. 그들은 밴 안쪽에서 음료 상자를 내리고 있는, 땀에 젖은 남자들을 빠르게 지나쳤습니다. 이어 두 사람은 작은 대문을 지났는데, 그 곁에는 경비 초소가, 작은 방이 있었습니다. 남자는 돌아서서 초소로 방향을 틀었습니다. "들어가쇼, 형씨."

치에게 더 많은 힘이 있어서 초자연적인 방법으로 주인을 지켜줄 수 있었으면 좋겠다는 생각이 드는 건 바로 이런 상황입니다. 주인이 아그바라와 아파의 방식으로, 300년 전 제 주인이었던 디비아와 같은 방식으로 현명했으면 좋겠다고 생각하는 것도 이런 때이지요. 그때의 주인인 은노비의 에수루오니에는 인간적 초월성의 정점에 도달했습니다. 그는 너무도 강력했고 예언 능력이 뛰어났기에 오칼라-음마두, 오칼라-음무오*로 여겨졌습니다. 에수루오니에는 자기 몸뚱어리를 벗고 육신 없는 존재가 될 수 있었습니다. 저는 그가 신비로운 에킬리를 불러내고 영적인 영역으로 떠올라, 걸어가면 시장 주일로 꼬박 2주가 걸리고 차를 타면 온종일이 걸리는 먼 곳까지 눈 깜빡할 사이에 이르는 것을 두 차례 보았습니다. 하지만 현재의 제 주인은 그의 세대에 속한 다른 이들이 그러하듯 이런 상황에서 무력했습니다. 매의 눈길에 얼어붙은 어린 수탉만큼이나 무력했지요.

* 반-인간, 반-영혼. (이보어)

그는 자신에게 지시를 내린 알 수 없는 남자와 함께 하릴없이 그 건물에 들어갔습니다.

레슬링 선수 같은 체격의 다른 남자가 방 안에 서서, 얼굴을 심하게 찌푸리고 있었습니다. 남자의 몸을 가리고 있는 파란 민소매 셔츠에서는 폭발하는 화약 그림이 도드라지게 보였습니다. 셔츠 전체에 페인트 얼룩 같은 알록달록한 불꽃이 튀어 있었습니다. "오가의 파티를 방해한 게 이놈이야?" 근육질 남자가 고르지 못한 백인의 언어로 말했습니다.

"그래." 촬영기사가 작은 방 바깥에서 말했습니다. "하지만 오가가 건드리지는 말라고, 그냥 할 일만 주라셨어."

"문제없지." 육중한 남자가 말했습니다. 그는 푸른빛이 도는 카키 셔츠와 바지 한 벌을 가리키며 말했습니다. "저걸 입어." 주인이 보니 그건 정문 경비원이 입고 있던 옷이었습니다.

"저요?" 주인은 심장이 심하게 두근거렸습니다.

"그래, 또 누가 있나? 봐…… 어이, 은워켐, 질문 들을 시간은 없어. 어서 입어, 가게."

이장고-이장고시여, 이런 때마다 주인의 정신은 질문에 충분히 답하지 못합니다. 이 남자에게 대들어야 할까요? 그건 당연히 아니었습니다. 그러면 머리가 쪼개질 테니까요. 도망칠까요? 당연히 안 됩니다. 아마 이자보다 더 빨리 달릴 수는 없을 테니까요. 설령 그럴 수 있다 한들 도망치면 연회장으로 돌아가 더 큰 굴욕과 마주하게 될지 몰랐습니다. 최선은 아무 경고도 없이 그를 지배하게 된 이 낯선 사람의 명령에 복종하는 것이었습니다. 하여, 그는 항복했습니다. 가운과 새 민무늬 바지를 벗고 정문 경비원 제복을 입었나이다.

건장한 남자는 만족한 듯 말했습니다. "따라와." 하지만 그의 말뜻은 "내 앞에서 걸어"였습니다. 걸어가는 내내 남자는 말채찍을 들고 있었습니다. 무엇을 위한 것이었을까요? 언제라도 그의 등을 후려치려는 것이었을까요? 그럴지 모른다는 두려움에 주인은 기가 질렸습니다. 주인은 앞서 촬영기사와 함께 걸었던 길을 그 남자와 되짚어 갔는데, 차이가 있다면 지금은 그가 다른 옷을 입고 있다는 것뿐이었습니다. 고귀한 사람들의 예복은 벗겨졌고, 그는 비천한 자들의 옷을 입고서 진짜 자리로 밀려났습니다. 주제 파악이라는 말이 머릿속에 너무 강하게 밀려들었습니다. 누군가가 바로 그 자리에서 귓속에 그 말을 속삭인 거라는 확신이 들 정도였지요. 주인은 지나가면서 음식이 비닐 봉투에 담기고 밴이 멀어져가는 모습을 보았습니다. 임시 천막 근처에 서 있는 사람들 뒤로 몸을 숨긴 채 차양 뒤를 지나는데, 스피커를 통해 오인할 수 없는 은달리 아버지의 목소리가 들려왔습니다. 그들은 마침내 정문에 이르렀습니다.

"경비원하고 같이 일하면 된다." 건장한 남자가 채찍을 들고 정문을 가리켰습니다. "그게 네 일이야."

아구지에그베시여, 나중에 은달리는 바로 그곳에서 주인을 보았습니다. 그는 땀범벅이 된 채, 저택으로 쏟아져 들어오고 나가는 수많은 자동차들을 안내하고 주차 공간을 찾아주고 말다툼을 해결하고 몇몇 손님들이 가져온 몇몇 선물(쌀가마니, 얌 줄기, 비싼 와인 상자, 박스에 든 텔레비전……)을 내려 집 안으로 들여가도록 도와주었으며, 사자 조각상에 묶어놓았던 리본이 끊어졌을 때는 동료들과 함께 새 리본으로 그 조각상을 장식하고 있었지요.

그녀의 눈에 띄었을 때 주인은 할 말이 없었습니다. 그런 일은 사람의 내면에서 언어를 도려내고 그를 텅 빈 채로 남겨놓으니까요. 하여, 그는 질문에조차 대답할 수 없었습니다. "누가 이랬어? 옷은 어디 있어? 어디…… 뭐라고?" 그는 정문에서 일하는 동안 늙어버린 것만 같은 목소리로 이렇게 말할 뿐이었습니다. "부탁이니까 집으로 데려다줘. 전지전능하신 주님의 이름으로 부탁할게." 연회는 한창이었고 올리버 드 코크는 죽은 나무를 쏠아대는 흰개미들과 비슷한 알아들을 수 없는 소리를 내고 있었으며 사람들은 어리석은 양 떼처럼 귀에 거슬리는 소리를 내고 있었습니다. 그의 밴이 덜컥하며 정문을 벗어나자 그 모든 것과 모든 사람이 날아가 사라졌습니다. 기억과 지나간 순간들이 누군가가 조종하는 바람에 날려 온 듯 닥치는 대로 그의 마음속에 날아들어 그 소리들을 몰아냈습니다. 그는 소음으로 가득한 우무아히아의 거리들을 지나 천천히 차를 몰아갔고, 그러는 내내 흐느끼던 은달리에게는 아무 관심을 기울이지 않았습니다. 하지만 무덤 같은 침묵 속에서조차 그는 그녀도 자기만큼 심각한 상처를 입었다는 걸 제대로 인식하고 있었습니다. 저도 알고 있었지요.

추쿠시여, 주인이 당한 일은 너무도 고통스러웠습니다. 그는 머릿속에서 그 자세한 내용을 한 조각도 떨쳐낼 수 없었습니다. 기억은 사탕수수 방울에 모여든 곤충들처럼 끈질기게 이어지며 마음속의 모든 틈새로 기어들어 그를 검은 향(香)으로 가득 채웠습니다. 그날 밤, 은달리는 오랜 시간 울다가 그와 사랑을 나눈 뒤에야 웅크리고 잠들었습니다. 밤이 깊었고, 그는 그녀의 옆 침대에 누워 있었습니다. 주인은 등유 랜턴의 어둑한 빛에 기대 그녀의 얼굴을 들여다보았고, 잠결에까지 깃든 분노와 연민의 흔적을 알아보았습니다. 보통은 그녀의 얼굴에서 찾기 어려운 것들이었지요. 주인의 아버지는 사람의 진짜 모습은 무의식에 빠져 있을 때 얼굴에 드러나는 모습이라는 말을 해준 적이 있습니다.

주인은 환갑연이 열리는 동안 정문에서 일하며 은달리의 오빠가 저지른 짓에 대해 어떻게 복수할지 생각했습니다. 하지만 그는 그럴 수 없다는 걸 깨달았습니다. 뭘 어쩔 수 있었겠습니까? 때릴까요? 이토록 사랑하는 여인의 오빠를 어떻게 때릴 수 있습니까? 추카를 만날 때면, 일이 오직 한 방향으로만 진행될 수 있다는 생각이 들고 또 들었습니다. 그는 맞고만 있어야 했습니다. 반격할 수 없었습니다. 은달리의 가족은 비겁한 대장장이라도 되는 듯 그의 욕망과 마음으로 무기를 담금질했고, 그는 그 무기에 대적할 수 없었습니다.

하오나 에그부누시여, 그는 유일하게 가능한 해결책이 머릿속 한가운데에 자리를 잡고, 어둑한 얼굴과 잔인한 두 눈으로 자신을 뚫어지게 바라보고 있다는 걸 알아차렸습니다. 그 해결책이란, 주인이 은달리를 떠남으로써 이 모든 것을 끝내는 방법이었습니다. 하지만 주인은 그런 해결책 같은 건 존재하지 않는다는 듯 그 너머만을 계속 바라보았습니다. 그 해결책은 끈질기게 버텼지요. 대신, 주인은 다시 돌아온 떠돌이 두려움을 생각하기 시작했습니다. 결국에는 은달리가 좌절해 그를 떠나리라는 두려움 말입니다. 은달리도 잠들기 전에 직접 이런 의구심을 표현했습니다.

"논소, 나 무서워." 그녀가 불쑥 말했습니다.

"왜, 마미?"

"그 사람들이 결국 성공해서 네가 날 떠나게 만들까 봐. 떠날 거야, 논소?"

"아니." 그는 흥분해서 생각보다 훨씬 큰 목소리로 말했습니다. "난 널 떠나지 않아. 절대."

"난 그냥, 네가 그 사람들 때문에 날 떠나지 않기를 바랄 뿐이야. 난 그 누구도 나랑 결혼할 사람을 대신 선택하게 놔두지 않을 테니까. 난 어린애가 아니야."

그는 아무 말도 하지 않고, 정문에서 교통 안내를 하다가 연회장 천막에서 옆자리에 앉았던 남자를 만났던 일을 떠올렸습니다. 남자는 주인을 보고 당황했습니다. 메르세데스 벤츠의 선팅된 창문을 내리고 앞좌석 쪽으로 머리를 기울였지요. "아까 내 옆에 앉지 않았어요?" 그는 할 말이 생각나지 않았습니다. "당신…… 뭐야? 경비원?" 그는 고개를 저었지만 남자는 웃더니 그가 알아들을 수 없는 무슨 말을 한 다음 다시 창문을 닫고 차를 몰아 떠났습니다.

"정말이야, 논소?" 은달리가 긴장한 목소리로 말했습니다.

"맞아, 마미. 그 사람들은 날 떠나게 만들지 못해. 내가 그렇게 안 놔둬." 그가 말했습니다. 너무 힘을 실어 말했는지 심장이 쿵쾅거렸습니다. 에그부누시여, 주인은 운명이란 한 사람의 인생과 그의 치가 절대 배울 수 없는 이상한 언어라는 것을 몰랐습니다. 그는 다시 눈을 들어 그녀를 보았습니다. 그녀의 얼굴을 따라 눈물 한 방울이 흘러내리는 게 보였습니다. "그 누구도 내가 널 떠나게 할 수는 없어." 그가 다시 말했습니다. "그 누구도."

8장
돕는 자

오세부루와시여, 제가 이처럼 당신 앞에 서서 증언하는 까닭은 당신께서 직접 빚으신 피조물들의 길을 그들 자신보다 훨씬 더 잘 이해하고 계신다는 걸 알기 때문이옵니다. 당신께서는 인간의 수치심이 카멜레온과도 같다는 걸 알고 계시지요. 처음에 그것은 자애로운 영혼으로 변장하고 나타나, 모욕을 준 사람이나 그 모습을 지켜본 사람들, 모욕을 당한 자가 얼굴을 감추어야만 하는 사람들과 멀어질 때마다 집행유예를 허락합니다. 하여, 사람은 모욕을 당했더라도 수치심을 잊을 수 있나이다. 그의 모욕과 가까운 이들을 우연히 만나기 전까지는 말입니다. 그때가 되면, 수치심은 그 미심적은 관대함을 보디스처럼 찢어발기고 그 악의적인 진짜 색채를 모두 드러냅니다. 그렇사옵니다. 주인은 우무아히아의 모든 사람과 온 세상으로부터 숨을 수 있었고, 그럼으로써 자기가 당한 모든 일을 아무것도 아니게 만들 수 있었습니다. 거지도 그의 정체가 알려지지 않은 곳에서는 왕으로 변장할 수 있고, 그렇게 받아들여집니다. 그런 고로, 주인의 구체적인 고민은 은달리가 자신의 굴욕을 목격했다는 점에서 나오게 되었습니다. 그녀가 야간 경비원 옷을 입고 땀범벅이 되어 교통 안내를 하는 그의 모습을 보았으니까요. 주인에게는 이것이야말로 회복할 수 없는 충격을 준 결정타였습니다. 주인처럼 자신의 한계와 자기 능력을 잘 알고 있는 사람은 쉽게 망가집니다. 오만함은 사람의 마음에 요새가 되어주지만, 치욕은 그 벽을 꿰뚫고 마음속 자아의 심장을 공격하기 때문입니다.

하오나 저는 인간들과 함께 오랫동안 살았기에, 사람은 무너지기 시작하면 최대한 빨리 회복하고자 노력한다는 것을 알고 있었습니다. 태고의 지혜를 간직한 은디이치에가 검은 염소를 찾으려면 밤까지 기다려 곤란을 겪지 말고 대낮에 찾으라고 말하는 이유가 그것입니다. 하여, 주인은 은달리에게 절대 그녀를 떠나지 않겠다고 맹세하기 전부터 해결책을 고민하기 시작했습니다. 하지만 쓸 만한 생각은 하나도 떠오르지 않았습니다. 그는 여러 날 동안 절망의 진창에서 뒹구는 상처 입은 지렁이처럼 몸부림쳤습니다. 그다음 주 넷째 날, 그는 삼촌에게 전화를 걸어 조언을 구했으나 연결 상태가 너무 나빠 삼촌의 말을 거의 듣지 못했습니다. 삼촌의 더듬거리는 말소리와 허술한 전화 연결 너머로 은달리를 떠나는 것이 최선이라는 말을 알아듣기까지는 많은 노력이 필요했습니다. "넌 아-아직 어려." 삼촌은 거듭 말했습니다. "넌 아직 어-어리다고. 겨-겨-겨우 스물여섯이야. 그 여-여-여-여자는 그-그냥 잊어. 세-세상엔 여자가 많아. 아-아주 마-많지. 내-내-내 말 알아들어? 넌 널 바-바-받아들이라고 그 사람들을 서-서-설득할 수 없어."

이장고-이장고시여, 저는 삼촌이 이런 조언을 해준 것이 기뻤습니다. 주인이 은달리 가족의 집에서 그런 대우를 받은 뒤로 저도 같은 생각을 했기 때문이옵니다. 현명한 아버지들은 사람이 모욕을 당하면 치도 영향을 받는다는 말을 자주 합니다. 저 역시 은달리의 가족에게 굴욕을 당했습니다. 하지만 저는 그것이 은달리가 일부러 한 일이 아니라는 것을 알고 있었으며, 그녀가 이 위기를 타개할 어떤 방법을 찾기를 바랐습니다. 하여, 삼촌의 말을 되풀이하지는 않았습니다. 제 주인은 지상의 인간들 가운데서도 행운이라는 선물을 받은 사람이라 원하는 것은 무엇이든 항상 얻게 된다는 생각도 문득 들었습니다. 증언을 계속하면서 더 자세히 말씀드리겠지만, 주인이 태어나기 전 오니에우와의 형태로 베이케에 있으면서 저와 함께 그의 인간적 구성 요소가 될 육체와 영혼을 혼합하고자 여행하고 있을 때, 저희는 관습에 따라 치오키케의 위대한 정원으로 갔습니다. 맞은 편에 에메랄드색 솜구름들이 절묘하게 걸려 있는, 빛나는 나무들 사이의 환한 오솔길을 걸었지요. 그 구름 사이로는 에진무오의 열린 터널에서 나온 벤무오의 노란 새들이 날아다녔는데, 그것들은 들쭉날쭉한 길을 비집고 다니는 성인 남자들만큼 덩치가 컸습니다. 대문 밖 우와로 이어지는 길의 양옆은 식물의 잎과 줄기가 장식하고 있었지요. 바로 그곳에 위대한 정원이 있었습니다. 오니에우와들은 자주 그곳에 들러 어렸을 때나 태어나자마자, 혹은 태중에서 죽은 불행한 이들로부터 되돌아온 선물을 찾곤 했지요. 저희가 도착했을 때 정원은 갖은 식물이 얽혀 있는 작은 숲을 샅샅이 뒤지는 수백의 치와 그들의 주인이 될 자들로 북적거리고 있었습니다. 하오나 제 주인은 그 가운데서도 작은 뼈다귀를 찾아냈습니다. 몇몇 영혼이 곧바로 몰려들더니, 그 뼈가 벤무오의 위대한 숲에 주로 사는 짐승의 것이라고 알려주었습니다. 아만디오하가 흰 숫양이 되어 살았던 그 숲의 짐승이 남긴 뼈라고 말입니다. 그 영혼들은 제 주인이 그 뼈를 찾았으니, 참을성만 가지면 살면서 원하는 것을 무엇이든 얻게 될 거라고 했습니다. 그가 찾은 뼈를 남긴 짐승은 베이퀘에서만 살았고, 숲에서 살면서 단한 번도 굶주린 적이 없었기 때문이었지요.

가가나오구시여, 저는 주인이 살면서 이런 행운을 누린 사례를 무수히 말씀드릴 수 있으나 증언에서 너무 벗어나고 싶지는 않사옵니다. 당시에 저는 그 하얀 뼈가 주인에게 도움이 될 거라고 확신했습니다. 하여, 주인이 그녀의 가족에게서 지지를 얻으려고 노력하는 것이 최선이라고 판단했을 때는 기뻤습니다. 주인은 은달리가 자신 때문에 가족과 멀어지면 위기가 심해질 뿐이라고 염려하며 그녀에게 돌아가라고 간청했습니다.

"넌 몰라, 논소, 넌 아무것도 몰라. 그 사람들이 널 그냥 싫어한다고 생각하니? 응? 좋아, 그럼 이유가 뭘까? 그 사람들이 널 싫어하는 이유를 한 가지라도 댈 수 있어? 지난주 일요일에 그 사람들이 널 그런 식으로 대한 이유를 알겠느냐고? 아니, 그 사람들이 너한테 한 짓을 잊어버린 거야? 겨우 엿새 전이야. 잊었어, 논소?"

그는 입을 열지 않았습니다.

"대답 안 할 거야? 이유를 아느냐고?"

"내가 가난하니까." 그가 말했습니다.

"그래, 하지만 그것만은 아니야. 돈은 아빠가 주면 돼. 우리 가족은 너한테 큰 회사를 차려줄 수도 있고, 양계장 사업을 키우도록 도와줄 수도 있어. 아냐, 그것만은 아니야."

에그부누시여, 주인은 이런 가능성을 생각해본 적이 없었습니다. 하여, 그는 은달리의 말에 빠져 그녀를 올려다보았습니다.

"네가 가난해서가 아냐. 그래. 너한테 대단한 학위가 없어서 저러는 거야. 알겠어, 논소? 알겠냐니까? 그 사람들은, 그 잘난 머리를 달고서 가끔은 부모가 없는 사람도 있다는 걸 생각하지 못해. 게다가 나이지리아가 보통 험한 곳이니? 부모가 없는 사람 중 대학에 갈 수 있는 사람이 몇이나 되겠어? 아니…… 공립학교라도 말이야. JAMB*에서 300점을 받는대도 뇌물 먹일 돈을 어디서 구하겠느냐고? 응? 말해봐. 하다못해 등록금은 또 어떻게 낼 건데?"

그는 혀가 마비된 듯 그녀를 바라보았습니다.

"그런데도 그 사람들은 항상 그 소리를 해. '은달리, 까막눈이랑 결혼하겠다니.' '은달리, 네가 창피하구나.' '은달리, 부탁이다. 그런 하층민 나부랭이와 결혼할 생각은 아니었으면 좋겠다.' 이건 그냥, 아주 나쁜 짓이야. 그 사람들이 하는 이런 짓. 아주 악질이야."

그녀는 주인의 옛 방으로 공부하러 들어갔고, 주인은 젖은 토란 잎사귀처럼 몸을 웅크리고 앉아 있었습니다. 그가 생각해본 적도

* 나이지리아 대학 입학시험.

없는 수많은 것들을 그녀가 말했기에 걱정이 됐습니다. 왜 그는 학교로 돌아갈 수 있을지 모르며, 또 그게 해결책이 될지도 모른다는 생각을 하지 않은 것일까요? 추쿠시여, 그는 이런 생각을 하지 못한 자신을 책망했습니다. 그는 자신이 힘겨운 어린 시절을 보냈고, 그런 상황에 대해 체념하게 되었다는 사실을 깨닫지 못했습니다. 하여, 그는 또래 대부분과는 달리 고독한 시골에서의 삶을 살게 되었습니다. 그 삶은 자신의 추종자들에게 서두르지 않고 신중하게 역경을 인내하는 성품을 기르도록 했지요. 그는 자극을 받지 않는 한 행동하지 않았습니다. 뭐든 성취한 것이 별로 없었지만, 설령 성취한다 한들 그 결과물은 느릿느릿 꿈지럭거리는 사이 흩어져버렸습니다. 그의 꿈들은 팔다리가 축 늘어져 흐느적거렸습니다. 그래서 여자 욕심도 삼촌이 불러일으켜야 했고, 학교로 돌아가야겠다는 생각도 은달리가 일깨워주어야 했습니다. 그는 이러한 나태함을 약점으로 보기 시작했습니다. 은달리가 잠든 뒤, 그는 깊은 생각에 잠겨 거실에 혼자 앉아 있었습니다. ABSU*에 등록하면 학위를 받을 수 있을 것입니다. 아니면 시간제 학생이 될 수도 있었습니다. 새들에 대한 사랑이 대학에 가겠다던 최초의 꿈을 삼켜버렸다는 걸 알게 된 지금은 농업을 공부할 수도 있었습니다.

이런 생각이 강하게 밀려오자 그의 내면에 기쁨이 차올랐습니다. 진정한 희망이 있다는 뜻이었으니까요. 그에게는 은달리와 결혼할 길이 있었던 것입니다. 주인은 부엌으로 들어가 파란색 통에 물을

---

* 나이지리아 아비아 주립대학.

길어 왔고, 식수가 떨어져간다는 사실이 떠올라 잠시 생각을 멈추었습니다. 식수 통 세 개 중 방금 가져온 파란 통에만 아직 물이 남아 있었습니다. 커다란 물탱크 두 개를 소유하고 있으면서 거리에서 물을 파는 가족이 2주째 자리를 비운 터라, 이 동네의 수많은 사람들은 차를 타고 다른 곳으로 물을 얻으러 가거나, 비가 내릴 때 그릇이나 대야나 드럼통에 빗물을 받아 마셨습니다. 입에 떠 넣은 물은 맛이 고약했지만 그는 한 컵을 더 마셨습니다.

　거실에 앉아 은달리를 떠난다는 생각을 하자, 할머니인 은네 아그바소가 거실 끝에 놓인 낡은 의자에 앉아 그에게 이야기를 들려주던 일이 생각났습니다. 지금은 그 의자가 있던 자리에 비디오와 카세트테이프들이 벽에 기대어 잔뜩 쌓인 채 먼지를 뒤집어쓰고 있었지요. 주인은 할머니가 보이는 것만 같았습니다. 자기가 하는 말이 쓰디쓴 알약이라도 되는 듯 침을 삼키고 눈을 깜빡거리던 그 모습이 말입니다. 할머니에게는 그것이 나이를 먹으면서 생긴 습관이었으나 주인은 할머니의 나이 든 모습만을 알고 있었습니다. 할머니는 넘어져서 엉덩이뼈가 부러지고 더는 농장 일을 하거나 지팡이 없이 돌아다니지도 못하게 되자 마을을 떠나 그들과 함께 살았습니다. 그 시기에 할머니는 주인에게 같은 이야기를 해주고 또 해주었는데, 그러면서도 그가 자기 곁에 앉을 때마다 "위대한 네 조상 오멘카라와 은크포투 얘기를 해주었던가?"라고 말하곤 했습니다. 그는 그렇다고 대답하기도 했고, 아니라고 대답하기도 했습니다. 하지만 그가 그렇다고 대답을 하더라도 할머니는 한숨을 쉬고 눈을 깜빡인 다음, 오멘카라가 그의 아내를 취하려던 백인을 거부했다가 정부

대표에게 마을 광장에서 교수형을 당했던 이야기를 해주었습니다. (추쿠시여, 저는 이 잔인한 사건과 그 사건이 당대 사람들에게 미친 영향을 목격했습니다.)

지금 주인은 할머니가 거듭거듭 해주던 그 이야기가 어떤 상황에 맞닥뜨리더라도 항복해서는 안 된다는 이야기일지 모른다는 생각이 들었습니다. 누가 가로막는다고 겁을 내다가는 은달리를 잃어버리는 선택을 하게 될지 모른다는 생각이 들었습니다. 아니야. 다른 남자의 입이 그녀의 가슴에 닿아 있는 모습이 떠오르자, 주인은 놀라서 큰 소리로 말했습니다. 그런 생각이 마음속 통로로 다가오는 것만으로도 몸이 떨렸습니다. 그는 처음 본 중학교 졸업시험에서 역사, 기독교학, 농업 등 별로 중요하지 않은 세 과목에서만 합격점을 받고 떨어지자 학교를 중퇴했습니다. 수학도, 영어도 낙제였습니다. 대학 입학시험은 더 나빴지요. 아버지의 건강이 악화되면서, 점점 많아지는 양계장 일을 혼자 처리하게 되었을 즈음에 입시를 쳤으니까요. 아구지에그베시여, 당신께서는 제가 여기에서 설명한 모든 것이 백인의 문명에 따른 교육이라는 것을 아시나이다. 같은 세대의 사람들 대부분이 그랬듯, 주인은 자기 민족의 교육에 대해서나 이보와 박학한 아버지들의 문명에 대해서는 아무것도 몰랐습니다.

하여, 이런 연속적인 실패를 거친 주인은 아버지에게 더 시도하지 않겠다고 말했습니다. 그는 양계장 사업과 작은 농장을 꾸려 자기 자신과 미래의 가족을 부양할 수 있었고, 가능하다면 그 사업을 확장하거나 소매업으로 사업 영역을 늘릴 수도 있었습니다. 하지만 아버지는 그에게 학교로 돌아가야 한다고 고집을 부렸습니다.

"나이지리아는 하루가 다르게 힘들어지고 있어." 아버지는 말년에 생긴 습관대로 입을 오므리며 말했습니다. "머잖아 학사학위가 있는 사람은 쓸모가 없게 될 거야. 학사학위는 모두가 갖게 될 테니까. 그런데 학사학위마저 없으면 뭘 하겠냐? 농부, 제화공, 어부, 목수…… 분명히 말하는데, 모두에게 학위가 필요해질 거다. 나이지리아는 그렇게 변하고 있어, 확실해."

그가 억지로 GCE 시험*을 치게 된 건 제가 아버지 말씀을 들어야 한다는 생각을 자주 강조해 비춰주었기 때문이기도 하지만—저는 보통 속담으로 이런 이야기의 근거를 댔습니다. 나이 든 사람이 쭈그리고 앉아서도 볼 수 있는 것을 어린아이는 나무 꼭대기에 올라서도 볼 수 없다는 것이었지요—아버지가 해준 그런 이야기 때문이기도 했습니다. 그는 공부를 했고, 카메룬가(街)의 건물에서 열리는 가외 수업에 참석했습니다. 거기서는 대학생 네 명이 시험 준비 과정을 가르쳤지요. 그리고 시험을 치르는 주에는, 가외 수업 센터가 기적의 중심지로 바뀌었습니다. 학과 시험을 치르기 며칠 전부터 선생들이 번갈아 유출된 시험지를 가지고 교실에 왔으니까요. 시험이 끝나고 몇 달 후 결과가 나왔을 때 그는 여덟 과목 중 여섯 과목을 통과했으며, 가장 준비가 되어 있지 않던 생물학에서도 A를 받았습니다. 경제학 과목은 취소되었습니다. 주최 측의 말을 빌리자면 아비아 대부분의 센터에서 '만연한 부정행위'가 일어났기 때문이었습니다. 사실이었습니다. 유출된 시험지가 실제 시험 날짜가

* 중등교육 자격시험.

되기 약 3주 전부터 그의 손에 들려 있었고, 결과가 나왔다면 그는 경제학에서도 A를 받았을 테니까요. 그달 어느 날 아침, 일어나보니 여동생이 집을 나갔습니다. 그 바람에 아버지가 우울증에 걸려 쇠약해지지만 않았다면 주인은 그때 학교로 돌아갔을 것입니다. 아버지가 여러 해 동안 아내의 죽음을 슬퍼한 끝에 마침내 찾아왔던 평화는 단번에 모조리 사라져버렸습니다. 슬픔은 해묵은 개미 군단처럼 돌아와 아버지의 인생이라는 무른 땅의 익숙한 구멍들로 기어들었습니다. 몇 달 후, 아버지는 돌아가셨습니다. 아버지의 시신과 함께 학교에 대한 모든 생각도 묻히고 말았지요.

오바시디넬루시여, 시일이 지나고 은달리가 계속 자신의 부모들을 거역하며 그들과 말도 섞지 않으려 들자 주인의 두려움은 점점 커졌습니다. 그러나 이런 마음을 표현하면 그녀의 신경을 더욱 곤두서게 만들 것 같아서, 그는 입을 다물고 자신의 머릿속 혼란으로부터 그녀를 지켜냈습니다. 하지만 두려움은 밖으로 내던지지 않는 한 떠나지 않나이다. 그것은 주인의 가슴속 떨리는 가지에 늙은 뱀처럼 몸을 말고 있었습니다. 은달리가 학회에 참석하러 라고스로 가던 날 아침, 그녀를 버스터미널로 데려다줄 때에도 두려움은 그 자리에 있었습니다. 주인은 버스가 떠나기 직전에 그녀를 끌어안고 그녀의 이마에 자기 이마를 대며 말했습니다. "네가 돌아오기 전에 내가 사라지지 않았으면 좋겠다, 마미."

"무슨 소리야, 오빔?"

"네 가족들 말이야. 네가 돌아오기 전에 그 사람들이 나를 납치하지 않았으면 좋겠어."

"무슨 소리야, 왜 그런 식으로 생각해? 아무리 머릿속에서라지만 어떻게 그 사람들이 그런 짓을 할 거라고 생각하니? 오 기니 디?* 그 사람들은 악마가 아니야."

넌지시 말했을 뿐인데도 그녀가 화를 내자 그는 낙담하고 말았습니다. 그는 마음을 돌아보며 자기가 상황을 과대평가하고 있었던 건 아닌지 자문했고, 기나긴 두려움의 밤이 평정심의 복도를 가로지르는 해골들의 춤일 뿐이었는지 궁금해졌습니다. "농담이었어." 그가 말했습니다. "진짜야."

"알았어, 하지만 그런 농담은 싫어. 그 사람들은 악마가 아니야. 너한테 무슨 짓을 하지는 않을 거야. 알았지?"

"응, 마미."

주인은 그를 두렵게 만드는 것들에 대해 생각하지 않으려고 애썼습니다. 대신, 농장의 잡초를 뽑고 방을 청소했습니다. 그런 다음, 발을 다친 수탉을 돌봐주었습니다. 전날 저녁, 길 건너에서 발견한 녀석이었습니다. 아마 뒤뜰의 높은 울타리를 뛰어넘어 그 뒤의 덤불로 떨어졌다가 깨진 병을 밟은 모양이었습니다. 그 모습을 보자 주인은 새끼 거위가 생각났습니다. 한번은 그가 거위를 느슨하게 풀어놓는 바람에 녀석이 집 밖으로 나가서 울타리에 앉아 있었지요. 그는 거위를 따라 달려 나갔습니다. 거위는 울타리 위에서 불안한 듯 두리번거리며 주변을 살펴보고 있었습니다. 거위가 날아가서

* 왜 그런 소리를 해? (이보어)

214

다시는 돌아오지 않을까 봐 두려운 마음에 가슴이 콩닥거렸습니다. 그는 눈물을 머금고 녀석에게 간청했습니다. 때는 아침이었고 아버지는 양치를 하고 있었는데(옛 아버지들처럼 씹는 막대가 아니라 솔을 가지고 했습니다), 어쩔 줄 몰라 하는 아들의 고함이 들려왔습니다. 아버지는 흰 거품을 턱수염으로 뚝뚝 떨어뜨리며, 크림 같은 게 엉겨 붙은 칫솔을 들고서 걱정스럽게 아들을 찾아 달려 나갔습니다. 그는 울타리와 소년을 올려다보고 고개를 저었습니다. "네가 할 수 있는 건 없다, 아들아." 그가 말했습니다. "녀석은 겁먹었어. 네가 가까이 가면 도망칠 거야." 함께 지켜보던 저도 그의 아버지와 같은 두려움을 품고서 그의 머릿속에 같은 생각을 집어넣었습니다. 하여 그는 울음을 그쳤고, 귓속말처럼 약한 목소리로 새끼 거위를 부르기 시작했습니다. "부탁이야, 부탁이야, 날 떠나지 마, 제발 날 떠나지 마, 내가 널 구했어, 내가 네 매부리야." 그러자 기적적으로 거위가 깃털을 곤두세우더니—아니 어쩌면, 새는 울타리 너머에서 다른 무언가를 보았던 건지도 모릅니다. 아마 이웃의 개였겠지요— 쭉 뻗은 두 날개 속으로 몸을 웅크렸습니다. 이어 거위는 급한 상승 기류를 넘어 뜰로, 그에게로 돌아왔습니다.

그가 막 다친 수탉을 닭장에 넣었을 때 엘로추쿠가 도착했습니다. 주인은 그날 이른 아침 엘로추쿠에게 문자를 보냈고, 엘로추쿠는 교육을 받는다니 그야말로 좋은 생각이라고 답장했습니다. "학교로 돌아가 공부를 마치면 그 사람들도 당연히 너를 받아줄 거야." 엘로추쿠는 그렇게 말했습니다. 엘로추쿠는 오토바이에서 내려, 현관에 서서 농장을 바라보던 주인 곁으로 왔습니다. 주인은 엘로추쿠에게 환갑연 이야기와 은달리의 가족에게 모욕당한 이야기를 전했습니다. 그가 말을 마치자 엘로추쿠는 고개를 젓고 말했습니다. "괜찮아, 브라더." 그러자 주인은 친구를 올려다보며 수긍한다는 뜻으로 고개를 끄덕였습니다. 에그부누시여, 위대한 아버지들의 아이들 사이에서 매우 흔하고 대체로 백인의 언어에서 주로 쓰는 이 표현에 저는 종종 당황했습니다. 삶을 위협받은 사람이 괴로움을 털어놓자마자, 위로를 해줘야 마땅할 그의 친구가 그냥 "괜찮아"라고만 답하는 것입니다. 이런 표현은 둘 사이에 즉시 침묵을 만들어냅니다. 왜냐하면 그것은 모든 것을 포괄하는 엄청난 규모의 특이한 표현이기 때문입니다. 방금 아이가 죽은 어머니는 어떻게 지내느냐는 질문을 받으면 그냥 "괜찮아"라고 답합니다. 괜찮다는 말은 두려움과 호기심의 상호작용에서 나옵니다. 불행한 사람이 자기가 뭔가 불쾌한 일을 겪는 중이라는 것을 알면서도 그 일이 머잖아 나아지기를 바라는 일시적인 상태를 일컫는 말이지요. 아버지들의 아이들이 사는 나라에서는 대부분의 사람이 항상 이런 상태에 있습니다. 병이 나았으면 좋겠지요? 괜찮습니다. 도둑이 들었습니까? 괜찮습니다! 그리고 누군가가 이런 괜찮은 상황에서 빠져나와 보다 만족스러운 상황으로 가는 새로운 길에 접어들면, 그는 어느새 또 다른 괜찮은 상황에 처하게 됩니다.

엘로추쿠는 다시 고개를 저으며 그 말을 하더니, 주인의 어깨를 두드리고 책이 든 가방을 건네주었습니다. "이제 가봐야겠다, 그라에서 행진할 거거든." 엘로추쿠가 떠나기 전에, 주인은 학위를 따는 데는 최소 5년이 걸릴 테고 그나마 파업이 일어나면 7년이 지나도 못 딸 거라고 불평했습니다. "일단 시작해봐." 엘로추쿠가 오토바이에 오르며 말했습니다. "일단 시작하면 그 사람들이 널 진지하게 봐줄 거야." 엘로추쿠는 화학 학사과정을 거의 마친 데다 원래 여러 번 생각하고 말하는 사람도 아니었기에 이런 말로 화제를 마무리 지었습니다. "잘 안 되면 그냥 그 여자는 잊어버려. 눈에서 눈물 대신 피를 흘리게 할 수 있는 광경은 아무것도 없어."

친구가 떠나고 나서 얼마 지나지 않아 비가 내리기 시작했습니다. 그날 아침부터 저녁까지 내내 비가 왔습니다. 우무아이하에 규모는 한결같으나 성질은 변덕스러운 폭우가 쏟아지는 내내 그는 거실에 엎드려 친구에게서 받은 대입 시험 준비용 교재로 공부했습니다.

커튼 틈새로 들어오는 구름 가득한 하늘의 어스레한 빛에 비추어 오랫동안 책을 읽던 그는 결국 눈이 감겼습니다. 그가 바람에 흔들리는 나뭇잎처럼 잠결과 생시 사이의 문간에서 잠들락 말락 하고 있을 때, 현관 두드리는 소리가 들렸습니다. 처음에는 빗물이 문을 두드리는 소리로 잘못 알아들었지만, 곧 아주 강한 어조로 말하는 익숙한 목소리가 들렸습니다.

"이제 문 좀 열어보지?"

그렇게 다시 쾅쾅 소리가 시작됐습니다. 그는 벌떡 일어났습니다. 창문 너머로 추카와 다른 두 남자가 우비를 입고 현관에 서 있는 게 보였습니다.

가가나오구시여, 이 사람들의 모습이 그에게 끼친 영향은 최면과도 같았다고밖에 설명할 수 없나이다. 저는 주인과 함께 지낸 모든 세월 동안, 그에게 이와 비슷한 일이 일어나는 걸 한 번도 본 적이 없습니다. 조금 전까지만 해도 자기가 한 말을 터무니없고 비약이 심한 농담이라고 여겼는데, 백주에 그 농담이 현실이 되어 은달리의 오빠가 패거리를 데리고 현관 계단에 나타나다니요? 그는 그들을 들여보내주면서도, 가슴을 쿵쾅거리게 만드는 두려움에 젖어 있었습니다.

"추카……." 남자들이 들어오자마자 그가 입을 열었습니다.

"닥쳐!" 남자들 중 한 명이 외쳤습니다. 연회 도중 그를 데려가 정문 경비 근무를 시켰던 건장한 사람이었습니다. 그 남자는 이번에도 단단히 준비된 상태였습니다. 바로 그때의 채찍을 들고 있었으니까요.

"닥치라뇨? 그럴 수는 없죠." 그는 남자들이 다가와 가장 큰 소파 뒤에 서자 물러섰습니다. "여긴 우리 집이에요. 닥치라뇨."

채찍을 든 남자가 덤벼들려고 했지만 추카가 손을 들며 말했습니다. "아냐! 전에도 말했지만, 누구한테든 손은 대지 마."

"죄송합니다, 도련님." 남자가 추카 뒤로 물러서며 말했습니다. 이제 추카는 방 한가운데에 있었습니다.

그는 추카가 우비 후드를 벗으며 머리를 흔드는 것을 지켜보았습니다. 추카는 빙글 돌며 방을 자세히 살펴보더니, 물이 아직 뚝뚝 떨어지는 우비를 소파에 내려놓고 앉았습니다. 남자들은 소파 옆에 서서 인상을 쓴 채 주인을 응시했습니다.

"내 여동생을 돌려보내줬으면 해서 왔다." 추카는 예전과 같은 침착한 목소리로, 백인의 언어로 말했습니다. "우린 널 곤란하게 만들 생각이 없어. 전혀. 내 부모님이, 은달리의 부모님이 걱정하고 계셔

서 이러는 거지." 추카는 생각에 잠긴 듯 바닥으로 고개를 떨어뜨렸고, 이어진 짧은 침묵 속에 주인은 추카의 우비에서 카펫으로 빗방울이 떨어지는 희미한 타닥타닥 소리를 들었습니다.

"그 애가 라고스에서 돌아오는 대로, 이틀 안에 반드시 그 애를 돌려줬으면 좋겠다." 추카는 바닥에 눈길을 둔 채 말했습니다. "이틀 안에. 이틀이야."

그들은 왔던 길을 되짚어 나가며 문을 쾅 닫았습니다. 아직 한낮이었지만, 비구름 때문에 지평선이 너무 어두워 그들은 헤드라이트를 켜고 차를 몰아갔습니다. 주인은 그들의 자동차가 후진 기어를 넣고 그의 농장 오솔길에서 물러나는 것을 지켜보았습니다. 노랗고 환한 원반 두 개가 멀리 물러나는 것처럼 보였습니다. 그들이 사라지고 나자 그는 털썩 무릎을 꿇었고, 마음에 와닿는 이유는 없었으나 오랫동안 흐느끼기 시작했습니다.

에그부누시여, 아무 방어구가 없는 사람의 가슴에 활이 겨누어져 있다면, 그는 상대가 시키는 대로 해야만 합니다. 막을 수 없는 위험이 코앞에 있는데 뭐든 다른 일을 한다는 건 어리석은 짓입니다. 용맹한 아버지들도, 우리는 겁쟁이의 집에서 용감한 자의 무너진 집을 가리킨다고 말합니다. 그러므로 무방비 상태인 사람은 부드러운 혀로 화살을 들고 있는 사람에게 통할 말을 해야 합니다. "제가 저쪽으로 가기를 바라십니까?" 그를 위협하는 자가 그러라고 대답하면, 눈앞의 위험이 사라지기 전까지는 지시받은 대로 해야만 합니다. 은달리의 오빠가 떠난 뒤 주인은 지시받은 대로 모든 것을 하기로 결심했습니다. 그는 집으로 돌아가라고 그녀를 설득하기로 했습니다. 그리고 그녀가 떠나 있는 동안 자신의 부족함이라는, 모든 문제의 근원에 대한 해결책을 찾을 터였습니다. 그는 학교로 돌아가 교육을 받고 그녀에게 어울리는 사람이 가질 만한 직업을 얻을 생각이었습니다. 추쿠시여, 저는 사람이 모욕을 당하면 그의 행동은 수치심에 의해, 그의 의지는 절박함에 의해 빚어진다는 것을 알게 되었습니다. 그런 사람에게는 한때 많은 의미가 있었던 것도 별 의미가 없어질 수 있습니다. 이를테면 뒤뜰에 서서 자기 손으로 일궈낸 것들을, 닭이 거의 70마리나 들어 있는 닭장 여덟 개를 바라보며 그 미천함을 보게 되는 것이지요. 평소라면 냄새를 맡아보고 감탄하며 꼬아보던 닭털이 이제는 쓰레기처럼 보일 수도 있나이다. 그게 무슨 짓이냐고 물을 사람도 있겠지요? 글쎄요, 그는 대응하고 있는 것이었사옵니다, 추쿠시여. 그의 마음은 변화에 대비하고 있었습니다. 모든 것을 저울에 달아보고, 외로움으로 돌아가는 것, 특히 은달리를 잃고 다시 외로워지는 것이 그 무엇보다도 나쁜 일이라고 판단한 것입니다. 그녀는 소중한 물건으로 가득한 창고에서도 반짝이는, 값을 따질 수 없는 물건이었지만 닭들은, 그 새들은 무게가 덜했습니다. 그녀를 얻는 데에 필요하다면 닭들은 없애버릴 수도 있었습니다. 그는 땅을 팔아 자식을 외국 학교로 보낸 사람도 본 적이 있었습니다. 그 사람은 무슨 일을 한 걸까요? 그는 미래에 의사가 될지도 모르는 자식을 두는 것이 땅을 지키는 것보다 낫다고 판단한 것입니다. 아마 부유한 아들이 있으면 땅쯤이야 되찾을 수 있을 거라고, 아니 오히려 더 넓은 땅을 사줄 수 있을 거라고 생각했겠지요.

추카가 집에 찾아온 날로부터 이틀이 지난 날 아침, 누구의 간섭도 받지 않고 이런 고민을 마친 주인은 일어나자마자 닭들에게 모이를 주지도 않고 새로 낳은 달걀을 거두어들이지도 않은 채 밖으로 나갔습니다. 시내의 유니언 은행으로 가 대입 시험용 서류를 샀지요. 그는 사람들이 버글거리는 낡은 은행의 입구로 이어지는 긴 줄에 서서 기다렸고, 줄을 선 사람들에게 좀 비켜달라고 부탁하고서야 건물에 끼어 들어갈 수 있었습니다. 그는 지치고 땀에 흠뻑 젖은 채 은행을 나섰습니다.

이장고-이장고시여, 저는 의무에 따라 주인이 집으로 돌아가던 그 길을 자세히 말씀드려야 하나이다. 바로 그때, 주인의 실패로 이어진 검은 씨앗들이 그의 삶에 뿌리를 내렸기 때문입니다. 집으로 돌아가던 중 그는 길이 막혀 천천히 움직이던 스쿨버스 옆을 한동안 걸었습니다. 버스에 타고 다양한 색조의 졸음에 빠져 있던 교복 차림의 어린이들을 바라보았지요. 그 아이들은 더러 좌석과 머리받침에 머리를 기대고 있었으며, 또 몇몇은 고개를 숙여 손에 파묻거나 창문에 머리를 대고 있었습니다. 깨어 있는 아이도 둘 있었지요. 모래색 머리카락에 보랏빛 아랫입술에는 상처가 있는, 멍하니 그를 바라보는 알비노 소녀와 깨끗하게 머리를 밀어버린 소년이었습니다. 주인은 서류가 담긴 파일을 끼고 느릿느릿 걷다가, 장사꾼들이 물건을 사 가라며 소리쳐대는 창고와 탁자들을 지나갔습니다. 그들 중 누런 마대 자루에 중고 의류를 쌓아놓고 파는 한 여자가 외쳤습니다. "멋쟁이 손님, 와서 멋쟁이 셔츠 좀 보세요. 멋쟁이 청바지랑요. 와서 사이즈가 있나 보세요." 막 여자의 가판대를 지났을 때 뭔가가 그의 바지 주머니에서 진동했습니다. 핸드폰을 꺼내보니 엘로추쿠가 전화를 한 것이었습니다.

"어, 엘로, 엘로……."

"카이, 은완네,* 계속 전화했어!" 엘로추쿠는 위대한 아버지들과 백인의 언어를 섞어 말했습니다.

"무슨 일인데? 은행이어서 무음으로 해놨었어."

"그래, 괜찮아. 지금은 어디야? 어디 있어? 우린 너희 집에 있어. 나랑 자미케랑. 자미케 은와오르지 말이야."

"세상에, 추쿠시여! 에 시 기니?** 자미케? 그래서 영어를 썼구나."

배경에서 어떤 목소리가 들렸습니다. 엘로추쿠가 그 사람에게 서툰 백인의 언어로 통화를 하겠느냐고 묻는 소리도 들렸습니다.

"보보 솔로!" 그 목소리가 전화기에 대고 말했습니다.

"지조스! 자-미-케!"

"꼭 와, 꼭 와야 돼. 널 기다리고 있다고. 얼른 와."

"거의 다 왔어." 그가 말했습니다. "가고 있어."

그는 핸드폰을 다시 주머니에 넣고 집을 향해 걷기 시작했습니다. 머릿속이 소용돌이쳤습니다. 그는 오랫동안 자미케를 만나지 못했고, 그에 관한 소식을 듣지도 못했습니다. 그런데 이제 와서 이베쿠 중학교 시절의 옛 동창생 자미케가 그의 집에 와 있었던 것입니다. 주인은 길을 건너 아래쪽 거리의 가난한 집들 사이를 지났습

* 어이, 형제. (이보어)
** 뭐라고? (이보어)

니다. 그곳에서는 도랑이 땅을 깎아 노란 흙을 퍼 올리고, 여러 움푹 팬 곳으로는 다시 비옥한 흙을 삼켜대고 있었습니다. 주인은 손에 파일을 쥐고 달려가 농장에 도착했습니다. 농장 입구에 이르러 고개를 들어보니 엘로추쿠와 옛 동창생이 현관에 서 있었습니다. 현관 옆에는 받침다리에 기대놓은 엘로추쿠의 야마하 오토바이가 있었습니다. 주인은 작은 밭 사이의 자갈길을 따라 그들에게 갔습니다. 두 남자가 가까워지자 큰 소리로 외치고 싶은 충동을 참아야 했지요. 처음에는 넙데데하고 콧수염이 난 그 남자를 알아보지 못했으나 곧 자기도 모르는 사이에 이렇게 외쳤습니다. "자미케 은와오르지!" 흰색 수소 머리가 도드라지게 새겨진 빨간 모자를 쓰고, 흰 셔츠와 청바지를 입은 그 남자가 다가와 주인이 들어 올린 손을 자기 손으로 세게 쳤습니다.

"믿을 수가 없다, 야!" 그 남자가 말했습니다.

그는 남자의 목소리에 깃든 외국 억양을 즉시 알아차렸습니다. 흑인의 세계 바깥에서 살았던 사람들이 말하는 방식, 주인의 연인과 그녀의 가족들과 비슷한 말투였습니다.

"엘로 말로는 네가 외국에 산다던데." 그는 학창 시절에 그랬듯 백인의 언어로 말했습니다. 당시에는 '아프리카 언어'를 쓰는 것이 교칙 위반으로 처벌까지 당할 수 있는 행동이어서, 거의 모두가 거룩한 아버지들의 언어를 할 줄 알았는데도 주인은 엘로추쿠를 제외한 학교 친구들과 이야기할 때 항상 백인의 언어를 썼습니다.

"맞아, 브라더." 그 남자가, 자미케가 말했습니다. "외국에 오래 있었거든. 여러 해 살았지."

"어, 난 이제 갈게, 논소." 입을 연 사람은 엘로추쿠였습니다. 그는 MASSOB에 가입하면서부터 쓰기 시작한 검은 모자를 젖히고 주인과 악수했습니다. "자미케를 보니까 네 생각이 나서 널 기다리고 있었던 것뿐이야. 자미케가 널 도와줄 수 있거든."

"가는 거야?"

"응, 여자 친구한테 해줘야 할 일이 있어."

그는 비쌀 게 틀림없는 향수 냄새를 풍기는 자미케를 보며 엘로추쿠를 끌어안았고, 엘로추쿠는 오토바이에 홀쩍 뛰어올라 두 번 페달을 밟았습니다. 연기가 허공으로 뿜어져 올라갔습니다. "전화할게." 엘로추쿠는 그렇게 말하고 떠났습니다.

"안녕." 주인은 엘로추쿠의 등 뒤에 소리친 다음, 눈앞의 남자를 돌아보았습니다.

"이럴 수가, 자미케라니!"

"그러게 말이야, 보보 솔로!" 자미케가 말했습니다.

그들은 다시 악수했습니다.

"이제 들어가자, 얼른."

주인은 손님을 집 안으로 이끌었습니다. 자미케와 함께 들어가자 이틀 전 일이 문득 떠올랐습니다. 그때는 우비를 입어 악당처럼 보이는 추카가 지금 자미케가 앉은 소파에 앉아 있었지요. 추카의 존재는 그에 대해 떠오르는 갑작스러운 기억만큼이나 위협적이었습니다.

"이야, 너 집이 엄청 크구나. 혼자 살아?" 자미케가 말했습니다.

주인은 미소를 지었습니다. 그는 빛이 들어오도록 커튼을 걷고,

앉아서 손님을 마주 보았습니다.

"응, 부모님이 돌아가셨거든. 그리고 내 여동생 있잖아, 그때 그 쬐그만 애 알지?"

"어……."

"은키루 말이야. 걔는 결혼했어. 그래서 지금은 나 혼자 지내. 여자 친구도 오긴 하지만. 넌 어디 살아?"

자미케가 미소를 지었습니다. "키프로스…… 어딘지 알아?"

"아니." 그가 말했습니다.

"모를 줄 알았어. 유럽에 있는 섬이야. 아주 작은 나라야. 아주 작지만 아주 아름다워. 정말 아름답지."

그는 고개를 끄덕였습니다. "그렇구나, 브라더."

"응. 우리 반에 있던 조녀선 오비오라 기억나? 전엔 걔가 저기 살았는데." 자미케가 먼 곳의 낡은 집을 가리키며 말했습니다. 그는 모자를 벗고 무릎을 톡톡 두드렸습니다. "보보, 어디 가서 맥주 마시면서 얘기 좀 할까?"

"그래, 그래, 브라더." 그가 말했습니다.

에그부누시여, 두 사람이 이런 곳에서 만나고 둘 모두가 서로의 과거에서 기어 나온 것이라면, 그 둘은 헤어져 있던 기간 동안 벌어졌던 모든 일을 끌어내느라 현재를 멈추는 경우가 종종 있습니다. 둘은 오래전 함께했던 장소나 똑같이 입었던 교복으로 묶여 있기 때문입니다. 둘은 과거 어느 시점의 무언가 혹은 누군가가 오랜 여행의 흔적으로 닳은 채 나타난 다음에야 얼마나 많은 시간이 흘렀는지 문득 깨닫게 됩니다. 자미케는 주인이 키가 훌쩍 자랐지만 여전히 빼빼 말라 있다는 걸 알아보았습니다. 반면 주인은 한때 키가 작고 머리를 빡빡 깎았던 자미케가 이제는 훌쩍 커서 그와 겨우 1센티밖에 차이 나지 않게 되었고, 얼굴 양옆으로 턱수염을 무성하게 기른 것을 보고 깜짝 놀랐습니다. 이런 차이를 알아본 두 사람은 지난번 만난 이후로 어떻게 살았는지, 어떤 길을 걸었는지, 서로를 다시 찾은 지금에는 어떻게 이르렀는지 계속 이야기하곤 하지요. 그리고 가끔은 둘이 새로운 관계를 맺고 친구가 됩니다. 저는 그런 일을 여러 번 보았습니다.

하여, 둘은 주인의 농장을 떠나 동네의 페퍼 수프라는 식당으로 향했습니다. 거기에 도착해서는 흙바닥에 줄지어 놓인 여러 벤치 중 하나에 앉았지요. 태양이 한창 열을 올리던 터라 식당에 들어간 둘은 땀을 흘리고 있었습니다. 둘은 낮은 곡조가 천천히 흘러나오는 스테레오 옆, 천장 선풍기 아래에 앉았습니다. 주인은 자리에 앉을 때만을 고대하고 있었습니다. 잠시 걸어오는 동안 자미케가 키프로스에 살았던 얘기를 해주었는데, 그 말만 들으면 키프로스 공화국은 모든 것이 제자리에 있는 나라 같았기 때문이었습니다. 전기는 끊기지 않고 음식은 값쌌으며 병원도 충분히 있고 학생은 의료비도 공짜였습니다. 게다가 일자리가 "물처럼" 흘러넘쳤습니다. 학생도 지프나 메르세데스 벤츠 E클래스를 소유할 수 있었습니다. 자미케도, 지금은 부모님에게 드렸지만 나이지리아에 돌아올 때는 스포츠카를 가지고 있었다고 했습니다. 식당으로 가는 길에 보니 자미케의 걸음걸이는 무슨 의례에라도 참여하는 것처럼 보였습니다. 주차된 트럭, 오래된 선술집, 캐슈 나무, 자동차 정비소, 길 건너의 트럭 밑 정비공, 텅 빈 하늘까지 주변 모든 것들이 관객인 공연이라도 하는 듯한 동작으로 몸의 모든 무게를 사용해 걷는 것 같았습니다. 자미케는 말을 할 때도 그와 똑같은 리듬을 실어 뽐내듯 했기에, 그의 모든 말이 주인의 마음속에 깊이 박혔습니다.

그들은 잠시 말을 멈추었습니다. 자미케가 핸드폰 메시지에 답장을 보내는 동안, 주인은 자미케가 해준 말을 깊이 이해하는 시간을 가졌습니다. 앉은 자리 옆 벽에 붙은, 스타 맥주 광고가 들어간 달력과 포스터를 보고, 이름이 얼핏 생각나는 미국 레슬링 선수들이 그려진 포스터도 쳐다봤습니다. 헐크 호건, 얼티밋 워리어, 더락, 언더테이커, 부시웨커스.

"엘로한테 들으니까, 너 학교에 가고 싶다면서? 네가 좀 곤란한 상황이라 내가 도와줄 수 있을 거라던데."

주인은 머릿속에서 벌떡 일어섰습니다. 마치 무시무시한 손이 그를 일으켜 세운 것만 같았습니다. "그래, 자미케. 맞아, 브라더. 문제가 있어."

"말해봐, 보보 솔로."

입을 열려던 주인은 어머니가 부르던 보보 솔로라는 이름이 나오자 멈칫거렸습니다. 오래전 망각 속으로 사라진 떠돌이 세월 어디에선가 자신이 방 한가운데에 서서, 어머니의 웃음소리와 박수 소리에 맞춰 "보보, 보보, 솔로. 보보, 보보, 솔로" 하고 노래를 부르는 모습이 보였기 때문입니다.

그는 맥주병을 들고 맥주를 마시며 마음을 가라앉혔습니다. 술을 거의 마시지 않는 그에게는 이상하게 느껴지는 맛이었지만 마셔야만 할 것 같은 의무감이 들었습니다. 사람은 손님이 있을 때면 손님이 먹는 것을 먹고 그가 마시는 것을 마시니 말입니다. 그러자 코르크를 빼버린 병에서 솟구쳐 나오는 와인처럼 공포, 불안, 수치심, 슬픔, 절망이 뒤섞여 담긴 말들이 쏟아지기 시작했습니다. 그는 소용돌이치는 단어들로 자미케에게 이틀 전, 자신의 집에서 협박을 당할 때까지 일어난 모든 일을 전해주었습니다. "그래서 엘로추쿠한테 빨리 학교로 돌아가야겠다고 말한 거야. 사실은 선택지가 없어. 난 은달리를 아주 많이 사랑해, 브라더. 정말 정말 정말 사랑해. 은달리가 내 인생에 들어온 뒤로는 내가 아예 다른 사람이 되어버렸어. 모든 게 바뀌었어, 자미케. 확실히 말할게. 모든 게 바뀌었어. 하나도 빠짐없이 모든 게 다. A부터 Z까지 전부 바뀌어버렸다고."

"아, 그건 심각한 문제네." 자미케가 의자에서 허리를 세워 앉으며 말했습니다.

그는 고개를 끄덕이고 술을 한 모금 더 마셨습니다.

"야, 왜 그 여자를 떠나기 싫은 거야?" 자미케가 말했습니다. "이렇게 스트레스를 겪으니 차라리 떠나는 게 낫지 않아?"

에그부누시여, 이 말에 주인은 조용해졌습니다. 그 순간 삼촌의 조언과 엘로추쿠의 불완전한 조언까지 떠올랐기 때문입니다. 어디서 들었는지는 기억나지 않았지만, 그는 다른 모두가 반대하면 생각을 다시 해봐야 한다는 이야기를 들어 알고 있었습니다. 그리고 분해되어 그림자가 되어버린 것만 같은 마음 한구석은 그만 굴복하고 싶어 했습니다. 그녀를 떠나는 것만이 유일한 방법이라는 사실을 받아들이고 싶어 했지요. 하오나 다른 마음은 반항하듯 절대 그러지 않겠다고 단호히 말했습니다. 주인이 다스릴 수 없을 만큼 격렬하게 그를 몰아간 것도 바로 그 마음이었고요. 한편 저는 제 주인의 치로서 그가 은달리를 갖기를 바랐지만, 그가 어떤 대가를 치르게 될지 몰라 입장을 정하지 못하고 있었습니다. 그리고 치는 주인을 이끌어갈 최선의 길을 알지 못할 때 침묵을 지키는 것이 최선이라는 걸 알고 있었지요. 치는 침묵함으로써 주인의 완전한 의지에 전적으로 복종하게 되니 말입니다. 그래야만 인간은 인간이 됩니다. 침묵하는 치가 주인을 파멸로 이끄는 치보다 훨씬, 훨씬 낫습니다. 수호령에게 후회란 독이지요.

주인은 탁자 위에 두 손을 펼치고 말했습니다. "그건 아니야, 브라더. 원한다면 떠날 수 있겠지만 난 그 여자를 아주 많이 사랑해. 은달리와 결혼하기 위해서라면 뭐든 기꺼이 할 거야, 자미케."

가가나오구시여, 훗날 주인이 겪은 심각한 피해를 알고 이때를 돌이켜볼 때마다 저는 그 모든 일이 정말 이때 그가 한 말에서 알을 깐 것인지 궁금해졌습니다. 주인이 그 말을 한 뒤 자미케의 얼굴이 조금 움찔거리는 것이 보였으니 말입니다. 자미케는 즉시 대답하지 않고, 먼저 식당을 둘러보고 고개를 끄덕인 다음 맥주를 한 모금 삼킨 뒤에야 입을 열었습니다. "아, 사랑이라! 너, 디반즈의 '유 돈 메이크 미 폴 인 러브(You Don Make Me Fall in Love)' 들어봤어?"

"아니, 안 들어봤어." 주인은 그렇게 말한 다음, 자미케가 아무짝에도 쓸모없는 노래 이야기나 계속하지는 않았으면 해서 재빨리 말을 이었습니다. 그는 무거운 마음속 부담을 덜고 싶었기 때문입니다. "나는 은달리를 너무 많이 사랑해. 그녀를 위해서라면 뭐든지 할 거야." 그가 다시 말했습니다. 이번에는 그 말을 하려면 많은 노력이 든다는 듯 훨씬 절제하며 말했지요. "지금에야 학교에 돌아가려는 건 아버지가 돌아가시기 전에 편찮으셨던 바람에 학교를 그만두고 아버지 사업을 도와드렸기 때문이야. 그래서 대학에 안 간 거였어."

"그랬구나." 자미케가 말했습니다. "네가 머리가 나빠서 학교를 그만둔 게 아니라는 건 알지. 넌 아주 머리가 좋았잖아. 치오마 온우 넬리가 1등이고, 네가 2등인가 3등 아니었어?"

"맞아." 주인이 말했습니다. 이제는 오래전이 된 그 나날들이 떠올랐던 것입니다. 하지만 그가 생각해야 할 것은 현재와 미래였습니다. "GCE는 봤어. 브라더, 내가 다시 학교에 다니면 그 사람들도 날 무지렁이로 생각하지 않게 될 거고, 그럼 분명히 날 받아줄 거야. 난 그렇다고 강하게 믿고 있어."

"그건…… 그야 아주 맞는 말이지, 보보 솔로." 자미케가 말했습니다. 그의 두 눈에 눈물이 어려 있었습니다. 그는 눈을 깜빡였습니다. "아주 맞는 말이야."

"그래, 브라더." 그가 말했습니다. 몇 주 만에 처음으로 어쩐지 안도감이 들었습니다. 이야기를 늘어놓는 것만으로도 문제가 해결된 것 같았지요.

"네 말대로라면 키프로스 공화국에서 학교를 다니는 게 빠르고, 학위도 3년 안에 딸 수 있다니까 거기로 가고 싶어." 그는 왠지 마음이 놓여 말했습니다. 조금 전까지 그 모든 말을 늘어놓은 이유가 그저 자미케에게 이 말을 하고 싶었기 때문이라는 생각이 문득 들었습니다.

"아주 좋아, 보보 솔로! 아주 좋아!" 자미케는 즉시 자리에서 일어나 손뼉을 쳤습니다. "하이파이브 한번 하자, 은워켐!*" 그러더니 자미케는 다시 자리에 앉아 자기 두 손을 응시했습니다. 처음 보는 손이라도 되는 듯 손바닥을 살폈지요. "이거 땀이야?"

"맞아." 그가 말했습니다.

"와, 워-우, 워-우, 보보! 그럼 요즘도 크리스마스 염소처럼 땀을 흘리는 거야?"

그가 웃었습니다. "그래, 브라더 자미케. 아직도 손바닥에서 땀이 나."

"보보 은와.**"

"어." 그가 말했습니다.

"해결책을 찾았네!" 자미케가 손가락을 저으며 말했습니다. "해결책을 찾았어. 이제 가서 자면 되겠다."

그가 웃었습니다.

"키프로스가 해결책이야."

이장고-이장고시여, 아버지들 가운데서도 위대한 디비아들이 자주 말하듯, 당신께서 창조하신 이 세상에서는 누군가가 무언가를 아주 심하게 원하고 두 손으로 주저 없이 좇으면 결국 그것을 차지하게 됩니다. 당시에는 주인이 그랬듯 저 역시 옛 동창과의 우연한

---

*   사나이! (이보어)
**   이 녀석. (이보어)

만남이, 그가 열망하던 것을 우주가 빌려준 일이라고 생각했습니다. 그날 저녁, 주인은 친구와 나눠 마신 술 때문에 약간씩 휘청거리며 가슴속에 꿀이 가득 찬 벌집을 품고 집으로 돌아갔습니다. 주인은 잠자리에 들어 양계장의 꼬꼬댁거리는 소리를 들으며 그 모든 것을 곰곰이 생각했습니다. 어린 시절에 읽었던 책 속의 고대 그리스만큼이나 아름다운 지중해의 섬. 쉽고도 쉬운 대학 입학. "JAMB 따윈 필요없어!" 자미케는 여러 번 말했습니다. "GCE만 있으면 돼, GCE만." 시기도 적절했습니다. 그에게 딱 필요한 때에 일이 벌어졌으니까요. 지금으로부터 4주나 5주 후인 9월이면 학업을 시작할 수 있었습니다. 이처럼 불가사의하게 열린 가능성은 모든 것을 비현실로 바꾸어놓을 듯 위태롭게 느껴졌습니다. 학비도 감당할 만한 수준이었습니다. "여기 나이지리아의 어떤 사립학교보다도 싸." 자미케가 자랑했습니다. "우리 나라에 있는 말도 안 되는 학교들 말이야. 마돈나니 커버넌트니, 그런 데보다도 학비가 싸다니까." 그뿐입니까? 일단은 1학년 수업료와 기숙사비만 내면 됐습니다. 2학년이 될 때쯤에는—사실, 두 번째 학기만 되더라도—아르바이트로 다음 학기 수업료와 숙박비를 충분히 벌게 될 테니까요.

그 순간, 주인은 천천히 잠결에 빠져들면서도 자미케가 그 단어들과 함께 춤을 추는 모습이 보였습니다. 최면을 걸듯 의례적인 춤이었습니다. 어느샌가 주인의 생각은 예감이 좋다며, 신혼 초에 몇년 정도 해외에서 살면 은달리와의 관계에도 훨씬 좋을 거라던 자미케의 말에 머물렀습니다. 자미케는 그러면 은달리의 부모도 그를 더 존중하게 될 거라고 설득력 있게 말했습니다. 그런 다음, 주인은 자미케가 키프로스라는 나라에 대해서 했던 말을 생각했습니다. 희망은 더욱 커져만 갔습니다. "유럽 다른 지역이나 미국으로도 쉽게 갈 수 있어. 배를 타고 말이야, 아주 싸. 두 시간밖에 안 걸려! 터키, 스페인, 나라가 아주아주 많아. 이건 은디마를 기쁘게 해줄 최고의 기회일 뿐만 아니라……." 그는 자미케가 그녀의 이름을 제대로 말하도록 도와주었습니다. "아, 미안. 은달리랬지. 아무튼 너한테도 좋은 경험이 될 거야. 사실, 나 같으면 은달리한테 말하지 않고 전부 준비할 거야. 너희 아버지가 이 넓은 땅과 큰 집을 남겨주셨잖아. 너라면 할 수 있어. 은달리를 놀라게 해주는 거지!" 자미케는 자기가 한 말에 화가 난다는 듯 험악하기까지 한 표정으로 말했습니다. "놀라게 해줘. 그렇게 하면, 너도 알게 되겠지만, 넌 은달리의 존경심을 얻게 될 뿐 아니라, 내가 장담하는데,"—자미케는 뜨거운 헛숨이 터져 나올 때까지 혀로 엄지를 핥았습니다—"하느님께 맹세코, 널 죽도록 사랑하게 될 거야!"

주인은 자미케가 마지막 한마디를 할 때 하도 강한 설득력과 확신을 품고 있어서 안도의 웃음을 흘렸습니다. 그 생각을 떠올리며 일어서는 지금도 다시 웃음이 났습니다. 그는 침대 옆 의자에 놓여 있던 청바지를 집어 들고 자미케가 메모했던 A4 용지 크기의 노트를 꺼냈습니다. 자미케는 뒷주머니에서 펜 한 자루와 책 한 권을 꺼냈는데, 책은 그가 깔고 앉는 바람에 가운데가 접혀 있었습니다. 자미케는 미소를 지으면서, 책장을 한 장 뜯어내며 구변 좋게 말했습니다. "난 실용적인 사람이니까 실용적인 문제를 얘기해볼까." 그러더니 그는 자기가 했던 말을 전부 휘갈겨 쓰기 시작했습니다.

2학기분 학비 = 3000

1년 숙박비 = 1500

위지비* = 2000

6500 유로

가가나오구시여, 그날 밤 주인에게 찾아온 평화는 티끌 하나 없는 오맘발라의 순수한 물과도 같았나이다. 주인은 최대한 여러 번 그 종이를 살펴본 다음 접어두고, 조명 스위치를 내린 다음 창문으로 갔습니다. 가슴이 세차게 뛰었습니다. 달은 밝은 듯했지만 바깥이 잘 보이지는 않았습니다. 잠시 동안은 길 건너편의 집이 마치 불붙은 것처럼, 지붕이 빨갛게 타오르고 연기가 솟아오르는 것처럼 보였습니다. 하지만 머잖아 그는 그게 건물에 드리워진 가로등 불빛이며 연기는 요리용 난로에서 나오는 것임을 알아차렸습니다.

---

* 원문에서 유지비(maintenance)를 일부러 mantainanse로 오기했다.

9장
문턱을 넘다

아그바라디케시여, 위대한 아버지들은 신중한 지혜를 발휘하여, 가장 실한 열매를 맺는 것은 언제나 비밀리에 뿌려진 씨앗이라고 말합니다. 옛 동창생과 만난 이후 며칠 동안, 주인도 심장 가까운 곳에서 자라는 기쁨의 꽃을 세상으로부터 감추었습니다. 그는 비밀리에 계획을 키웠습니다. 그가 자미케를 만났던 날로부터 사흘이 지났을 때, 은달리가 1주일간의 라고스 여행을 마치고 돌아왔지만 그녀에게도 말하지 않았지요. 그는 그동안 모은 서류들을 아버지의 옛 서류 가방에 넣고 그 서류 가방을 침대 밑에 숨겼습니다. 자기가 가진 모든 것이, 그의 목숨이 들어 있기라도 한 듯 그 가방에 마음을 썼습니다.

가방의 내용물이 늘어날수록 즐거운 일들도 많아졌습니다. 돌아온 은달리에게 집으로 돌아가라고 설득할 필요도 없었습니다. 어머니가 편찮으시다는 추카의 거짓말에 속아 은달리가 알아서 돌아갔으니까요. 그 덕분에 은달리를 설득해 집으로 돌려보내지 못하면 무슨 일이 일어나게 될 거라던 추카의 경고와 그에 따른 두려움은 해결되었습니다. 추카가 찾아왔던 일은 은달리에게 한마디도 하지 않았습니다. 은달리가 가족과 더욱 심하게 갈등하는 건 바라지 않았으니까요. 그가 자미케와의 계획을 시작하고 나서 정확히 2주가 지났을 때 그녀가 그를 만나러 왔습니다. 기분이 아주 달라진 듯했습니다. 교회에 들렀다가 바로 그를 찾아온 그녀는 마음이 가벼워 보였습니다.

"못 믿겠어, 오빔." 그녀가 장난스럽게 두 손을 짝 맞잡으며 말했습니다. 그녀가 그의 다리에 앉았습니다. "아빠가 뭐라고 하셨는지 알아?"

"뭐라고 하셨는데, 마미?"

"내가 가족들한테, 네가 학교에 돌아가려고 JAMB 서류를 샀다고 말했거든. 그랬더니 다들 대학 입학이라면 괜찮은 출발이 될 거래. 그거면 중요한 사람이 되겠다는 네 말이 진심이었다는 증거가 될 거야."

에그부누시여, 주인은 이 말에 깜짝 놀랐습니다. 그의 눈에는 보이지 않는 무언가가 어깨 너머로 그의 비밀이 담긴 항아리를 들여다본 것만 같았습니다. 주인은 은달리가 자신을 막기를 바라지 않았으므로, 자미케의 조언에 따라 지금껏 계획을 비밀로 해왔습니다. 그냥 입학 원서를 샀다는 말만 했지요. 하지만 그는 이 이야기를 아주 오랫동안 감출 수는 없다는 것도 알고 있었습니다. 하여, 주인은 매일 계획을 한발 한발 실행해나가면서 그녀에게 말해야 한다고 자신을 설득했습니다. 하지만 막상 날이 저물 때가 되면, 그녀에게 말하겠다는 결심을 바퀴 달린 물건처럼 미래로 밀어버리기 일쑤였지요. 그는 오늘 말고 내일 하자고 말하곤 했습니다. 하지만 그 내일에, 학교에서 고된 하루를 보낸 은달리가 열이 나는 상태로 찾아오면 또 내일 하자, 내일이면 은달리가 하루 종일 집에 있을 테니까 그때 말하는 게 더 쉬울 거야, 라고 말했습니다. 그런데 유감스럽게도, 그 내일은 아침이 밝자마자 은달리의 삼촌이 뇌졸중으로 쓰러졌다는 전화와 함께 찾아왔습니다. 주말에 하자, 주인의 머릿속 목소리는 그렇게 마음먹었습니다. 일요일에, 교회에 갔다 와서 말하는 거야. 그리고 무슨 신비로운 손길이 미쳤는지, 오늘이 바로 그 일요일이었습니다. 결국 은달리는 그가 비밀로 간직하던 문제의 핵심을 건드리고 말았습니다. 그는 말을 하기로 결심했습니다. "마미, 다 된 거나 마찬가지야!" 그가 말했습니다.

"뭐라고, 오빔?"

"내 말은, 다 된 거나 마찬가지라고." 그가 더 큰 소리로 말했습니다. 그는 그녀를 일으켜 세우고 자기도 약간 비틀거리며 일어섰습니다. "학교에 벌써 갔다 왔거든."

그녀가 웃었습니다. "어떻게? 영혼이 되어서? 꿈속에서?"

"봐봐."

그는 방으로 들어가, 한때 여동생이 쓰던 방의 침대 옆 벽 아랫부분에서 가방을 집어 들었습니다. 그는 가방 가죽에 새겨진, 빛이 바래가는 문장(紋章)에 붙어 있던 거미를 불어 날리고 가방을 거실로 가지고 돌아와 탁자 한가운데에 놓았습니다.

"거기 뭐가 들었는데?"

"아브라카다브라…… 보면 알지." 그는 가방 위로 두 손을 휘저었고, 그녀는 웃느라 고개를 깐닥였습니다. 그런 다음 그는 가방을 열고 그녀에게 서류를 건넸습니다. 그는 가격이 낮은 순서대로 서류를 정리해두었으므로, 그녀가 마지막 서류부터 읽기 시작하자 이렇게 말했습니다. "아냐, 아냐, 마미. 여기부터 시작해."

"여기?"

"응, 그것부터."

그는 앉아서 그녀가 서류를 읽는 모습을 지켜보았습니다. 심장이 불안하게 두근거렸습니다.

그녀는 서류 제목을 큰 소리로 읽었습니다. "입학허가서." 그녀가 고개를 들었습니다. "와, 논소, 입학허가를 받았구나!" 그녀가 일어섰습니다.

그가 고개를 끄덕였습니다. "그냥 계속 읽어."

그녀는 서류로 다시 눈을 돌렸습니다.

"키프로스 국제대학교, 레프…… 레프…… 코…… 사?"

"레프코사."

"레프코사. 와. 이게 어디야? 어떻게 알았어?"

"놀라게 해주려던 거야, 마미. 그러니까 그냥 봐. 그냥 봐."

그녀는 계속 읽었습니다.

"세상에! 경영학과? 정말 좋다!"

"고마워."

"믿을 수가 없어." 은달리가 말했습니다. 그녀는 두 손을 번쩍 들고 반원을 그리며 빙글 돌더니 다시 그를 마주 보고 입을 맞추었습니다.

"일단 다 읽어봐, 마미." 그가 몸을 떼어내며 말했습니다. "그다음에 키스해줘. 읽어봐."

"알았어." 그녀는 그렇게 말하고, 파일들 사이에 있던 책자를 보았습니다.

"여권?"

그는 고개를 끄덕였고, 그녀는 환한 표정으로 그것을 전부 살펴보았습니다.

"비자는?"

"다음 주에 나와." 그가 말했습니다.

"어디로 가는 거야…… 아부자?"

"아부자."

그는 그녀의 얼굴에 그늘이 드리우는 걸 보고 몸이 굳었습니다.

"다 읽어봐, 마미. 부탁이야."

"알았어." 그녀가 말했습니다. "숙박 관련 서류." 그녀가 그를 힐끗 올려다보았습니다. "벌써 묵을 곳이 있어?"

"응. 맞아. 읽어봐, 마미."

하지만 그녀는 서류를 다시 탁자에 내려놓았습니다.

"논소, 나이지리아를 떠날 계획인데 나한테 그냥 통보하는 거야?"

"놀라게 해주고 싶었어. 있잖아, 마미. 네가 라고스로 간 다음에 너희 오빠가 여기에 왔었어. 아니, 아니, 일단 들어봐. 너희 오빠가 깡패들을 데리고 협박하러 와서, 나로서는 선택의 여지가 없었어. 뭐든 해야 했어. 아니, 일단 들어보라니까. 그게, 키프로스라는 아름다운 나라에서 학교를 다니는 옛 동창생을 운 좋게 만났어. 그 녀석이 나한테 모든 얘기를 해줬고. 등록금을 포함해서 모든 게 얼마나 싼지, 일자리는 또 얼마나 얻기 쉬운지. 학위도 3년 안에 딸 수 있대, 그 친구가 여름학교라고 부르는 걸 하면 말이야. 그래서 이렇게 한 거야."

"만났다는 사람이 누구야?"

"걔 이름? 자미케 은와오르지. 얼마 전에 키프로스로 돌아갔어, 나흘 전에. 초등학교랑 중학교 때 같은 반 친구였어."

그가 바라던 그대로 그녀는 다시 서류를 집어 들었고, 교과과정을 자세히 살펴보더니 매끄러운 인쇄용지에 찍힌 인장으로 다시 시선을 돌렸습니다.

"잠깐만, 아직 이해가 안 돼."

"그래, 마미."

"나랑 결혼하고 싶다더니 나이지리아를 떠나겠다는 거야?"

"그런 게 아니야, 마미." 그는 뭔가 더 말하려고 입을 열었지만, 단어들을 만들어낼 수가 없었습니다. 지난 며칠과 몇 주에 걸쳐 공들여 쌓은 자신감, 모든 것을 저울에 달아보고 은달리를 위해서라면 모든 걸 포기할 수 있다고 생각하자 생겨난 자신감이 갑자기 무너져 내렸습니다. 주인은 그 자신감을 다시 떠받치려고 그녀에게 다가가 소파 팔걸이에 앉았습니다.

"아니라니? 학교가 외국에 있는데 어떻게 아닐 수가 있어?"

그는 은달리의 손을 잡았습니다. "학교가 외국에 있는 건 나도 알아. 하지만 이게 최선이야. 2년 반만 있으면 내가 공인된 진짜 학위를 따게 돼. 상상해봐, 마미. 언제든 나를 만나러 올 수도 있어. 넌 내년 6월에 졸업하잖아. 그때쯤에 난 2학년이 될 거야. 그때 와서 나랑 같이 지내면 돼."

"세상에! 논소, 설마 하고 싶은 얘기가……." 그녀는 두 손으로 머리를 꽉 잡았습니다. "아냐, 그냥 잊어버려."

"안 돼, 마미, 그러지 마. 왜 말을 못 하겠다는 거야?"

"그냥 잊어."

"아니, 그럴 순 없어. 난 너 때문에, 오직 너 때문에 이 일을 하는 거야. 사실 난 학교로 돌아가고 싶었던 적도 없어. 하지만 이게 내가 너랑 함께할 수 있는 유일한 방법이야. 이 방법밖에 없다고, 마미!"

그는 은달리의 어깨에 머리를 얹고, 그녀를 자기 쪽으로 부드럽게 당겼습니다. "내가 널 사랑하는 거 알지. 난 너를 아주 많이 사랑하지만, 그 사람들이 나한테 하는 짓을 봐. 그 사람들이 나한테 어떤 모욕을 주는지 보라고. 그 사람들은 정말로 날 치욕스럽게 해, 마미. 누가 알겠어, 이건 그냥 시작일지도 몰라. 너도 모르고 나도 모르는 일이라고. 난 갈 거야, 마미……."

그날 저녁 내내 들려오던 시끄러운 꼬꼬댁 소리가 이젠 지나치게 신경에 거슬렸습니다. 주인은 부엌으로 가더니 창틀에서 새총과 돌멩이 하나를 꺼내 달려 나갔습니다. 닭들은 모두 닭장에 들어 있었는데, 그가 그중 어느 닭장에 다가간 순간 불그스름한 수탉이 철

창으로 시끄럽게 뛰어오르며 괴로운 듯 꼬꼬댁거렸습니다. 그 수탉은 새로 온 수탉 중 한 마리와 싸우고 있었습니다. 새로 온 놈은 볏이 톱니 모양이고 육수(肉垂)*가 풍만한 녀석으로, 주인이 사 온 날부터 유난히 싸움을 좋아하는 것처럼 보였습니다. 주인은 닭장의 그물 문 빗장을 풀고 그 닭을 잡으려 했습니다. 닭은 펄쩍 뛰어 벽에 부딪치더니, 매달려 있을 무언가를 찾으려다가 실패했습니다. 주인은 발을 헛디디는 바람에 두 손을 짚으며 바닥에 넘어졌고, 그 순간 수탉들이 뛰어오르며 닭장에서 빠져나갔습니다. 수탉과 영계 여섯 마리로 이루어져 있는 다른 무리의 닭 두 마리도 함께였습니다. 주인은 수탉을 쫓아갔고, 수탉은 구아버 나무 밑 벤치로 뛰어올랐으며, 주인이 잡으려고 하자 물이 담긴 드럼통에 올라가 공격적으로 울어댔습니다. 주인은 몹시 화가 나 물통 주변을 빙빙 돌다가 최대한 빨리 움직여 수탉을 낚아챘습니다.

그가 삼끈으로 닭을 나무에 묶고 있는데 은달리가 뒤뜰로 들어왔습니다. 저녁의 낮은 태양이, 너무 커서 절반만 보이는 그녀의 그림자를 벽에 드리웠습니다.

"논소." 그녀가 말하자 그는 깜짝 놀랐습니다.

"응, 마미."

"무슨 짓이야?"

"아무 짓도 안 했어." 그가 말했습니다.

그는 돌아서서 그녀를 잡았습니다. 심장이 계속 두근거렸지만,

---

* 칠면조·닭 따위의 목 부분에 늘어져 있는 붉은 피부.

그녀의 가슴에 바짝 대보니 그녀의 심장이 훨씬 더 심하게 두근거리는 게 느껴졌습니다.

　아그밧타-알루말루시여, 사람에게는 가끔 남에게 말하기 전까지 자기가 무슨 일을 저질렀는지 완전히 이해하지 못하는 때가 있습니다. 말을 한 뒤에야 비로소 자신의 행동을 확실히 알게 되는 것이지요. 저는 그런 일을 여러 번 보았습니다. 주인은 농장과 닭들을 판 이유를 한 시간 내내 설명한 뒤에야 자기가 내린 결정의 결함을 보기 시작했습니다. 추쿠시여, 이번에도 당신께서는 수호령들의 주된 역할이란 주인을 지켜보며 예방할 수 있는 재앙을 예방하고, 그럼으로써 주인들이 자신의 운명에 따라 당신께서 그들을 창조하신 목적을 쉬이 이루도록 하는 것임을 분명히 밝히셨나이다. 저희는 절대 주인의 뜻에 거역하거나 그들에게 억지를 써서는 아니 되지요. 하여, 저는 주인이 가진 것을 거의 다 팔아버리는 게 걱정스러웠으나 간섭하지 않고 내버려두었습니다. 한편으로는 주인을 도와주겠다며 다가온 사람이 치오치케 정원의 뼈다귀, 행운의 선물의 결과라고 믿기도 했습니다.
　하오나 은달리의 헉하는 숨소리를 듣고 그녀의 얼굴에 떠오른 공포를 본 지금, 주인은 자신이 성급한 결정을 내린 것은 아닌지 걱정스러워졌습니다. 지난 몇 주 동안 희망이 낳은 기쁨으로 따뜻했던 그의 심장에 한기가 밀려들었습니다. 그가 비밀리에 저지른 모든 일을 다 털어놓고 나자 은달리가 말했습니다. "할 말이 없다, 논소. 말이 안 나와."

그녀는 주인이 쓰던 방으로 들어가 문을 닫았고, 주인은 거실에 앉아 서류들을 빤히 바라보았습니다. 그는 농장 매각 계약서를 다시 읽어보았습니다. 마음속에 두려움이 차올랐습니다. 아버지가 이 집을 샀을 때 그는 겨우 아홉 살이었고 어머니는 임신 중이었습니다. 아버지는 아이들이 더 태어날 테니 더 큰 집이 필요하다고 말했습니다. 잊은 줄로만 알았던 기억인데 이제는 마치 어제 일처럼 생생하게 느껴졌습니다. 그는 어머니에게 붙잡혀 빈방에 서 있었고, 아버지와 농장의 원래 주인은 집을 둘러보았습니다. 그때, 주인이 어머니에게서 벗어나 뒤뜰로 달려갔습니다. 그는 구아버 나무에 매료되어 그 아래에 멈춰 섰습니다. 그는 나무에 올라가려 했지만, 어머니가 아이를 밴 무거운 몸을 이끌고 달려와 내려오라고 소리쳤습니다. 그녀의 목소리가 놀라울 정도로 선명하게 들려왔습니다. 마치 이 방에, 등 뒤에 어머니가 서 있는 것만 같았습니다. "안 돼, 보보. 안 돼. 그러지 마, 엄만 나무에 올라가는 사람 싫어해." "왜요?" 그는 어머니에게 반항하고 싶을 때면 늘 그랬듯 그녀를 등진 채 물었습니다. "됐다." 그녀가 말했고, 그는 그녀의 한숨 소리를 들었습니다. 배가 부풀어 오르면서 그녀가 하기 시작한 행동이었습니다. 그때, 그녀가 말했습니다. "나무에 올라가면, 엄만 널 좋아하지 않을 거야." 주인은 그 말에 담긴 체념이 최후통첩이라는 걸 알고 있었습니다.

그가 이런 생각을 하고 있을 때 은달리가 방에서 나와 말했습니다. "논소, 탠틸라이저에 가자, 나 배고파." 처음에 그는 두 여인의 목소리를 구분할 수 없었지만, 은달리가 거실로 더 들어와 바닥에 발을 굴렀습니다. "논소, 나 얘기하고 있잖아!"

"어, 마미. 그래, 그래. 가자."

그들은 고요함을 품고 천천히 걸었습니다. 인간의 의지를 넘어선 어떤 권위가 말을 해서는 안 된다고 명령이라도 한 것처럼 말입니다. 그들은 빛바래고 곰팡이가 슬어가는 울타리들과 쓰레기로 막힌 배수로 사이의 좁은 거리를 가로질렀습니다. 구덩이가 움푹움푹 팬 길 반대편에는 완공되지 않은 다층 건물이 족쇄처럼 나무 비계(飛 階)를 차고 있었고, 그 건물 안의 방에 새들이 앉아 있었습니다. 그 가 새들을 보고 있는데, 은달리가 속삭임보다 조금 큰 목소리로 이 럴 줄 알았다면 그를 떠났을 거라고 말했습니다.

"왜 그런 말을 해, 마미?"

"난 이만한 희생을 할 가치가 있는 사람이 아니니까. 이 모든 게…… 너무 지나쳐."

두 사람이 식당에 들어갈 때까지 그는 입을 열지 않았습니다. 그 녀가 한 말에 마음이 흔들렸기 때문이었습니다. 식당은 사람들의 수다로 생기가 넘쳤습니다. 민무늬 셔츠를 입은 남자들과 사무직 직원 몇 명, 여자 두 명이 있었고, 스피커에서는 낮은 곡조로 노래 가 흘러나오고 있었습니다. 그는 그녀가 한 말에 격렬히 반박하고 그녀에게는 그럴 만한 가치가 있다고 강변하고 싶었습니다. 하지만 그러지 않았습니다. 그는 이제 대체로 후회하고 있었으며 성급하게 일을 벌였다는 그녀의 생각에도 동의했지만, 벌여놓은 일을 물리기 엔 너무 늦었다는 걸 알고 있었으니까요. 그는 아버지에게서 물려 받은 농장을 팔았습니다. 2학기분의 수업료를 1년 치 숙박료와 함 께 이미 지불했습니다. 게다가 키프로스로 돌아가 있는 자미케에게

2000유로를 더 주었습니다. 여행을 할 때 너무 많은 돈을 들고 다닐 필요가 없도록 '유지비'라는 명목으로 건넨 돈이었습니다. 가방에는 마지막으로 남은 국제 화폐인 600유로가 들어 있었습니다. 은행에 있는 4만 2천 나이라와 닭들을 전부 팔아 얻게 될 얼마일지 모를 돈이 그에게 남은 전부였습니다.

식당 한쪽 구석에 자리를 잡았을 때, 은달리가 방금 했던 말을 다시 했습니다.

"왜 그런 말을 해?" 그가 말했습니다.

"논소, 네가 나 때문에 신세를 망쳤으니까!" 그녀가 말했습니다. 주인이 보기에 그 말에는 분노가 담겨 있었습니다. 은달리는 고개를 돌려 주변을 둘러보더니, 감정이 북받쳐 너무 큰 목소리로 말했다는 걸 깨달은 듯 속삭였습니다. "넌 너 자신을 망쳐버렸어, 논소."

추쿠시여, 이 예상치 못한 선언이 주인에게 끼친 영향은 심대했습니다. 꼭 무언가가 그의 영혼 속 풍경을 둘로 찢으며 지나가는 것처럼 느껴졌습니다. 그는 마음을 다잡으려고 애쓰며 이렇게 말했습니다. "나는 나 자신을 망치지 않았어, 조금도."

"망쳤어." 그녀가 말했습니다. "이 그부 오 레 온웨 기.*"

그녀가 이보어로 말을 바꾸자 그는 놀라 입을 다물었습니다.

"어떻게 모든 걸 팔아버릴 수가 있어, 논소?"

"난 그 사람들이 우릴 갈라놓는 게 싫었어."

"그래, 하지만 넌 네가 가진 걸 전부 팔아버렸어, 논소." 그녀는 다

---

* 너도 알잖아. (이보어)

시 말하고 그를 돌아보았습니다. 주인은 그녀가 다시 울기 시작했다는 걸 알아차렸습니다. "나 때문에, 나 때문에. 왜 그랬어, 논소?"

그는 침을 꿀걱 삼켰습니다. 이제야 자기가 저지른 일의 실체가 보였기 때문입니다. 말로 표현하고 나자 그 일의 심각하고도 참담한 규모가 드러났습니다.

"아냐, 전부 되찾을 거야……." 그가 말했습니다. 하지만 그녀가 고개를 젓고 눈시울을 붉히는 것이 보였습니다. 그는 말을 멈추었습니다. 그녀는 주변 사람들에게 우는 모습을 들킬까 봐 걱정되는 듯 주위를 둘러보았습니다. "농장은 학교에 가려고, 해외에 가려고 판 거야. 거기서는 농장값을 다 보상할 수 있어. 열 배로 되찾을 거야. 거기서 직장을 얻어서……."

음식이 나왔습니다. 그는 잡탕밥, 그녀는 볶음밥, 곁들임 요리는 고기 파이였습니다. 잠시 긴장이 풀린 틈을 타서, 저는 그의 마음속에 그녀를 더 강한 말로 안심시키라는 생각을 비추었습니다. 저는 그가 결정하기까지 고려했던 모든 것들을 상기시켜주었습니다. 아들을 학교에 보내려고 땅을 팔았던 남자를 떠올리게 했지요. 에제우와시여, 저는 그가 학위를 따고 돌아와 그녀와 결혼하면 그녀의 아버지가 가진 영향력으로 직업도 얻고 새로운 양계장을 사고 새로운 닭장도 지을 수 있을 거라고 생각했다는 사실을 일깨웠습니다. 집? 집이야 무슨 가치가 있겠습니까? 집이 크다는 건 생각하지 못했을지 모르지만, 아마우준쿠가 우무아히아에서 가장 살기 나쁜 장소 중 한 곳이라는 건 확실히 고려했습니다. 그래서 주인은 웨이터가 떠나기만을 기다리다가 그가 떠나자마자 이렇게 말했습니다.

"나는 밥벌이도 하고 사랑하는 여자도 부양할 거야. 학위를 따고 좋은 직업을 얻으면 열 배는 더 좋은 집을 살 수 있어, 마미. 이 더러운 거리를 봐. 어쩌면 다른 곳으로 갈 수 있을지도 몰라. 어쩌면 에누구로도 갈 수 있을 거야. 그게 나아, 마미. 정말 그게 나아. 그 사람들이 우리를 갈라놓게 내버려두는 것보다는 말이야."

하지만 은달리는 그냥, 그가 아주 오랫동안 기억하게 될 모습으로 고개를 저었습니다. 그녀는 더는 아무 말도 하지 않았으며 거의 아무것도 먹지 않았습니다. 그저 두 뺨을 따라 끊임없이 흘러내리는 눈물을 닦아낼 뿐이었습니다. 그녀가 슬퍼하자 그는 마음이 혼란스러워졌습니다. 그녀가 자신의 결정에 이렇게까지 강하게 반응하리라고는 예상하지 못했으니까요. 주인은 집으로 걸어가면서 그녀의 손을 잡았지만, 집 근처에 다다르자 그녀가 손을 뺐습니다. "네 손에서 또 땀 나." 그녀가 말했습니다. 그는 바지에 손을 닦고 길가 배수로에 침을 뱉었습니다.

그녀는 혼자서, 그에게서 떨어져서 걷기 시작했습니다. 그는 그녀가 걸어가는 모습을, 한 걸음 한 걸음 나긋나긋하게 걸을 때마다 꽉 끼는 치마의 천 너머에서 흔들리는 그녀의 엉덩이를 보고 있었습니다. 그때 오토바이를 탄 한 남자가 지나가면서 그녀에게 소리쳤습니다. "아사-은와*, 안녕?" 그녀는 남자에게 혀를 찼고, 남자는 웃으면서 오토바이를 웅웅거리며 떠났습니다. 주인은 이제 심장이 반으로 쪼개진 채로 서둘러 그녀에게 갔습니다. 그녀는 돌아서서

* 아가씨. (이보어)

248

그를 보았지만 말은 없었습니다. 그는 세상 자체가 갑자기 텅 비어 버리기라도 한 것처럼 떠나가는 남자와 그의 등 뒤 텅 빈 거리를 언뜻 보았습니다. 이것이, 그가 떠나면 다른 남자들이 다가오리라는 점이 그녀가 가장 두려워했던 일일지도 모른다는 생각이 문득 들었습니다. 그 순간, 주인은 아직 집을 팔지 않았던 며칠 전에 이런 일이 일어났으면 좋을 뻔했다고 생각했습니다.

그날 밤 늦게 집에 돌아온 그가 그녀의 옷으로 손을 뻗자, 그녀는 카메라를 그의 손에 쥐여주고 옷을 전부 벗더니 자기 사진을 찍으라고 했습니다. 첫 번째 사진을 찍는 그의 손이 떨렸습니다. 사진은 즉시 카메라 맨 위쪽으로 인쇄되어 나왔습니다. 똑바로 선 그녀의 전신사진이었습니다. 그녀의 유연한 두 가슴이 카메라를 빤히 바라보고 있었습니다. 젖꼭지가 팽팽하고 단단했습니다. 그녀는 그 사진이 그를 위한 것이라고 말했습니다. "하고 싶으면 사진을 보면 돼." 그는 그녀의 곁에 누워, 그녀가 이런 일을 한 것이 그녀를 소리쳐 불렀던 남자 때문인지 궁금해졌습니다. 그러자 이상한 두려움이 찾아와 밤 내내 그를 사로잡았습니다.

추쿠시여, 옛 아버지들은 신이 가려움증을 만들어내면서 인간에게 긁을 손가락도 함께 주었다고 말합니다. 은달리가 슬퍼하자 기쁨에 새는 구멍이 생기긴 했지만, 그날 저녁 그녀가 돌아와 사랑해 달라고 말하는 순간 주인은 기분이 나아졌습니다. 그녀는 자기가 슬픈 이유는 주로 그가 그리울 것이기 때문이라고 말했고, 그는 그녀가 자기와 함께 살 수 있게 될 것이며 그때까지는 자주 돌아오겠다고 그녀를 안심시켰습니다. 학위는 빨리 나올 테고, 자기는 학위만 따면 된다고 말입니다. 그는 아주 열성적으로 이런 말을 했습니다. 그날이 오기 전까지 다른 남자들이 엿보도록 은달리를 혼자 남겨두고 떠난다는 게 걱정스러웠기 때문입니다. 그다음 주, 주인이 아부자로 가게 된 때에는 그의 말이 효과를 발휘하여 은달리도 더는 슬픔에 젖어 있지 않았습니다. 그녀는 그를 버스터미널까지 태워다 주고 부모의 집으로 돌아갔습니다.

주인은 아부자로 비자를 받으러 갔는데, 전날 밤에는 비가 심하게 내렸고 아침에는 폭풍 때문에 주요 도로가 폐쇄되었습니다. 도로 한가운데에 구덩이가 생겨났습니다. 아비아 라인 우등버스 정도의 자동차는 모두 익사시킬 만큼 큰 구덩이였지요. 기사는 돌아가는 길을 선택했고, 주인은 해 질 녘이 되어서야 아부자에 도착했습니다. 그는 택시를 타고 자미케가 추천해준 쿠브와 근처의 싸구려 호텔로 향했습니다. 호텔 사람들은 자미케를 알고 있었습니다. 그들은 그를 터키 사람이라고 불렀습니다. "좋은 사람이죠, 착한 사람이에요." 입에서 토사물 비슷한 냄새가 나는 계산원이 말했습니다. 그 남자의 말에 홀딱 넘어간 주인은 여행 가방을 방 안으로 들여가다 말고 문득, 친절을 베풀어준 자미케에게 감사의 표시로 아무것도 주지 않았다는 생각을 떠올렸습니다. PC방에도 가고, 이민국에도 가고, 출생신고서를 대신할 선서진술서를 쓰려고 고등법원에도 가고, 집을 살 사람을 찾으러도 가고…… 자미케는 네 차례나 이리저리 바쁘게 함께 다녀주었지만 주인은 그에게 맥주밖에 사주지 않았습니다.

주인은 걱정스러워졌습니다. 은혜도 모르는 짓이라고 보일지도 모르는 그런 실수를 저지른 자신을 속으로 욕했지요. 그는 즉시 자미케에게 전화를 걸기로 하고, 호텔 바깥의 노점상에서 산 글로바콤 전화카드를 긁어 핸드폰에 등록했습니다. 전화를 걸었지만 자미케는 받지 않았습니다. 이어 낯선 목소리가 나오더니 영어로 번역된 내용이 이어졌습니다. 주인은 그 내용과 말투를 비웃었습니다. 다시 전화를 걸자 이번에는 자미케가 받았습니다.

"한밤중에 어떤 멍청이가 전화를 거는 거야?"

주인은 누가 막대로 등을 후려친 것처럼 깜짝 놀랐습니다. 그는 서로가 다른 시간대에 있다는 걸 떠올리지 못할 만큼 멍청한 사람이 자신이었다는 걸 자미케가 눈치채지 못하도록 조용히 있을까 하는 생각이 들었지만, 원하는 방식으로 자신을 통제하기에는 너무 당황한 상태였습니다.

"누구냐니까?"

"미안해, 브라더." 그가 말했습니다. "나야."

"아, 아, 보보 솔로!"

"그래, 나야. 미안······."

"아니, 아냐, 아냐. 내가 미안하지. 오늘에야 간신히 들어왔거든. 나는······."

자미케의 목소리가 알아들을 수 없는 소리들의 벽 뒤로 사라졌다가 "에비", "옴"이라는 불협화음의 메아리와 함께 다시 나타나더니 다시 공백이 되었습니다. "자미, 듣고 있어? 들려?" 그가 말했습니다.

"응, 보보 솔로. 내 말 들려?"

전화가 곧 끊어질 거라는 경고음에 대화가 끊겼습니다. 그 소리가 끝났을 때는 자미케가 말하고 있었습니다. "그래서 너한테 전화를 한 번도 못 한 거야. 하지만 솔로, 비자는 받았지?"

"지금 아부자야. 겨우 오늘 도착했어."

"아. 이런! 보보 솔로, 이런, 이런!"

"그건……."

다시 띵 소리가 나더니 전화가 끊어졌습니다. 그는 방 안에 딱 하나 있는 탁자—텔레비전과 성경, 앞면에는 TV 채널, 뒷면에는 호텔 식당의 메뉴를 나열한 코팅된 카드가 놓여 있는—에 핸드폰을 올려놓았습니다. 방 한구석, 닫힌 커튼 근처에는 작은 바퀴벌레가 벽에 매달려 더듬이를 뒤쪽으로 구부리고 있었습니다. 그가 옷을 벗는데 전화가 울렸습니다. 화면을 보니 은달리였습니다.

"그냥 안전하게 갔는지 알고 싶어서." 그녀가 말했습니다.

"그래, 오빔. 하지만 도로 상태가 아주 나빴어. 너무 나빴어."

"너희 주지사 오르지 칼루 탓이지."

"미친놈이야."

그녀가 웃었습니다. 그때 배경에서 수탉 소리가 멀찍이 들렸습니다.

"어디야?"

"너희 집."

그는 망설였습니다. "왜, 마미? 거기서 뭐 하고 있어? 닭들한테 먹이를 준 다음에는 집에 가야 한다고 했잖아."

"논소, 네가 여행을 갔는데 애들을 혼자 놔둘 수는 없어. 내가 무

252

슨 오이보*나 달걀이라도 돼?"

그녀의 말이 그의 심장을 찔렀습니다.

"사랑해, 마미." 그가 말했습니다. 단어들이 머릿속에 고여 들었지만, 그는 그녀가 한 일에 놀라 아무 말도 하지 못했습니다. "혼자서 직접 모이를 주고 있는 거야?"

"응." 그녀가 말했습니다. "달걀도 주웠어."

"몇 개나?"

"일곱 개."

"마미." 그는 입을 열었다가 그녀가 "응?"이라고 말하자 조용해졌습니다. 왜 갑자기 눈물이 날 정도로 감동했는지 이유를 알 수 없었기 때문입니다. "내가 떠나는 게 정말로 싫으면 내일 돌아갈게. 집 판 돈을 돌려주고 다시는 팔지 않을게. 자미케한테 등록금을 다시 보내달라고 할게. 뭐든지 말해, 마미. 어쨌든 학교에 다니기 시작한 건 아니잖아?"

이 말들은 아주 빠르게 쏟아져 나왔습니다. 자기가 한 말이라고 생각하니 놀라울 정도였지요. 말을 하는 동안에도 기이한 침묵이 그 말과 떼어놓을 수 없는 일부가 되었습니다. 그 모든 말을 하자마자, 주인은 자기가 오직 그녀를 위해서 이런 말을 했을 뿐이라는 걸 알아차렸습니다. 그는 그녀가 대답하기를 기다렸습니다. 마음이 종달새 깃털처럼 가벼웠습니다.

"무슨 말을 해야 할지 모르겠어, 오빔." 그녀가 잠시 후에 말했습

---

* 코코넛. (이보어)

니다. "넌 좋은 사람이야, 아주 좋은 사람. 나도 널 사랑해. 네 결정을 응원하고. 하느님께서 나한테 좋은 사람을 보내주셨으니까." 그녀의 깊은 한숨 소리가 들렸습니다. "가."

"가야 해, 마미? 네가 가지 말라고 하면, 나를 만드신 주님께 맹세하고 안 갈 거야."

"그래. 가."

"알았어, 마미."

"씨암탉이 또 분홍색 알 낳은 거 알아?" 그녀가 말했습니다.

"아, 오비아겔리가 낳은 거야?"

"응. 프라이를 해 먹었어. 아주 맛있더라."

그들은 웃었습니다. 전화를 끊고 나서 한참이 지나, 그는 떠나지 않기로 했으면 좋았을 거라는 생각이 들었습니다. 그날 온종일 주인의 가슴을 가득 채웠던 기쁨은 후회라는 편파적인 장막에 가려져 버렸습니다. 그의 치인 저는 그가 좋은 결정을 내렸다고 느꼈고, 이러한 희생이 그에 대한 은달리의 사랑을 파괴하기보다는 더욱 굳건하게 하리라고 확신했습니다. 추쿠시여, 만일 저라도 미래를, 앞으로 벌어질 일을 알 수 있었다면 이런 어리석은 생각은 하지 않았을 것입니다!

하지만 이튿날 해 질 녘, 대사관으로 갔을 때는 기쁨이 다시 돌아와 그의 가슴을 가득 채웠습니다. 호텔로 돌아가는 택시에서 여권의 비자와, 자미케가 알려준 곳에서 산 터키항공 항공권을 보며 흐느꼈을 정도입니다. 호텔로 돌아간 그는 어떤 신적인 일이 자신에게 일어난 것만 같은 기분이었습니다. 주인의 아버지는 죽기 전에 자신의 아내가, 그러니까 주인의 어머니가 자식들을 돌보고 있는 게 분명하다는 말을 한 적이 있습니다. 주인은 아버지가 그 말을 했던 게 자신이 무시무시한 사고를 당할 뻔했으나 빠져나왔을 때라는 걸 떠올렸습니다. 4년 전, 주인이 버스를 타고 삼촌을 만나러 가려다가 마지막 순간에 내렸던 때의 일입니다. 버스가 막 출발하려는데, 어떤 승객이 야생동물 고기를 누런 자루에 담아 도착했습니다. 주인은 여행 내내 그 냄새를 견딜 수 없다고 불평했습니다. 그는 그 버스에서 내려 다른 버스로 갈아탔습니다. 그날 늦은 시각, 그는 먼젓번 버스가 알아볼 수 없을 만큼 부서진 모습을 저녁 뉴스에서 보게 되었습니다. 승객 아홉 명 중 오직 두 명만이 그 사고에서 살아남았습니다. 그가 모르는, 저조차 알 수 없는 무언가가 고기를 든 그 남자를 데려와 주인이 어쩔 수 없이 버스를 떠나도록, 때 이른 죽음에서 탈출하도록 한 것입니다. 지금은 같은 존재가 자미케를 데려다준 건지 모른다는 생각이 들었습니다. 그가 이처럼 필요로 할 때 어느 자애로운 신의 손이 그를 도와주러 나타난 것입니다. 앞서도 언급했지만, 그의 치인 저는 이것을 제 주인이 치오키케의 정원에서 얻은 행운이라는 선물의 결과라고 생각했습니다.

호텔로 돌아가는 길은 길었고, 여러 곳에서 교통이 정체되었습니다. 그는 눈을 감고 미래를 상상했습니다. 그와 은달리가 아름다운 외국의 집에 함께 있었습니다. 애를 써야 했지만, 그는 아이, 커다란 축구공을 들고 있는 아들과 함께 있는 그들을 그려보았습니다. 이런 상상은 어설프고 불분명했으나 그의 영혼을 달래주었습니다. 그는 오랫동안 북적거리는 삶의 부분들을 급류를 탄 듯 헤치고 지나던 길 잃은 사람이었지만, 이제는 모든 것이 자랄 수 있는 비옥한 희망을 발견했습니다. 그는 호텔에서 은달리에게 전화를 걸었지만, 그녀는 받지 않았습니다. 그녀가 다시 전화를 걸기를 기다리며 누워 있던 그는 선잠에 빠져들었습니다.

오니에케루우와시여, 비자를 받아 우무아히아로 돌아온 이후 그는 여행에 더 큰 확신을 품었습니다. 하여, 그 여행이 낳은 불안과 두려움도 확실해졌지요. 결국 여행을 떠나기 전, 마지막 한 주는 먹이를 쫓는 표범처럼 빠르게 지나갔습니다. 하늘을 나는 배에 타기로 한 라고스로 가기 전날 밤에 주인은 은달리를 달래느라 애쓰고 있었습니다. 마지막 며칠 동안 그녀의 슬픔이 주인을 놀라게 할 정도로 많은 새끼를 치며, 우기의 토란처럼 자랐으니까요. 주인이 팔지 못하고 남은 물건은 이미 밴에 실은 뒤였습니다. 대부분은 부모님이 썼던 물건이었습니다. 엘로추쿠가 찾아와 바이나톤 충전식 손전등을 갖고 싶다고 했고, 주인은 그걸 공짜로 내주었습니다. 은달리는 아무것도 갖지 않으려 했습니다. 주인이 물건을 팔지 못하게 맞서 싸웠지요. 밴을 아바의 삼촌 집 창고에 보관할 거라면 소지품도 함께 맡겨놓으면 되지 않느냐고 물었습니다. 마지막으로 거실 물건을 밴에 싣기 시작한 그때, 은달리가 무너져 내렸습니다.

"은달리한테는 쉽지 않을 거야." 엘로추쿠가 말했습니다. "그건 너도 알아야 해. 그래서 저렇게 느끼는 거야."

"알아." 주인이 말했습니다. "하지만 내가 엘루이궤에 가는 건 아니잖아. 난 이 세상을 떠나는 게 아니라고." 그는 그녀를 잡아당겨 입을 맞추었습니다.

"그런 말이 아니잖아." 그녀가 흐느꼈습니다. "그래서 이러는 게 아냐. 그냥, 지난 며칠 동안 나쁜 꿈을 꿔서 그래. 나쁜 꿈이었어. 나랑 우리 가족 때문에 네가 모든 걸 팔다니."

"그럼, 내가 가지 않기를 다시 바라는 거야, 마미?"

"아니, 아니야." 그녀가 말했습니다. "가라고 했잖아."

"봤지?" 엘로추쿠가 두 손을 활짝 펴며 말했습니다.

"곧 돌아올게. 그러면 우린 다시 함께할 수 있을 거야, 마미."

이 말에 그녀는 고개를 끄덕이며 억지로 미소를 지었습니다.

"그렇지!" 엘로추쿠가 그녀의 얼굴을 가리키며 말했습니다. "이제야 행복해하네."

주인은 웃었고, 그런 다음에는 그녀를 끌어안으며 입을 맞추었습니다.

에그부누시여, 꽤 오랜 시간 동안 동반자를 떠나 있게 되는 이런 순간에는 사람들이 모든 일을 서두르며 흥분해서 하기 마련입니다. 마음은 이런 일을 특별한 유리병에 보관하지요. 이런 일들이야말로 마음이 언제까지나 기억하게 될 순간이기 때문입니다. 바로 그런 이유로, 주인은 짐을 모두 실은 뒤 은달리가 그의 머리를 잡고 얼굴을 들여다보며 말하던 그 모습을 언제까지고, 몇 번이고 다시 떠올리게 되었나이다.

주인은 그녀를 뿌리치고 눈물을 흘리며 집으로 달려 들어갔습니다. 벽밖에는 아무것도 남은 게 없었습니다. 잠깐은 방을 아예 알아볼 수가 없었습니다. 심지어 뒤뜰조차 예전 모습과는 전혀 다르게 보였습니다. 닷새 전만 해도 닭들이 있던 자리에는 빨간 머리 도마뱀이 발가락 사이에 깃털을 구겨 넣고 서 있었습니다. 밴에 처음으로 짐을 실을 때, 주인은 어떤 면에서는 사람의 인생을 그가 소유한 물건들로 헤아릴 수도 있다는 걸 깨달았습니다. 하여, 그는 잠깐 멈춰 재고를 조사했습니다. 세월과 역사와 닭들이 있던 커다란 농장. 그때까지만 해도 그 농장의 모든 것이 전부 그의 것이었습니다. 작은 밭. 그곳에서 나는 모든 작물과 수확물도 그의 것이었습니다. 모든 가구. 흑백 은판사진을 포함한 낡은 사진들. 아버지의 것이었던, 마대 하나를 거의 다 채우던 레코드판, 낡은 라디오와 가방과 연. 그 외의 많은 물건들. 1978년 이래로 그는 아버지의 첫 자동차(오지강 근처에서 박살 나버린)의 녹슨 문 같은 이상한 것들도 물려받았습니다. 아버지가 새끼 거위의 어미를 쏘았던 그 사냥용 소총도 있었습니다. 등유 풍로 두 대, 냉장고, 식탁 근처의 작은 책장, 아버지의 침대 근처 스툴에 놓여 있는 커다란 옥스퍼드 사전, 아버지의 침실 벽에 걸려 있는 이코로 북. 여기저기 기우고 때우고 단추도 떨어진 피투성이 비아프라 군복과 그 군복이 들어 있는 할아버지의 금속제 서류 가방. 굽은 칼 여러 자루. 아버지의 공구함. 아직도 여동생의 벽장에 정리되어 있는 그 애의 남은 옷들, 사기그릇 10여 개. 나무 숟가락 여러 벌. 요리용 사발과 막자, 플라스틱 물통들, 거미와 거미 알로 가득한 낡은 커피 깡통 여러 개. 여러 해 동안 아버지의 유일한 자동차였던, 농장의 이름이 적혀 있는 밴까지. 주인은 자신이 어린 시절을 보낸 이 땅 전체를 소유하고 있었습니다. 물질적이지 않은 것들도요. 구아버 나무의 잎사귀들이 비가 내릴 때면 소나기가 되어 수백 곳에 떨어지는 모습, 린치를 가하려는 화난 군중에게서 벗어나려고 울타리를 넘어 농장으로 들어왔던 도둑에 대한 기억, 폭동에 대한 두려움, 아버지가 그에 대해 품었던 꿈, 크리스마스를 기념했던 수많은 일, 놀라서 입도 열지 못하던 희망과 자제력을 잃지 않으려던 분노, 시간의 축적, 삶의 기쁨, 죽음의 슬픔……. 그 모든 것이 오랫동안 그의 것이었습니다.

그는 주위를 둘러보았습니다. 주변의 울타리와 우물과 구아버 나무와 그 모든 것을요. 그러자 이 농장이 그의 일부였다는 사실이 문득 떠올랐습니다. 이 순간부터 주인은 현재를 살지만 꼬리는 영원히 과거로 뻗치고 있는 동물처럼 살아가게 될 것이었습니다. 이 집의 열쇠들을 새 주인에게 넘겨주기로 한 엘로추쿠가 그 모든 것을 걸어 잠갔을 때, 그를 가장 심하게 무너뜨리고 흐느끼게 만든 것은 이 생각이었습니다.

가가나오구시여, 주인이 흐느낀 까닭은 모든 어린아이가 과거의 자기 존재를 전혀 모르고 태어나기 때문입니다. 그는 해수면처럼 텅 빈 채로 탄생합니다. 아니, 재탄생한다고 해야겠군요. 그러다가, 아이는 자라면서부터 기억들을 얻습니다. 사람은 아는 것이 쌓여가기에 살아갑니다. 다른 모든 것이 벗겨져 나가고 혼자가 된 사람이 자기 안의 세계로 뛰어드는 것도 그래서입니다. 혼자가 되면, 그 모든 것이 차곡차곡 쌓여 하나의 총체를 이룹니다. 사람의 진짜 모습은 혼자 있을 때의 모습이지요. 혼자 있을 때면 그의 존재를 구성하게 된 모든 것 중 일부가—근본적인 감정, 그의 가슴속에 있는 근원적인 동기들이 —내면 깊은 곳에서 존재의 표면으로 떠오르니 말입니다. 사람이 혼자 있을 때 그 어떤 것과도 다른 표정을 짓는 까닭이 그래서입니다. 다른 사람이 다가오면, 그 표정은 촉수처럼 쭈그러들고 다른 이에게는 새로운 얼굴이라고 할 만한 다른 무언가를 내보입니다. 그러므로 주인은 라고스로 가는 심야 버스 여행 내내 혼자서, 다른 누구에게도 보이지 않을 표정을 짓고 기억을 곱씹었습니다.

오른쪽에 앉은 남자가 악취를 풍기는 바람에 밤 내내 괴롭기는 했지만, 주인은 칸막이 자리에서 맨 뒤 좌석까지 늘어선 가방 중 하나에 머리를 기대고 여러 번 잠들었습니다. 그는 생생한 꿈을 꾸었습니다. 어떤 꿈에서는 그와 은달리가 교회의 중앙 통로를 걸어가고 있었습니다. 사방에 빛이 있었습니다. 제단 뒤 벽에 그려진 성인들과 지조스 크라이스트, 성모의 그림들 위까지도 말입니다. 은달리가 종종 이야기하던 그녀의 교회였습니다. 사제인 샘슨 신부가 두 손을 맞잡고 그 손에서 묵주를 대롱거리며 서 있었습니다. 머리에 커다란 흉터가 있는 복사가 소리통이 깊은 베이스드럼을 연주하자 그 소리가 작은 사제관 근처에서 울렸습니다. 미소 띤 얼굴로 춤을 추면서 눈앞을 지나가는, 아주 아름다운 옷을 입은 그녀의 어머니가 보였습니다. 그녀의 아버지도 있었고, 지금보다도 길어진 턱수염이 밝고 흰 피부에서 두드러지는 추카도 있었습니다. 둘 다 미소를 짓고 있었으며 정장 차림이었습니다. 주인은 매우 기뻐하며 자신을 내려다보았습니다. 그가 입은 정장도 같은 것이었습니다! 세 벌이 모두 같았습니다. 엘로추쿠가 입은 것까지도요. 그런데 저

세 번째 사람은 누구일까요? 두 볼이 빵빵하고 머리가 둥글며 머리카락이 섬처럼 생긴 저 사람, 맨살 주변에 원뿔 모양으로 머리카락이 난 저 사람은? 그를 도와주러 온 자미케였습니다! 그도 같은 파란색 정장과 검은 넥타이 차림이었습니다. 자미케는 주인의 등 뒤로 이어진 행렬 맨 끝에서 결혼식 노래의 박자에 맞춰 춤을 추며 땀을 흘리고 있었습니다.

나의 아내는 주님께서 내게 주신 이
나의 남편은 주님께서 내게 주신 이
주님께서 내게 주셨으니
시간의 끝까지 이어지리라

잠에서 깨보니 버스는 숲 사이 고속도로를 지나고 있었습니다. 버스의 헤드라이트와 빠르게 달려가는 이웃 자동차와 트럭과 대형 화물차의 헤드라이트만이 어둠 속의 유일한 조명이었습니다. 그는 일어나 앉아 전날 밤을 생각했습니다. 은달리에게는 힘들었던 밤이자 어둠이 천천히 똑똑 떨어져 병에 괴는 빗물처럼 짙어지던 밤이었지요. 주인은 그녀가 온종일 슬픔을 감추려고 애썼다는 걸 알 수 있었고, 그녀에게 울지 말라고 여러 번 말해야 했습니다. 밤이 되자 그녀는 몸 상태가 나빠져 땀에서 말라리아 환자 같은 냄새를 풍기면서도 그날이 마지막 날이니 사랑해달라고 했습니다. 하여, 그는 두근거리는 가슴으로 천천히 그녀의 다리에서 속옷을 벗겨냈습니다. 그녀가 다시 한번 알몸으로 그곳을 준비해놓고, 기쁜 듯 키득

거리면서도 두 눈은 감고 있을 때, 그녀의 두 눈에는 눈물이 어렸고, 그는 반바지 단추를 풀었습니다. 그는 천천히, 부드럽게 그녀의 손을 잡았고 그녀는 그의 목을 두 손으로 감았습니다. 그는 그녀와 사랑을 나누었고 그러는 내내 그녀는 그를 꽉 잡고 있었습니다. 너무 꽉 잡고 있어서 그는 그녀의 몸 안에 사정했습니다. 정액이 그녀의 몸 안에서 그녀의 다리로 흘러내렸습니다.

그는 다시 잠들었고, 저는 그가 자고 있을 때면 늘 그러듯 밖으로 나왔습니다. 버스는 수호령과 방랑하는 피조물로 붐볐고 그 소음에 귀가 먹을 것만 같았습니다. 색깔이 너무 엷어 어둠이라는 천 속의 작은 공단처럼 보이는 안개 속 유령, 아칼리오골리가 옆자리 남자의 어깨에 머리를 기대고 잠든 앞좌석의 젊은 여자 옆에 앉아 있었습니다. 유령은 그녀의 곁에 서서 흐느꼈습니다. "오콜리랑 결혼하지 마, 그럼 안 돼. 사악한 사람이야, 날 죽인 놈이라고. 그자는 거짓말을 하고 있어. 안 돼, 안 돼, 응고지. 그러면 내 영혼이 절대 쉬지 못할 거야. 그자는 너를 가지려고 나를 죽였어. 응고지, 제발 그러지 마." 그러더니 유령은 마음을 산산조각 낼 듯 목청껏 통곡하고, 처음부터 다시, 또다시 간청했습니다. 저는 그 존재를 잠시 지켜보았고, 문득 그것이 오랫동안, 아마 여러 달 동안 같은 일을 해왔을지 모른다는 생각이 들었습니다. 저는 그 유령 때문에 슬퍼졌습니다. 자신의 몸과 수호령에게 모두 버림받은 오니에우와, 알란디이치에로 올라갈 수도 없고 환생할 수도 없는 오니에우와라니. 끔찍한 일입니다!

주인은 남은 여행 내내 잠을 자다가, 버스가 해안을 따라 오조타 주차장으로 들어갈 때가 되어서야 깨어났습니다. 주차장에 팬 커다란 구덩이들이 갑자기 대낮의 악몽이 되면서 혼란을 일으켰으니 말입니다. 비가 부슬부슬 내리고 있었고 빵, 오렌지, 손목시계, 물을 파는 노점상들이 아연 판으로 지붕을 이고 철 기둥을 받쳐놓은, 곁에 빨간 페인트로 주차장 이름을 써놓은 천막에 몸을 피하고 있었습니다. 다만 병에 든 음료수를 파는 사람은 비를 무릅쓰고 밖으로 나와 있었습니다. 버스가 멈추어 서자, 그가 눈을 가늘게 뜨고 달려왔습니다. 주인은 불결한 자기 입 상태를 걱정하며 재빨리 내렸습니다. 입 냄새를 풍기며 키프로스에 도착하기 싫으면 비행기에 타기 전 공항에서 양치를 하라던 은달리의 말이 기억났습니다.

그가 버스에서 커다란 여행용 가방 두 개를 내리기도 전에 택시 기사 두 명이 짐을 받으러 달려 나왔습니다. 주인은 키가 작고 깡말랐으며 눈이 툭 불거진 첫 번째 남자에게 짐을 넘겼습니다. 그 남자는 놀라울 정도로 빠르게 짐을 들더니, 주인이 무슨 일인지 깨닫기도 전에 이미 버스 주차장을 훌쩍 나서고 있었습니다. 주인은 두 손으로 다른 가방을 배에 딱 붙여 들고 그 남자를 따라갔습니다. 혼잡한 교통 상황을 헤치며 경적을 울려대는 자동차와 버스 사이로 정처 없이 걸어갔지요. 공기가 소음으로 가득했고 비는 천천히 쏟아졌습니다. 멀리 다리가 보이기 시작하더니 그 너머로 물이 보였습니다. 사방에 새들이 아주 많은 것 같았습니다. 택시 기사는 구멍이 잔뜩 난 벽돌로 지어져 있고 베란다에 남자 몇 명이 앉아 있는, 완공되지 않은 건물 앞에 멈춰 섰습니다. 주인이 탈 자동차는 택시 두 대 중 한 대로, 매우 낡아 있었습니다. 뒤쪽이 심하게 우그러져 있었고, 백미러 한쪽은 없어져 플라스틱 손잡이 절반만 붙어 있었습니다. 남자는 그의 가방을 트렁크에 던져 넣더니 주인이 손에 들고 있던 가방도 받아 먼지 낀 트렁크의 스페어타이어 위에 내려놓았습니다. 그런 다음 닫힐 때까지 트렁크 뚜껑을 쾅쾅거리다가, 주인에게 타라고 신호했습니다. "공항!" 그는 기사가 베란다에 있는 남자들 중 한 명에게 말하는 소리를 들었습니다. 그러고 나서 그도 자동차에 탔습니다.

2부

두 번째 주문

디케나가, 에쿠에메시여—

　부디 제 두 번째 주문을, 엘루이궤의 언어를 제물로 받아주소
서—

　이것을 응보로구-오지로, 네 쪽으로 갈라지는 콜라 열매와 같은
것으로 받으시옵소서—

　저는 당신께서 인류의 수호령인 저희에게 베추쿠의 빛나는 법정
에 서서 주인들을 위하여 증언하게 해주신 특권에 마땅히 찬양을
바치옵니다—

　아버지들은 두 손을 깨끗이 씻는 아이는 조상들과 한자리에서 먹
게 될 것이라 말하나이다—

　에그부누시여, 제 주인의 두 손은 깨끗하니, 그가 조상들과 한자

리에서 먹게 하소서―

　에제우와시여, 독수리와 매를 횃대에 앉게 하시고 둘 중 누구라
도 다른 새가 앉지 말아야 한다고 하면 그 새의 두 날개를 꺾으소
서―!

　제 주인이 아비지들의 땅을 떠났으니 이젠 그의 이야기도 바뀌게
되옵니다. 강가에서 일어나는 일은 방 안에서 발생하는 일과 결코
같지 않사오니―

　어머니가 아이의 손에 쥐여준 타오르는 통나무는 그 아이를 다치
게 하지 않습니다―

　한 여인을 혼인시킬 나무는 먼저 음낭(陰囊)을 발달시켜야 하옵
니다―

　뱀은 자신만큼 긴 것에게 생명을 주어야 하나이다―

　제가 주인을 위해 증언하는 동안 당신의 두 귀가 땅에 머물러 듣
게 하소서. 저는 알라가 그를 처벌하지 못하도록 막아주시기를 이
렇게 비나이다―

　가가나오구시여, 제가 두려워하는 일이 정말로 벌어졌다면, 그것
을 자비를 받아 마땅한 실수로 여겨주소서―

　제 진술을 들으시고, 제 주인이 그 여인을 해쳤을지언정 악의는
없었음을 믿어주소서―

　에그부누시여, 인간의 땅은 지금 밤이며 제 주인은 잠들어 있사
오니, 그런 일이 정말로 벌어졌다 한들 제 주인은 아무것도 몰랐다
는 또 한 가지 증거이옵니다―

아무도 말라버린 호수에서 낚시를 하거나 불로 목욕을 하지는 않기 때문이옵니다—

그러하오니, 아구지에그베시여, 저는 감히 진술을 계속하나이다!

10장
털 뽑힌 새

오카아오메시여, 저는 오래전 세상을 떠난 아버지들이 알란디이치에서 자손들이 자신들의 방식을 저버린 이유를 궁금해하는 소리를 들은 적이 있사옵니다. 그들이 현재의 상태를 애석해하는 모습을 지켜보았지요. 은디이치에-은네, 그러니까 위대한 어머니들이 더 이상은 자신들과 같은 몸가짐을 보이지 않는 딸들을 슬프게 여기는 소리도 들었습니다. 위대하고 훌륭한 어머니들은 어째서 그들이 자랑스럽게 몸에 그렸던 울리를 하는 딸들이 거의 없어지고 만건지 묻습니다. 왜 지상의 순수한 백묵인 은주를 한 딸들이 더는 보이지 않는 걸까요? 왜 조가비들은 오시미리의 물속에서 꽃피었다가 아무도 건드리지 않은 채 그대로 묻히는 걸까요? 그들은 아버지들의 아들들이 왜 더 이상 이켕가를 간직하지 않느냐고 울부짖습니다. 너무 멀어 지상의 힘이 미치지 않는 영역에서, 충실한 아버지들은 한때 살았던 땅을 음보시에서 은크파까지, 은카누에서 이베레까지 두루 살펴보고, 인간이 수호령에게 만들어준 사원과 그 손가락의 이켕가들을 헤아립니다. 어째서 치들의 제단이, 에지의 사원이 잊히고 만 것이냐? 어째서 아이들이 자신의 길도 제대로 모르는 자들의 방식을 받아들였느냐? 왜 그들은 조상의 피에 독을 타고, 아버지들의 신들을 바깥의 어둠 속으로 몰아냈느냐? 알라께서 대체 왜 거북도 받지 못하시고, **오케오크파와 오잘라**—입을 채우는 말린 고기—의 풍성한 깃털도 받지 못하신 채 굶주리셔야 하는 게냐? 아버지들은 엄숙하게 분노하며 의아해합니다. 아만디오하의 제단이 해골의 목구멍처럼 바싹 말라 있는데도 에웨들은 방해받지 않고 풀을 뜯는 이유가 대체 무어냐? 백인이 마법을 부려 아이들을 매료했다니, 아버지들은 이해하지 못하는 것처럼 보입니다. 사실, 덕망 있는 아버지들과 어머니들은 이런 일이 당신들의 시대에 시작되었다는 것을 잊곤 합니다.

저는 300년도 더 전에 어느 주인 안에 살고 있었습니다. 당시, 다른 곳에서라면 신이라 추앙받을 만큼 용맹하고 현명한 사람들의 땅인 은노비에 백인들이 거울을 가져왔지요. 그들은 거울에 전율했고, 그들의 여인들도 거울에 홀려버렸습니다. 하여, 거울은 그들에게 큰 괴로움을 초래했습니다. 물론 그 이후로도 사람들은 100년 넘게 조상들의 방식을 버리지 않았습니다. 그들은 거울, 데인 건, 담배 같은 것들을 받아들였으나 치의 사원을 파괴하지는 않았습니다. 하지만 그들의 아이들은 백인의 마법에 더 큰 힘이 있다고 믿으며 백인의 힘과 지혜를 구하기 시작했습니다. 그들은 백인이 가진 것을, 제 주인이 라고스에 간 날 밤에 탔던 날아다니는 배 같은 것을 원하기 시작했습니다. 옛 아버지들의 아이들은 그 탈것을 보면 경이로워할 때가 많습니다. 그들은 이렇게 묻습니다. 인간이 저런 것을 만들다니? 백인은 어쩌면 이다지도 강력한가? 어찌 사람이 하늘을, 창공을 새들보다도 높이 날아다닐 수 있는가? 저로서는 이해할 수 없는 일입니다. 수많은 삶의 주기를 거슬러 올라갔을 때, 저는 희생제물처럼 묶여 있는 위대한 남자에게 깃들어 백인의 땅으로 잡혀갔습니다. 당시의 주인과 그를 사로잡은 이들과 그와 같은 처지의 다른 포로들은 이어 거대한 오시미리에 접어들었습니다. 이곳 베추쿠에서부터 전 세계로 끝없이 펼쳐나가는 그 바다로 말입니다. 대양을 가로지르는 그 여행은 여러 주 동안 이어졌습니다. 너무 긴 시간이었던지라, 저는 물을 지켜보기도 신물이 났습니다. 하지만 물 위에 설 수 있는 사람이 한 명도 없는데, 그토록 큰 배가 가라앉지 않고 움직이는 것만은 경이로웠나이다.

에그부누시여, 아버지들의 아이들이 현명한 아버지들의 속담을 듣고 어떤 기분을 느꼈을지 상상해보소서. 아무리 높이 뛰더라도 사람이 날 수는 없다. 아버지들의 아이들은 고개를 저으며 현명한 아버지들을 무지하다고 생각했지만, 실은 그 전에 아버지들이 그렇게 말한 이유를 생각해봐야 했습니다. 아버지들은 왜 그런 말을 했을까요? 사람은 새가 아니기 때문입니다. 하지만 아이들은 비행기를 보고, 백인의 마법이 아버지들의 지혜를 뒤집었다고 생각해 크게 놀랐습니다. 인간은 다양한 형태로 매일 날아다닙니다. 은빛 탈것을

272

타고, 하늘 저 위를 채우며 엘루이궤로 향합니다. 심지어 하늘에서 전쟁을 벌이기도 하지요! 지상에서 여러 번 살아가는 동안 한번은, 당시의 제 주인이던 에진케오니에 이시가디가 백인이 1969년이라 부르는 해에 우무아히아의 하늘에서 떨어진 그런 무기에 맞아 죽을 뻔했습니다. 그게 전부가 아닙니다. 옛 아버지들은 멀리 떨어진 사람과는 대화를 나눌 수 없다고 말하지요. 말도 안 돼! 아버지들의 아이들은 이제 서로의 곁에, 같은 침대에 누워 있는 것처럼 대화할 수 있기에 그렇게 소리칠 것이 틀림없습니다. 하지만 그것도 전부가 아닙니다.

여기에 더해 백인의 종교와 발명품과 무기들―백인이 지상에 분화구를 만들고 나무와 사람을 산산조각 내 날려버릴 수 있게 해주는 방법―을 생각해보면, 아이들이 걸출한 아버지들의 방식을 버린 이유가 이해됩니다. 아버지들의 아이들은 당당한 아버지들의 방식이 백인의 방식과 달랐을 뿐이라는 걸 모르나이다. 옛 아버지들은 앞으로 나아가기 위해 과거를 보았습니다. 당장 보이는 것이 아니라 자신들의 아버지들이 보았던 것에 의지했지요. 그들은 우주에 대해 알아야 할 것은 모두 오래전에 발견되었다고 생각했습니다. 그러므로 순간을 살 뿐인 인간이 "내가 찾았어"라거나 "내가 발견했어"라고 말하는 일은 있을 수 없었습니다. 이전에 살았던 모든 사람이 경솔하거나 부주의했다는 듯 지금에야 비로소 뭔가를 찾아냈다고 주장한다면, 그건 무엇보다도 오만한 일이었습니다. 하여, 탁월한 아버지들 중 한 명에게 얌의 씨를 뿌리지 않고 흙무더기에 묻는 이유를 물으면 그는 아버지가 그렇게 가르쳐주었기 때문이라고 대답했을 것입니다. 어떤 사람이 연장자와 악수할 때는 왼손을 쓰면 안 된다고 말해주어 그 이유를 묻는다면, 그는 그것이 오메날라*가 아니기 때문이라고 말했을 것입니다. 아버지들의 문명은 새로운 것들의 발견이 아니라 이미 존재하는 것들의 보존에 달려 있었습니다.

알란디이치에의 선조들시여, 알라이보의 옛 아버지들이시여, 밀림에 사는 검은 민족들의 아버지들이자 흑인의 지혜의 관리자들이시여, 제 말씀에 귀를 기울이소서. 백인의 마법이 낳은 이런 산물들이야말로 여러분이 매의 공격을 당한 새 떼처럼 아이들에 대해 불평하고 울부짖는 이유입니다. 여러분의 전통을 짓밟은 것은 백인입니다. 여러분 조상의 영혼을 꾀어내어 동침한 것도 그자입니다. 여러분 땅의 신들도 다름 아닌 그에게 머리를 숙였습니다. 그리고 백인은 그 신들의 머리를 두피가 드러나도록 빡빡 깎아버렸습니다. 그는 대사제들을 매질했고 여러분의 통치자들을 목매달았습니다. 그는 여러분의 토템 동물들을 길들였으며 여러분 부족의 영혼들을 가두었습니다. 그는 여러분 지혜의 얼굴에 침을 뱉었고, 여러분의 용맹한 신화는 그들 앞에 침묵하고 있습니다.

이장고-이장고시여, 조상들에 관해 제가 혀에 기름칠이라도 한 듯 이렇게 떠들어낸 것은 왜일까요? 그것은 제 주인을 비롯한 여러 사람들을 싣고 하늘을 움직이는 이 물건이 말로 표현할 수 없이 멋지기 때문입니다. 비행을 하는 내내 주인은, 새들을 사랑하는 그는 이것이 어떻게 날아가는지 궁금해했습니다. 그에게는 비행기의 추

* 문화. (이보어)

진력이 날개에서 나오는 것처럼 보였습니다. 비행기는 구름을 헤치고 날아올랐고, 우기가 끝날 때의 하늘빛을 띤 끝없이 펼쳐진 물 위를 날아갔습니다. 이것이 오시미리, 세계의 주변을 둘러싸고 펼쳐진 거대한 물이었습니다. 소금을, 오시미리–은누를 담고 있는 물이었지요. 추쿠 당신의 신성한 눈물이었습니다.

호기심을 느낀 저는 주인의 몸에서 나와 비행기 밖으로 날아갔고, 즉시 소음과 영혼들의 황무지에 잠겨버렸습니다. 수평선 전체에서 오니에우와와 수호령을 비롯한 온갖 몸 없는 피조물들이 엄청난 속도로 내려가거나 올라가며 어딘가로 여행하는 모습이 보였습니다. 멀리서는 생명체들의 회색 덩어리가 태양이라는 빛나는 구체 위를 기어 다녔습니다. 저는 그것들에 주의를 기울이지 않고 대신, 새와는 달리 날개를 퍼덕거리지 않는 비행기를 보려고 노력했습니다. 저는 그 날개 위로 날아가 비행기가 질주하는 기이하고 섬뜩한 속도로 비행했습니다. 전에는 그런 것을 본 적이 없었기에 그 광경을 보자 겁이 났습니다. 저는 즉시 주인의 몸으로 돌아갔습니다. 그는 아직도 매료된 채 비행기를 살펴보고 있었습니다. 비행기 안에는 사람들과 텔레비전과 변기와 음식과 의자와 땅 위 사람들의 집에서 볼 수 있는 모든 것들이 있었으니까요. 하지만 그의 생각은 많은 부분 은달리에게 머물렀습니다.

그는 이윽고 잠들었습니다. 다시 눈을 떴을 때는 너무 많은 일이 동시에 벌어지고 있었습니다. 소리통에서 다시 목소리가 나올 때까지도 사람들이 손뼉을 치며 환호했습니다. 비행기가 쿵쿵거리더니 어딘가로 빠르게 내려갔습니다. 더는 허공이 아닌 듯했습니다. 땅에 부딪히는 진동이 느껴졌으니까요. 이제 비행기는 햇빛과 내부에서 나오는, 사람이 만든 빛으로 가득했습니다. 그는 닫혀 있는 창문을 밀어 열고 이 소란의 이유를 이해했습니다. 그의 마음속에서도 기쁨이 터져 나왔습니다. 그는 아버지와 어머니가 지금 살아 있었다면 얼마나 자랑스러워했을지 생각했습니다. 그는 라고스의 은키루를 생각했습니다. 그녀가 지금 무엇을 하고 있을지 궁금해졌습니다. 그는 약간 슬퍼하며, 그녀가 이제는 나이가 아주 많은 그 남자의 아이를 낳았을지를 생각했지요. 인간의 아이들은 불쾌한 것을 생각할 때면 유쾌한 것들을 생각할 때와는 다르게 생각합니다. 주인의 정신이 여동생 남편의 나이를 강조한 이유가 이것입니다. 그는 원래 이곳 이스탄불에 도착하면 은키루에게 전화를 걸 생각이었습니다. 뭔가 달라질지도 모르니까요. 오빠로서, 유일하게 살아 있는 그녀의 가족으로서 그녀가 다시 그를 믿게 될지도 몰랐습니다. 하지만 어떻게 그럴 수 있겠습니까? 주인에게는 여동생의 전화번호도 여동생 남편의 전화번호도 없었습니다. 크리스마스와 새해 첫날, 가끔은 부활절과 한번은 아버지 기일 같은 특별한 날에 공중전화로 연락을 해온 건 그녀뿐이었습니다. 아버지 기일에는 은키루가 전화기를 붙잡고 울었습니다. 그 소리를 들은 주인은 놀랐고, 새로이 관계를 다질 수 있을지 모른다는 희망을 품었습니다. 하지만 그건 중요하지 않았습니다. 은키루는 평소처럼 "그냥 어떻게 지내는지 알고 싶어서 전화했어"라는 말로 통화를 끝냈고, 그는 그녀가 다시 한번 허무 속으로 삼켜지리라는 것을 알았습니다.

주인은 손뼉과 목소리들이 갑자기 쏟아지는 바람에 문득 생각에

서 깨어났습니다. 사람들이 활짝 미소 지으며 짐칸에서 가방을 꺼내고, 배낭을 걸치고, 넣었다 뺐다 할 수 있게 되어 있는, 여행용 가방의 손잡이들을 세우고 있었습니다. 기뻐하는 이유는 다양했지만, 뒤쪽에서 들려오는 박수 소리와 "주님, 찬미 받으소서"라든지 "할렐루야" 같은 소리를 들어보면 다들 비행기가 안전하게 착륙한 것을 기뻐하고 있다는 걸 알 수 있었습니다. 주인은 그게 최근 나이지리아에서 연달아 터진 비행기 사고 때문일지 모르겠다고 생각했습니다. 얼마 전에는 소코토의 술탄과 전직 대통령의 아들을 포함한 고위 인사들이 타고 있던 비행기가 추락하여 승객이 거의 모두 사망했습니다. 그 사건이 벌어지기 채 1년도 되지 않은 과거에는 또 다른 비행기가 추락하여 유명한 여성 목사인 빔보 오두코야가 죽었습니다. 하지만 주인은 이 사람들이 즐거워하는 이유는 무엇보다 괴로운 곳에서 날아올라 이 새로운 나라에 들어왔기 때문이라고 생각했습니다. 비행기는 결핍의 땅에서, 사람 위에 사람이 있는 땅에서, 사람의 가장 큰 적이 그의 가족인 땅에서 날아올랐습니다. 납치범, 의례적 살인자, 길에서 만난 사람들을 괴롭히고 뇌물을 주지 않는 사람들을 쏘아버리는 경찰, 자기가 이끄는 사람들을 경멸하고 그들의 국가를 강탈하는 지도자, 빈번한 폭동과 위기, 기나긴 파업, 원유 부족, 실업, 막힌 하수구, 구멍이 팬 도로, 일부러 붕괴시킨 다리, 쓰레기 천지인 거리와 지저분한 동네, 지속적인 정전(停電)의 땅으로부터 말입니다.

올리사비니궤시여, 위대한 아버지들은 사람이 미지의 땅으로 건

너가면 다시 아이처럼 된다고 말합니다. 그는 질문을 던지고 안내문을 찾아다녀야만 합니다. 비행기에서 내렸을 때, 주인이 무얼 해야 할지 모른 것도 이 때문입니다. 사람들이 비행기에서 내려 발을 디딘 공항이라는 곳은 거대했고 온갖 사람들로 차고 넘쳤습니다. 처음에 그는 커다란 가방들을 찾아야겠다고 생각했습니다. 팔거나 태우거나 삼촌에게 맡겨두지 않은 소지품이 거의 대부분 가방에 들어 있었으니 말입니다. 하지만 그 가방들은 키프로스에서 받게 될 거라는 얘기를 반복적으로 들었던 게 떠올랐습니다. 지금 그에게 있는 것은 은달리가 준 가방뿐이었는데, 그 안에 입학 서류와 은달리의 편지, 사진 여러 장, 새로운 나라의 학교에 제출해야 하는 모든 필수 서류들이 들어 있었습니다. 주인의 나라에서 온 다른 흑인들도 이 혼돈에 합류하여 오가는 사람들의 흐름 속으로 사라졌습니다. 왼쪽으로든 오른쪽으로든 뒤쪽으로든 모여 있는 사람들 사이로 순식간에 사라졌지요. 주인은 커다란 홀 한가운데로 걸어 들어갔습니다. 지붕에 커다란 시계가 매달려 있었습니다. 그는 나무에 매달린 시체라도 보듯 그 시계를 뚫어져라 보고 있던 피부가 누렇고 나이가 많은 부부 뒤쪽에 섰습니다. 작은 차 한 대가 등 뒤로 다가와 경적을 울렸습니다. 그는 옆으로 비켜섰습니다. 광대한 홀에 도착과 출발을 알리는 소리가 이따금 메아리치는 가운데, 그 자동차는 우무아히아의 시장에서처럼 통로마다 꽉꽉 들어차 있는 무수한 사람들을 비집고 나가면서 길이 막힐 때마다 경적을 울려댔습니다. 그는 돌아서서 수많은 동포들이 가고 있는 듯한 방향으로 걸어갔습니다.

그는 머릿속에 엄청나게 많은 생각을 품은 채 거의 500미터를 걸으며 호기심을 불러일으키는 수많은 것들을 지나쳤습니다. 그리고 마침내 턱수염을 길게 기르고 선글라스를 쓴 한 사람과 마주쳤지요. 주인은 그에게 뭘 해야 하는지 물었습니다. 그 사람은 탑승권을 달라고 했습니다. 주인은 공항에서 사람들이 건네준 종잇조각을 꺼냈습니다.

"키프로스행 비행기는 7시에 떠나요. 지금은 겨우 3시니까 기다리셔야겠네요. 저랑 같은 비행기군요. 쉬고 계세요."

그는 남자에게 고맙다고 인사했고, 그 사람은 약간 춤을 추듯이 제 갈 길을 갔습니다. 그 남자는 "쉬고 계세요"라고 말했습니다. 기다리라는 뜻이었습니다. 사람이 통제할 수 없는 일이 많이 있다는 뜻이기도 했습니다. 세상에는 힘을 모으고 사태를 정리하고 정해진 만큼 시간이 흐르고 규정대로 처리된 뒤에야 이 모든 것이 합쳐져 이동이 가능해지는 경우가 있습니다. 지금이 그런 경우였습니다. 이곳을 떠나려면, 같은 곳에 가기 위해 제 주인처럼 돈을 낸 여러 사람이 모여야 했습니다. 일단 모인 다음에는 그들이 비행기에 탑니다. 그들이 비행기를 타고 날아가기를 기다리는 사람들이 있을 것입니다. 하지만 에그부누시여, 잊지 마십시오. 비행기는 시곗바늘이 7시를 가리킬 때에야 날아오릅니다. 그 시곗바늘이 주인을 비롯한 모든 사람을 불러들이는 것입니다. 아버지들의 시절에는 시간을 알리는 것이 마을이나 도시에서 시간을 외치는 자의 목소리와 그가 울리는 징 소리였습니다. 전에도 말씀드렸다시피, 백인의 문명은 여기에 달려 있습니다. 시계가 없으면 백인의 세계에서는 아무것도 이루어지지 않습니다.

시곗바늘이 7시를 가리키기를 기다리는 동안에는 무엇을 해야 할까요? 쉬고 있어야 했습니다. 하지만 그의 치인 저는 쉴 수 없었습니다. 영혼들의 영역에서 무언가가 잘못되었다는 것을 느낄 수 있었지만 그게 무엇인지는 알 수 없었기 때문입니다. 곧 주인은 사람들이 모여서 술을 마시고 담배를 피워대는 곳 근처에서 빈자리를 발견했습니다. 그는 그곳에 앉아 좁은 방 안을 지켜보고 있었습니다. 웬 턱수염 난 남자가 그 안에서 신들린 것처럼 돌아다니는 비현실적인 모습이었습니다. 그걸 보고 있자니, 아버지가 돌아가신 이후 턱수염이 자랐던 일이 생각났습니다. 당시 그는 몇 주 동안이나 수염을 깎지 않다가 어느 날 거울을 들여다보고 자기 모습에 한참 웃었습니다. 너무 오래 웃어서, 나중에는 자기가 미친 건지 궁금해했었지요.

그의 곁에는 백인 여자가 어린아이처럼 눈꺼풀을 움찔거리며 잠들어 있었습니다. 그는 몇 분 동안 그녀를 지켜보았습니다. 그의 두 눈이 그녀의 목을 따라 돋아 있는 푸른 핏줄과 그녀의 긴 파란색 손톱에 머물렀습니다. 그녀를 보니 미스 제이가 떠올랐고, 그녀가 지금도 창녀일지 궁금해졌습니다. 추쿠시여, 주인이 그곳에 앉아 있는 동안 저는 잠시 그에게서 나왔습니다. 이곳의 영적 세계는 어떤지 무척 보고 싶었지만, 그 전까지는 주인의 불확실한 정신 상태 때문에 그럴 수가 없었습니다. 마침내 주인에게서 벗어나보니 그곳은 영혼들로 가득했고, 그중 몇몇은 형태와 모습이 너무도 괴이해 제 마음속에 영원히 새겨졌습니다. 한 영혼은 아주 오래된 유령이나 몸이 없는 존재들이 입는 뿌연 옷을 걸치고 있었습니다. 제가 본 것 중 가장 희미한 영혼이었지요. 그 영혼은 휠체어에 앉아 공허하게 앞을 보는, 시들어가는 백인 남자 뒤에 서 있었습니다. 또 한 유령은 공항 바닥에 홀로 앉아, 사람들이 부딪치거나 뚫고 지나가도 움직이지 않았습니다. 한 아이가 공을 차서 실체 없는 그 유령의 윗몸을 통과했는데도 그 유령은 꼼짝도 하지 않았습니다. 계속 고개를 젓고 손짓을 해대며, 침을 흘리면서 무슨 외국어를 빠르게 중얼거렸습니다.

제가 돌아왔을 때쯤 주인은 자리에서 일어나 있었습니다. 그는 한참 걷다가 비행기에서 앞자리에 앉았던 나이지리아 남자 두 명을 우연히 만났습니다. 그들은 아주 불이 밝은 가게에서 방금 나왔으며 공항에 있는 수많은 사람들이 그렇듯 다채로운 색깔의 가방을 들고 있었습니다. 주인은 비행기에서 두 사람이 나누는 대화를 조금 들은 데다가 둘 중 한 명의 몸가짐을 보았기에 그가 키프로스에서 꽤 오래 살았다는 걸 알고 있었습니다. 키프로스에 살았을 것으로 생각되는 남자는 평범한 재킷과 청바지를 입고 있었으며 귀에는 귀마개를 꽂고 있었습니다. 주인과 비슷한 키의 다른 남자는 카디건을 걸치고 있었지요. 그 사람은 지저분해 보였으며, 한쪽 눈에는 잠이 깃들어 있었습니다. 마음이 아주 괴로운 사람의 몰골이었습니다. 주인은 이제 무얼 해야 하는지 알고 싶었으므로 서둘러 그들에게 다가갔습니다.

"실례합니다, 브라더." 그가 소리쳤습니다.

그가 따라잡자, 재킷을 입은 남자가 한 어깨에서 다른 어깨로 가방을 옮겨 메고 마치 주인을 기다리고 있었던 것처럼 손을 내밀었습니다.

"실례지만 나이지리아에서 오셨나요?" 주인이 말했습니다.

"네, 네." 그 남자가 말했습니다.

"키프로스로 가세요?"

"네." 그 남자가 말했고, 다른 남자는 고개를 끄덕였습니다.

"그쪽은 이번이 처음이세요?" 다른 남자가 말했습니다.

"네, 한 번도 가본 적 없어요." 주인이 말했습니다.

남자는 자기 일행을 보았고, 그의 일행은 같은 비행기에 타고 있던 사람들이 지나쳐 가는 동안 호기심 어린 눈길로 주인을 계속 바라보았습니다.

"저도요. 나이지리아를 떠나기 전에 누가 경고를 해줬으면 좋았을 뻔했는데 말이죠, 브라더."

"왜요?" 주인이 말했습니다.

"왜라뇨?" 남자가 그렇게 말하고 재킷을 입은 남자를 가리켰습니다. "T.T.가 키프로스에 간 적이 있는데, 좋은 곳이 아니래요."

주인은 T.T.를 보았습니다. T.T.는 고개를 끄덕이고 있었습니다.

"이해가 안 되는데요." 주인이 말했습니다. "좋은 곳이 아니라는 게 무슨 뜻이에요?"

상대방은 대답 대신 희미하게 웃더니 고개를 저었습니다. 평범한 우주적 진실을 말했을 뿐인데, 이제 보니 듣는 사람이 그걸 모르고 있었다는 태도였습니다.

"T.T.한테 직접 들으세요. 전 가본 적이 없거든요. 그냥 라고스에서 비행기를 타고 올 때 같이 앉았던 것뿐인데, T.T.가 많은 걸 얘기해줬어요."

T.T.는 주인에게 키프로스 얘기를 해주었습니다. 그가 한 말은 암울했습니다. T.T.는 주인이 질문을 던질 때만 빼고─"아예 일자리가 없다고요?" "아니, 그럴 리가요" "하지만 유럽이잖아요?" "영국이나 미국 대사관이 없어요?" "감옥에 가둔다고요?" "어떻게요?"─계속 말을 이었지만, 그가 이야기를 마치고 나서도 주인은 그다지 믿을 수가 없었습니다.

"신세 조진 거죠. 아예 미, 오!*" 다른 남자, 그러니까 T.T.가 이야기를 하면서 리누스라고 알려준 사람이 그렇게 말하더니 두 손을 머리에 얹었습니다.

주인은 그 사람들을 떠나며, 이들이 한 말이 사실일 리 없다고 혼잣말을 중얼거렸습니다. 마음이 무척 어지러웠으니까요. 외국에, 백인들이 사는 나라에 어떻게 일자리가 없을 수 있는지 의아했습니다. 어쩌면 그리로 간 나이지리아 학생들이 게으른 걸지도 모르지요. 키프로스가 T.T.가 방금 말해준 것처럼 나쁜 곳이라면, T.T. 본인은 왜 간단 말입니까? 그의 말은 친구 자미케가 해준 모든 말과 정반대였습니다. 자미케는 키프로스에 도착하기만 하면 인생이 나아질 거라고 그를 설득했습니다. 자미케는 머잖아 쉽게 집을 얻을 수 있을 것이고, 그다음에는 키프로스에서 유럽이나 다른 곳으로 쉽게 이민을 갈 수도 있을 거라고 말했습니다.

* 아, 인생이여! (이보어)

속아서 키프로스에 간 수많은 사람들에 대해서 그 남자 T.T.가 계속 떠들어대는 동안 주인은 귀를 반만 열어놓고 그 이야기를 들었습니다. 남은 귀는 머릿속 목소리와 씨름하고 있었습니다. 추쿠시여, 저는 그의 마음속에 이것이 올바른 결정이었다는 생각을 비추었습니다. 그리고 주인은 자미케가 키프로스 공항으로 데리러 올 때까지 기다리지 말고 먼저 전화를 걸어 방금 들은 이야기에 대해 물어보는 것이 좋겠다는 결론을 내렸습니다. 실은, 이 마지막 생각이 떠오른 바로 그 순간, 주인은 자미케가 이스탄불에 도착하자마자 전화를 걸라고 구체적으로 요구했던 것이 생각났습니다. T.T.가 아직 이야기를 하고 있었지만—지금은 키프로스에 도착하자마자 속았다는 것을 깨닫고 미친 사람처럼 넝마를 걸친 채 그곳을 떠돌아다닌다는 어떤 사람에 대한 이야기였습니다—주인은 가고 싶다는 신호를 보내려고 다리를 움찔거렸습니다. T.T.가 말을 멈추자마자 그가 말했습니다. "친구한테 전화를 하고 싶어서요. 전화 한 통 할게요."

두 사람은 고개를 저었습니다. T.T.는 약간 멍한 미소를 짓고 있었습니다. 주인은 T.T.가 한 말이 사실이 아니거나 그냥 다른 남자에게 겁을 주려는 시도였을 뿐이라는 걸 자미케에게 확인받을 작정으로 공중전화 부스로 향했습니다. 어쩌면 T.T.는 일행에게 사기를 치려는 것인지도 몰랐습니다. 가짜 정보를 준 것도 작전의 일부일지 몰랐습니다. 이 사람들은 조심해서 사귀어야겠어. 저는 주인의 이런 생각에 몸이 떨려왔습니다. 오랫동안 사람들 사이에 살아왔기에, 서로를 모르는 두 사람 간의 만남은 불확실성이나 그보다

284

못하게는 의심에 지배당한다는 걸 알고 있었기 때문입니다. 시장에서 누군가를 만나 거래를 할 때면 공포가 일어납니다. 이 사람이 나를 속일까? 이 곡식이, 이 우유 한 잔이, 이 손목시계가 그렇게 비싼가? 관심이 가는 여자를 만난 남자는 이렇게 궁금해합니다. 이 여자가 나를 좋아하게 될까? 혹시 나랑 술도 마시려나?

주인이 방금 한 일이 그것이었습니다. 사지에서 흘러나온 피처럼 의문이 머릿속에 쏟아지는 가운데, 그는 잔뜩 당황해 비틀거리며 공항 반대편 끝의 공중전화 부스로 걸어갔습니다. 그는 세 부스 중 두 번째 부스에 줄을 섰습니다. 그 줄에는 흰 코트를 입은 백인 남자 두 명이 서 있었는데, 둘 다 값비싼 향수 냄새를 풍겼으며 공항에 있는 거의 모든 사람이 들고 있는 폴리에틸렌 가방을 들고 있었습니다. 면세라는, 그로서는 뜻 모를 글귀가 새겨진 가방이었습니다. 코트를 입은 남자들이 통화를 마치자 그는 전화 부스에 들어갔습니다. 그는 자미케의 전화번호를 휘갈겨 써놓은 노트를 꺼내, 전화기 옆면에 적힌 안내에 따라 다이얼을 돌렸습니다. 하지만 돌아온 것은 불쑥 튀어나온 반복되는 잡음과 번호가 잘못되었다고 알리면서 어떤 낯선 언어로 바뀌어버리는 목소리뿐이었습니다. 그는 다시 다이얼을 돌렸지만 결과는 같았습니다.

에제우와시여, 제가 함께한 이래 그가 이렇게까지 충격을 받은 적은 없었습니다. 그는 어깨에 걸치고 있던 가방을 바닥에 내려놓고 다시 번호를 눌렀습니다. 자미케가 겨우 지난주에 그에게 전화를 걸 때 쓴 번호였습니다. 한 번 더 다이얼을 돌려볼 생각이었지만, 돌아보니 뒤에 줄이 늘어나 있었고 사람들은 조바심이 나 안달하는 표정이었습니다. 그는 수화기를 거치대에 걸어놓고 계속 종이를 보며 붐비는 공항을 가로질렀습니다. 두 남자가 있던 곳에 돌아갔지만 그들의 흔적은 없었습니다. 대신 누가 불이라도 질러놓은 듯한 세상을 끈적거리는 두 눈으로 냉정하게 바라보고 있는, 턱수염이 풍성한 백인 남자가 앉아 있을 뿐이었습니다. 에부베디케시여, 제가 앞으로 닥칠 모든 일을 처음으로 눈치챈 것이 바로 그곳에서였습니다.

오바시디넬루시여, 당시 저는 제가 본 것이 무엇인지 알지 못했고 주인도 마찬가지였습니다. 제가 알았던 것은—제 주인도 알았던 것입니다만—뭔가 잘못되었다는 사실이었는데, 그것만으로는 당황할 만한 일이 아니었습니다. 이곳은 원래 일이 잘못되곤 하는 세계였습니다. 대부분의 일이 말입니다. 그리고 일이 잘못되었다는 게 항상 곧 재앙이 닥칠 거라는 뜻은 아니었습니다. 옛 아버지들이 백 개도 넘는 다리가 달렸다고 하여 지네가 훌륭한 달리기 선수가 되는 건 아니라고 말하는 이유가 그것입니다. 일은 잘못될 수 있습니다. 어둠이 쌓여 낮의 빛을 잠식할 수도 있습니다. 하지만 그렇다고 해서 꼭 밤이 왔다는 뜻은 아닙니다. 하여, 저는 경계하지 않았습니다. 저는 주인이 두 남자를 찾아 계속 걷게 놔두었고, 그는 다음 비행기가 출발하기 겨우 한 시간 전에야 폭포 곁에서 컴퓨터를 들여다보고 있는 그들을 발견했습니다. 그는 표범에게서 도망치는 사람처럼 다급히 그들에게 달려갔습니다. 그들에게 이르렀을 때는 숨을 헐떡이고 있었지요.

"저기에 식사를 하러 갔었어요." T.T.는 문간에 백인의 언어로 푸드코트라고 적힌 표지판이 걸려 있는 곳을 가리켰습니다. "친구한테 전화는 하셨어요?"

주인은 고개를 저었습니다. "여러 번 걸었는데 받지를 않아요. 전혀요."

"왜요? 번호 좀 줘보세요. 이거 맞아요? 국번이 11번이어야 하는데."

그는 전화번호를 내밀었고 T.T.는 집중하며 그것을 바라보았습니다. "이 번호 맞아요?"

"네, 맞아요, 형제."

T.T.는 고개를 저었습니다. "하지만 이건 키프로스 번호가 아니에요." 그가 종이를 흔들었습니다. "아예 키프로스 번호가 아닌데요. 확실해요."

"무슨 말씀이신지……."

T.T.는 가까이 와 종이의 숫자를 가리켰습니다.

"키프로스는 터키 번호를 써요. TRNC* 번호 말이에요. +90으로 시작해야 해요. 그런데 이 번호는 +34로 시작하잖아요. 아예 키프로스 번호가 아니에요."

주인은 상승기류 속에 갇혀버린 새처럼 가만히 서 있었습니다.

"하지만 친구가 저한테 여러 번 전화를 걸었는데요." 그가 말했습니다.

* 북키프로스 터키 공화국.

"이 번호로요? 이건 키프로스 번호가 아니에요, 확실해요."
T.T.가 말했습니다. "만날 주소를 주던가요?"

그는 고개를 저었습니다.

"주소가 없군요. 아, 그럼 친구가 무슨 서류를 줬나요? 비자는 어떻게 받았어요?"

"저한테 입학허가서를 보내줬어요." 주인이 대답했습니다. "제가 그걸 대사관에 가져갔고요."

그는 작은 가방을 열어 T.T.에게 허둥지둥 종이를 내밀었습니다. T.T.와 리누스가 종이를 들여다보았습니다.

"네, 학교에 연락은 했네요. 이건 진짜 입학허가서가 맞아요." 주인이 대답하려고 입을 열었지만 T.T.가 말을 이었습니다. "등록금 완납 증명서가 있는 걸 보니 등록금도 냈나 보네요. 어떤 놈들이 사람 바보로 만드는 꼴을 하도 많이 봐서 물어보는 거예요. 그놈들은 학교 측 대리인인 것처럼 하면서 돈을 받아 가고 아예 돈을 안 내요. 그냥 먹어버리죠."

이장고-이장고시여, 주인은 충격을 받았습니다. 뭔가 말하려고, 머릿속에서 더껑이가 진 생각들을 녹여보려고 했지만 여의치 않았습니다. 그는 입을 다문 채 T.T.에게서 다시 종이를 받아 들었습니다.

"근데 이 자미케라는 사람이 사기꾼이라는 생각은 계속 드네요." T.T.가 고개를 저으며 말했습니다. "브로, 이 사람이 당신을 속인 거 같아요."

"왜요?" 주인이 말했습니다.

"학교에 직접 연락했어요?"

주인은 그랬다고 말하고 싶었으나 어느새 고개를 젓고 있었습니다. 대답이라도 하듯 T.T.의 얼굴에 작은 미소가 떠올랐습니다.

"안 해봤다는 거죠?"

"네." 그가 말했습니다. "학교 도장이 찍힌 입학허가서도 있고 다 있으니까요. 사실, 그 친구 학생증도 봤어요. PC방에서 학교를 같이 살펴보기도 했고요. 자미케는 거기 학생이 맞아요."

T.T.는 침묵으로 응답했고, 그의 곁에서 리누스가 입을 약간 벌리고 서서 그들을 바라보았습니다. 주인은 두 사람을 빤히 쳐다보았지요. 몸이 떨려왔습니다.

"흠." T.T.가 말했습니다.

"자미케가 저 대신 등록금을 낸 건 학교에서 터키 은행 수표나 국제 우편환만 받기 때문이에요. 나이지리아 은행에서 송금하는 건 받지 않아서요." 주인이 말했습니다. 그는 아까 자고 있던 여자가 가방을 끌고 곁을 지나가는 걸 보았습니다. "자미케가 키프로스로 돌아가는 길이라기에 나이라를 바꿔서 전부 줬어요."

그는 계속 말하면서도 T.T.의 입이 놀라 크게 벌어지는 것을 보았습니다. 다른 남자조차 고개를 저으며 말했습니다. "돈을 아예 다 줬다는 얘긴 아니죠?"

T.T.는 나이지리아발 비행기를 탔던 수많은 사람들이 줄을 서기 시작한 먼 곳의 탑승구를 가리키며 말했습니다. "아, 탈 시간이 됐네요." T.T.가 배낭을 등에 멨습니다. 주인은 리누스가 자기 물건을 챙기는 걸 지켜보았습니다. 뚜렷한 이유는 없었지만, 새끼 거위가—어미와 자기 고향을 떠올린 것처럼—날아올라 창문으로, 문으로,

눈에 띄는 곳이면 닥치는 대로 돌진하던 것이 떠올랐습니다. 한번은 탈출을 꾀하던 녀석이 창밖에 나무가 있는 걸 보고 그리로 나갈 수 있다고 생각했습니다. 그래서 새끼 거위는 맹렬한 속도로 돌진해 창문에 부딪쳤습니다. 뇌진탕에 걸려 죽은 듯 누워 있었습니다.

"같이 안 가요?" T.T.가 말했고 주인은 고개를 들었습니다. 그곳에, 벽 아래쪽에, 머리를 목 쪽으로 구부리고 두 날개로 땅을 두드려대며 누워 있는 거위가 보이는 듯했습니다.

그는 눈을 깜빡이다가 감았고, 다시 눈을 떴을 때는 T.T.가 수많은 빛과 화면에 둘러싸여 있는 게 보였습니다.

그가 고개를 끄덕였습니다. "가요." 그는 그렇게 말하고 그들을 따라갔습니다.

"어쩌면 에르칸에서 자미케를 만날지도 모르죠. 공항에서요." T.T.가 말했습니다. "걱정 마세요, 알았죠? 걱정 말아요."

다른 남자도 고개를 끄덕였습니다. "떨지 마세요, 아무 일도 일어나지 않았어요. 걱정 마요, 걱정하면 더 걱정하게 돼요!"

그는 다시 고개를 끄덕이고, 마치 그 말을 믿는다는 듯 말했습니다. "걱정하지 않을게요."

아콰아쿠루시여, 위대한 아버지들은 입이 물로 가득 찬 두꺼비는 개미 한 마리 삼키지 못한다는 말을 자주 합니다. 저는 사람의 정신이 평온을 위협하는 뭔가에 사로잡혀 있을 때는 그 외에 아무것도 생각하지 못한다는 걸 표현하기 위해 아버지들이 이 말을 쓰는 걸 본 적이 있습니다. 제 주인의 경우가 그랬습니다. 비행시간 내내 그의 정신은 비행기 뒤쪽에 앉아 있는 두 남자의 말에 사로잡혀 있었나이다. 그는 비행기 앞쪽에, 앞서 탔던 더 큰 비행기와는 달리 피부색이 더 흰 사람들에게 둘러싸여 앉아 있었습니다. 그들은 대체로 어린 소년 소녀들이었으며, 주인은 그 아이들도 학생일 거라 생각했습니다. 그의 곁에 앉은, 머리카락이 길고 갈색인 여자도 학생 같았습니다. 그 여자는 비행시간 내내 주인의 눈을 피하며 핸드폰이나 고급 잡지를 들여다보았습니다. 주인은 그 자리에 앉아 있었으나, 두려움은 마음속 쥐로 탈바꿈해 그의 머릿속을 여기저기 뒤지며 내용물을 하나하나 씹어대고 있었습니다. 키프로스가 가까워지자 그는 창밖을 내다보았습니다. 그의 눈에 들어온 모습이 두 남자가 했던 암울한 말을 뒷받침하는 듯했습니다. 이스탄불에 착륙했을 때 보았던 높은 빌딩과 바다를 가로지르는 긴 다리 대신, 지금 그의 눈에 들어온 것은 건조한 사막과 산과 바다의 조각보였기 때문입니다. 주인은 지는 태양의 어스름한 빛을 받으며 다른 여행객들과 함께 비행기 계단을 내려갔고, 풍경은 자세히 보일수록 꽃피어 은근한 공포가 되었습니다.

그가 보기에는, 공항의 크기가 작았습니다. 더 깨끗하고 질서정연하다는 점을 제외하면 여러 가지 면에서 나이지리아의 공항과 비슷해 보였습니다. 이스탄불 공항처럼 아름답거나 세련된 구석이 없었습니다. 공항은 보잘것없었고, 어떤 광채나 유쾌함도 뿜어내지 않았으며, 어떤 의미로든 T.T.의 설명과 같았습니다. 주인은 비행 내내 그를 괴롭힌 말을 했던 남자들을 보자마자 그들에게 다가갔습니다. 이제 그들은 다른 한 남자와 함께 있었는데, 제이라고 자기소개를 한 그 남자는 독일에서 보낸 시간에 대해 이야기하고 있었습니다. 그들은 사람들이 대부분 모여 있던 곳에 서서 검은 구멍이 가방을 토해내는 걸 지켜보았습니다. 주인의 가방 두 개는 맹꽁이자물쇠가 온전하게 달린 채로 나왔고, 무게도 그가 기억하는 그대로였습니다. 나이지리아 공항에서 비행기에 가방을 싣는 사람들이 가끔 짐을 다른 비행기로 옮겨 실을 때 가방을 열어 물건을 훔친다는 얘기를 들은 적이 있는데, 주인에게는 그런 일이 일어나지 않았습니다. 그는 캐리어는 끌고 가방은 손잡이로 든 채 두 남자를 따라갔습니다. 그들은 아직 이야기를 나누고 있었는데, 이번에는 두 나라―T.T.가 계속 TRNC나 "이 섬"이라고 부르는 곳과 제이의 독일―여자들의 태도에 관한 이야기였습니다. 그는 마음이 이스탄불 공항의 공중전화 부스에 매인 채로 그들의 말을 들었습니다.

공항을 나섰을 때는 어둠이 나긋나긋 우아하게 내려앉은 뒤였고, 공기 중에는 평소와 다른 냄새가 감돌았습니다. 자동차들로 이루어진 웅덩이가 공항 앞에 고여 그들을 맞이했습니다. 터키어를 하는 남자들이 다양한 검은색 메르세데스벤츠 V-부스 쪽을 손짓하며 그에게 신호했습니다.

"택시 기사들이에요." T.T.가 말했습니다. 그는 야구 모자를 쓰고 있었으며, 집에 돌아온 사람다운 신나는 표정을 짓고 있었습니다. 그토록 공들여 섬의 끔찍한 상황을 묘사하더니, 정작 그런 기색은 전혀 보이지 않았습니다. T.T.는 여전히 그 묘한 미소를 지은 채 남자들 중 유난히 피부가 흰 사람과 이야기를 나누었습니다. 주인은 TV에서조차 한 번도 본 적이 없는 흰 사람이었습니다. 그 사람의 얼굴은 평범한 수준 이상으로 주름져 있었고, 피부색이 흰데도 이상하게 어두운 색조가 깃들어 있는 것처럼 보였습니다. 남자는 머리 절반이 검은 머리카락으로 빽빽했으나 양옆 머리 뿌리는 잿빛이었습니다.

"저게 우리 버스예요!" T.T.는 택시 기사와 떨어지더니 주차장 저쪽에서 천천히 다가오는, 안쪽이 환하게 밝혀진 커다란 버스를 가리키며 말했습니다. 버스의 몸체에는 근동대학교라는 영문이 적혀 있었고, 그 밑에는 같은 뜻의 터키어가 적혀 있었습니다.

"우리는 저걸 타려고요." T.T.가 그를 돌아보며 말했습니다. "저게 우리 버스예요."

주인은 버스를 올려다보며 고개를 끄덕였습니다.

"걱정 말아요, 브로. 그냥 여기서 친구를 기다리세요. 꼭 올 거예요."

"그럼요. 올 겁니다. 고마워요, T.T., 주님의 축복이 함께하길 바랄게요."

"별말씀을요. 그냥 여기서 기다려보세요. 만약에 친구가 안 오면, 다음에 오는 CIU 버스를 타요. 당신 학교 버스예요. 그것도 이리로 와요, 좀 늦을지는 모르겠지만. 키프로스 국제대학교로 가는 버스니까 그냥 그걸 타고 가요. 입학허가서를 보여주고요……. 잘 가지고 있죠?"

그는 눈에 띄게 허둥거리면서 들고 있던 작은 가방에서 서류를 꺼냈습니다. 그때, 자미케가 필요한 비용을 전부 휘갈겨 써놓은 노트가 그의 전화번호와 함께 떨어졌습니다.

"좋아요." T.T.는 종이를 집어 들며 말했습니다. "행운을 빌어요, 브로. 어쩌면 나중에 만날 수도 있겠네요. 제 전화번호를 받으세요."

주인은 전화번호를 받으려고 주머니에서 핸드폰을 꺼냈지만, 그가 덮개를 열었을 때도 핸드폰은 켜지지 않았습니다.

"배터리가 나갔네요." 그가 말했습니다.

"어쩔 수 없죠. 우린 그만 가볼게요. 잘 가요."

가가나오구시여, 이쯤에서 주인은 T.T.한테 들은 말들이 사실이라고 믿기 시작했습니다. 그는 기다리기 시작했지만 자미케가 올 가능성은 낮다고 생각했습니다. 치는 주인의 마음속을 들여다볼 수 있으나 가끔은 그 생각이 어디에서 나오는지 알아내기가 어렵습니다. 아마 그가 보아온 것들이 모여서 그런 생각을 하게 된 것이겠지요. 이곳 공항의 수준, 택시 기사들의 태도, 텅 빈 땅, 통신 문제. 이런 것들이 그의 걱정을 확인해주었습니다. 저는 희망을 잃기에는 너무 이르다는 생각을 그의 마음속에 밀어 넣었습니다. 아버지의 신조도 그의 마음속에 던져 넣었습니다. 언제나 앞으로 가라, 절대 물러나지 마라. 하지만 그 생각은 주인의 마음이 두려움 주변에 세워둔 문에 부딪쳐 튀어나갔습니다. 대신 그는 집에 대해, 은달리에 대해, 이 순간 그녀가 하고 있을 게 틀림없는 일에 대해 생각했습니다. 그는 닭들을 팔 때의 괴로움을 떠올렸습니다. 닭을 산 사람들 중 한 명의 집에 갈색 영계들이 든 새장을 내려놓았을 때는 거의 숨이 막힐 것만 같았지요. 이제 그는 남은 소지품 전체가 들어 있는 양손의 묵직한 가방을 바라보았습니다. 팔지도 않고 은달리나 엘로추쿠나 자선단체에 선물하지도 않았으며 버리지도 않은 것들이었습니다. 그리고 이것들은 무언가가 잘못되었다는 그의 두려움을 더욱 굳혔습니다.

그는 다가오는 택시 기사들을 여러 차례 쫓아냈습니다. 그들은 그가 이해하지 못하는, 중간중간 끊기는 언어로 말하며 다가왔습니다. 말에 혀를 차는 소리가 억양처럼 섞여 있었습니다. 밤이 왔는데도 남자들은 계속 그를 불러댔습니다. 그러다가 마침내 차량 대부분이 주차장을 비우고 떠났습니다. 그때까지도 자미케는 오지 않았습니다. 주인은 거의 두 시간을 기다린 끝에, 학교에서 캠퍼스 내의 아파트를 선택하기 전까지 이틀 동안 임시로 머물 공짜 숙소를 줄 거라던 자미케의 말을 떠올렸습니다. 그 말은 아직 수면이 고요하던 때에 자미케가 했던 말이었으며, 지금처럼 큰 소용돌이가 치는 순간에 그 말을 떠올리자니 두려움의 고통과 희미한 희망의 고통이 함께 떠올랐습니다.

추쿠시여, 공항에서 마을로 가는 길은 우무아히아에서 아바까지 가는 길만큼이나 멀게 느껴졌으나, 도로가 부식되거나 패지 않고 매끄러웠다는 점만은 달랐습니다. 주인은 차를 타고 가며 이 나라의 낯설고 이질적인 풍경을 바라보았습니다. 볼 만큼 보고 나자 남자들이 해준 말 한마디 한마디가 새 사냥꾼의 손처럼 그를 가지고 놀며 깃털을 뽑아내는 것 같은 기분이 들었습니다. 하여, 사막이 눈에 들어왔을 때에 그는 깃털이 모조리 뽑힌 상태였습니다. 그는 맨숭맨숭하고 약해진 상태로 두려움의 평원 속을 깡충깡충 뛰어다녔습니다. 택시가 로터리를 돌고 있을 때, 그는 자미케가 키프로스에는 나무가 없다고 했던 말을 떠올렸습니다. 이렇게 오래 이동했는데도 나무 한 그루 본 적 없다는 사실이 문득 떠올랐습니다. 그는 산맥이 얼마나 광막한지 보았습니다. 그중 어떤 산은 불빛이 켜진 거대한 깃발의 윤곽선으로 장식되어 있었는데, 예전에도 그 깃발을 본 적이 있다는 생각이 들었습니다. 그게 아부자에 있는 터키 대사관에서였다는 생각은 떠오르지 않았지만 말입니다.

"오쿨. 부르다.* 학교요. 학교." 기사가 말했습니다. 그들이 도착한 장소의 앞에는 학교 이름이 적힌 낮지만 길고 긴 벽돌담이 있었습니다.

그는 학교를 보았습니다. 서로 연결된 특이한 건물들이 모여 있고, 어둠이 그 주변을 고요한 강처럼 둘러싸고 있었습니다. 그가 공항에서 맡았던 이상한 냄새가 감돌았습니다. 기사는 어느 4층 건물 앞에 차를 세웠습니다. 거기에는 세 사람이 탁자를 놓고 앉아 있었고, 그 사람들 뒤에는 세계지도가 붙어 있는 게시판이 있었습니다. 세계지도란, 세계에 대한 백인의 지식을 보여주는 그림입니다. 주인은 기사에게 20유로를 냈습니다. 남자는 터키 리라와 동전 몇 개를 거슬러준 다음 가방을 내려주었습니다. 탁자에 앉아 있던 사람들 중 새치가 있는 남자가 그를 마중하러 왔습니다. 그는 아버지들의 나라와 멀리 떨어져 있는 인도라는 곳에서 온 사람처럼 보였습니다. 저의 옛 주인인 에지케 은케오예가 한때 그런 사람을 스승으로 모신 적이 있습니다. 인도 남자는 자신을 아티프라고 소개했습

---

* 학교입니다. (터키어)

니다.

"치논소입니다." 주인은 남자가 내민 손을 맞잡으며 말했습니다.

"치-논-소?" 남자가 말했습니다. "영어 이름도 있어요?"

"솔로몬요. 솔로몬이라고 불러주세요."

"그게 낫네요." 남자가 그렇게 말하더니, 주인이 전에는 한 번도
본 적이 없는 방식으로, 눈을 완전히 감는 것처럼 미소 지었습니다.
"공항 픽업을 신청하셨나요?"

"아뇨, 제 친구 자미케 은와오르지를 기다리고 있었어요. 여기
CIU 학생인데, 공항으로 저를 데리러 오기로 했거든요."

"아, 그랬군요. 친구는 어디 있나요?"

"안 왔어요."

"왜요?"

"모르겠어요. 정말 잘 몰라요. 혹시 어디 있는지 아세요? 저 대신
찾아주실 수 있을까요?"

"찾아달라고요?" 남자는 그렇게 말하더니, 돌아서서 탁자에 앉은
다른 사람 중 날씬한 백인 여자가 이곳 언어로 한 말에 대답했습니
다. 그는 다시 돌아서서 말했습니다. "미안해요, 솔로몬. 친구 이름
이 뭐라고 했죠? 여기 학생이라면 내가 알 수도 있어요. 이 대학교
에는 아프리카 출신 학생이 아홉 명 있는데, 그중 여덟 명이 나이지
리아 출신이거든요."

"자미케 은와오르지요." 그가 말했습니다. "경영학과예요. 경영학
부요."

"자미케? 다른 이름은 없어요?"

"없는데……. 자미케 모르세요? 자미케요. J-a-m-i-k-e. 성은 은와오르지예요. N-w-a-r, 아니, 죄송합니다. N-w-a-o-r-j-i요."

아티프는 고개를 젓고 탁자 쪽을 돌아보았습니다. 주인은 가방을 떨어뜨렸습니다. 아티프에게 다시 말을 건 터키 여자가 말을 마치기만 기다리는데 가슴이 두근거렸습니다. 세 번째 사람은 턱수염을 풍성하게 기른 땅딸막한 남자였습니다. 그가 음료수 캔을 따자 음료가 획 하며 나와 그의 손에 흘러넘치고 거품을 일으키며 땅으로 뚝뚝 떨어졌습니다. 남자는 욜라처럼 들리는 무슨 말을 소리치더니 웃기 시작했습니다. 잠시 모두가 주인을 잊은 듯했습니다.

"이름이 자미케 은와오르지예요." 그는 조용한 목소리로, 자미케의 성을 최대한 똑똑히 말했습니다.

"네." 이번에는 여자가 말했습니다. "명단을 보고 있는데, 그 친구라는 사람은 없어요."

"제가 아는 사람 중에도 없어요. 지금 경영학부를 보니까, 경영학부 소속 나이지리아인은 페이션스뿐이네요. 페이션스 오티마."

"자미케 은와오르지랑 비슷한 사람도 없나요?" 주인이 말했습니다. 그는 두 사람을 올려다보았습니다. 지금 이 순간만큼은 그 사람들에게 목숨이 달려 있는 기분이었습니다. 하지만 주인은 그들의 표정과 기록을 뒤지는 태도를 보고 어떤 도움도 얻지 못하리라는 걸 알 수 있었습니다. "자미케 은와오르지요. 그 비슷한 사람은 한 명도 없어요?" 그가 다시 말했습니다. 이번에는 말소리가 입속으로 끌려 들어가는 것만 같았습니다. 배 속 깊은 곳에서 나오는 미묘하게 헐떡이는 숨소리에 굴절된 것입니다. 그는 두 손을 배에 얹었습니다.

"네." 남자는 프 비슷한 소리를 말끝에 실어 말했습니다. "입학허가서 좀 보여주시겠어요?"

에그부누시여, 주인은 우무아히아를 떠나온 이후로 거의 이틀 내내 들고 다니던 가방에서 서류를 꺼내며 손을 떨었습니다. 그는 아티프가 구겨진 서류를 들여다보는 모습을 바라보면서 그의 눈이 깜빡일 때마다 의식했고 표정이 변할 때마다 계산했으며 그의 모든 동작에 겁에 질렸습니다.

"이건 진짜네요. 등록금 내신 게 확인돼요." 남자는 주인의 눈을 보며 머리 옆쪽을 긁었습니다. "한 가지만 여쭤볼게요. 캠퍼스 숙박비는 내셨어요?"

"네." 주인이 이제는 약간 마음이 놓여 짧게 말했습니다. 그는 자미케에게 2학기분 기숙사비를 보냈다고 설명한 다음, 자미케가 비용을 하나하나 휘갈겨놓은 노트를 꺼내 다양한 숫자를 짚어가며 말했습니다. "1년 치 숙박비로 1500유로를 냈어요. 그리고 1년 치 등록금으로 3000유로를 냈고, 유지비로 2000유로를 냈고요."

아티프는 주인의 말을 듣고 놀랐습니다. 그는 다른 파일을 펼치더니, 여러 이름이 적힌 명단에서 주인의 이름을 정신없이 찾기 시작했습니다. 여자도 끼어들었고, 음료수를 들고 있던 다른 남자까지도 끼어들었습니다. 그들은 모두 아티프의 어깨 너머를 바라보았습니다. 주인이 타고 왔던 것과 같은 택시 한 대가 천천히 다가왔습니다. 택시가 가까이 왔을 때, 아티프는 고개를 들고 이 명단에도 주인의 이름과 비슷한 이름은 없다고 말해주었습니다. 다음 파일에도 마찬가지였습니다. 기숙사 내에서 독점적으로 제공되는 터키 음식이 늘 마음에 드는 건 아니라며, 아프리카 출신 학생들 대부분이 따로 머무는 캠퍼스 내 아파트 거주자 명단이었는데도요. 대학교의 보조금을 받는 등록된 아파트의 거주자 명단 어디에도 주인의 이름은 없었습니다.

온갖 곳을 뒤지고도 주인의 이름을 찾지 못하자, 아티프는 그를 돌아보고 괜찮을 거라고 말했습니다. 에그부누시여, 그는 이 말을―닭이 그렇듯―깃털이 뽑혀 맨숭맨숭한 몸으로 세상 앞에 서 있는 사람에게 했습니다. 아티프는 캠퍼스 건너편, 자신이 탁자를 펼쳐놓고 앉아 있던 곳과 비슷한 4층짜리 건물로 주인을 데려가 그 건물 위층에 있는 임시 숙소로 안내했습니다. 주인이 닷새 동안 머물 수 있는 곳이었습니다. 그런 다음 아티프는 치명적인 일격을 당한 남자와 악수하고, 아무것도 의심하지 않는다는 듯 모든 게 잘될 거라고 말했습니다. 인간의 세계에서는 어디서나 자주 벌어지는 일이지만, 주인은―깃털이 다 뽑혀 고통스러워하는, 절망에 빠진 이 남자는―고개를 끄덕이며 그렇게 말한 남자에게 고맙다고 말했습니다. 저는 사람들이 이런 식으로 행동하는 걸 여러 번 보았습니다. 그러자 아티프가 말했습니다. "그냥 좀 쉬고 계세요. 잘 자요." 주인은 지시받은 대로 해야만 한다고 생각하며 고개를 끄덕였습니다. "안녕히 가세요. 내일 뵙겠습니다."

11장

낯선 땅의 여행자

에제치타오케시여, 이른 시절의 아버지들은 여행을 통해 얻은 지혜로써, 사람에겐 그 자신의 언어가 절대 어렵지 않다고 말합니다. 하여, 제 주인이 제가 전혀 모르는 땅에 도착한 지금 저는 이후 며칠 동안 그곳에서 벌어진 모든 일을 빠짐없이 전하여 오늘 밤 제 증언에 무게를 싣고자 합니다. 부디 인내심을 가지고 제 말씀을 들어주소서.

아구지에그베시여, 예측의 빈약함과 미래에 대한 희망의 허망함에 대해서는 이미 말씀드린 바 있습니다. 하여, 이제는 여쭤보고 싶습니다. 사람에게 내일이란 무엇입니까? 내일 앞에 선 사람은 추격자에게서 도망쳤다가 깊이도 길이도 모르고 안이 보이지도 않는 동굴 입구에 도착한 위기에 빠진 동물과 마찬가지가 아니온지요? 그 동물은 그 땅이 가시로 가득한지도 모르고, 동굴 안에 더 지독한 짐 승이 있는지도 모릅니다. 알지도 못하고 보지도 못하지요. 그런데 도 그 안에 들어가야 합니다. 선택지가 없습니다. 들어가지 않는다 는 건 존재하기를 멈춘다는 것이고, 인간에게 내일의 문으로 들어 가지 않는다는 건 곧 죽음을 뜻하기 때문입니다. 알 수 없는 내일로 들어갔을 때는 어떤 일이 벌어질까요? 가능한 일은 엄청나게 많습 니다, 추쿠시여. 너무 많아 헤아릴 수조차 없나이다! 날이 밝으면 승 진할 거라는 말을 들은 사람은 기뻐하며 잠에서 깨어나 아내를 꼭 끌어안고 출근합니다. 그는 자동차를 몰고 가지만, 어린아이가 겁 에 질려 도로로 뛰어드는 것을 보지 못합니다. 눈 깜빡할 사이에, 찰 나에, 미래가 창창한 그 아이를 죽이고 맙니다! 세상은 갑자기 그에 게 엄청난 짐을 지웁니다. 평범한 짐도 아니지요. 그가 스스로 내려 놓을 수 있는 짐이 아니니 말입니다. 그 짐은 평생 그에게 남아 있습 니다. 저는 그런 일을 여러 번 보았습니다. 이 또한 그가 걸어 들어 간 내일이 아니옵니까?

키프로스에 도착한 다음 날 아침, 주인은 여기에서는 일이 다르 게 돌아간다는 것만 알았을 뿐 새로운 날에 그를 기다리고 있는 것 이 무엇인지는 모르는 채로 잠에서 깨었습니다. 그는 전기가 끊기 지 않았다는 걸 알고 밤새 핸드폰을 충전해두었습니다. 거의 밤을 꼬박 새웠지만 닭 우는 소리는 들리지 않았습니다. 그가 떠나온 나 라에는 소음이 있었습니다. 기계가 끝없이 갈아대는 소리, 아이들 이 놀면서 지르는 끝없는 고함, 울음소리, 자동차와 오토바이의 경적, 환호성, 교회의 북소리와 노랫소리, 무에진들이 모스크에서 확성기에 대고 지르는 소리, 한창 물이 오른 어느 파티에서의 시끄러운 음악 소리…… 지속적이고 활기찬 소리의 근원은 끝이 없어 헤아릴 수 없었습니다. 그의 나라에서는 세상이 고요함을 증오하는 것만 같았습니다. 하지만 이곳은 고요했습니다. 침묵이라고 할 만했습니다. 마치 사방 모든 집에서, 모든 순간에 장례식이 진행되는 것만 같았습니다. 숨죽여 속삭이는 것 외에는 아무것도 할 수 없는 그런 장례식 말입니다. 사방이 그렇게 고요했는데도 주인은 거의 한숨도 자지 못했습니다. 너무 조금밖에 자지 못해서, 해가 뜨는 지금까지도 잠이 부족하게 느껴졌습니다. 밤사이 그의 정신은 하고 싶은 생각들과 원치 않는 생각들이 춤추는 축제의 장이 되었습니다. 그 축제가 이어지는 바람에 눈을 감을 수 없었습니다.

주인이 방에서 걸어 나오니, 새로운 하루가 웃통을 벗고 부엌 싱크대에 서서 손을 씻는 흑인 남자를 보여주었습니다.

"난 토베예요. 에누구 출신이고요. 컴퓨터 공학과…… 박사과정입니다." 남자는 벌거벗은 창문을 들여다보는 태양의 눈길을 피하며 말했습니다.

"치논소 솔로몬 올리사입니다. 경영학과요." 그가 말했습니다.

그는 남자와 악수했습니다.

"어젯밤 아티프가 데리고 들어올 때 봤는데 방해하고 싶지 않았어요. 난 다른 아파트에서 나이 든 학생들이랑 같이 지내고 있어요. 5동이에요." 남자는 창문 너머 건물을 가리켰습니다. 그 건물 벽은 노란색으로 양옆에 빨간색 벽돌 기둥이 있었고, 네 개 층마다 앞에 널찍한 발코니가 있었습니다. 토베가 가리킨 빨간색 철제 발코니에는 웬 흑인 남자가 숱이 엄청나게 많은 머리카락에 커다란 빗을 꽂은 채 벽에 기대서서 담배를 피우고 있었습니다. "저기에는 나이지리아 사람 세 명이 사는데, 다들 지난 학기에 들어왔어요. 저 친구들이 내가 말한 나이 든 학생들이에요."

주인은 떨면서 그쪽을 보았습니다. 마음속에 가느다란 희망이 피어올랐습니다.

"그분들 이름을 아세요? 전부요." 그가 말했습니다.

"네. 왜요?"

"혹시……"

"한 명은…… 저 친구는 벤지예요. 벤저민. 다른 친구는 디메지, 디라고 하고요. 거의 제일 먼저 여기 왔어요. 세 번째는 존이에요. 그 사람도 이보족이죠."

"자미케라는 사람은 없군요. 자미케 은와오르지요."

"아, 네. 자미케는 없어요." 남자가 말했습니다. "무슨 이름이 그래요?"

"모르겠어요." 주인은 짧은 순간 마음으로 방문했던 그 아파트의 문에서 좌절해 돌아오며 조용히 말했습니다. 그러나 시선은 돌리지 못했습니다. 그는 벤지라는 남자가 안으로 다시 들어가고 다른 남자와 흑인 여자가 나오는 것을 보았습니다.

"저분들한테 소개 좀 해주시겠어요? 자미케를 아는 분이 있는지 알고 싶어서요."

"무슨 일인데요? 뭐 때문에 그래요? 나한텐 말해도 돼요."

그는 비밀을 지켜야 할지 말아야 할지 생각하며 웃통을 벗은 털북숭이 남자를 뚫어지게 바라보았습니다. 토베의 두 눈은 알이 큰 안경 뒤로 움푹 들어가 있었습니다. 제가 끼어들기도 전에, 주인의 머릿속 목소리가 토베한테 사연을 털어놓으라고 재촉했습니다. 어쩌면 그가 도와줄 수 있을지 모른다고요. 주인은 별다른 주의를 기울이지 않은 채 이 남자에게 그간의 사연을 털어놓았습니다. 처음에는 백인의 언어로 말했지만, 이야기를 하다 말고 이보 말을 써도 되느냐고 물었고, 남자는 굳이 뭘 물어보느냐는 식으로 그러라고 했습니다. 이제는 부드러운 침대에 앉아 말할 수 있었기에 주인은 사정을 아주 자세히 설명했습니다. 그가 말을 마치자 남자는 주인이 사기를 당했다는 확신이 든다고 말했습니다. "확실해요." 토베는 자기가 들어본 수많은 사기에 대해 설명하면서 유사한 점을 비교하기 시작했습니다.

"잠깐, 근데 전화를 걸었을 때 번호가 가짜라는 걸 알았다고 했죠?" 잠시 후 토베가 말했습니다.

"네."

"공항에도 확실히 안 왔고요?"

"맞아요, 브라더."

"내 말이 무슨 뜻인지 알겠죠? 사기꾼일 수밖에 없다고 했잖아요. 하지만 일단 가봅시다. 가서 그 사람을 찾아보자고요. 우리가 생각하는 그런 사람이 아닐 수도 있으니까요. 어쩌면 술에 취해서 공항에 가는 걸 잊었을지도 모르죠. 이 섬에서는 사람들이 파티를 많이 즐기거든요! 확실히, 그런 일도 있을 수 있어요. 전화카드를 사서,

그 사람이 받을 때까지 전화를 걸어봅시다. 가요."

아파트를 나서자 새로운 나라가 불쑥 튀어나왔습니다. 땅은 납작하게 박아 넣은 벽돌 같은 것으로 포장되어 있었습니다. 꽃병에는 꽃들이 꽂혀 있었고, 집 밖의 발코니에도 또 꽃이 놓여 있었습니다. 건물은 나이지리아와 달라 보였습니다. 아부자의 건물과도 달라 보였지요. 그 건물을 만든 솜씨에는 주인이 한 번도 보지 못한 어떤 수완이 깃든 듯했습니다. 거의 전부 유리로 만들어진, 긴 직사각형 건물 한 채가 멀리서 그의 이목을 끌었습니다. "영어 교육관이에요." 토베가 말했습니다. "모두들 저기서 터키어 수업을 받아요." 그가 아직 말을 하고 있을 때, 캐리어를 끌고 가던 백인 소년 두 명이 그들을 소리쳐 불렀습니다. 둘 중 한 명은 담배를 피우고 있었습니다.

"친구! 아르카다스.*"

"아르카다스. 잘 지내?" 토베가 말하더니, 가까이 다가가 그 남자들과 악수했습니다.

"아니, 영어만 써야지." 백인 남자가 말했습니다. "터키어는 안돼."

"알았어, 영어, 영어…… 영어로." 심한 억양이 배어 있던 토베의 영어가 백인들의 말과 비슷하게 바뀌었습니다. 주인은 그들을 보며 여기에서는 다들 이렇게 살아가는 건지 궁금해졌습니다. 이런 사람과 얘기할 때는 새로운 목소리를 써야 하는 걸까요? 토베가 돌아왔을 때, 저는 주인이 질문을 할 거라고 생각했습니다. 그의 머릿속을

---

* 친구. (터키어)

꽉 채우고 있는 질문에 대해 답을 구할 거라고 말이지요. 하지만 그는 그러지 않았습니다. 아구지에그베시여, 이것은 제 주인의 이상한 특성으로 저는 지상에서 여러 번 살면서도 다른 사람들에게서는 이런 모습을 거의 보지 못했습니다.

토베는 전화카드를 파는 곳으로 가면서, 수업은 월요일부터 시작되며 학생들도 몇 명 도착하기 시작했다고 말했습니다. 나흘 후 일요일이면 캠퍼스가 가득 차게 될 거라고 했지요.

그들은 유리문이 두 개 달려 있고 안쪽에 여러 물건이 놓여 있는 건물에 도착했습니다. 주인은 그곳이 일종의 확장형 슈퍼마켓이라고 생각했습니다. 토베가 가게에 들어가며 주인을 돌아보았습니다. "여기는 레마르예요. 심 카드를 파는 곳이죠. 그걸로 자미케한테 다시 전화를 걸어보세요."

이장고-이장고시여, 토베는 아주 강한 권위를 실어 말했습니다. 주인이 자신의 지도에 맡겨진 어린아이라도 되는 것처럼 말입니다. 저는 토베가 괴로운 시간에 주인을 돕도록 보내진 섭리의 손길이라고 생각했습니다. 우주는 그런 식으로 돌아가니까요. 사람이 평온의 한계선까지 내몰리면, 우주는 보통 다른 사람이라는 형태로 손을 내밉니다. 깨달음을 얻은 아버지들이 사람은 다른 사람의 치가 되어줄 수 있다고 말하는 이유가 그것입니다. 주인의 인간 치가 된 토베는 그를 전화카드가 있는 곳으로 데려갔고, 직접 심 카드 포장지를 뜯어 예리한 눈길로 바라보았습니다. 바구니에서 골라낸 것이 좋은 사과인지 확인한 다음에야 자기가 돌보는 어린애에게 그 사과를 건네주는 사람처럼 말입니다. 그러면서 토베는 이런 말을 덧붙였습니다. "좋아, 이거면 되겠네. 이거면 돼요. 이제 MTN이나 글로 (Glo) 스크래치 카드를 긁듯이 터크심을 긁으면 돼요."

주인은 슈퍼마켓을 나와 진흙 같은 색깔의 흙으로 뒤덮인 거칠고 탁 트인 땅 근처에서 전화카드를 긁었습니다. 토베는 그 땅을 보고 사막이라고 다시 말했지요. 주인은 자미케의 전화번호를 입력했습니다. 연결음이 들렸습니다. 주인은 그 연결음이 빠르게 혀를 차대는 언어로 바뀔 때까지 눈을 감고 있었습니다. 이어 마음을 상하게 하는 마지막 선언이 들렸습니다. 지금 거신 번호는 없는 번호입니다. 전화번호를 확인하고 다시 걸어주세요. 주인은 귀에서 핸드폰을 떼고 토베를 올려다보았습니다. 토베는 이미 몸을 숙이고 낯선 목소리를 직접 들은 터였습니다. 주인이 고개를 끄덕였습니다.

그는 토베가 다음 갈 곳을 결정하게 했고, 토베는 '국제사무소'로 가야 한다고 말했습니다.

—거기 뭐가 있는데요?

—데한이라는 여자가 있어요.

—그 사람이 뭘 해주는데요?

—자미케를 찾도록 도와줄지도 몰라요.

—어떻게요? 전화번호가 없잖아요?

—어쩌면 데한이 자미케를 알지도 모르거든요. 모든 외국 학생들을 맡고 있는 국제사무관이니까요. 자미케가 여기 학생이었다면 데한이 알 수밖에 없어요.

—네, 그럼 같이 가봐요.

추쿠시여, 주인은 점점 절망에 빠져들었습니다. 저도 그가 두려워하는 일이 일어난 게 틀림없다는 생각이 들었습니다. 하지만 그는 토베를 따라 사무실로 갔습니다. 아름답게 가꾼 꽃밭 사잇길을 걸어갔지요. 낯설고 새로운 나라의 식물이 눈에 들어왔지만, 그의 마음은 비밀리에 흐느끼고 있었습니다. 여기저기서 젊은 백인들이 스쳐 지나갔는데, 그중에는 여자도 많았습니다. 하지만 주인은 그들을 거들떠보지도 않았습니다. 은달리가 이런 상황에 내팽개쳐진 그 주위를 범상치 않은 그림자처럼 떠돌고 있었으니까요. 그녀는 마치 주인의 어두워진 마음속 지평에서 강철로 만들어진 무언가처럼 빛나고 있었습니다. 행정동이라는 글자가 새겨진 3층짜리 구조물의 로비 층 사무실에 들어가자 국제사무관 데한이 상대의 마음을 누그러뜨리는 미소를 지으며 그들을 맞이했습니다. 그녀의 목소리는 주인이 즉시 이름을 떠올릴 수 없는 어느 가수의 목소리 같았습니다. 그녀 앞에 선 토베가 다시 억지 억양을 쓰며 허둥거리는 듯했습니다. 그들은 데한의 맞은편 의자에 앉았습니다. 주인이 말을 하는 동안 데한은 의자에 앉아 몸을 획획 돌리다가 책상 위에 있는 서류들을 골라내기 시작했습니다. 찾던 서류를 발견한 그녀는 이 섬에 있던 누군가가 주인에게 입학허가를 얻어준 것은 사실이라고 말했습니다. 하지만 데한은 그 사람과 오직 이메일로만 서신을 교환했습니다. 그녀는 Jamike200@yahoo.com이라는 이메일 주소를 적어주었습니다. 주인이 갖고 있는 것과 같은 주소였습니다. 데한은 주인의 서류가 들어 있는 파일을 꺼내 탁자에 올려놓았습니다. 토베는 분명 뭔가 찾을 수 있을 거라고 생각하는 듯 서류를 훑어보기 시작했고, 새로 발견한 내용이 있을 때마다 그 수를 헤아렸습니다.

주인은 등록금을 전부 냈다고 생각했지만, 사실 등록금은 일부만 지불된 상태였습니다. 2학기분이 아니라 1학기분이었습니다. 3000유로가 아니라 1500유로였습니다. 그는 냈다고 생각했지만 기숙사비도 전혀 지불되지 않았습니다. 한 푼도요. 아티프가 제대로 본 것입니다. '유지비'—자미케 말에 따르면, 학업 중에 쓸 돈이 충분히 있어서 불법적으로 일할 필요가 없다는 점을 확인하고자 학교에서 지정된 은행 계좌에 넣어두라고 요구했다는 돈—도 존재하지 않았습니다.

데한은 유지비라는 용어 자체를 아리송하게 여기는 듯했습니다. "그런 말은 들어본 적도 없어요." 그녀는 어리둥절해하며 그들을 바라보았습니다. "이 학교에서는요. 그 사람이 당신한테 거짓말을 한 거예요, 솔로몬. 정말로요. 거짓말한 게 맞아요. 정말 유감이네요."

에그부누시여, 주인은 학교에서 그의 계좌에 돈을 한 푼도 넣어두지 않았다는 소식을 듣고 일종의 안도감을 느꼈습니다. 수수께끼같은 일이었지요. 그들은 데한이 "걱정하지 마세요"라며 건넨 위로하는 말을 평화의 깃발처럼 들고 그 사무실을 나섰습니다. 끔찍한 곤경에 처한 사람에게는 그런 말도 가끔 위로가 됩니다. 비록 한순간뿐일지라도 말이지요. 그러면 곤경에 빠진 사람은 그를 안심시킨 사람에게 고맙다는 인사를 하기 마련입니다. 주인과 그의 친구도 마찬가지였습니다. 그런 다음, 곤경에 빠진 사람은 상대의 말에 위안을 받았다는 뜻을 전하는 표정을 지으며 떠납니다. 주인은 그렇게 등록금 영수증은 물론 입학허가서와 등록금 완납 증명서 원본이

들어 있는 파일을 가져갔습니다. 자미케의 이름과 2007년 8월 6일이라는 날짜가 적혀 있는 서류는 그것뿐이었습니다.

어느 건물 차양 아래에 서서 쉬고 있을 때, 토베가 주인이 속한 학과가 있는 세비즈 우라즈 경영학부 건물을 가리켰습니다. 그때 주인은 그 전날인 8월 5일을 떠올렸습니다. 그는 항상 백인이 틀 지우는 대로 날짜를 기억하는 것이 아니라, 옛 아버지들이 그랬듯 여러 날과 여러 기간에 따라 날짜를 기억했으므로 왜 그런 기억이 난 건지는 알 수 없었습니다. 하지만 어째서인지 그 날짜는 대장장이의 쇠막대처럼 주인의 마음을 지져놓았습니다. 그날은 농장을 판 돈을 모두 받은 날이었습니다. 120만 나이라. 농장을 산 남자는 그 돈을 검은 비닐봉지에 담아 가지고 왔습니다. 그와 엘로추쿠는 눈을 휘둥그렇게 뜨고 돈을 헤아렸습니다. 그는 두 손이 떨렸고 자기가 방금 저지른 짓의 규모에 목소리가 갈라졌습니다. 엘로추쿠와 그 남자가 떠나자마자 자미케가 전화를 걸어, 자기가 등록금을 냈으니 최대한 빨리 등록금과 숙박비를 보내라고 말했던 것도 생각났습니다.

오세부루와시여, 저는 주인을 끊임없이 지켜보는 그의 수호령으로서 그가 자미케라는 자와 했던 모든 거래와 그것이 초래한 모든 결과를 생각할 때마다 후회에 사로잡힙니다. 제가 이 중 어느 것도 전혀 의심하지 않았다는 것이 더욱 마음에 걸립니다. 사실, 저는 자미케를 조금도 의심하지 않았으며 간혹 의구심이 들더라도 자미케가 보인 무척 관대한 행동에 즉시 녹아내렸습니다. 자미케가 주인에게 서둘러 집과 닭을 팔지 않고 괜찮은 거래를 할 시간을 벌어주겠다며 자기 돈으로 일단 등록금을 내겠다고 했을 때는 주인도, 저도 그 말을 믿지 않았습니다. 조스가(街)의 PC방까지 차를 타고 갈 때도, 자미케 말로는 비자를 신청할 때 필요하다던 '등록금 완납 증명서'가 전달된 것을 보았을 때도 그렇게 반신반의하는 마음이었습니다. 그 서류를 전달해준 매체는 화면상의 멋들어진 글자들이라고밖에 할 수 없겠지만 말입니다. 주인은 그 서류를 보낸 사람이 방금 전에 만난 데한이라는 여자라는 걸 알게 되었습니다.

주인은 뜰에서 놀고 있는 백인 여학생들과 담배를 피우는 백인 남자들을 지나치면서, PC방 직원이 서류를 뽑아주자마자 돈을 들고 은행으로 가 6500유로라는 돈을 자미케 은와오르지에게, 키프로스의 자미케 은와오르지에게 보내달라고 요청했던 일이 생각났습니다. 그는 은행에서 기다리다가, 거래가 끝난 뒤에는 은행이 1유로당 127나이라의 환율로 그의 돈을 모두 바꾸었음을 보여주는 영수증을 가지고 집으로 돌아갔습니다. 그는 은행에서 일하는 여자가 총액이라며 비스듬한 손 글씨로 밑줄을 그어준 숫자를 빤히 바라보았습니다. ₦901,700. 이제 농장을 판 돈 중에서 남은 금액은 298,300나이라였습니다. 당시에 은행에서 집으로 차를 몰아가며 한편으로는 자미케에게 고마운 마음이, 한편으로는 은달리와 헤어진다는 불안이 들었던 것이 떠올랐습니다. 부모님을 배신한 것일지도 모른다는 생각에 마음이 울렁거리던 것도 생각났습니다.

이제는 주인도 마음속 깊은 곳에서부터 남을 경계하고 그들의 동기를 의심하게 되었습니다. 하지만 토베에게서는 주인을 돕겠다는 진정 어린 바람이 보였습니다. 하여, 추쿠시여, 이번에도 주인은 토베를 앞장서게 함으로써 그에게 보답하고자 했습니다. 토베 같은 사람들은 책임을 떠맡는 데서, 병사라고는 극심한 부상을 입고 무장해제되어 사기가 떨어진 병사 한 명밖에 없는 군대를 이끄는 데서 오는 만족감으로 수고비를 대신하는 경우가 많으니까요. 저는 그런 일을 여러 번 보았습니다.

토베는 이제 TC 지라트 방카시에 가야 한다고 말했습니다. 자기가 그곳의 위치를 안다면서요. 토베 말로는, 그곳의 위치는 레프코사 도심부에 있는 오래된 모스크 바로 옆이었습니다.

"거기서 뭘 할 건가요?" 주인이 말했습니다.

"돈에 대해서 물어볼 겁니다."

"무슨 돈요?"

"자미케가, 그 멍청한 도둑이 당신 계좌에 입금했어야 하는 유지비요."

"네, 그럼 가죠. 고마워요, 브라더."

하여, 그들은 도심부로 가는 버스에 올랐습니다. 전날에 주인이 자미케를 기다리고 있을 때 공항으로 학생들을 태우러 왔던 그 버스였습니다. 버스에는 터키인 혹은 터키계 키프로스인들이 앉아 있었습니다. 주인은 이곳 사람들 대부분이 그런 사람들일 거라고 생각하게 되었지요. 허벅지에 분홍색 비닐 가방을 올려놓은 한 여자가 선글라스를 낀 노란 머리의 젊은 여자 옆에 앉아 있었는데, 노란 머리 여자는 상황이 달랐더라면 주인이 눈길을 주었을 만한 사람이었습니다. 운전석 뒤에서는 반바지와 티셔츠를 입고 화장실 슬리퍼를 신은 두 남자가 서서 기사와 수다를 떨고 있었습니다. 흑인 남녀가 토베와 그의 뒤에 앉아 있었고요. 그들은 토베가 아는 사람들이었습니다. 토베와 같은 비행기를 타고 왔다고 했습니다. 보드라는 이름의 남자와 해나라는 이름의 여자는 라고스가 레프코사보다 열 배는 좋다고 했습니다. 목소리가 큰 토베가 그들의 대화에 끼어들었습니다. 토베는 북키프로스는 최소한 전기가 끊기지 않으며 도로 상태도 좋다고 반박했습니다. 돈 가치도 높다고 했습니다.

"걔들 돈이 1달러에 얼만데? 1달러에 1.2터키 리라잖아. 우리 돈? 우리 돈으로는 120이지! 상상이나 가? 백이십몇 나이라라고! 공용 달러로. 그리고 유로로는 170이야! 근데 더 낫다고?"

"걔들 돈이 우리 돈이랑 같냐?" 다른 남자가 말했습니다. "가치가 떨어지잖아. 너도 잘 보면 알겠지만, 그러니까 100나이라를 바꿔 보면 알겠지만, 여기서 1터키 리라로 살 수 있는 걸 나이자*에서는 100나이라로 사야 돼. 우리 돈에 0들을 더 붙여야 맞다니까. 터키 사람들이 그래서 지금도 천을 백만이라고 부르는 거야."

"그래, 같은 거야. 내 생각도 그래. 가나도 똑같지……."

"내 말이!"

"0들을 지워버리고 화폐를 다시 만들었잖아." 토베가 말을 이었습니다.

추쿠시여, 주인은 아무 말도 하지 않을 생각으로 열의 없이 귀를 기울였습니다. 그런 사소한 수다를 떨 수 있는 사람은 모든 일이 잘 풀려가는 사람뿐일 거라고 생각했습니다. 그와는 아무 상관이 없는 문제였습니다. 지금 주인은 축축한 통나무 속 곤충이 그렇듯 여위

* 나이지리아.

314

고 쪼그라든, 무너져버린 새로운 세상에 살고 있었습니다. 하여, 그는 시선이 비실비실한 파리처럼 버스 안을 지나 버스 옆 그림과 버스 지붕으로, 또 버스 문에 적힌 외국 글자로 돌아다니게 놔두었습니다. 덕분에 그는 레반트 오토라는 굵은 글자가 적혀 있는 걸 봤고, 동시에 야외 자동차 매장으로 보이는 마지막 정류장에서 버스에 탄 터키 여자 두 명을 일행 중에서 제일 처음으로 보았습니다. 그는 여자들이 그의 동포들과 그에 대해 이야기하고 있다는 것도 눈치챘습니다. 여자들과 여자들이 하는 말을 알아들은 버스의 다른 승객들이 이쪽을 보고 있었기 때문입니다. 그때, 두 여자 중 한 명이 주인에게 손을 흔들었습니다. 다른 여자는 그가 있는 곳으로 길을 뚫고 왔습니다. 아무와도 말을 하고 싶지 않았던 주인은 속으로 욕을 했습니다. 그는 누군가가 축축한 통나무에서 자신을 끌어내는 일을 바라지 않았습니다. 하지만 이미 늦었습니다. 여자들은 주인이 자신들과 이야기를 나눌 거라고 생각하며 다가와 텅 빈 좌석 사이 통로에 섰습니다. 그중 한 사람이 색을 칠한 손가락을 흔들어대며 터키어로 뭐라고 말했습니다.

"터키 말 못해요." 주인이 말했습니다. 별말을 하지 않았는데도 쉰 목소리가 나와 놀라웠습니다. 그는 시선을 토베 쪽으로 돌렸고, 토베는 즉시 돌아보았습니다.

"터키어 하세요?" 여자가 말했습니다.

"터키 말 약간 해요."

여자가 웃었습니다. 그녀는 토베가 한마디도 알아듣지 못한 무슨 말을 했습니다.

"좋아, 터키 말 못해. 영어? 잉길리체?" 토베가 말했습니다.

"아, 미안해요. 영어는 내 친구만요." 그녀는 자기 뒤에 숨어 있는 다른 여자를 돌아보며 말했습니다.

"저희가, 음, 사츠 네데르 메크 야?*"

"머리카락." 다른 여자가 말했습니다.

"에베트!**" 첫 번째 여자가 말했습니다. "머리카락 해도 돼요?"

"만져도 되냐고요?" 토베가 말했습니다.

"에베트! 맞아요, 맞아요. 만지다. 음, 머리카락 만져봐도 돼요? 우리 아주 흥미로워요."

"우리 머리카락을 만지고 싶다고요?"

"네!"

"네!"

토베는 그를 돌아보았습니다. 토베가 이 여자들에게 머리카락을 만져보게 해주고 싶어 한다는 건 분명했습니다. 그는 피부가 검은 남자로 머리카락이 사막의 별난 식물을 닮아 있었고, 여자들이 그 머리카락을 만져보고 싶어 했으니까요. 토베에게는 그리 문제될 만한 일이 아니었습니다. 주인은 자기도 그걸 별스럽게 여겨서는 안 된다고 생각했습니다. 농장을 판 돈 120만 나이라와 닭들을 판 나머지 돈을 잃었다는 것도 별스러운 일은 아니었습니다. 한 가지 문제를 해결하려다가 전보다도 심한 곤란을 자초하고 진퇴양난

---

* 머리카락을 뭐라고 하지? (터키어)

** 맞아! (터키어)

의 처지에 빠졌다는 것조차 중요하지 않았습니다. 지금은 두 여자가, 낯모를 백인들이 그가 이해하지 못하는 언어로, 너덜너덜해진 백인의 언어로 흥미롭다면서 그의 머리카락을 만져보고 싶어 했으니까요. 아구지에그베시여, 토베가 고개를 숙여 여자들이 빗질하지 않은 곱슬곱슬한 머리카락을 만져볼 수 있게 해주자 주인도 자기 머리를 그들의 손 아래에 두었습니다. 손톱을 다양한 색깔로 칠한 가느다란 손가락과 흰 손이 옛 아버지들의 두 아이들의 머리를 쓸었습니다. 여자들은 그들의 머리카락을 쓰다듬으면서, 낄낄거리며 초롱초롱한 눈으로 질문을 던져댔고, 그럴 때마다 토베는 신속하게 대답했습니다.

"네, 이것보다 길어질 수도 있어요. 자르지 않으면요."

"왜 곱슬곱슬한 거예요?"

"머리를 빗고 크림도 바르기 때문에 곱슬곱슬합니다." 토베가 말했습니다.

"밥 말리처럼요?"

"네, 우리 머리카락은 밥 말리처럼 될 수 있어요. 다다. 라스타. 자르지 않으면요." 토베가 말했습니다.

이제 여자들은 아버지들의 나라에서 온 여자 해나에게 고개를 돌렸습니다.

"저기 있는 저 여자요. 저 머리는 진짜 머리예요?"

"아뇨, 붙인 겁니다. 브라질식이에요." 토베가 그렇게 말하며 해나를 돌아보았습니다.

"이 터키인들은 아무것도 모르네. 진짜 머리카락이라고 말해줘."

해나가 말했습니다.

"흑인 여자의 머리카락이, 음. 음…… 긴가요?"

토베가 웃었습니다. "네. 길어요."

"그런데 왜 다른 머리카락을 붙여요?"

"그냥 화장이에요. 아프리카식으로 땋고 싶지 않아서요."

"알겠어요, 고마워요. 우리 아주 흥미로워요."

온와나에티리오하시여, 첫 백인들이 이헴보시에 왔을 때 저는 겨
우 열세 살이던 주인 안에 살고 있었습니다. 아버지들은 백인들을
비웃으며 그들의 멍청함을 며칠씩 조롱하곤 했습니다. 이장고-이
장고시여, 저는 생생히 기억합니다. 제 기억력은 인간의 것과 같지
않으니까요. 아버지들이 웃으면서 그 사람들을 미쳤다고 생각했던
이유 중 하나는 '은행'이라는 개념 때문이었습니다. 아버지들은 제
정신인 사람이 어떻게 자기 돈을, 가끔은 생계 수단 전부를 다른 사
람에게 맡길 수 있는지 의아하게 여겼습니다. 현명한 아버지들은
그걸 어리석은 짓 이상이라고 생각했습니다. 하지만 지금은 아버지
들의 아이들이 기꺼이 그렇게 합니다. 게다가, 저는 지금도 영문을
모르겠지만, 돈을 맡기면 되찾아올 뿐 아니라 가끔 맡긴 것보다 더
찾아오기도 하나이다!

주인과 그의 친구는 바로 그곳, 은행에 도착했습니다. 주인은 은
행으로 들어가기 직전에 새끼 거위를 떠올렸습니다. 어느 날 학교
에서 돌아와보니 새끼 거위가 새장 안에서 눈을 감고 있었습니다.
눈이 부은 듯 보였지요. 아버지가 외출한 터라 집에는 그 혼자였습

니다. 처음에는 매우 두려웠습니다. 새가 이렇게 잠들어 있는 것을 본 적이 거의 없었기 때문입니다. 거위는 그가 사 온 흰개미와 곡식을 한 자루 먹기 전까지는 이렇게 잠들지 않았습니다. 하지만 새끼 거위는 주인이 새장을 톡톡 두드리기도 전에 문득 일어나 고개를 들더니 크게 소리를 질렀습니다. 주인은 그토록 섣불리 겁에 질린 자신을 한 대 걸어찼지요.

하여, 그는 침착한 마음으로 은행에 앉아 있었습니다. 은행은 나이지리아에 있는 것과 똑같아 보였습니다. 화려하고 매우 아름답게 장식되어 있었지요. 그는 앞으로 무얼 알게 될지 한번 기다려보자고, 섣불리 겁먹지는 말자고 자신을 타일렀습니다. 그는 금색과 노란색과 분홍색 물고기들이 수입 자갈과 인공 산호 위에서 오르락내리락 헤엄치는 큰 어항 옆에 앉아 토베와 함께 기다렸습니다. 차례가 되자 토베가 창구의 남자에게 다가가 주인이라면 생각해내지 못했을 단어들로 상황을 설명했습니다.

"제가 맞게 들었는지 모르겠는데, 그러니까 친구분한테 저희 은행 계좌가 있는지 알고 싶으시다는 거죠?" 남자는 은달리나 은달리의 오빠와 비슷한 억양으로 유창하게 말했습니다.

"네, 맞습니다. 그리고 자미케 은와오르지도 확인해주셨으면 좋겠어요. 제 친구가 돈을 준 사람입니다. 여기 영수증 보이시죠? 자미케 은와오르지가 제 친구 대신 등록금을 냈습니다."

"죄송하지만 친구분 계좌만 확인해드릴 수 있습니다. 타인 계좌는 확인이 안 돼요. 친구분 여권 좀 볼 수 있을까요?"

토베는 주인의 여권을 남자에게 건넸습니다. 남자는 몇 가지 정보를 입력하면서, 한번은 지나가다 말고 그의 자리를 들여다본 여자와 이야기를 나누고 웃기도 했습니다. 가가나오구시여, 그 여자는 233년 전의 제 주인 야가지에와 동침하고 싶어 했던 잔인한 백인 나라의 여자, 메리 버클리스와 정확히 똑같은 모습이었습니다. 메리 버클리스의 가족은 야가지에가 여러 노예를 소유한 주인의 노예로 살아가던 농장 근처에 살았습니다. 몇 년 전 아버지가 살해당한 이후로 메리 버클리스는 제 주인 야가지에에게 이상하게 끌렸습니다. 그녀는 오랫동안 주인을 유혹하려 애썼습니다. 그에게 선물을 주고 애원했지요. 하지만 야가지에는 그녀와 동침하는 것을 두려워했습니다. 잔인한 백인의 땅에서는 그렇게 하면 머리 위에 죽음이 드리워질 것이기 때문이었습니다. 그러던 어느 날 밤, 그녀가 낮에는 이상하고 귀신 같은, 그들이 큰까마귀라 부르는 새들이 잔뜩 머무는 지친 산을 넘어왔습니다. 다른 남자 포로 네 명이 잠든 척하고 있는데, 이 이상한 백인 여자는 비천한 노예 숙사의 조악한 냄새에도 동요하지 않고 제가 전에는 한 번도 본 적이 없는 욕정에 이끌려, 그를 갖지 못하면 자살하겠다고 고집을 부렸습니다. 그날 밤, 위대한 아버지들에게서 태어나 늘 고향을 꿈꾸던 청년은 그녀와 함께 잠들었고, 그녀가 베푼 신비롭고 풍부한 욕정을 누렸습니다.

그로부터 오랜 세월이 지난 지금, 저는 메리 버클리스의 회색 눈동자가 동료를 바라보며 사과를 베어 무는 모습을 보고 있는 듯한 기분이었습니다. 사과에 그녀의 치아 모양이 새겨졌습니다.

"고객님, TC 지라트에는 그런 이름으로는 계좌가 없습니다." 남자가 말했습니다.

그는 여권을 돌려주고 메리 버클리스와 비슷하게 생긴 사람을 돌아보며 뭐라고 말했습니다.

"근데 죄송하지만, 다른 사람도 확인해주실 수 있을까요?" 토베가 말했습니다.

"아뇨, 죄송합니다. 여긴 은행이지 경찰서가 아니니까요." 남자가 심술궂게 말했습니다. 그는 여자가 다시 사과를 베어 물며 시야에서 사라지자 자기 머리를 톡톡 쳤습니다. "이해가 되시죠? 여기는 은행이지 경찰서가 아닙니다."

토베가 대꾸하려 했지만 남자는 몸을 돌려 여자를 따라갔습니다.

주인과 그의 친구는 아무 말 없이 은행에서 나와 도심으로 들어갔습니다. 이제 막 입국한 나라에 관해 암울한 소식을 전해 들은 사람들 같았습니다. 새로운 나라는 절망에 빠진 처녀처럼 주인에게 자신을 내던지며 공허한 관능미를 자랑했습니다. 그는 몽유병에 걸린 사람처럼 그 나라를 바라보았고, 그러자 높은 빌딩과 오래된 나무와 거리에 끓어넘치는 비둘기들과 반짝이는 유리 구조물들이 모두 씨근대는 비 너머의 흐려진 상(像)이 되어 신기루처럼 다가왔습니다. 새 나라 사람들이 지나가는 그들을 지켜보았습니다. 아이들은 손가락질을 했고 노인들은 의자에 앉아 담배를 피웠으며 여자들은 무관심해 보였습니다. 그의 동행인 토베는 광장 주변을 깡충깡충 뛰어다니는 비둘기들을 보고 깜짝 놀랐습니다. 그들은 카페, 은행, 핸드폰 가게, 약국, 고대 유적, 백인들이 위대한 아버지들의 땅에 들어와 지은 건물에 걸린 것과 비슷한 깃발들이 걸려 있는 오래된 식민지풍 건물들을 지나 걸었습니다. 주인은 못에 찔려 피가 나는 듯한 기분이었고, 가는 길에 핏자국이 남는 것만 같았습니다. 거의 모든 건물 앞에서 사람들이 손가락 사이에 담배를 끼우고 연기를 퍼뜨리고 있었습니다. 그들은 어딘가에 들렀고, 토베는 빵이라는 것으로 감싸인 음식과 코카콜라를 주문했습니다. 둘 다 땀에 흠뻑 젖어 있었으며 주인은 배가 고팠습니다. 그는 아무 말도 하지 않았습니다. 에그부누시여, 산산이 부서진 사람은 종종 침묵이라는 요새로 퇴각하곤 합니다. 그곳이 바로 마음과 영혼과 치와 교감하는 곳이기 때문입니다.

하지만 그는 마음속으로 기도하고 있었습니다. 머릿속 목소리는 자미케가 발견되기를 기도했습니다. 그는 은달리에게로 생각을 돌렸습니다. 그녀를 떠나면 안 되는 것이었습니다. 이때쯤 주인과 토베는 널빤지와 탁자 위에 신발들이 진열된 곳에 도착했는데, 그의 두 눈은 가게 옆 유리문에 새겨진 글자를 알아보았습니다. 인디림. 지금 그의 농장을 소유하고 있는 사람에 대한 생각이 다시 그의 마음속에 기어들었습니다. 그는 그 남자가 가족과 함께 이사를 와서 트럭의 짐을 풀고, 한때는 그의 집이었지만 이제는 비어 있는 그곳으로 끌고 들어가는 모습을 상상했습니다. 그는 집을 떠나기 직전에 아버지의 방을 들여다보았습니다. 벽 사방에 흔적과 작은 균열들이 흉터처럼 남아 있는 텅 빈 방. 태양은 침대 머리맡이 있던 동쪽 벽에 머물러 있었고, 미늘 창을 통해서 보니 뜰의 우물이 마주 보였습니다. 부모님이 문 잠그는 것을 잊어버린 언젠가 부모님이 사랑을 나누는 장면을 엿보았던 방인데, 이제는 너무도 철저히 비어 있어 그 모습을 보는 것만으로도 부모님이 돌아가실 때와 비슷한 으

스스한 느낌이 들었습니다.

가가나오구시여, 제 주인이 은달리와 마지막으로 사랑을 나누었던 때를—그때는 주인이 그녀를 놓아주자 그녀의 두 다리 사이에서 정액이 흘러나왔고, 그녀는 흐느끼면서 "네가 내 일부가 된 지금" 떠나고 싶어 하는 그를 잔인하다고 말했습니다—아직 생각하고 있는데, 음식이 나왔습니다. 추쿠시여, 주인의 마음은 음식으로 향했지만 저는 그 성적인 접촉 이후에 일어난 일에 관해 설명하고자 합니다. 지금까지는 그 일이 별로 중요하다고 생각하지 않아 떠올리지 못했습니다. 단번에 주인들이 한 모든 일을 떠올리고 증언해야 한다면, 그런 증언은 결코 끝나지 않을 것임을 당신께서도 알고 계시나이다. 그러므로 증인은 선택을 할 수밖에 없습니다. 무엇이 중요한지, 주인의 삶에 관한 이야기라는 피조물을 지을 때 무엇으로 살과 뼈와 피를 만들어야 하는지 선별해야 하지요. 하여, 지금은 그 일을 떠올렸어야 한다는 생각이 듭니다. 그날 저녁, 주인은 한때 자신의 침실이었던 빈 방 벽에 머리를 기대고 있었고 은달리의 눈물은 그의 어깨에서 가슴으로 흘러내리고 있었습니다. 그때 주인은 이게 최선이라고 말했습니다. "마미, 날 믿어. 믿어, 잘될 거야. 난 널 잃기 싫어." "하지만 그럴 필요 없어, 논소. 그럴 필요 없어. 그 사람들이 나한테 뭘 할 수 있는데? 그 오만한 사람들이?" 그는 뛰는 가슴으로 그녀를 끌어안고서, 그녀의 입술에 입을 맞추고 플루트라도 되는 것처럼 빨아댔습니다. 마침내 그녀는 몸을 떨며 더 이상 아무 말도 하지 않게 되었습니다.

아구지에그베시여, 지금 그가 먹고 있는, 토베가 '케밥'이라고 부른 음식은 호리호리하고 키가 큰 백인 남자가 내온 것인데, 그 남자는 피망이 삐죽 나와 있는 그 음식을 작은 쟁반에 내려놓으며 '오코차'라는 단어를 섞어 무슨 말을 했습니다. 토베는 나이지리아 축구선수인 제이-제이 오코차를 안다고 열정적으로 말했습니다. 주인은 토베의 반응이 이 남자와 비슷하게 생긴 사람들을 더 많이 끌어들일까 봐 걱정하며 침묵을 지켰습니다. 그들은 백인이었지만 성난 태양에 피부가 그을린 것 같은 모습이었습니다. 그곳은 더웠으니까요. 주인이 기억하는 한, 우무아히아의 어느 날보다도 더 더웠습니다. 그는 사람들의 시선을 피하며 음식을 먹었습니다. 맛이 좋기는 했지만 낯설었습니다. 이 나라 사람들은 자기들이 먹는 음식을 거의 조리하지 않는 것 같았습니다. 주인은 비웃듯 이 동네 사람들은 씻자마자 날것으로 먹어야 하는 음식에 대한 욕구에 프리미엄이라도 붙이는 것 같다고 생각했습니다. 양파? 그래, 그냥 잘라서 음식에 넣어. 토마토? 좋지, 그냥 정원에서 따다가 흙을 털고 물에 씻은 다음 잘라서, 이미 나온 음식에 곁들이면 돼. 소금? 소금도 똑같아. 향신료나 고춧가루도 그렇고. 요리는 시간을 잡아먹는 경험이야. 그럴 시간에 다른 걸 해야지. 담배를 피우고, 아주 작은 잔에 차를 담아 홀짝이고, 축구를 본다든지.

　남자들은 토베와 이야기를 나누었지만, 주인은 그냥 창밖으로 자동차들만 바라보았습니다. 차량은 천천히 움직였고 사람들이 길을 건널 수 있도록 유유히 멈춰주었습니다. 아무도 경적을 울리지 않았습니다. 사람들은 빠르게 걸어 다녔습니다. 지나다니는 여자들은 거의 모두 남자의 손을 잡고 다니는 듯했습니다. 그의 생각은 은달리에게로 돌아갔습니다. 그는 라고스를 떠난 이후 그녀에게 전화를 걸지 않았습니다. 벌써 이틀이 꼬박 지나 사흘째였습니다. 괴롭게도, 충동을 느꼈던 날 새벽에 했던 약속을 깨버렸다는 사실이 생각났습니다. 그는 은달리가 지금 어디에 있을지, 뭘 하고 있을지 상상해보았습니다. 그가 파티에서 모욕을 당하기 전에 앉아 있었던 서재에 있을 그녀의 모습이 그려졌습니다. 그러자 이곳 키프로스에는, 외국에는 새롭고 뜬금없는 꿈이, 어린아이나 품을 법한 장래희망이 깃들어 있다는 생각이 들었습니다. 충동적이고 본능적이며 순간적일 뿐 별로 사려 깊다고는 할 수 없는 장래희망 말입니다. 아이는 부모와 함께 걷다가 골목에서 사람들을 즐겁게 해주는 마술사를 볼지도 모릅니다. 누군가가 단상에 올라서서 허공에 주먹을 휘두르고, 확성기에 가짜 약속들을 외쳐대며, 현수막을 들고 있는 열정적인 군중들 때문에 기분이 좋아진 모습을 보게 될지도 모르지요.

—아빠, 저게 누구예요?

—정치인.

—정치인이 뭐 하는 사람이에요?

—아비아주의 주지사가 되고 싶어 하는 평범한 사람이지.

—아빠, 저도 나중에 정치인이 되고 싶어요!

그가 겪은 일도 그저 유혹이었을 뿐이고, 좋은 것을 추구하는 사람에게 찾아오기 마련인 충동에 불과하다는 생각이 들었습니다. 그 유혹과 충동은 오직 그의 발목을 잡겠다는 단 하나의 목적을 띠고 찾아온 것 같았지요. 하지만 주인은 그것이 성공하지 못하게 하겠다고 결심했습니다. 그는 즉각적인 신체적 반응이 나타날 만큼 이 사실을 자신에게 열렬히 선포했습니다. 그는 먹던 음식의 고깃덩어리를 식탁에 흘렸습니다. "지금 나이지리아는 몇 시죠?" 그가 창피 당하는 일을 모면하려고 말했습니다.

"여긴 지금 3시 15분이에요." 토베가 주인의 등 뒤 벽시계를 보며 말했습니다. "그러니까 나이지리아는 5시 15분이겠죠. 두 시간 빠르거든요."

그는 토베조차 놀란 게 틀림없다고 생각했습니다. 그게 다야? 나이지리아 시간? 토베는 몰랐지만, 주인은 자신에게 일어났을지도 모르는 일을 이해하려다 보니 말하는 것 자체가 고통스러워진 것이었습니다. 자미케가 이 모든 일을 계획했다니 여전히 믿기 힘들었습니다. 어떻게 그럴 수 있었을까요? 엘로추쿠가 자미케를, 제 주인 이전 재산을 줘버린 그 남자를 만나면 도움을 받을 수 있을지도 모른다고 말했을 때, 주인은 그저 혼자 살아가고 있지 않았던가요? 자미케는 대체 그 모든 걸 어떻게 그렇게 빨리 생각해냈단 말입니까? 어떻게 주인이 집과 닭들을 팔리라는 걸 알았을까요? 주인은 자미케를 어떤 방식으로도 해치지 않았습니다. 이런 일이 일어날 거라고 생각할 이유가 무엇이겠습니까? 최소한, 주인이 기억하는 대로라면 아무런 해를 끼치지 않았는데 말입니다.

이런 생각을 채 곱씹기도 전에, 머릿속 목소리가 주인이 자미케에게 저지른 잘못의 사례를 들고 나왔습니다. 1992년, 주인은 책상과 의자들을 마주 보며 교실에 서 있었습니다. 니스 칠을 하지 않은 벽들이 낡은 달력으로 뒤덮여 있었습니다. 그는 겨우 열 살이었고, 로물루스와 치누바와 함께 앉아 있었습니다. 그들은 다른 골목 아이들과 축구 시합을 하기로 하고 의논하고 있었는데, 그때 갑자기 치누바가 발을 구르더니 손뼉을 치며 창밖을 가리켰습니다. 한 소년이 접은 셔츠처럼 보이는 것을 들고 등에는 가방을 멘 채 건물 쪽으로 걸어오고 있었습니다. "은와아그보*야, 봐. 은와아그보가 오고 있어!" 주인과 다른 아이들도 끼어들어, 창밖의 소년을 계집애라고 부르며, 그 녀석의 여성스러운 모습을 검사라도 하듯 관찰했습니다. 살이 토실토실한 큰 궁둥이, 새 뜬 치아, 작은 유방처럼 부풀어 오른 가슴, 그 뚱뚱한 몸을 말입니다. 소년은 잠시 후에 들어왔고, 그들 셋은 한꺼번에 소리쳤습니다. "어서 와, 은와아그보!" 안경 쓴 소년이 이 기습에 깜짝 놀라 숨을 헐떡이며 볼품없이 자기 자리로 걸어가던 모습이 떠올랐습니다. 그는 나약한 눈물을 감추려는 듯 한 손을 안경 위에 대고 얼굴을 가리고 있었습니다.

주인은 이제야 어린 자미케를, 그의 괴롭힘에 흐느끼고 있는 자미케를 주의 깊게 살펴보았습니다. 자미케가 저지른 짓이 과거의 일에 대한 복수인지 궁금했습니다. 현재의 그를 박살 내기 위해 과거에서 돌을 던진 걸까요?

"솔로몬." 토베가 불쑥 말했습니다.

"네?"

"어떤 친구가 자미케 은와오르지를 당신한테 데려왔다고 했죠?"

아그밧타-알루말루시여, 이 질문을 듣자 주인의 가슴은 즉시 드러나지 않는 어떤 이유로 쿵쾅거렸습니다. 그는 탁자 위로 몸을 숙

* 낙타. (이보어)

이고 말했습니다. "맞아요. 왜 그러세요?"

"아니, 아니에요. 그냥 어떤 생각이 나서요." 토베가 말했습니다. "그 친구한테는 전화해봤어요? 자미케가 나이지리아에 있는지도 모르잖아요. 그 친구가 자미케의 아버지 집은 아니요? 혹시……."

주인은 벼락이라도 맞은 것처럼 이 생각에 충격을 받았습니다. 그는 토베가 이야기를 마치기도 전에 서둘러 주머니에서 핸드폰을 꺼내 미친 듯 만지작거리기 시작했습니다. 토베는 잠시 말을 멈추었지만, 자신의 지혜가 일으킨 효과를 보고 말을 이었습니다. "네, 그 친구한테 전화를 걸어봅시다. 자미케가 거기 있는지 알아보자고요. 당신은 내 형제예요. 우리가 잘 아는 사이는 아니라도 둘 다 고향을 떠나 있으니까요. 타향살이를 하는 중이죠. 난 형제가 길을 잃도록 놔둘 수 없어요. 그 친구한테 전화를 걸어봅시다."

"고마워요, 토베. 전지전능한 신께서 저를 위해 당신을 축복해주시길 바랍니다." 그가 말했습니다. "나이지리아로 전화를 걸려면 어떻게 해야 한다고 하셨죠?"

"00을 누른 다음에 플러스(+), 그다음에는 2, 3, 4를 누르세요. 그리고 0을 빼고 나머지 전화번호를 누르면 돼요."

"알겠어요." 그가 말했습니다.

"아, 미안, 미안해요. 플러스만 눌러요. 00은 다른 방법이에요."

"알겠어요."

추쿠시여, 주인은 엘로추쿠에게 전화를 걸었고 엘로추쿠는 모든 이야기를 듣고 매우 놀랐습니다. 엘로추쿠는 자체 발전기를 돌리는 건물 근처에 있었기에 목소리가 거의 들리지 않았습니다. 하지만 잘 안 들리는 소리를 억지로 들어보니, 자미케는 정말 해외로 돌아갔다고 했습니다. 엘로추쿠는 자미케의 여동생이 하는 가게를 알고 있었습니다. 책가방과 샌들을 파는 가게였지요. 엘로추쿠는 그곳으로 가서 자미케가 어디에 있는지 알아보겠다고 했습니다.

주인은 핸드폰을 내려놓자 조금은 마음이 놓였습니다. 하지만 토베가 말을 꺼내기 전까지 엘로추쿠에게 전화를 걸어야겠다는 생각을 아예 못 했다는 게 놀랍기도 했습니다. 그는 절망에 빠진 사람의 마음이 작동하는 방식을 완전히 알지 못했습니다. 그런 사람에게는 가끔 아무런 생각도 하지 않는 편이 더 낫다는 걸 몰랐지요. 절망에 빠진 사람의 마음은 겉보기에는 반짝거리는 듯해도 벌레들로 가득 차 터질 듯한 과일이 될 수 있습니다. 알아볼 수 없을 만큼 상처를 입은 그런 정신은 대체로 사건의 여파 안에 머물기 때문입니다.

에그부누시여, 여파란 별로 위로가 되지 않는 공간입니다. 그곳에서는 움직이는 게 거의 불가능하고, 곱씹을 일은 넘쳐납니다. 이미 벌어지고 끝나버린 사건에는 아무 능력도, 힘도 없습니다. 그런 사람의 정신이 뭔가를 공격한다 한들 시간의 피부에는 아주 작은 흠집도 내지 못합니다. 절망에 빠진 사람의 정신이 앞으로 나아가지 못하고 허송세월하는 곳이 바로 그곳입니다.

토베는 주인이 방금 건 전화에 눈에 띄게 만족해하며, 장하다는 뜻으로 고개를 끄덕였습니다. "알게 되겠죠. 알게 될 겁니다. 어쩌면 자미케가 아직 나이지리아에 있으면서 거짓말을 하는 건지도 몰라요." 주인은 고개를 끄덕였습니다. "당신이 통화하고 있을 때, 학교로 돌아가기 전에 경찰서에도 들러야겠다는 생각을 하고 있었어요.

자미케를 신고해서 경찰이 추적할 수 있게 하죠. 어쩌면 자미케는 이 나라의 다른 도시에 있는지도 몰라요. 경찰은 여기에 있는 사람을 전부 알고 있으니 자미케를 찾을 수도 있을 거예요."

주인은 그를 구원하러 온 이 남자를 올려다보며 감동했습니다. "그렇네요, 토베." 그가 말했습니다. "가요."

12장
갈등하는 그림자들

오시미리아타아타시여, 옛 아버지들이 말했듯 상한 생선은 대가리에서 나는 냄새로 알 수 있습니다. 이때쯤 저는 주인과 제가 무엇보다도 두려워하던 일이 실제로 닥쳤는지도 모른다고 의심하기 시작했습니다. 하지만 당시에는 정말 그런 건지 알 방법이 없었습니다. 저희 주인들이 그렇듯 저희도 미래를 볼 수 없기 때문입니다. 수호령은 주인들을 보호하겠답시고 그들이 실패하지 않도록 막아서는 안 됩니다. 저희는 주인들에게 다 잘될 거라는 확신을 심어주어야 합니다. 에그부누시여, 저희가 할 일은 망가진 것이 고쳐지리라고 주인들을 안심시키는 것이옵니다. 하여, 저도 그가 마음을 가다듬도록 도와주었나이다. 그때의 주인은 산산조각 나 있었으니까요. 엘로추쿠가 다시 걸어온 전화 때문이었습니다. 엘로추쿠는 자미케

여동생의 가게에 들러, 무슨 일이 일어났는지 말하는 대신 자미케 덕분에 계약을 하나 따냈는데 그에 관한 최신 소식을 전해주고 싶어서 왔다고 거짓말했습니다. 하지만 그녀는 자미케가 여행을 떠났다고 말했습니다. 그래서 엘로추쿠가 자미케의 새 전화번호를 물었습니다. "놀랍지만, 자미가 새 번호는 누구한테든 절대 알려주지 말라고 했대." 엘로추쿠가 주인에게 말했습니다. "내 귀를 믿을 수가 없었어, 논소. 그래서 그 여자한테 대신 전화를 걸어달라고 부탁했지. 놀랍게도 자미케가 전화를 받더니 여동생한테 뭐라 뭐라 말했어. 여자가 나를 의심스럽게 보더니 자미케는 바쁘다고 하더라." 주인은 떨리는 손으로 핸드폰을 쥐고 있다가 한숨을 쉬었습니다. 엘로추쿠가 잠시 말을 멈추었습니다. "정말 미안해, 논소. 나도 괴롭다. 자미케가 우리한테 사기를 친 것 같아."

아그밧타-알루말루시여, 토베는 경찰서 앞에서 엘로추쿠가 해준 말을 전해 듣고 몇 차례 고개를 젓더니 아직 유로로 가지고 있는 돈을 터키 리라로 바꾸라고 했습니다. 전부 바꾸지는 말고, 일반적인 시내 아파트를 빌리는 데 필요한 돈만 한 뭉치 바꾸라고 했지요. 주인은 아직 남아 있던 587유로 중 400유로를 토베에게 주었습니다. 토베는 문에 반짝이는 글자로 도비즈라고 적혀 있는 유리 건물에 들어갔다가 터키 리라 한 뭉치를 가지고 돌아왔습니다. 그들은 경찰서 근처에서 아프리카 학생 두 명을 만났습니다. 그중 한 명은 울고 있었습니다. 무슨 일인지? 괴로워하는 여자는 레프코사에 있는 다른 대학교 대리인 행세를 하던 남자를 찾고 있었습니다. 그 사람은 이름이 제임스이고, 그녀를 공항에서 데려가기로 되어 있었지만 나타나지 않았다고 했습니다. 그녀의 친구로, 주인이 보기에는 은달리의 어머니를 많이 생각나게 하는 밝은 피부의 여자가 맞다고 확인해주었습니다. 주인은 이 제임스라는 사람이 자미케일 수도 있을지, 그에게 외국 이름이 있거나 그게 가명일 수도 있을지 물어보고 싶었지만, 여자들은 엄청난 절망에 빠져 서둘러 가버렸습니다. 여자들이 떠난 뒤 토베는 그윽하게 뭔가 아는 듯한 눈길을 던지면서도 말은 하지 않았습니다.

그는 경찰서에 들어갔습니다. 걸음걸이가 약간 빨라지고 배 속이 꾸르륵거렸습니다. 키프로스의 경찰서는 얼굴이 햇볕에 그을리고 몸은 가난이라는 처벌을 받은 폭력적이고 굶주린 남자들이 그다지 자비를 베풀거나 예의를 차리지 않고 사람들을 대하는 나이지리아 경찰서와는 달랐습니다. 이곳에는 은행 창구 같은 데가 세 곳 있었습니다. 사람들은 의자에 앉거나 줄을 서서 자기 차례가 오기를 기다렸습니다. 창구마다 둘씩 앉아 있는 경찰관들이 그 사람들의 일을 처리해주었습니다. 뒤쪽 벽에는 주인이 은행에서 보았던 것과 똑같은 두 남자의 커다란 초상화가 걸려 있었는데, 한 사람은 머리 양옆에만 머리카락이 있는 대머리였고 다른 한 사람은 완고해 보였습니다. 토베가 예상치 못하게 그의 시선이 향하는 방향을 보았습니다. "TRNC 총리 탈라트와 터키 총리 에르도안이에요." 그가 고갯짓을 했습니다.

그들의 차례가 되었을 때 입을 연 사람은 토베였습니다. 주인이 토베에게 앞장서도록 한 또 다른 이유였습니다. 그의 말에는 영향력이 있었습니다. 실제로 한 일이라고는 뭔가를 속삭인 것뿐일 때조차, 그가 아직 입으로 내뱉지 않았거나 큰 소리로 말한 적이 없는 무언가를 이미 확인한 것처럼 보였지요. 토베는 모든 것을 자세히 설명했고, 경찰은 그에게 클립보드에 끼운 종이 한 장과 펜 한 자루를 건네주었으며, 토베는 모든 것을 적었습니다.

"여기서 기다리세요." 경찰이 말했습니다.

그사이 주인의 심장은 끊임없이 쿵쾅거렸고 그의 배는 이상한 리듬에 따라 부풀어 오르는 것만 같았습니다.

"난 이 섬에 악마가 있다고 확신해요. 그 악마들이 꼭 놈을 찾아낼 겁니다." 토베가 고개를 저으며 말했습니다. "그럼요, 이런 식으로는 안 되죠, 그냥 이런 식으로는. 아무 죄 없는 그 여자도 보세요. 안 그래요? 이 사기꾼 놈들은 아주 사악해요. 이런 식으로 사람들을 속이고 사기를 쳐먹는 거예요. 예전에는 놈들이 인터넷의 백인들에게만, 무구스에게만 이런 짓을 한다고 생각했는데, 봐요. 자기 동포들을 망쳐놓는 걸 좀 보라고요, 자기 형제자매들을요. 콱 망해버려라!"

이유는 알 수 없지만, 주인은 토베가 계속 말을 이어주기를 바랐습니다. 그 말에 위로가 되는 무언가가 깃들어 있었기 때문입니다. 하지만 토베는 한숨을 쉬고 식식대며 일어나 입구 근처의 정수기로 가더니, 플라스틱 컵을 집어 들고 찬물을 한 잔 따라 꿀꺽 삼켰습니다. 주인은 그가 부러웠습니다. 아무것도 잃지 않은 토베. 돈을 원하는 곳으로 보낸 토베. 유럽 대학에서 컴퓨터 공학을 공부하게 될 토베. 토베는 운이 좋았습니다. 그는 부러움을 살 만했고, 슬퍼하거나 화를 낼 만한 일은 아무것도 없었습니다. 그가 지금 지고 있는 십자가는 주인을 위해서 져준 것이며 머잖아, 아마 해 질 때쯤에는 틀림없이 사라질 것이었습니다. 최소한 내일까지는 말입니다. 토베를 보니 백인의 종교에 관한 신비로운 책에 나오는 키레네 사람 시몬이 생각났습니다. 시몬은 우연히 죄수와 같은 길을 지나치게 되었을 뿐 결백한 사람이었지요. 시몬이 그랬듯 토베도 우연히 주인과 같은 빈 아파트에 배정을 받았으며, 로마 병사들이 강요해서가 아니라 양심 때문에 어쩔 수 없이 주인의 십자가를 졌습니다. 하지만 머잖아 토베는 그 십자가를 내려놓게 될 것이며, 주인이 혼자서 어깨에 그 십자가를 지게 될 터였습니다. 하지만 아직은 아니었습니다.

"이런 행동이, 이런 짓이 우리한테 어떤 영향을 미치는지 좀 보라고요." 정수기에서 돌아온 토베가 말했습니다. "우리 경제를 봐요. 우리 도시를 보라고요. 가로등도 없지. 일자리도 없지. 깨끗한 물도 없지. 치안도 없지. 아무것도 없어요. 모든 게, 모든 것의 가격이 두 배 네 배씩 해요. 아무것도 제대로 돌아가지 않죠. 4년쯤 걸릴 거라 생각하고 학교에 가지만, 졸업에는 6년이나 7년쯤 걸려요. 그것도 주님이 도우실 때의 일이죠. 게다가 졸업을 하면 흰머리가 날 때까지 직장을 구해야 하고, 직장을 찾는다 하더라도 일하고 일하고 일만 하고 돈을 받지 못해요."

토베는 다시 말을 멈추었습니다. 그들의 사건을 다루는 경찰관이 종이 한 장을 가지고 자리에 돌아왔기 때문이었습니다. 하지만 경찰은 곧 다시 가버렸습니다. 주인은 토베가 한 모든 말이 사실이라고 생각했으며 그가 더 많은 말을 해주기를 바랐습니다.

"가장 거슬리는 게 뭔 줄 아세요?"

주인은 고개를 저었습니다. 토베가 그를 힐끗 보며 말없이 대답을 요구했으니까요.

"이 멍청한 사기꾼 놈들 있잖아요. 이놈들이 벌어들이는 돈은 전부 낭비돼요. 절대 놈들에게 좋게 쓰이는 법이 없어요. 아내를 팔아 돈을 벌었던 라고스 거리의 그 사람 아시죠? 그 사람은 험하게 죽었어요. 이 자미케라는 놈도 고통받게 될 거예요." 토베는 손가락을 꺾었습니다. 그는 토베의 눈을 마주 보았습니다. 망가진 영혼의 괴로운 정치질과 비슷한, 열정적인 발작이 엿보였습니다. "두고 봐요. 놈은 절대 끝이 좋지 않을 겁니다. 사기를 쳐봐야 나아질 게 없을 거라고요."

토베가 일어나 정수기로 돌아갔으니 그의 말이 끝난 것은 분명했지만, 주인은 토베가 했던 그 모든 말의 여파 속에 살고 있는 것만 같은 느낌이었습니다. 가끔은 누군가가 말을 다 한 뒤에도 그 단어들이 손에 만져질 것처럼 허공에 남아 있습니다. 꼭 눈에 보이지 않는 정령이 그 말을 되풀이하는 것처럼 말이지요. 지금이 그랬습니다. 이 자미케라는 놈도 고통받게 될 거예요. 두고 봐요. 놈은 절대 끝이 좋지 않을 겁니다. 주인은 이어진 은근한 침묵 속에서 이 말들을 곱씹어 보았습니다. 자미케가 고통받는 걸 그가 보게 될까요? 자미케가 어디에 있는지도 모르고, 그에게 연락할 방법조차 모르는데 어떻게? 미래의 언젠가, 어딘가에서 자미케가 고통을 받고, 그를 모욕한 방식 그대로 대가를 치르는 걸 보게 되리라는 뜻일까요? 주인은 그러기를 바랐습니다. 그는 토베가 했던 말을 기도라고 받아들이기로 했습니다. 어쨌든 토베는 셔츠 아래에 묵주를 차고 있었고, 집안의 유일한 남자로서 부모의 뜻대로 가문을 이어나가야 해서 그렇지,

그게 아니라면 신부가 되었을 거라고 말했으니까요. 신부가 되지 못한 신부는 자신을 위해 기도할 수 없던 주인을 대신해 기도했습니다. 하여, 주인은 마음속으로 비밀리에 아멘을 외쳤습니다.

역을 나설 때는 해가 기울어, 도시 어느 곳에서나 보이는 산으로 떨어지고 있었습니다. "아직 희망이 있어요. 지금이라도 놈을 찾아낼 수 있을 거예요. 최소한 지금은 놈의 기록을 찾아냈으니까요. 놈의 정체를 안다는 거죠. 그러니까 경찰이 놈을 찾아다닐 거예요. 그리고 그 머저리는 이 섬으로 돌아오는 순간 잡혀가 갇히겠죠. 그러면 그놈은, 나를 만드신 하느님께 맹세하는데, 당신 돈을 돌려줄 겁니다. 전부 다요." 주인은 동의한다는 뜻으로 고개를 끄덕였습니다. 최소한 자미케와의 연결고리는 생겼습니다. 알아듣기 힘든 횡설수설이긴 했지만, 어쨌든 그가 던진 질문에 답이 돌아왔습니다. 일단은 그걸로 충분했습니다. 가뭄이 들었을 때는 악취 나는 웅덩이라도 신선한 물이 되는 법이니까요.

그는 토베가 경찰서에서 받은 정보를 휘갈겨 써둔 작은 쪽지를 다시 들여다보았습니다. 여섯 가지가 적혀 있었습니다.

1. 자미케 은와오르지
2. 27세
3. 2006년부터 근동대학교 재학
4. 이번 학기에는 수강 신청을 하지 않음
5. 마지막으로 TRNC에 온 날짜는 8월 3일
6. 8월 9일에 TRNC를 떠남

토베가 지금은 이 여섯 가지만으로도 충분할 거라고 그를 안심시켰습니다. 이 내용은 틀림없는 정보원에게서 나온 것이었습니다. 그는 토베가 질문하고 경찰이 대답하는 모습을 지켜보았습니다.

　—이 사람은 어디로 갔나요?

　경찰에게는, 국가에는 기록이 없었습니다.

　—언제 돌아올지요?

　경찰은 그것도 몰랐습니다.

　—친구든 누구든 이 사람이 어디로 갔는지 정확히 아는 사람을 아세요?

　경찰은 그런 것들을 기록해두지 않았습니다.

　—이 사람이 돌아오면 어떻게 하실 건가요?

　경찰은 그를 구금하고 취조할 것입니다.

　—돌아오지 않으면, 찾아다니실 건가요?

　아니, 그들은 북키프로스 경찰일 뿐이지 전 세계의 경찰은 아니었습니다.

　그다음에는 토베도, 주인도 더 이상 질문할 게 없었습니다. 그러니까 토베가 깨끗한 종이에 또박또박 적어 건네준 내용으로 충분했습니다. 주인은 토베에게 다음 행보를 결정하게 했습니다. 지금은 5시가 몇 분 지난 시간이었기에 그들은 임시 숙소로 돌아가야 했습니다. 토베는 내일 자기가 수강 신청을 마치고 과목 담당 교수에게 인사를 하고 나면 함께 근동대학교에 가보자고 말했습니다. 아까 도심부로 갈 때 멀리서 그 학교를 봤잖아요. 근동대에 가서 자미케의 친구가 있는지, 그의 행방을 아는 사람이 있는지 찾아보죠. 정보를 알아낼 만큼 알아낸 다음에는 시내의 아파트를 알아보는 거예요. 당신은 여기 온 지 겨우 하루밖에 되지 않았지만 나는 나흘이 됐어요. 신입생은 임시 아파트에 딱 1주일만 살 수 있거든요. 토베는 한발 더 나아가 주인의 재정적 문제가 해결될 때까지 함께 살자고 제안했습니다. 악이 승리를 거두고 형제가 낯선 땅에서 길을 잃는 일을 막기 위해서라면 뭐든지 할 거라고 강조하면서요.

주인은 아무 말 없이 동의하는 것밖에 선택지가 없다고 생각했습니다. 토베와 주거비를 나누는 것으로 그에게 보답할 수도 있었습니다. 토베는 학생 한 명이 아파트 전체를 혼자 빌리기에는 값이 너무 비싸다고 했고, 주인은 이토록 많은 일을 해준 사람에게 의무감을 느꼈습니다. 그는 임대료를 나누기로 하고 토베에게 고맙다고 인사했습니다.

"그런 말 말아요." 토베가 말했습니다. "우리는 형제니까."

에그부누시여, 옛 아버지들이 말한 것과 같습니다. 근처에서 잃어버린 염소의 그림자를 봤다고 하여 그 염소를 되찾을 수 있는 것은 아니지요. 희망이 생겼다고 해서 망가진 것이 고쳐진 것은 아닙니다. 그러니 버스를 타고 돌아가기 전, 주인이 버스 정류장 근처의 주류 판매점에 들르고 싶다는 충동을 느낀 것도 이해할 만합니다. 그는 독한 술 두 병을 사 가방에 넣었습니다. 토베가 하도 당황스러운 표정을 지어서, 주인은 술을 산 것에 대해 변명을 해야겠다고 느꼈습니다.

"저는 알코올중독자가 아니에요. 그냥 마음을 가라앉히려고요. 그런 일이 일어났으니까요."

토베는 지나치게 고개를 끄덕였습니다. "이해해요, 솔로몬."

"고마워요, 브라더."

오세부루와시여, 저는 토베와 함께 숙소에 돌아간 주인이 무엇을 했고 무엇을 말했는지 자연스럽고도 간단하게 전해드리고 싶습니다. 하오나 돌아가는 길에 그들이 비스에서 본 광경이나, 그 광경이 이후 주인에게 남긴 충격 때문에 이처럼 여담을 하나이다. 절망이 처음 시작될 때 주인은 그의 작은 농장에 대해 생각하고 있었습니다. 은달리가 2주 전에 심어 머잖아 꽃을 피울 오크로와 그의 닭들에 대해서 말입니다. 그는 어느 날 오후 자신의 낡은 침대에 잠들어 있던 그녀와 그녀가 공부하던 책들에 둘러싸인 채 그녀를 지켜보던 자신을 생각하고 있었습니다. 그는 그녀가 어쩌다가 자신을 선택해, 그에게 그녀 자신을 주었는지에 대해 다시 생각했습니다. 그는 불쑥 이처럼 비교적 기분 좋은 평지로 표류해 들어갔습니다. 그때 토베가 그를 톡톡 두드리며 말했습니다. "솔로몬, 봐요. 보세요." 그래서 보니, 버스 창문 너머로 보통 이상으로 검은 흑인이 보였습니다. 타르로 코팅한 조각상이 살아 움직이는 것 같았지요. 그때까지 토베와 이야기를 나누던 남자는 그 낯선 사람이 이 섬에 오랫동안 있었고 너무 유명해져서 터키-키프로스 신문인 〈아프리카〉에 신상이 실렸다고 말했습니다. 그 학생은 신문의 로고가 원숭이 얼굴을 그린 것이라고 강조했습니다. 아무도 그 남자의 진짜 이름을 몰랐습니다. 하지만 들리는 얘기로 나이지리아 출신이라고 했습니다. 그는 유일한 소지품처럼 보이는, 시간이 지나면서 낡아버린 서류 가방 하나만 달랑 들고 도시 전체를 오랫동안 걸어가는 대단한 방랑자였습니다. 그 남자는 누구에게도 말을 걸지 않았습니다. 그가 어떻게 먹고사는지, 그가 어떻게 하루하루를 살아가는지 아무도 몰랐습니다. 주인은 문득 T.T.가 공항에서 말해주었던 사람이 바로 그 남자일지 모른다는 생각이 들었습니다. 에그부누시여, 그는 이 낯선 남자의 모습에 무척 놀라 그가 저 멀리 희미하게 사라질 때까지 그를 지켜보았습니다. 그 남자가 자신과 비슷한 운명을 겪고 제 정신을 잃은 것인지도 몰라 두려웠고, 자신도 결국 이 낯선 사람처럼 될지 몰라 두려웠습니다.

토베와 함께 캠퍼스의 아파트에 도착한 그는 자기 방으로 물러났습니다. 바닥에 그의 가방들이 놓여 있고 의자 두 개 중 한 개에 그가 입었던 셔츠가 걸려 있으며 2층 침대 두 개 중 하나에 그가 아침에 사용했던 수건이 걸려 있을 뿐 방은 비어 있었습니다. 주인은 이 방이 2인용일 거라고 생각했습니다. 그는 다른 의자에 앉아 술 한 병을 땄습니다. 문득 왜 이 술을 샀는지 모르겠다는 생각이 들었습니다. 흰 색깔이 꼭 경건한 아버지들의 술인 야자 와인처럼 보이는 이 술을 마셔야 한다는 생각뿐이었지요. 가격은 15리라였습니다. 나이라로는 1500나이라에 달했지요. 그는 의자 위에 올라서서 짐 가방을 놓아둘 수 있는 찬장 위쪽을 보았습니다. 느슨하고 가느다란 거미줄에 힘없이 매달린, 오래 쓰지 않아 솔 부분이 빳빳하게 말라버린 칫솔과 먼지뿐이었습니다. 주인은 이 모든 일이 더는 말이 되지 않는다고 생각했습니다. 그는 (누구한테 들었는지는 기억나지 않지만) 역경이 사람에게 저지를 수 있는 가장 나쁜 짓은 사람을 예전과는 다른 존재로 만들어버리는 것이라는 말을 들은 적이 있었습니다. 그 사람은 그것이야말로 궁극적인 패배라고 경고했습니다.

오래전에 받은 이 조언에 다시 경각심을 느낀 주인은 흰 병들을 내려놓고 2층 침대로 올라가 잠자리에 들었습니다. 침대는 깔개도 없이 드러나 있었습니다. 그는 머릿속에 빡빡하게 붐비는 생각들을 헤쳐나가려 했지만 그럴 수 없었습니다. 그 생각들이 모두 한꺼번에, 귀청이 떨어질 것 같은 시끄러운 목소리로 말을 걸어왔습니다. 그는 내려와 술병을 집어 들었습니다. "보드카." 그는 혼잣말로 속삭이고 축축한 라벨을 손으로 문질렀습니다. 그는 다시, 또다시 술을 꿀꺽 삼켰습니다. 마침내 눈에 뜨거운 눈물이 솟구쳤고, 트림을 했습니다. 그는 병을 내려놓고 의자에 앉아, 토베가 텅 빈 아파트를 걸어 다니는 소리에 귀를 기울였습니다. 수도꼭지 트는 소리. 바닥에 닿는 탁, 탁 하는 발소리. 또 한 번 수도 소리에 이어 오줌이 변기에 떨어지는 소리. 침을 세면대에 뱉는 소리. 기침 소리. 찬송가 한 곡조. 다시 발소리. 방문 열리는 소리. 침대가 부드럽게 삐걱거리는 소리. 토베가 소리가 들리지 않는 곳까지 멀어졌거나 조용해졌을 때, 주인은 생각을 두고 싶었던 곳, 즉 자미케라는 자에게로 생각을 옮겼습니다.

에부베디케시여, 주인은 그에 대해 너무 많이 생각하고 말았습니다. 결국 늦은 저녁, 그곳 특유의 어둠이 지평선을 거의 완전히 뒤덮었을 때는 기억나지 않는 목소리가 경고했던 변화가 완성되고 말았지요. 그때 주인은 반쯤 벌거벗은 채 맨바닥에 누워 있었으며 정신이 뒤틀어져 그 자신과는 완전히 다른 존재로 변해버렸습니다. 그는 어느새 사자로 변해 야생의 숲에 도사리고서, 그와 그의 아버지와 그의 가족이 가지고 있던 모든 것을 갖고 사라진 자미케라는 이름의 얼룩말을 찾고 있었습니다. 그는 한껏 노력을 기울여서야 머릿속에서 자미케의 모습을 포착할 수 있었고 질투 어린 호기심으로 그를 응시했습니다. 기침이 목에 걸렸습니다. 그는 술을 점점이 방 건너편에 뱉어버렸습니다.

그는 앞서 떠올렸던, 백인이 1992년이라 부른 해에 벌어진 사건과 그 주 후반에 자미케가 주인과 그의 친구들이 저지른 잘못에 보복했던 일을 떠올렸습니다. 자미케는 주인이 아무 말도 하지 않았는데, 주인과 그의 친구들의 이름을 '떠든 사람' 명단에 적었습니다. 자미케의 거짓말 때문에 주인과 친구들은 훈육 담당 교사에게 매를 맞았지요. 주인은 그때 받은 벌로 멍이 들었고, 너무 화가 나서 방과 후에 자미케를 불러세워 그와 싸우려 했습니다. 하지만 자미케는 얽히지 않으려 했습니다. 싸우지 않으려는 아이와 싸우는 것이나 반격하지 않는 사람을 때리는 것은 소년들의 관행이 아니었습니다. 하여, 당시에 주인이 할 수 있었던 일은 싸우지도 않은 싸움에 대해 승리를 주장하는 것뿐이었습니다. "계집애 같으니, 네가 싸우지 않으려고 드는 건 내가 너한테 이기리라는 걸 알고 있기 때문이야." 그가 외쳤습니다. 그리고 당시에는 그가 이겼다고 모두가 동의했습니다. 하지만 지금, 이 낯선 나라의 방바닥에 누워 있자니 그 시절에 싸울 걸 그랬다는 마음이 강하게 밀려왔습니다. 당시 자미케에게 아주 작은 상처밖에 남기지 못했더라도 작으나마 위안이 됐을 테니까요. 그는 자미케를 때려눕히고, 자미케의 다리에 가위 조르기를 하고, 그를 먼지 구덩이에 굴려 넣을 수도 있었습니다.

에그부누시여, 주인은 그 싸움이 지금 이곳, 이 나라에서 벌어지기를 바랐으며 눈앞의 보드카병들을 자미케의 머리에 내려쳐 깨뜨리고 알코올이 상처로 스며 들어가는 걸 지켜보고 싶었습니다. 그는 점점 세차게 뛰는 심장을 억누르려고 눈을 감았습니다. 부르지도 않은 어떤 신이 그의 요청을 듣기라도 한 듯, 피 칠갑을 한 자미케의 모습이 그의 눈앞에 나타났습니다. 깨진 병 조각들이 자미케의 두 눈 바로 위의 머리와 목, 가슴, 심지어 굵은 핏덩이가 또 다른 살덩이처럼 매달려 있는 배에까지 박혀 있었습니다. 그 안에서 자미케는 극심한 고통이 눈에도 보일 만큼 눈물을 흘리고 있었으며, 떨리는 입으로 단어들을 질질 흘려댔습니다.

이 모습이 너무도 생생해 주인은 흠칫 몸을 떨었습니다. 술병이 그의 손에서 떨어져 깔개에 술이 흘렀습니다. 문득 자미케가 피를 쏟아 죽지 않으면 좋겠다는 강렬한 바람이 그를 사로잡았습니다. 주인은 두 손을 뻗어 괴로워하는 남자에게, 마치 그가 그 자리에 있는 것처럼, 피를 그만 흘리라고 애원했습니다. "너를 정말로 이렇게 다치게 하고 싶은 건 아니야." 그는 눈앞에 서 있는 피투성이 남자의 소름 끼치는 모습에서 눈을 가리며 말했습니다. "내 120만 나이라를 돌려줘. 부탁이야, 자미케, 부탁할게. 그냥 그것만 돌려주면 난 집으로 돌아갈 거야, 나를 만드신 하느님께 맹세해. 그냥 돌려만 줘!"

그는 다시 그 말을 듣는 이를 올려다보았고, 어른거리는 그 형체는 대답이라도 하듯 더욱 몸을 떨었습니다. 주인은 겁에 질린 채 아래를 내려다보았고, 상처 입은 남자의 두 발 사이에 고여 든 피 웅덩이가 보였습니다. 주인은 일어나 앉으며 그 환영에서 벗어났습니다. 그 모습은 상상 속에서 본 것이었지만 꼭 그 방 안에 있는 것만 같았습니다.

"있잖아, 난 네가 죽는 걸 바라지 않아." 그가 말했습니다. "난……"

"괜찮아요, 솔로몬?" 사물과 육신과 시간의 진짜 세상에 있는 토베가 문을 두드렸습니다.

"네, 토베." 주인은 토베에게 들릴 만큼 큰 소리를 냈다는 것에 깜짝 놀라 말했습니다.

"통화해요?"

"네, 네. 통화하고 있어요."

"알겠어요. 목소리가 들리기에 궁금해서요. 마음을 편히 가지려면 꼭 자도록 해요."

"고마워요, 브라더."

토베가 떠나자 주인이 큰 소리로 말했습니다. "그래, 내일 다시 전화할게." 그는 듣는 척하느라 잠시 말을 멈추었다가 얘기했습니다. "그래, 너도. 잘 자."

그는 주위를 둘러보았으나 이제 자미케는 없었습니다. 그는 유령에게 애걸하느라 눈물이 고였던 두 눈을 훔쳤습니다. 이장고-이장고시여, 제게 잊지 못할 기억으로 남은 삶의 한순간에, 주인은 침대를 올려다보고 빨간 커튼을 들춰보고, 천장을 살펴보고, 바닥을 두드려보고, 속삭이며 갈등을 일으키는 자미케의 그림자를 찾아보았습니다. 피를 흘리던 그자는 어디 있는 거지? 내가 치명타를 가한 그자는? 하지만 주인은 그를 찾지 못했습니다.

이제 주인은 미친 흑인의 모습이 떠올라 두려워하며 잠자리에 들었습니다. 하지만 잠들 수가 없었습니다. 그는 눈을 감을 때마다 화난 고양이처럼 화들짝 깨어나, 타고 남은 나날의 황무지를 마주했습니다. 그 땅에서 그가 할 수 있는 일이라고는 신세를 망친 게 확실하다는 더욱 강력한 증거들을 모으는 것뿐이었지요. 그는 이 황무지의 짙은 먼지를 헤집으며, 숨 막히는 쓰레기더미 사이를 뛰어다니고 파헤치며 자세한 사실들을 건져올렸습니다—은행에 대해서, 그의 머리카락을 만졌던 여자들에 대해서, 경찰서에서의 조사에 대해서, 데한과의 만남에 대해서, 지금의 어마어마한 증오를, 이 진정한 악의를 그토록 오랜 세월 지속하게 했을지 모르는 그 옛날 자미케에게 저지른 일에 대해서. 그는 모든 것을 끄집어내 머릿속 수면 이곳저곳에 흩뿌릴 때까지 구멍을 뚫고 파내고 찾아다닐 생각이었습니다. 그때에야 잠들 수 있을 것 같았습니다. 그래봐야 오래 잠들 수는 없었겠지요. 그는 곧 다시 깨어날 테고, 이 주기는 가차 없이 또다시 반복될 것이었으니 말입니다.

아카타카시여, 저는 주인의 상태가 매우 불안했고 그의 미래가 너무 걱정되어, 그가 잠들어 있던 자정 가까운 짧은 시간에 그의 몸에서 빠져나왔습니다. 저는 기다리면서 어떤 영혼도 주인의 방에 들어오지 않는다는 걸 확인한 뒤 창공으로 날아올라 에진무오의 평원에 있는 영혼들의 집합소를 가로질러 날아갔습니다. 머잖아 저는 수천 수호령들의 거주지인 응고도 동굴에 이르렀습니다. 두 발이 빛나는 땅에 닿는 순간 여러 해 전부터 알았던 어떤 수호령이 보였지요. 그는 제 예전 주인의 아버지의 치였습니다. 저는 그 수호령에게 자미케 은와오르지라는 산 사람의 치를 아느냐고 물었지만 그는 모른다고 했습니다. 저는 그 영혼을 떠났고, 그 영혼은 폭포 옆에 홀로 앉아 은단지를 가지고 장난을 쳤습니다. 저는 모여 있는 다른 수호령들에게도 같은 질문을 던졌습니다만, 그중 인간 세상에서 주인과 함께 살지 않은 지 20년이 된 어떤 수호령이, 살아 있는 주인이나 그 주인의 치가 지금 어디에 있는지 아는 치를 찾는다는 건 어려운 일이라고 말했습니다. 저는 정말로 많은 수호령들을 둘러보았으나 그들은 지상의 수없이 많은 수호령에 비하면 일부일 뿐이었습니다. 저는 제가 하는 일이 얼마나 헛된 것인지 깨달았나이다. 미리 알고 있는 게 아니라면 자미케나 그의 치를 찾는 것은 불가능하다는 걸 알게 되었지요. 저는 슬픔과 절망에 빠진 채 초자연적인 힘을 통해 하늘로 날아올랐고, 얼마 뒤에는 오직 추쿠 당신과 제게만 열려 있는 단 하나의 복잡한 길을 따라 내려가고 있었습니다. 오직 그곳만이 제가 우주 어느 곳에 있든 자력에 이끌린 것처럼 살아 있는 제 주인에게 돌아갈 수 있는 유일한 길이기 때문이옵니다.

(2권으로 이어집니다.)

마이너리티 오케스트라 1

1판 1쇄 인쇄 2019년 11월 4일
1판 1쇄 발행 2019년 11월 11일

지은이 · 치고지에 오비오마
옮긴이 · 강동혁
펴낸이 · 주연선

총괄이사 · 이진희
책임편집 · 심하은
표지 및 본문 디자인 · 이다은
책임마케팅 · 이한솔
마케팅 · 장병수 김진겸 이선행 강원모
관리 · 김두만 유효정 박초희

(주)은행나무
04035 서울특별시 마포구 양화로11길 54
전화 · 02)3143-0651~3 | 팩스 · 02)3143-0654
신고번호 · 제 1997—000168호(1997. 12. 12)
www.ehbook.co.kr
ehbook@ehbook.co.kr

잘못된 책은 바꿔드립니다.

ISBN 979-11-89982-56-0 (04890)
      979-11-89982-55-3 (세트)